Catriona Silvey est née à Glasgow et a grandi entre l'Écosse et l'Angleterre. Après avoir étudié dans les universités de Cambridge, Chicago et Édimbourg, où elle a obtenu plusieurs diplômes, dont un doctorat en linguistique, elle s'est finalement installée à Cambridge avec son mari, leur fils et un chat très excentrique. *Rendez-vous dans une autre vie* est son premier roman.

Ce livre est également disponible
au format numérique

www.editions-hauteville.fr

Catriona Silvey

RENDEZ-VOUS DANS UNE AUTRE VIE

Traduit de l'anglais (Grande-Bretagne) par Benoît Robert

Hauteville

Hauteville est un label des éditions Bragelonne

Titre original : *Meet Me in Another Life*

ISBN : 978-2-38122-328-5

Bragelonne – Hauteville
60-62, rue d'Hauteville – 75010 Paris

E-mail : info@editions-hauteville.fr
Site Internet : www.editions-hauteville.fr

À maman et papa,
Pour cette vie

Phare
CAFÉ
Quartier
de Thora
Quartier
de Santi
Université

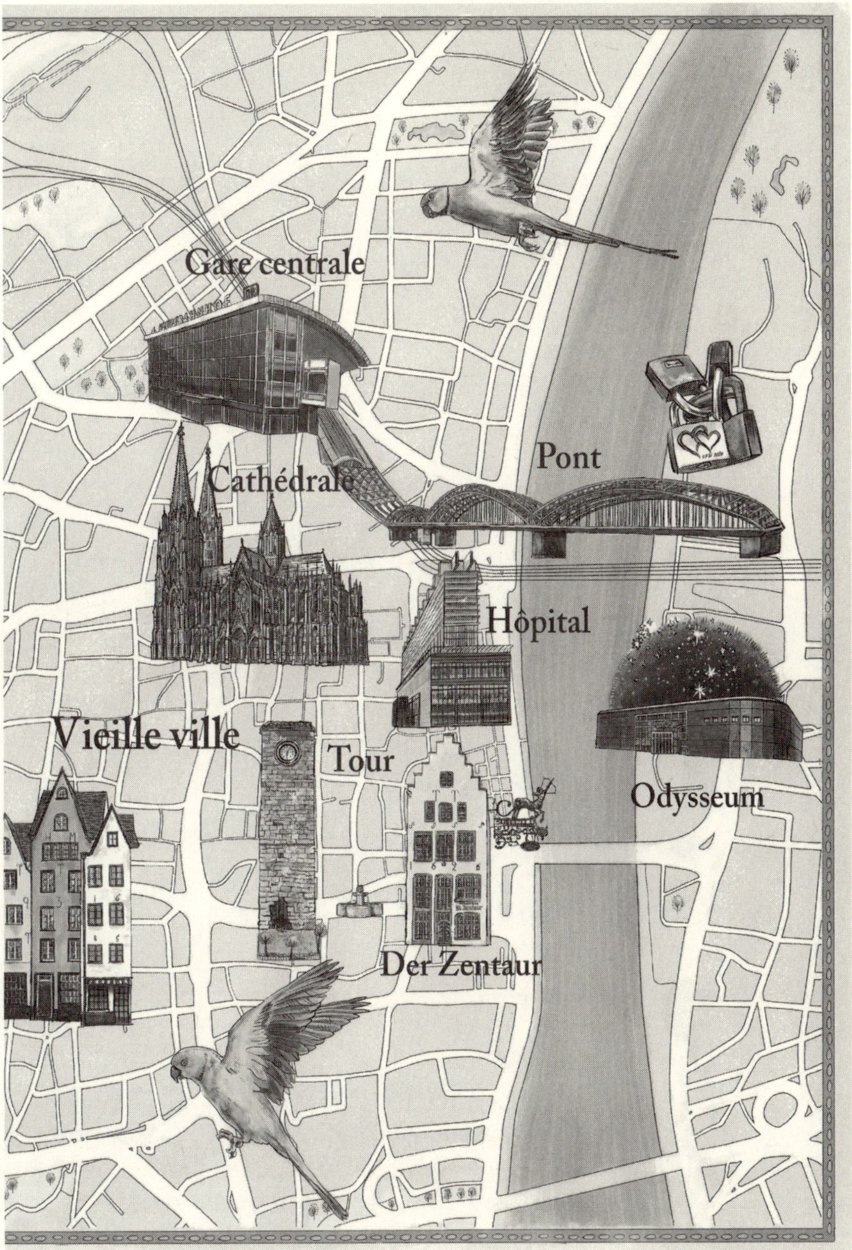
Gare centrale
Pont
Cathédrale
Hôpital
Vieille ville
Tour
Odysseum
Der Zentaur

Première partie

Bienvenue dans l'éternité

Thora aimerait pouvoir recommencer.

Elle aimerait ne pas s'être teint les cheveux en bleu, ni porter cette robe chasuble orange qui détonne et clame haut et fort qu'elle cherche à faire l'intéressante. Plus que tout, elle aimerait ne pas être venue à cette fête qui bat son plein, cette soirée d'accueil réservée aux étudiants internationaux. Le volume de la musique monte d'un cran, couvrant ce que lui crie le garçon en face d'elle.

— Quoi ? hurle-t-elle.

Il se penche à son oreille.

— Je disais que j'ai vraiment l'impression de t'avoir déjà rencontrée !

Elle lui répond par un faible sourire et avale d'un coup la moitié restante de son vin rouge. En guise d'explication, elle secoue son verre vide avant d'abandonner ce type et de traverser le lieu sombre et stroboscopique ; elle pousse la barre de l'issue de secours – *Laissez-moi sortir*, songe-t-elle dans un accès de désespoir – et se retrouve dans l'air froid et venteux.

— Qui a eu cette idée ? demande-t-elle à la place pavée, aux façades reconstruites de la vieille ville de Cologne. Qui organise une soirée pour lier connaissance où personne ne peut entendre ce que disent les autres ?

La ville ne lui répond pas. Toutefois, Thora sait que le problème ne venait pas vraiment du bruit. Plutôt d'elle. Depuis qu'elle est sortie de la Hauptbahnhof, la gare centrale, il y a trois jours, elle a perçu un mur entre elle et les autres, impénétrable et aussi invisible que le verre. Elle est venue à cette fête dans l'espoir que la musique et l'alcool l'aideraient à le dynamiter. Au lieu de ça, elle a l'impression d'avoir passé la soirée à crier à l'intention de son propre reflet. Sans que rien lui parvienne depuis l'autre côté. *« Tu étudies quoi ? La physique, sans blague ! Tu viens d'où ? »* La même question qui se répète en écho, la laissant chaque fois plus seule.

Elle marche, sans savoir où elle se dirige. Une brise repousse ses cheveux, rafraîchit son visage échauffé. Sur sa droite, au-delà de la place, des ruelles étroites mènent à la monotonie soyeuse du Rhin. Sur sa gauche, au-delà d'une cour herbeuse, une tour d'horloge en ruine pointe vers le ciel, les aiguilles bloquées sur 11 h 53.

Thora ne croit pas au destin. Elle pense toutefois que certaines voies valent mieux que d'autres. Et ici, sa première semaine d'université entamée, au seuil de multiples futurs possibles, elle se sent prise de vertige. Sa vie est censée démarrer et elle a déjà emprunté un mauvais embranchement. Pourquoi ne peut-elle se satisfaire d'une fête, d'une ville, d'une planète ? Pourquoi est-elle comme ça, d'où lui vient ce fantôme au coin de l'œil ?

À l'entrée de la cour, elle s'immobilise. Ignorant le cadenas et la chaîne, elle saute par-dessus la grille et se laisse tomber sur l'herbe avant de suivre son ombre jusqu'à ce que celle-ci disparaisse. Dix pas suffisent à la transporter dans un autre monde, paisible, sous la voûte étoilée. Thora inspire telle une nageuse qui revient à la surface après un long moment sous l'eau. Elle s'apprête à s'étendre sur l'herbe quand elle se rend compte qu'on l'a devancée : un garçon, bras et jambes écartés, tête renversée comme s'il essayait d'inspirer l'univers.

Quelqu'un d'autre pourrait s'enthousiasmer à l'idée de rencontrer une âme sœur. Mais Thora en veut au garçon : cet endroit était le sien, il le lui a pris. Elle hésite sur l'herbe, gravitant autour de deux mondes possibles. Elle est seule et il fait noir : elle devrait se tenir à l'écart. Il est ivre, il s'est peut-être évanoui : elle devrait s'assurer qu'il va bien. Elle prend une inspiration et parie sur le second monde.

— *Hallo ?* lance-t-elle. Euh… *ist alles OK?*

Le garçon se remet debout avec difficulté. Thora l'examine. De grands yeux, des cheveux noirs bouclés ; il est assez séduisant pour qu'elle se sente nerveuse au cas où il en aurait conscience. Petit, même si, du haut du mètre quatre-vingts de Thora, beaucoup de gens paraissent petits.

— *Englisch* ? propose-t-il.

— Oh. Oui. S'il te plaît. (Elle rit.) Comme tu as pu le constater, mon allemand se résume à de l'anglais avec un accent allemand.

Il jette un coup d'œil derrière lui, vers l'endroit où il était couché, comme s'il lui devait une explication.

— Je faisais juste… (Il s'interrompt.) Santiago López. Santi.

L'accent s'accorde avec le nom. Il faut un moment à Thora pour se rendre compte qu'il lui tend une main.

Elle la serre.

— Je croyais que tu étais tombé dans les pommes. Je venais m'assurer que tout allait bien.

— Tu rigoles ? Les bières dans ce club coûtent 5 euros. Je n'avais pas les moyens de tomber dans les pommes. (On dirait qu'il se moque d'elle.) Tu as un nom ?

— Ah oui, c'est vrai, c'est ainsi qu'on se présente. (De façon assez ridicule, elle lui serre encore la main.) Thora Lišková.

Il lui lâche la main et la désigne.

— Ton accent semble indiquer que tu viens d'Angleterre. Mais pas ton nom.

Une bénédiction de la fête bruyante : elle a évité cette conversation. *Explique ton existence !* Thora soupire, espérant pouvoir se contenter de la version brève.

— Mon père est tchèque et ma mère vient d'Islande, mais j'ai grandi au Royaume-Uni. (Elle hausse les épaules.) Des universitaires. Tu vois le truc.

Il se passe une main dans les cheveux d'un geste emprunté.

— Eh bien, mon père est chauffeur de bus et ma mère travaille dans un magasin, donc… en fait, non, je ne vois pas.

— Oh, désolée. Enfin… je ne suis pas désolée qu'ils… (Chaque mot supplémentaire la pousse un peu plus loin sur une voie périlleuse. Comment peut-il lui faire ça ? Elle rit sous cape.) Merde. Tu sais quoi ? À partir de maintenant je vais juste me présenter comme Jane Smith.

Santi lève les mains en un simulacre d'excuse.

— Désolé d'avoir essayé de lancer la conversation.

— Je ne cherchais pas de conversation. (Elle serre ses bras autour d'elle en regardant les étoiles.) Je voulais juste sortir et être seule.

— Évidemment. Désolé d'avoir pénétré par effraction dans ta ville privée.

Il esquisse une courbette facétieuse et s'en va.

Thora grimace.

— Attends.

Santi pivote sur lui-même.

— Désolée, dit-elle. Toute la soirée... j'ai essayé d'entrer en contact avec les autres, sans succès. Je me disais que c'était la faute du bruit, ou des autres, mais j'imagine que c'était moi. Et maintenant...

Il la dévisage, partagé entre l'amusement et l'agacement.

— Maintenant quoi ?

Thora claque des doigts.

— Je sais. Ça te dérangerait de te recoucher ? Là, à l'endroit où tu étais. Comme si je n'étais jamais apparue.

Elle s'attend à ce qu'il s'en aille. Mais il hausse les épaules et rit avant de s'allonger de nouveau ; elle vient d'apprendre quelque chose sur lui.

— OK. Ne bouge pas, lui demande-t-elle.

Thora repart vers l'endroit d'où elle est venue. Dans l'obscurité, près de la grille, elle compte jusqu'à trois, envisage de partir, se demande : *Bon sang, qu'est-ce que je fabrique ?*, puis regagne la pelouse et va tendre la main à un Santi perplexe. Il s'en empare et la laisse le remettre sur ses pieds.

— Salut, lance-t-elle joyeusement. Je m'appelle Thora Lišková. Enchantée de faire ta connaissance, pour la toute première fois.

Un instant passe. Ensuite, un grand sourire éclaire le visage de Santi.

— Santiago López Romero, rétorque-t-il en lui serrant vigoureusement la main. Mais je t'en prie, appelle-moi Santi.

— Ravie. (Thora relâche sa main ; n'ayant plus rien à quoi se raccrocher, elle laisse gauchement flotter la sienne vers sa hanche.) Donc, euh, si tu n'étais pas tombé dans les pommes, qu'est-ce que tu faisais ?

— Je contemplais les étoiles, répond-il comme si c'était la chose la plus naturelle du monde.

Le cœur de Thora fait un bond. Elle plisse les yeux pour percer le halo des lumières de la ville.

— On ne voit pas grand-chose d'ici.

— Non. Mais de là-haut peut-être.

Santi indique le sommet de la tour de l'horloge.

Thora cligne des yeux.

— Tu suggères qu'on grimpe ?

Santi hausse les épaules.

— À moins que tu ne disposes d'un jet-pack.

Thora lève les yeux vers la tour et ses briques percées de trous. À cette vue, quelque chose résonne en elle, une cloche qu'on aurait enfin frappée de la bonne façon. Elle le sent : ce désir tenaillant qui ne disparaît que lorsqu'elle se trouve là où elle ne devrait pas être, dans un endroit où nulle personne sensée ne voudrait être. Elle regrette de ne pas avoir proposé elle-même d'escalader la tour. Maintenant, il aura juste l'impression qu'elle le fait pour l'impressionner.

— Je ne vais pas escalader une tour à moitié en ruine avec toi ! Je ne te connais même pas.

Il traverse déjà la pelouse.

— Peut-on un jour vraiment connaître quelqu'un ?

— Mieux que comme ça en tout cas, dit-elle en le rattrapant.

— Vraiment ? Je pense que chacun de nous constitue un mystère permanent pour les autres.

Thora se demande comment il parvient à exécuter ce tour de passe-passe : transformer une blague en une discussion sérieuse. Une part d'elle ne s'en soucie guère. Pour la première fois de la soirée, une communication s'établit.

— Tu as une preuve ? demande-t-elle.

— Mes parents. Ils sont mariés depuis trente ans, et mon père découvre encore des choses sur ma mère qui le surprennent.

— Tiens donc, réagit Thora d'une voix traînante. Ta mère dit la même chose à propos de ton père ?

Il semble perplexe, puis sur ses gardes.

— Pourquoi ?

— Parce que c'est typiquement ce que les hommes disent sur les femmes lorsqu'ils ne veulent pas les considérer comme des personnes. « Oh, elle est un vrai mystère », alors qu'elle te dit depuis trente ans ce qu'elle veut et que tu n'as simplement pas écouté.

Santi sourit, mais avec malice.

— Peut-être que tes parents sont comme ça.

— Oh non. Mes parents ont appris tout ce qu'il y avait à savoir l'un de l'autre. (Thora resserre son écharpe pour lutter contre le froid.) Finir les phrases de l'autre ? Oublie ! Aujourd'hui, ils peuvent carrément sauter des conversations entières, car ils savent déjà comment ça va se terminer.

Santi enjambe la barrière et lui tend une main.

— Ça ne veut pas dire qu'ils savent tout l'un de l'autre. Bien entendu, ils connaissent leur relation, mais ils ne connaissent l'autre que d'un… je ne sais pas comment dire. Sous un seul angle.

Thora ignore sa main et grimpe seule sur la barrière.

— Qu'est-ce que tu veux dire ?

— Qu'ils se connaissent seulement en tant que mari et femme. Peut-être qu'ils disent des trucs, qu'ils font des choses, avec leurs amis, voire avec toi, qu'ils ne montrent jamais à l'autre. (Il hausse les épaules.) On ne peut jamais connaître quelqu'un entièrement. Il faudrait être tout pour l'autre, et c'est impossible.

Ils se retrouvent au pied de la tour, là où les graffitis fleurissent sur les pierres : des strates de mots tracés à l'encre et à la peinture, un palimpseste indéchiffrable dans une dizaine de langues. Thora lève les yeux. La tour est plus haute qu'elle ne le croyait. Santi la dévisage comme s'il s'attendait à ce qu'elle renonce. Plus que tout, c'est ce regard qui incite Thora à franchir l'ouverture aux bords irréguliers dans le mur.

Quitter un monde pour entrer dans un autre. Elle s'attend à avoir perdu Santi en chemin, mais il est avec elle ; sa respiration constitue le seul son de l'univers. Ils regardent vers le haut, vers l'obscurité parsemée de points lumineux. Dans le trou au sommet, les tuiles restantes du toit masquent la vue des étoiles.

Thora s'avance sur l'escalier à demi effondré qui serpente le long du mur intérieur. Elle jette un regard en arrière vers Santi.

— Donc on y va ?

Il sourit à pleines dents.

— Pourquoi pas ?

En atteignant la première faille dans l'escalier, Thora songe aux propos de Santi. Pourquoi ne pas risquer sa vie par curiosité ? Pour elle, cette question n'a jamais exigé de réponse. Elle bondit avec un sursaut d'excitation qui la parcourt de la tête aux pieds. Alors qu'elle continue à monter et que les intervalles se font plus larges, elle cherche des prises dans le mur pour ses mains et ses pieds, elle se sert des trous dans les briques comme de marchepieds pour progresser. Elle ne tarde pas à se retrouver totalement absorbée par sa tâche. La fête, l'horrible première impression qu'elle a faite à Santi, sa crainte d'emprunter la mauvaise voie, tout disparaît. L'unique voie est à présent verticale et la conduit au sommet de la tour, à la poursuite des étoiles dissimulées. Elle ne songe pas à la chute, même pas lorsque les trous dans le mur lui révèlent le ciel nocturne voilé de volutes de nuages. Le vent passe en sifflant, balayant ses cheveux sur ses yeux. Lorsque ses pieds retrouvent les marches, elle se retourne et aperçoit Santi qui la suit. C'est nettement plus effrayant de regarder quelqu'un grimper que d'être soi-même dans l'action. De la musique s'élève dans les airs : une mélodie dont elle ne parvient pas à identifier la source jusqu'à ce qu'elle aperçoive les lèvres de Santi qui remuent.

— Tu chantes ? demande-t-elle, incrédule.

D'un bond, il franchit le trou, puis s'époussette les mains.

— Ouais.

Il la dépasse et se lance dans le dernier coude de la spirale. Thora songe à ce que cela signifie : il n'a pas peur. Pas peur de tomber, pas peur de faire le mauvais choix. L'espace d'un instant, elle meurt d'envie d'être comme lui.

Elle le suit à travers une trappe qui donne accès à une plateforme en bois. Sur trois côtés, des arches offrent un panorama de la ville. Sur le quatrième, on aperçoit l'arrière de la cloche, dont les engrenages sont couverts de rouille. Réchauffée par l'ascension, Thora dénoue son écharpe et la suspend à un clou rouillé. Elle s'assied sur le bord et penche la tête en arrière. Débarrassées des lumières de la ville, les étoiles sont projetées sur le ciel comme des éclaboussures de sang après la mort violente d'un dieu.

— C'est étrange, non, comme la réalité semble parfois invraisemblable ? songe-t-elle. Ça ne devrait pas être possible. Je veux dire, à quoi peut-on la comparer ?

— À une chose plus réelle dont on ne se souvient pas, déclare Santi en s'asseyant à côté d'elle, avant de suivre son regard dirigé vers le haut. Quand j'étais gosse, je pensais que les étoiles étaient des trous dans le mur qui nous séparait du ciel.

Thora sourit.

— Moi, je pensais qu'elles étaient coincées à l'intérieur du ciel. Comme les étoiles fluorescentes que j'avais au plafond de ma chambre.

— J'avais les mêmes ! lance Santi avec un large sourire. Tu les as apportées ici ?

Thora le considère d'un air méfiant, en se demandant s'il lui tend un piège. Elle court le risque.

— Non. Mais j'en ai acheté à l'Odysseum. (Elle désigne la verrière illuminée du musée de l'Aventure scientifique sur l'autre rive du fleuve.) C'est génial. La boutique vend des badges de l'Agence spatiale européenne. Tu devrais y aller. (Elle rit.) Enfin… si ça ne te dérange pas d'être le visiteur le plus âgé d'au moins… dix ans.

— C'est censé nous passer avec le temps, fait doucement remarquer Santi. Les enfants adorent les étoiles. Ils veulent tous devenir astronautes. Explorer l'univers, voir ce que personne d'autre n'a jamais vu. Puis on grandit et… on ne lève plus les yeux. On les garde rivés au sol et on emprunte une voie plus raisonnable.

— Ça n'a jamais été mon cas.

Thora n'arrive pas à croire qu'elle a confié son plus grand secret, ce qu'elle a de plus cher, à ce garçon qu'elle vient à peine de rencontrer. Elle passe en revue les réactions qu'il pourrait avoir : rire, manifester un intérêt factice, prodiguer des conseils bien intentionnés afin qu'elle renonce à ce qui ne se produira jamais.

— Pareil pour moi. (Il indique les étoiles d'un signe de la tête.) Je veux aller là-haut. C'est tout ce que j'ai toujours désiré.

Pour la première fois depuis son arrivée dans cette ville, Thora se détend et se fend d'un sourire sincère.

— Pourquoi ça ?

Il la dévisage comme si la réponse allait de soi.

— Je veux voir Dieu.

Thora s'esclaffe, car bien sûr il blague. Il la regarde calmement, sans paraître offusqué mais sans rire non plus.

Elle se renfrogne.

— Tu crois que Dieu vit dans l'espace ? (Il sourit ; elle insiste.) Tu sais que tout ce qu'on dit sur le paradis qui est là-haut, c'est… sans doute une métaphore.

— Le concept de hauteur n'existe pas dans l'espace, réplique-t-il avec sérieux.

— Donc, dans l'espace, tu ne serais pas petit ? C'est commode, dit-elle sans réfléchir.

Il semble vexé. Elle voudrait rétropédaler, réessayer mais, dans cet univers, le temps ne se déplace que dans une seule direction, la bousculant au passage.

— Pour ma part, reprend-elle, je veux aller dans l'espace parce que, dans l'espace, personne ne peut m'entendre dire le premier truc stupide qui me vient à l'esprit.

Il ne sourit pas vraiment.

— Sérieusement, pourquoi tu veux y aller ? lui demande-t-il à la place.

Elle soupire.

— Je veux partir aussi loin que possible de… tout ceci.

Elle esquisse un geste vague en direction de la tour, de la ville, de la planète.

— Tout ceci ? (Il se lève en chancelant ; elle tend une main, mais il se rattrape à l'arche.) C'est quoi le problème avec tout ceci ?

— Rien. (Elle hausse les épaules.) C'est bien. C'est ici. J'ai juste toujours voulu être… ailleurs.

— Je comprends ce que tu veux dire. (Santi regarde la ville.) N'empêche que c'est quand même assez génial ici.

Pour la première fois depuis leur ascension, Thora regarde vers le bas. Santi a raison : la ville sous son apparence nocturne est une merveille, une planète fendillée de fissures brillantes. Juste en dessous, les pavés de la place luisent, la fontaine en son centre projette un nuage de brume argentée. À la gauche de Thora, les flèches jumelles de la cathédrale pointent telles des fusées gothiques vers les cieux. Depuis la place qui s'étend à ses pieds, des immeubles dépareillés descendent vers le fleuve. Thora expire un souffle froid et inspire la ville, meurtrie par les bombes et rebâtie, en construction permanente. Ses yeux voyagent le long du Hohenzollernbrücke, le pont qui s'étend en travers du Rhin, et dont les lumières se réfléchissent dans l'eau comme si une autre version de lui s'y trouvait noyée.

Elle l'indique du doigt.

— Tu sais que ce truc est entièrement couvert de cadenas ?

— Ouais, je l'ai traversé. C'est impressionnant.

Thora pousse un grognement.

— C'est stupide, tu veux dire. Quel genre de couple dit : « Hé, si nous célébrions notre amour si unique en nous comportant exactement comme des milliers d'autres couples » ?

— Il n'y a pas que des couples, rectifie Santi. J'ai lu les messages. Il y a des cadenas avec les noms de parents, d'enfants, d'amis.

— C'est encore pire ! Génial, banalisons toutes les relations humaines !

Il lui adresse un regard taquin.

— Tu ne trouves pas ça beau ? Le fait que ce soit universel ?

— Deux tonnes. Voilà le poids cumulé de ces gestes universels. (Elle secoue la tête.) Un de ces jours, le pont va s'effondrer dans le fleuve.

— Songe à la symbolique, rétorque Santi, impressionné. Un miracle d'ingénierie terrassé par le poids de l'amour humain.

Plus aucun doute, il se moque d'elle.

— Je suis certaine que les gens qui mourront symboliquement le jour où le pont s'écroulera symboliquement sous eux apprécieront le symbole.

Il se fend d'un rire haut perché et jubilatoire, le genre de rire qui peut susciter des moqueries quand il émane d'un garçon. Mais il ne semble guère s'en soucier, ce qui paraît révélateur aux yeux de Thora.

Elle est restée assise trop longtemps : il y a plus à explorer dans cet endroit, davantage à découvrir. Elle se remet debout et contourne l'ouverture dans le sol pour aller examiner le mécanisme rouillé de l'horloge.

Santi se lève à son tour.

— Tu as besoin de lumière ?

— Non, j'ai ce qu'il faut.

Elle sort son briquet et l'allume.

— Tu fumes ? demande Santi, l'air surpris.

— Mon Dieu, non. Ma mère a fumé comme un pompier durant toute mon enfance. Ça laisse des traces.

Santi se rapproche alors qu'elle lève la flamme vers les roues dentées.

— Tu crois que c'est réparable ? demande-t-il.

Thora s'appuie sur une des roues et essaie de la pousser vers l'arrière.

— Non, dit-elle après quelques secondes. Je crains que le temps ne se soit arrêté.

Santi essaie de faire bouger la roue dans l'autre direction avant de renoncer et de reculer d'un pas.

— Il semblerait en effet que ce soit le cas. (Il lui adresse un sourire en coin dans la lumière vacillante.) Bienvenue dans l'éternité.

Une déclaration prétentieuse. Toutefois, Thora doit bien admettre que c'est exactement à cela que ça ressemble : un moment hors du temps, sans début ni fin.

— Ça se commémore, non ? lance Santi.

Thora cligne des yeux.

— C'est-à-dire ?

Il plonge la main dans son blouson et en sort un objet en bois sombre. Ce n'est que lorsqu'il déplie la lame d'acier effilée que Thora se rend compte qu'il s'agit d'un couteau.

Elle demeure interdite.

— Tu proposes une espèce de cérémonie du sang ?

— Non ! Waouh, vous ne rigolez pas, vous les Tchéquo-Islando-Britanniques.

Thora s'esclaffe, rejetant la tête en arrière.

— Félicitations, tu t'es souvenu de toutes mes nationalités. Je dois les répéter une centaine de fois à la plupart des gens avant qu'ils retiennent.

Il la dévisage.

— Je suis attentif.

Elle tend une main vers le couteau. Il le lui donne et elle l'examine, orientant la lame vers la lumière.

— Waouh. On pourrait poignarder quelqu'un avec ça.

— Pourquoi est-ce le premier truc auquel tu penses ? (Santi secoue la tête.) C'était celui de mon grand-père.

Thora lui adresse un regard soupçonneux.

— Pourquoi tu possèdes un couteau si tu ne veux pas poignarder quelqu'un ?

— Pourquoi tu as un briquet si tu ne fumes pas ?

Thora hausse les épaules.

— On ne sait jamais quand on devra mettre le feu à quelque chose.

— On ne sait jamais quand on devra graver quelque chose sur un mur.

Il lui reprend le couteau et se dirige vers un des piliers entre les arches.

Postée derrière lui, elle l'observe sculpter la pierre.

— Santiago López Romero, lit-elle.

Il lui tend le couteau.

— Je ne sais pas comment s'écrit ton nom. (Il se penche par-dessus son épaule pour la regarder faire.) Je regrette, mais ce n'est pas une lettre.

Elle frotte la poussière sur la brique pour laisser apparaître le « Þ » qui est l'initiale de son prénom.

— Si, c'est une lettre. C'est un thorn. On l'utilise encore en islandais. Auparavant, on la rencontrait aussi dans l'alphabet anglais.

— Tu veux donc dire que je ne savais vraiment pas comment écrire ton nom ?

Leurs deux noms ressortent sur le mur : pas d'esperluette, pas de cœur, juste un espace partagé qui les contient tous les deux. *C'est bien*, estime Thora.

— Je suis contente d'avoir quitté la fête, lui dit-elle.

— Bien sûr, renchérit Santi. C'était le destin, non ?

Thora cille.

— Pardon ?

— Le destin. Notre rencontre. Le fait que nous escaladions la tour.

Elle se marre.

— Vraiment ? Tu es déterministe ? Du genre le libre arbitre est une illusion, l'univers est une balle qui dévale une colline, et tout le toutim ?

Il secoue la tête.

— Je ne parle pas de déterminisme. Je parle du destin.

— Quelle est la différence ?

Il se rassied au bord de la plateforme.

— Le déterminisme signifie que rien n'a de sens, mais qu'on ne peut rien changer. Le destin signifie qu'il existe un plan que Dieu exécute à travers nous.

— D'accord, réagit posément Thora. Donc, si nous avons escaladé cette tour, c'est uniquement parce que Dieu voulait qu'on le fasse ?

Santi demeure d'un calme irritant.

— Ça ne marche pas comme ça. Il ne nous a pas téléguidés. Il a fait de nous le genre de personnes prêtes à gravir une tour en ruine juste pour observer les étoiles.

Thora repousse ses cheveux.

— On remonte jusqu'où comme ça ? Qu'est-ce qui a fait de moi la personne que je suis ? (Elle fronce les sourcils en percevant l'écho de ses pensées au moment où elle a quitté le club.) Peut-être qu'il y a une explication génétique. Dieu sait que mes parents sont bizarres. Mais ça a aussi beaucoup à voir avec mon enfance, avec les choses que j'ai vécues tout au long de ma vie. (Le bourdonnement de cette discussion lui procure un sentiment d'ivresse, même si elle n'a bu qu'un verre de vin, il y a de ça une heure.) Réfléchis. Si tes parents avaient emménagé à Cologne avant ta naissance ? Si tu avais grandi ici ? Et si les miens étaient restés aux Pays-Bas où ils se sont rencontrés ? Si… je ne sais pas, une tragédie s'était produite pendant notre enfance ? Nous serions totalement différents.

Santi secoue la tête.

— Je ne suis pas d'accord. Nous sommes qui nous sommes. Nous serions les mêmes personnes, peu importe ce qui nous serait arrivé.

— OK. Procédons à un exercice mental. Ce soir, est-ce que tu as pris une série de décisions qui t'ont amené à te coucher sur l'herbe pour contempler les étoiles ?

Il hésite.

— C'est l'impression que ça donne, concède-t-il. Mais j'ai pris ces décisions en raison de la personne que je suis.

— Et tu n'as même pas failli décider autre chose ? (Elle s'anime, tournée vers lui, oubliant la ville et les étoiles.) Moi si, je te l'assure. J'ai failli descendre vers le fleuve. Mon Dieu, j'ai même failli retourner dans le club. Si j'avais décidé l'un ou l'autre, nous n'aurions pas cette conversation.

Il sourit.

— Tu estimes donc que cette conversation va radicalement nous changer ? suggère-t-il.

— Arrête de détourner mon argument ! (Elle se fâche contre lui, contre sa confiance en ce qu'il est, alors qu'elle se sent tel un faisceau d'idées contradictoires maladroitement tissées en une seule personne.) Non, peut-être pas cette conversation. Mais si nous… nous revoyons, si nous faisons partie de la vie l'un de l'autre…

Le sourire de Santi s'élargit.

— Tu veux faire partie de ma vie ? Thora, je ne te connais même pas !

Elle le frappe sur l'épaule.

— Les amis influencent sans cesse la vie des autres. (Elle remonte la manche pour révéler le tatouage qu'elle s'est fait faire il y a deux jours dans le quartier belge ; la peau de son poignet est encore rougie autour d'un amas d'étoiles pâles.) Vise un peu ça. Mon amie Lily a proposé qu'on se fasse tatouer pour commémorer notre entrée à la fac. Donc si je n'avais pas croisé Lily il y a dix ans, aujourd'hui je serais littéralement différente sur le plan physique.

Santi lui prend le bras et l'oriente vers la lumière.

— Qu'est-ce que c'est ?

— Une constellation. *Vulpecula*. Le Petit Renard. C'est ce que signifie mon nom. (Elle gratte les bords, où la peau commence à cicatriser.) Je suppose... ça a l'air idiot, mais je l'ai fait pour me rappeler qui je suis. Que ma place est là-haut.

Santi donne une pichenette sur une feuille d'arbre pour l'envoyer dans le vide et observe sa descente erratique.

— Pourquoi tu as besoin d'un tatouage pour te rappeler ça ?

Il n'avait sans doute pas l'intention de l'insulter. Mais c'est ainsi que Thora le prend, comme s'il avait percé ses faux-semblants pour atteindre l'incohérence qui sommeille au plus profond d'elle.

Les cloches de la cathédrale sonnent. Il est 2 heures. Thora sent poindre l'amorce d'une décision hésitante, la seule preuve dont elle dispose pour montrer à Santi qu'il se trompe : elle avait le choix de grimper ici, et maintenant elle a le choix de redescendre.

— Il faudrait que j'y aille, dit-elle.

Santi lui sourit.

— Je savais que tu allais dire ça.

Elle le regarde en roulant les yeux.

— Très bien. Alors je reste, juste pour te prouver que Dieu et toi, vous vous trompez.

— OK. Amuse-toi bien. Moi, je m'en vais, dit-il avant de disparaître à travers l'ouverture dans le sol.

Thora voulait rester, s'accorder un peu de temps en compagnie des étoiles. Cependant, et plus vite qu'elle ne s'y attendait, elle commence à se sentir seule. En descendant les marches, elle commet l'erreur de regarder vers le bas. La tour s'enfonce dans les ténèbres, qui sont percées d'éclats de lumière comme dans la conception puérile qu'a Santi du paradis. Sauf qu'au-delà se trouve la terre ferme, et Thora ne croit pas qu'elle s'en ira ailleurs si elle fait une chute mortelle ce soir. Ses paumes sont moites. Elle cale un pied dans un creux du mur et cherche à tâtons la prochaine prise pour ses pieds alors que ses mains dérapent. Elle se projette frénétiquement en avant, agrippe une brique qui dépasse et se hisse dans un renfoncement de la paroi.

Elle s'accroche et regarde par une brèche entre les briques. Elle sait ce qu'elle devrait voir : le ciel étoilé au-dessus de la ville. Au lieu de ça, c'est elle-même qu'elle aperçoit, réfléchie à l'infini. Une myriade de Thora lui renvoient son regard, la peur se lit dans leurs yeux.

Elle manque de lâcher prise. Fermant bien fort les yeux, elle effectue un mouvement de balancier pour retrouver la sécurité des marches avant de s'effondrer.

— Thora ? (Santi remonte vers elle.) Tu vas bien ? Qu'est-ce qui s'est passé ?

— Rien. J'ai juste… j'ai cru voir…

Elle n'achève pas sa phrase. Elle sait parfaitement ce qu'elle a vu. Ses cauchemars qui prenaient vie : des versions sans fin d'elle-même dérivant en spirale de chaque décision qu'elle prend, et toutes ces versions, sauf une, perdues à jamais.

— Quoi ?

Elle croise le regard inquiet de Santi.

— Dieu, se moque-t-elle.

Santi secoue la tête en souriant.

— J'imagine que nous sommes assez haut pour ça.

En regagnant le sol, Thora a les membres qui tremblent.

— Je ne peux pas croire qu'on vient de faire ça.

Santi sourit.

— Moi si.

— Comme nous l'avons déjà démontré, tu es prêt à croire n'importe quoi. (Un truc manque. Thora porte les mains à son cou.) Merde ! J'ai laissé mon écharpe là-haut.

Santi repasse déjà par le trou.

— Je vais la chercher.

— Non ! Ne te tracasse pas. C'était… un truc bon marché, ça n'a pas d'importance.

Son père l'a tricotée pour lui souhaiter bonne chance dans sa nouvelle vie. Thora se rappelle leur au revoir : les paroles furieuses qu'ils se sont jetées à la figure après qu'il n'avait pu s'empêcher de critiquer une dernière fois les choix de sa fille. Elle redresse les épaules. De toute façon, elle ne voulait pas de cette écharpe. Autant la considérer comme son drapeau planté au sommet de la ville qu'elle veut faire sienne.

— Tu es certaine ?

— Certaine.

— OK. (Il jette un coup d'œil derrière lui.) Tu repars vers Lindenthal ?

Thora soupèse ses options avant de répondre. Elle ne veut pas mettre un terme à cette conversation. Mais, sur le long trajet qui la ramènera chez elle, un tas de choses pourraient aller de travers : elle pourrait encore le blesser, ou il pourrait s'attendre à ce qu'elle le quitte en l'embrassant. Mieux vaut s'en aller lorsque les choses sont encore parfaites.

— Non, je… j'ai laissé mon amie Lily au club, improvise-t-elle. Je devrais aller jeter un coup d'œil. Vérifier qu'elle va bien.

— Parfait. (Il hésite un instant.) Je peux avoir ton numéro ?

— Bien sûr.

Il observe sur son écran l'appel manqué qu'elle lui laisse. Puis il recule, comme s'il ne savait pas comment conclure la soirée.

— OK. Bonne nuit.

— Bonne nuit.

Ils partent dans des directions opposées. Thora ne se retourne pas.

Elle ne l'appelle pas tout de suite. Elle craint qu'il croie qu'elle veut une aventure romantique, et elle est quasi sûre de ne pas éprouver un tel intérêt pour lui. Elle a flashé sur Jules, une fille de sa résidence universitaire, et elle commence à penser que cela pourrait être réciproque. Elle veut à tout prix éviter un malentendu avec un garçon aussi sérieux et imprévisible que Santi. N'empêche qu'en levant les yeux sur les lumières qui luisent à son plafond, elle songe au claquement des aimants, à l'orbite commune des étoiles binaires. Elle souhaiterait ardemment qu'il existe dans ce monde une manière pour une fille de dire à un garçon qu'elle voudrait être sa meilleure amie. Elle prendrait n'importe quelle apparence – un garçon de son âge, une vieille femme, un cerveau dans un bocal –, n'importe quoi pour s'assurer qu'il aille au-delà de la surface et qu'il communique avec sa vérité profonde.

Des semaines plus tard, alors qu'elle rumine cette idée, elle passe devant un panneau d'affichage de la résidence et aperçoit le visage de Santi, entouré de fleurs.

Elle s'arrête net. Trois mots sur le mur, qui ressortent comme un graffiti. « Repose en paix ». La photo et les mots forment deux langues incompatibles juxtaposées dans une seule et même phrase.

Jules s'immobilise à ses côtés.

— Tu as entendu ? C'est horrible. On l'a trouvé au pied de la tour de l'horloge dans la vieille ville. Les gens disent qu'il a sauté.

— Il n'a pas sauté.

Thora voit la scène avec plus d'acuité qu'elle ne peut le supporter : son écharpe, qui s'envole en gonflant du sommet de la tour. Santi qui grimpe, les yeux posés au-delà de l'écharpe vers les étoiles. Si sûr de lui, de sa voie unique dans ce monde sous la conduite de Dieu, que l'éventualité d'une chute ne lui a jamais traversé l'esprit.

Elle voulait remporter le débat. Elle ne voulait pas cette issue, la preuve la plus sinistre de sa victoire : elle a eu une influence sur sa vie, la pire et la plus définitive de toutes. Elle revoit ses propres mains qui glissent, se revoit presque lâcher prise. Pourquoi cela ressemble-t-il à un échange ? Comme si Santi avait pris sa mort à elle, était tombé à sa place ?

Elle frémit de colère contre la personne qu'elle était quelques semaines plus tôt. *« Mieux vaut s'en aller lorsque les choses sont encore parfaites. »* Quelle idiote pense de la sorte ? Qui préfère une perfection hors d'atteinte plutôt que le désordre et les complications qui existent bel et bien ?

— Tu le connaissais ? demande Jules.

Elle ouvre la bouche. « On ne connaît jamais vraiment quelqu'un », a-t-elle envie de répondre, comme si le fantôme de Santi se trouvait à ses lèvres.

— Oui, dit-elle plutôt.

Car l'être tout entier de Santi l'habite, à travers le prisme de cette nuit passée au sommet de la tour : Santi, qui voulait rejoindre les étoiles pour voir le visage de Dieu.

Jules l'enlace et pose la tête sur l'épaule de Thora. Jules n'a que dix-sept ans, elle est d'un an plus jeune que le reste de sa classe, mais elle dégage quelque chose qui donne à Thora l'impression qu'on veille sur elle, qu'elle est en sécurité. S'abandonnant à son étreinte, Thora voit le futur aussi nettement que si le fantôme de Santi lui énonçait son destin au creux de son oreille. Elle ira au bar avec Jules pour se réconforter avec un verre. Elles parleront, et ensuite elles s'embrasseront. Au retour, elle ira dans la chambre de Jules, qui se trouve trois portes plus loin que la sienne. Ce sera tout ce qu'elle désirait mais, pendant longtemps, elle se sentira trop engourdie de chagrin pour le ressentir.

Le lendemain matin, elle quitte la chambre de Jules sans la réveiller. Elle descend vers le hall où des fleurs et des cartes ornent le mémorial de Santi. Elle lit les messages, à la recherche de quelqu'un qui le comprenait. « Tu me manques, mec. Tu étais un chouette type. Dieu te bénisse. » Ils auraient tous pu être rédigés par une machine. La solitude désespérante de cette situation la heurte : mourir au cours des premières semaines de fac, quand tout ce que quelqu'un sait de toi, c'est que tu lui as souri à la bibliothèque ou que tu lui as offert un verre au bar. Mais elle le connaît mieux que ça.

Elle lui laisse le badge de l'Agence spatiale européenne qu'elle a acheté à l'Odysseum, celui qu'elle ne portait pas le soir de leur rencontre, car elle craignait ce qu'on pourrait penser d'elle. Elle le place en l'orientant vers le visage de Santi. Elle est à présent certaine qu'elle n'atteindra jamais les étoiles. Si elle était sur la bonne voie, Santi serait encore là et il l'accompagnerait.

— J'espère que tu as trouvé ce que tu cherchais, dit-elle.

Deux jours plus tard, elle achète une bombe de peinture et se rend dans la vieille ville à 3 heures. Par-dessus les mots effacés au pied de la tour, elle écrit pour lui : « Bienvenue dans l'éternité ».

Ouvre les yeux

Santi est en retard.

Ça n'a rien d'inhabituel : être en retard constitue un de ses traits caractéristiques, aussi immuable que ses cheveux bouclés. N'empêche qu'il existe de meilleurs moments pour le manifester que le premier jour d'une nouvelle année scolaire. Ce serait déjà ennuyeux s'il était élève ; c'est impardonnable chez un prof ayant vingt-cinq ans d'expérience. Il longe d'un pas pressé la fontaine située au milieu de la place pavée, esquivant les badauds. En passant devant la tour de l'horloge en ruine, il lève les yeux pour vérifier l'heure, oubliant que les aiguilles sont en permanence bloquées sur 11 h 08.

Ce matin, il s'est réveillé étendu de tout son long en travers de son lit comme s'il s'y était effondré depuis une hauteur insondable. Il a déjà fait ce rêve. Cette fois, il lui a fallu arpenter son appartement pendant trente minutes en examinant les preuves de sa vie – sa chatte Félicette qui exigeait son petit déjeuner en miaulant, la nappe crochetée par sa mère, la photo d'Héloïse sur le balcon, observant avec appréhension la pluie qui s'annonçait – avant de sentir qu'il en reprenait possession. Il quitte à présent le marché et sa foule pour rejoindre le calme de la cour de l'école internationale tout en s'efforçant de retrouver une certaine cohérence. D'un geste machinal, il plonge la main dans sa veste pour toucher le bois lisse du couteau de son grand-père.

Il pénètre dans la salle de classe sous les regards inquisiteurs de trente enfants de sept ans. Les visages sont différents, mais tout le reste est identique. L'impression de déjà-vu solitaire ressentie par le prof qui revit sans cesse la même année, entouré d'enfants pour lesquels cette version est la seule qui compte.

— Bonjour, lance-t-il. Je suis M. López. Je serai votre professeur de sciences. Dans cette classe, vous découvrirez le monde et son fonctionnement. Les choses que nous savons, et celles que nous cherchons encore à comprendre. (Il passe la salle en revue, croisant les regards des élèves.) S'il y a une chose que vous apprendrez cette année, je l'espère, c'est à prêter attention à tout ce qui vous entoure. Ne tenez rien pour acquis, c'est le principe même de la science.

Il bosse sur ce discours depuis des années, laissant tomber un mot par-ci, peaufinant une phrase par-là, mais il doute que les enfants l'écoutent. Ils le jaugent d'autres façons : son accent, ses gestes, ses vêtements. Pour décider, à la manière inconsciente des animaux, s'il appartient ou non à leur meute.

— Je me disais que nous pourrions commencer par faire connaissance, poursuit-il. Levez la main. Lorsque je vous désigne, donnez-moi votre nom et dites-moi ce que vous voudriez faire plus tard. Je l'écrirai sur le tableau, ainsi nous apprendrons tous quelque chose les uns sur les autres. (Les enfants lèvent la main en rafale, la plupart la gardent baissée.) Si vous ne levez pas votre main maintenant, je vous appellerai plus tard. Mais il restera moins de place sur le tableau, donc vous serez plus petits. Main en l'air si vous ne voulez pas être petits.

Le nombre de mains levées s'accroît légèrement. Il sourit et choisit un garçon sur sa droite.

— Tu étais le premier. Comment tu t'appelles ?

— Ben, répond le garçon.

— Qu'est-ce que tu veux faire plus tard, Ben ?

— Footballeur.

Un début prévisible.

— Super. Quelle est ton équipe favorite ? (Le garçon s'apprête à répondre, mais Santi lui coupe la parole.) Le Real Madrid, comme moi ! Génial.

Les rires des autres enfants fusent. Santi se tourne vers le tableau et dessine un bonhomme qui frappe un ballon de la tête. Lorsqu'il recule d'un pas, certains gamins gloussent. C'est loin d'être une œuvre d'art. Il a toujours eu l'intention de consacrer plus de temps au dessin, pour que ses aptitudes passent de potables à impressionnantes. Mais ses gribouillis suffisent à capter l'attention des enfants.

— Suivant.

Il regarde la mer de mains. Son regard est attiré par une fille aux cheveux châtains et aux saisissants yeux bleus ; elle est grande pour son âge et semble plus âgée que tous les autres.

— Toi, dit-il. Comment tu t'appelles ?

Elle baisse la main.

— Thora Lišková.

— Lish-ko-va, répète-t-il en accentuant comme elle la première syllabe. Comment tu écris ça ?

Elle le lui dit.

— Ça veut dire « renard », ajoute-t-elle avec une fierté solennelle.

— Ah bon ? Mon nom à moi signifie « loup ».

Elle lui rend son sourire, un grand sourire niais qui fait ricaner le gamin à côté d'elle. Santi ressent un pincement au cœur. Une de ces gosses que le monde n'a pas encore réduits au silence, qui porte sa joie comme une cible dans le dos. *Reste telle que tu es, Thora Lišková*, prie-t-il tout bas, même s'il sait que c'est peine perdue. Il lui accorde un an pour commencer à se soucier davantage de ce que les gens pensent d'elle que de ce qui la rend heureuse.

— Et tu veux faire quoi dans la vie ? demande-t-il.

Elle répond sans l'ombre d'une hésitation :

— Astronaute.

Santi parvient à esquisser un sourire. Ceux qui veulent être footballeurs, vétos ou pilotes de course ne lui posent aucun problème. « Vas-y, leur dit-il. Poursuis tes rêves. » Même si les statistiques indiquent qu'ils risquent de finir dans un centre d'appels. Mais il a plus de mal à gérer les aspirants astronautes.

Il déglutit une demi-vie de regrets.

— C'est un choix difficile, dit-il. Mais louable.

Il la dessine en bleu : une silhouette minuscule, opiniâtre, avec un casque spatial, qui plante un drapeau sur une planète miniature. Quand il se retourne, elle refuse de croiser son regard, le visage cramoisi.

Il parcourt la classe jusqu'à ce que le tableau soit rempli de rappeurs, de décorateurs de gâteaux, de médecins. Thora flotte sur le bord, comme si elle s'apprêtait à pénétrer dans le monde libéré d'entraves qui s'étend au-delà.

— Maintenant, dit Santi en leur distribuant du papier ligné, je veux que vous écriviez et illustriez une histoire parlant de vous dans le futur. Imaginez que vous êtes devenu ce que vous voulez devenir. Montrez-moi à quoi ça ressemble.

Il s'assied, se préparant à quinze minutes de relative tranquillité.

Du coin de l'œil, il devine une main qui s'agite.

— Oui ?

— Et vous, M. López ? demande Thora, le visage rayonnant. Qu'est-ce que vous vouliez devenir ?

Il ment sans sourciller. Il ne peut pas lui offrir l'exemple vivant de quelqu'un qui voulait exactement la même chose qu'elle et qui a échoué.

— Eh bien, il semble que je voulais devenir prof de sciences. La preuve, me voilà.

Quelques rires et grognements. Aucun des enfants qu'il a dessinés sur le tableau n'est prof.

Elle lève de nouveau la main.

Il soupire.

— Oui, Thora.

— Vous devriez vous dessiner.

D'autres voix font écho :

— Oui.

— Allez-y, monsieur.

Le seul espace encore disponible se trouve sur le bord, à côté de Thora. Il se dessine donc là, plus petit que les enfants, avec des frisottis de scientifique fou, sans oublier de laisser une zone chauve semblable à la tonsure d'un moine. La première règle quand on travaille avec des enfants : se poignarder soi-même là où ça fait le plus mal avant qu'ils puissent déceler vos faiblesses. « M. López », écrit-il en dessous, ce qui suscite des gloussements gratifiants.

Il esquisse une révérence avant de s'asseoir. Il sait sans lever les yeux que la main de Thora est toujours en l'air.

— Dernière question, puis je veux que vous continuiez à écrire.

— Vous devriez vous ajouter un casque spatial, dit-elle. Sinon vous ne pourrez pas respirer.

Il reporte le regard sur le tableau. Il imaginait chaque dessin dans son propre univers distinct. Voilà qu'elle l'attire dans le sien, dans l'orbite de la minuscule planète qu'elle explore.

— Tu as tout à fait raison. (Il dessine rapidement une bulle autour de son crâne.) Maintenant, fini de rigoler. On travaille en silence.

Il s'assied, étrangement touché par la générosité de Thora. Il y songe encore en fin de journée, en traversant la cour de récré déserte pour rejoindre la rue pavée ; sous des nuages menaçants, il se sent écrasé par les immeubles de la vieille ville de Cologne.

Santi veut que sa vie ait un sens. D'ordinaire, sa foi le porte quand le monde ne lui adresse que bruits et parasites. Mais c'est pour des moments tels que celui-ci qu'il vit, aussi clairs et nets que si une voix lui parlait à l'oreille. S'il n'a pas pu réussir, peut-être que Thora le pourra. Et peut-être qu'il peut tenir le rôle de première étape sur le sentier qui la mènera aux étoiles.

Il sait que c'est une mauvaise idée. C'est une des raisons pour lesquelles il n'a jamais eu d'enfants, afin de ne pas projeter ses ambitions frustrées sur eux. (L'autre raison étant qu'Héloïse a demandé le divorce et est repartie vivre en France.) *Mais ici, c'est différent,* argumente-t-il en passant sous l'enseigne dorée d'un centaure pour aller s'asseoir au comptoir. Thora lui a déjà fait part de son ambition : son boulot à lui est de lui apprendre que c'est possible.

Brigitta, la serveuse, pose un mince verre de bière blonde locale devant lui. Santi le lève à sa santé et boit une gorgée en s'imprégnant de l'ambiance du bar *Der Zentaur* dont la salle se reflète dans le miroir derrière le comptoir. Il est entouré de conversations dans une demi-douzaine de langues : dialecte kölsch, allemand standard, anglais, russe, espagnol. Il peut pratiquement accompagner en articulant silencieusement celles qu'il comprend : les plaintes habituelles concernant le trafic sur le Ring, la nouvelle moisson d'étudiants à l'université qui peuplent les bars de la vieille ville. Il se remémore le temps où il était un de ces étudiants qui déboulaient au *Zentaur* sans la moindre idée du ressentiment qu'il faisait naître chez les habitués du bar. Qu'il soit l'un de ces derniers à présent paraît impossible.

En temps normal, il retrouve ici son ami Jaime avec qui il partage quelques verres, mais Jaime est rentré en Espagne pour voir sa famille. Puisqu'il est seul, Santi termine sa bière, puis s'en va. Il lève les yeux par habitude, mais les étoiles sont masquées par les lumières de la ville. En parcourant les rues commerçantes autour de Neumarkt, baignées sous leur éclairage nocturne, il chantonne seul, une mélodie familière. Il devrait se sentir chez lui désormais, dans cette ville aux nombreux patronymes. Köln pour les locaux, Cologne pour les professeurs de l'école internationale, Colonia pour sa famille quand ils l'appellent pour demander quand il rentre. Seul l'espagnol a préservé la signification de la colonie que la ville était autrefois, baptisée et fondée par des étrangers. Santi franchit la ligne invisible de l'ancien mur romain : il est un étranger de plus, pas un conquérant, simplement de passage.

Son téléphone sonne. Sa sœur Aurelia.

— Lita, la salue-t-il alors qu'il traverse le large Ring bordé d'arbres pour pénétrer dans le quartier belge.

— Je ne te dérange pas ? demande-t-elle de sa voix compressée par la distance.

Les quelque deux mille kilomètres qui les séparent pourraient tout aussi bien être des années-lumière.

— Non. Je rentre du travail.

Un passant regarde Santi et crache dans le caniveau. Parce qu'il parle espagnol, pour une autre raison, ou pour aucune raison ? Ses pensées tournoient en une danse mentale épuisante à l'idée de son manque d'appartenance.

— Comment sont les nouveaux élèves ? demande Aurelia.

— Comme d'habitude. (Il se reprend. Thora, l'anomalie.) L'une d'elles veut être astronaute.

Sa sœur émet un murmure d'empathie.

— Qu'est-ce que tu vas lui dire ?

— De faire de son mieux.

Aurelia garde un instant le silence.

— C'est une bonne idée ?

Santi se demande comment réagir. *Moi, j'aurais aimé qu'on me dise ça.*

— C'est une gosse de riches dans une école internationale, répond-il plutôt. Elle a plus de chances que je n'en ai jamais eu. (Avant qu'Aurelia puisse argumenter, il change de sujet.) Comment va ma nièce ?

Aurelia semble exaspérée.

— Dieu seul le sait. Elle m'appelle une fois toutes les six semaines pour me dire qu'elle est en vie.

Santi sourit en tournant sur sa rue.

— Dis-lui de venir me rendre visite un de ces quatre.

— Elle n'aurait pas besoin de venir si tu habitais plus près. Maman demande si tu as postulé à ce boulot à Almuñécar.

Il aurait dû se douter qu'Aurelia saisirait cette occasion de revenir à son sujet de prédilection. Il soupire.

— J'y réfléchis.

— Ça veut dire non. (Il reste silencieux pour la laisser poursuivre.) Santi. Tu n'arrêtes pas de me dire que tu ne te sens pas bien là.

— Je sais.

Mais en vérité, il ne leur a pas confié la moitié de ce qu'il ressent. Comment, après presque trente ans, il a parfois encore tellement le mal du pays qu'il est incapable de respirer. Comment la texture de la vie quotidienne ici, parmi ces inconnus froids et pressés, lui est étrangère au point de le maintenir constamment sur les nerfs. Il fait passer son téléphone dans sa main gauche, bataille avec les clés de son immeuble.

— C'est juste que… je ne suis pas encore prêt à partir.

Ce qui n'est pas tout à fait vrai. Mais Santi ne sait pas comment lui annoncer la vérité : un retour à la maison semble constituer un pas dans la mauvaise direction.

Aurelia soupire.

— Je sais quel est ton problème. Tu ne veux pas vivre sur cette planète.

Il rit en gravissant l'escalier.

— Tu me connais par cœur.

— Écoute, il faut que j'y aille. Mais réfléchis à ce job, OK ?

Il le lui promet et raccroche, il ouvre sa porte et allume les lumières. Il arrose l'arbrisseau tordu et mal taillé qu'Héloïse a laissé – sa tentative avortée de bonsaï – et s'affale sur le canapé. Il est fatigué, ressent une lassitude qui n'autorise cependant pas de repos. Félicette traverse la pièce avant de disparaître dans la cuisine, puis de soudain réapparaître près de son épaule. Il lui caresse le menton, se sert une autre bière et commence à corriger les rédactions de ses élèves. Lorsqu'il tombe sur celle de Thora, il se la réserve pour la fin, la plaçant au bas de la pile en guise de récompense.

Lorsqu'il a fini de parcourir les autres textes, il les range sur le côté et se penche sur celui de Thora. Elle a dessiné la minuscule planète qu'il a faite pour elle, avec ses propres ajouts : des lacs violets, des arbres extravagants, des extraterrestres avec des yeux aux orteils. Elle a débordé d'imagination au point qu'il parvient à peine à savoir ce que ça représente. Il plisse les yeux sur une silhouette qui dépasse sur le côté de la planète.

— Docteure Lišková, je suppose, murmure-t-il.

Vue par ses propres yeux, Thora est dégingandée et bizarre, des brins de cheveux émergent de son casque spatial. Elle empoigne triomphalement une bouteille contenant une substance rouge. Santi consulte le texte et découvre que c'est un « échantillon ». Elle écrit bien pour son âge, même si elle a un peu tendance à utiliser de longs mots sans tout à fait comprendre leur signification.

Alors qu'il s'apprête à rédiger son commentaire, il remarque qu'il est présent sur le dessin. Une minuscule silhouette de l'autre côté de la planète, à peine plus qu'une bavure de crayon. Il ne se serait pas reconnu si elle n'avait pas indiqué son nom, en lettres deux fois plus grandes que sa silhouette minuscule.

— J'espère bien que ce n'est pas une remarque sur ma taille, marmonne-t-il en avalant une lampée de bière.

« Bon travail, écrit-il. Merci de m'avoir convié. »

Il range sa feuille avec le reste de la pile et s'adosse sur son siège ; son amusement est à présent teinté de mélancolie. Il envie Thora : pas les petits tracas de la vie à son âge, mais l'illusion d'un potentiel infini. Il dresse une nouvelle fois la liste des choses qui l'ont retenu : le manque d'argent, l'échec à son examen de physique, sa famille qui lui a recommandé d'opter pour un métier fiable. Il se demande dans quelle mesure ce n'étaient que des excuses. Il s'est peut-être saboté lui-même : il a provoqué le fiasco qu'il redoutait afin de ne plus devoir l'attendre. Ou peut-être que Dieu avait d'autres plans pour lui.

Il s'assoupit sur le canapé, rêvant de miracles, de l'homme qu'il a un jour aperçu flotter une dizaine de centimètres au-dessus des pavés, totalement immobile, le visage impassible et les mains écartées.

Lors de la réunion parents-professeurs, Santi les rencontre pour la première fois : la mère de Thora, une spécialiste en mythologie comparée, et son père, un philosophe bâti comme un boxeur professionnel.

— M. et Mme Lišková, les salue-t-il en tendant une main.

— En fait, c'est docteur Liška, précise le père. (Sa poignée de main est un peu trop ferme.) Ma fille a pris la déclinaison féminine de mon nom.

— Docteure Rasmusdottir, annonce la mère.

— Mon épouse a préféré ne pas adopter mon nom, sous quelque déclinaison que ce soit, explique le père dans un rire forcé.

La mère s'exprime dans un anglais sans accent. Santi imagine des écoles internationales hors de prix, pareilles à celle où il enseigne. Il détecte des signes d'alcoolisme chez le père : la main qui tremble, un enthousiasme excessif, l'écrin fragile d'une bombe.

— Votre fille est très intelligente, commente-t-il.

— Nous le savons, dit le père avec un nouveau rire.

— Le problème est qu'elle ne s'applique pas, ajoute la mère.

— Elle s'applique quand ça l'intéresse, fait remarquer Santi.

Il ignore pourquoi il défend Thora : il est censé être dans l'autre camp. Toute cette situation est sens dessus dessous. Il a l'impression d'être un enfant catapulté dans le corps d'un homme d'âge mûr, et qu'on attend de lui qu'il sache ce qu'il fait.

—Je vois, dit le docteur Liška. Vous êtes le professeur de sciences, n'est-ce pas ?

—En effet.

—Bien. Nous estimons que les vrais atouts de Thora se situent dans la sphère littéraire. L'écriture, l'histoire, et tout ce qui s'ensuit.

—Elle écrit très bien, approuve Santi. Mais c'est une aptitude qu'elle peut continuer à développer dans de nombreux contextes. L'étude des sciences lui permettrait d'aborder ce qui l'intéresse, tout en lui ouvrant d'autres opportunités.

Les parents échangent un regard. Puis la docteure Rasmusdottir se tourne vers Santi.

—Vous sous-entendez sa ridicule obsession pour l'espace.

Santi est parcouru d'un frisson d'incrédulité. Le ton dédaigneux, les yeux levés au ciel : c'est caricatural, l'image de parents incompréhensifs telle que la verrait une enfant de sept ans. Quand Thora les lui a décrits, il a cru qu'elle exagérait.

—Ce n'est pas ridicule. (Il n'est pas censé contredire directement les parents. Il se ravise.) Je veux dire qu'un centre d'intérêt tel que celui-là constitue une motivation importante. Je conseillerais de l'encourager. Ou du moins de ne pas chercher à le décourager.

Il voit qu'ils ne sont guère convaincus. Ils acquiescent toutefois et le remercient avant de poursuivre leurs entretiens. Santi les regarde s'éloigner. Il se rappelle que, si les épreuves de Dieu étaient faciles, elles n'auraient aucun sens.

Le lendemain, lors de la pause du matin, Santi rapporte son café en classe et trouve Thora installée à son bureau en train de dessiner. Il la regarde s'arrêter pour suivre la trace d'un groupement de points à peine visibles sur l'intérieur de son poignet.

— Thora, c'est la récré.

Elle ne lève pas les yeux.

Il insiste.

— Tu es censée être dehors.

— Je veux rester ici.

Officiellement, il devrait lui dire de sortir : il ne peut pas protéger un enfant de l'ordre naturel des choses. Les lions abattent la gazelle, ensuite celle-ci gît éviscérée, prise de convulsions. Mais, puisqu'il ressent encore une vive colère contre ses parents, il se rebelle. Il va s'asseoir près d'elle, et elle tressaille, surprise. Elle penche la tête et se met à colorier furieusement.

— Qu'est-ce que tu dessines ? demande Santi.

Elle relève les yeux, dans un éclair de bleu évoquant un poisson tropical craintif.

— Hadès.

— Waouh. (Santi examine son dessin : beaucoup de noir, avec des fragments d'immeubles explosés et ce qui ressemble à un lapin avec une tête de bébé.) Tu aimes les mythes grecs ?

Elle se tient sur la réserve.

— Mes parents m'ont offert un livre qui en parle.

Premier round aux parents et à l'éducation classique.

— Ce sont de bonnes histoires, approuve Santi. C'est intéressant de voir comment les gens expliquaient le monde avant de posséder les outils scientifiques permettant de comprendre ce qui s'est réellement passé.

Deuxième round à Santi et aux étoiles.

— Oui, répond Thora. Du genre dans l'antiquité grecque, on pensait que les gens continuaient à vivre après leur mort.

Santi fronce les sourcils.

— Tu ne penses pas que ce soit le cas ?

Elle lui adresse un regard de mépris absolu.

— Vous êtes prof de sciences, rétorque-t-elle avant de retourner à son dessin des enfers.

Santi se penche en arrière, soupesant soigneusement ses mots.

— La science ne peut pas nous apprendre grand-chose sur ce qui arrive aux gens après leur mort.

Elle le regarde d'un air de défi.

— Si, elle peut. On pourrit et on se décompose, comme dans l'expérience avec le pain que nous avons faite la semaine passée. Puis on devient un squelette.

— Tu as raison, admet-il. Mais c'est juste ce qu'on peut observer. Comment sait-on qu'une autre part de la personne ne continue pas son chemin ? Une part qu'on n'est pas en mesure d'observer ?

Thora mordille son crayon.

— Je suppose qu'on ne peut pas le savoir, répond-elle, ennuyée. À moins de parler à quelqu'un qui est mort pour lui poser la question.

— Eh bien, je vais sans doute mourir avant toi. S'il y a quelque chose après, je te promets d'essayer de revenir pour t'en parler.

— Merci.

Elle arbore un grand sourire, toute trace de crainte a disparu. À cet âge, elle semble se transformer d'un instant à l'autre. Mais c'est une illusion : la personne que Thora deviendra est déjà présente à l'intérieur. Santi peut juste l'aider à émerger.

Il se lève.

— En attendant, je planifiais une sortie scolaire à l'Odysseum.

Thora lève les yeux, le souffle court.

— Le musée de l'Aventure scientifique ?

Il hoche la tête.

— Qu'est-ce que tu en penses ?

La joie qui illumine son visage en dit assez long.

L'Odysseum est situé sur l'autre rive du fleuve, arrimé à un nœud de centres de conférence et de voies rapides. Tandis que Santi guide une file désordonnée d'enfants au-delà du pont Hohenzollern au son retentissant des cloches de la cathédrale, il se rappelle pourquoi il fait cela. *Pour Thora*, songe-t-il résolument, alors que deux enfants essaient de forcer un des cadenas de la balustrade et qu'un troisième reste en retrait pour toucher du bout du doigt un pigeon mort.

— On avance ! crie-t-il en frappant dans ses mains.

Par la grâce de Dieu, il les escorte sains et saufs au bas de l'escalier, à travers le terrain de jeux parsemé de maquettes en fibre de verre des planètes et dans le hall bourdonnant du musée. Il paie les entrées et fait franchir le tourniquet aux élèves un par un.

— On se retrouve à 15 heures à la cafétéria, parvient-il à leur dire avant qu'ils s'éparpillent comme des billes.

Il aperçoit Thora, qui porte une écharpe jaune moutarde et qui s'éloigne seule en courant. Une part de lui voudrait parcourir le musée avec elle, afin d'être disponible pour répondre à ses questions, mais il sait que cela la dégoûterait immanquablement. Il doit lui laisser trouver sa propre voie.

Il choisit alors de déambuler en suivant sa propre hyperbole à travers les expositions. Il est venu si souvent que, si une bombe devait toucher le musée, il pourrait le reconstruire salle par salle : les murs incurvés du faux planétarium, parsemés de lumières qui ne correspondent à aucune constellation terrestre ; les combinaisons spatiales vides alignées tels des chevaliers célestes. Il surprend son reflet déformé dans le miroir du casque d'un astronaute. Il sourit en repensant au dessin de Thora. Derrière lui, rendue minuscule par la courbe du plastique couvert de dorures, une silhouette extraterrestre fait son apparition.

— Salut, Thora. (Il se tourne.) J'aime bien ton écharpe.

— Elle me gratte. (Elle tire dessus d'un air mécontent.) C'est mon père qui l'a tricotée.

Santi essaie d'imaginer l'imposant philosophe aux mains tremblantes tricoter. Il cligne des yeux.

— Moi, ma mère fait du crochet, avance-t-il.

Thora semble déconcertée.

— Ah oui, j'aurais dû t'expliquer. D'un point de vue scientifique, même pour des anciens comme moi, il est nécessaire d'avoir une mère. (Il lui adresse un sourire las.) Tu ne veux pas explorer le musée ?

— Je l'ai déjà fait.

Il la dévisage, surpris.

— Tu es allée vite.

Elle hausse les épaules.

— J'aimerais qu'il y ait plus de choses.

Sa curiosité vient se frotter aux limites de son monde, ce qui attriste Santi.

— Tu as des questions ?

Elle a le regard rivé sur leurs reflets dans le casque spatial, les sourcils froncés.

— C'est vrai que, si on porte une combinaison spatiale et qu'il y a un trou dedans, notre sang se met à bouillir et nos poumons explosent ?

Santi considère son expression inquiète et se demande comment répondre.

— Ça dépend. Si c'est un petit trou, la combinaison décompresserait peu à peu. Tu serais juste à court d'oxygène et tu t'endormirais. (Il ajoute un sourire rassurant.) D'autres questions ?

— Oui. En fait, je voulais vous demander pour les fenêtres.

— « Les fenêtres » ?

Elle opine avec enthousiasme.

Santi ignore complètement où elle veut en venir. Il peut en tout cas lui faire parcourir une seconde fois le musée le temps qu'elle précise sa pensée. Ils longent le couloir des combinaisons spatiales en sens inverse pour retourner vers le planétarium.

— Eh bien, il y a une fenêtre dans mon grenier qui donne sur le jardin, débute-t-elle. Ou plutôt elle devrait donner sur le jardin, parce qu'elle est de ce côté-là de la maison. Mais non. Elle donne sur un autre endroit.

— Un autre endroit ?

Il écoute à moitié, tout en se concentrant sur les expositions disséminées au rez-de-chaussée du planétarium pour essayer de trouver celle qui pourrait susciter l'intérêt de Thora. Il s'arrête en face d'une présentation intitulée : « Proxima b : l'exoplanète la plus proche de la Terre ». Il se demande ironiquement si le qualificatif « la plus proche » risque de rebuter Thora.

— Oui, dit Thora en l'ignorant et en poursuivant son chemin. Je le sais parce qu'il n'y a pas le buisson qui devrait se trouver sous la fenêtre, celui avec les fleurs blanches. À la place, il y a ce bâtiment, mais qui ne ressemble pas à un vrai bâtiment. C'est plus comme… le rêve d'un bâtiment.

— Ça semble très étrange.

Santi ralentit le pas alors qu'ils quittent le planétarium et débouchent dans une impasse. Devant eux se dresse une salle fermée avec un écriteau jaune indiquant « *Im Bau*/En construction ». Santi s'avance jusqu'au portillon pour essayer de jeter un coup d'œil, mais l'espace au-delà est plongé dans l'obscurité.

— Excusez-moi, dit une voix en anglais.

Santi se retourne. Un homme de grande taille, avec de longs cheveux, vêtu d'un manteau bleu vif. Son accoutrement suggère qu'il appartient au personnel du musée, une sorte d'animateur éducatif pour les enfants, mais son expression ne colle pas : il semble anxieux, comme s'il avait une annonce à faire mais cherchait ses mots. L'expression qu'avait Héloïse avant de partir.

— Je suis désolé, cette salle n'est pas encore prête, déclare l'homme. Toutefois, il existe une autre salle que vous aimerez peut-être voir.

Il indique sa droite, où Santi se rappelle avoir vu un mur recouvert d'une image prise par le télescope Kepler. À présent, une porte est ouverte.

Avec un sourire nerveux, l'homme les contemple tour à tour. Il doit penser que Thora est la fille de Santi, qui sent son estomac se nouer en songeant aux enfants qu'Héloïse et lui n'auront jamais. Il sourit.

— Bien sûr, nous allons y faire un tour.

La salle est petite et dépouillée ; elle abrite une silhouette en carton de la lune et un jeu d'arcade du nom de *Rocket Mission*. Santi s'avance vers le jeu, les mains dans les poches.

— Waouh, ils n'ont pas lésiné sur la dépense.

Thora le rejoint, toujours accaparée par son histoire.

— Je pensais passer par la fenêtre. Pour aller voir ce qu'il y a dehors, dit-elle tout en entrant les commandes de lancement avec l'aisance désinvolte de la jeunesse.

— Tu ferais sans doute mieux de t'en abstenir, répond Santi. (Il se demande s'il a un jour fait des rêves aussi précis ; en tout cas, il n'en a jamais parlé à ses professeurs.) Tu te souviens de ce que nous avons appris sur la pesanteur la semaine dernière ?

Thora lève les yeux au ciel alors que leur appareil imaginaire atteint la mésosphère et que ses propulseurs d'appoint à combustible solide chutent vers l'arrière comme des bougies consumées.

— Je ne tomberais pas, dit-elle. Sinon, je suppose que je découvrirais si c'est vraiment un autre endroit.

Une scientifique dans l'âme. Santi imagine les parents de Thora qui la retrouvent étendue sur le dos dans le jardin. *« M. López m'a dit de ne rien tenir pour acquis. »*

— Alors, ce que je voulais demander, reprend Thora, c'est si les fenêtres peuvent vous emmener dans d'autres endroits ?

Il fronce les sourcils.

— Je ne suis pas sûr de comprendre. J'imagine que tu ne parles pas d'endroits comme ton jardin ?

— Non, réplique-t-elle fermement. Je parle… d'endroits… différents.

Santi observe la trajectoire clignotante de leur appareil sur l'écran.

— Tu veux dire d'autres mondes ?

Le visage de Thora s'illumine.

— Oui. D'autres mondes.

Santi sourit. Il s'était toujours imaginé qu'un prof de sciences avait ce genre de conversation.

— Sans doute que non. Du moins pas sur Terre. Dans l'espace, il existe peut-être des trous qui pourraient t'emmener d'un endroit de l'univers à un autre, très lointain.

Elle se renfrogne.

— Mais ma fenêtre ne pourrait pas être un de ces trous ?

— Non. Tu as probablement été témoin d'un effet d'optique.

Elle semble si déçue qu'il ajoute :

—Ça ne signifie pas que c'est ennuyeux ! C'est très intéressant, la façon dont ce qu'on voit devient ce que nous croyons voir.

—Je sais ce que j'ai vu, insiste Thora.

La machine émet un signal sonore étranglé. L'écran clignote, les invitant à réagir.

—Regarde, dit Santi, ravi de la diversion. Nous devons décider si nous traversons le champ de débris ou si nous changeons de trajectoire pour l'éviter.

Soudain concentrée, Thora se dresse sur la pointe des pieds et plisse les yeux sur l'écran.

—Je suppose qu'il serait plus prudent de changer de trajectoire. Mais on nous informe qu'alors ça nous prendra plus de temps pour arriver, précise-t-elle.

Santi choisit ses mots avec soin. Il connaît la bonne réponse, ou du moins la réponse que souhaite la machine. Mais il ne veut pas enseigner à Thora d'être prudente, de toujours choisir la voie la plus sûre.

—Nous avons des boucliers, fait-il remarquer. Ils ne savent peut-être pas tout contrer, mais ils nous offrent une certaine protection. Par ailleurs, choisir le chemin le plus long nous ferait consommer plus de carburant. Mais… c'est toi le capitaine. À toi de décider.

Thora soupèse les options, son front plissé lui donne un air plus âgé.

—Je pense que nous devrions traverser le champ de débris. (Elle hésite, le doigt au-dessus du bouton. Santi perçoit les vibrations de son indécision.) Si ça ne marche pas, on pourra toujours rejouer, ajoute-t-elle avec un rire nerveux.

—Je trouve que c'est de la triche, réplique Santi. Je pense que nous devrions faire un choix et nous y tenir.

Thora le regarde, atterrée.

— Mais si nous faisons le mauvais choix ?

— Il n'y a pas de mauvais choix. Ce qui arrive arrive, c'est tout.

— Je parie que vous parlerez autrement si nous mourons, marmonne-t-elle en appuyant sur le bouton sélectionné.

Le vaisseau bondit vers l'avant, puis l'écran s'éteint.

Santi tapote dessus, cogne la console. Rien ne se produit. Thora s'agenouille et secoue le câble.

— Je pense que c'est cassé.

Elle se lève et cherche l'homme au manteau bleu.

— Ohé ? Monsieur... la personne du musée ?

Mais quand ils regagnent le couloir, ils ne le trouvent nulle part.

Santi consulte sa montre.

— Viens. Nous n'avons plus le temps.

Au dernier jour de l'année scolaire, Thora vient le trouver dans sa classe. Ses parents la transfèrent dans une école qui offre un programme intensif en lettres. Santi a essayé de les en dissuader, luttant de toutes ses forces contre la machinerie du monde, mais ils se sont montrés inflexibles. Il a cédé avec dignité, acceptant que son temps dans la vie de Thora était révolu.

Elle fait glisser une carte sur son bureau.

— J'ai ça pour vous.

— Merci.

Il ne l'ouvre pas ; il n'est pas certain de pouvoir contenir ses émotions, ce qui ne cadrerait pas avec le rôle qu'il doit tenir vis-à-vis de Thora.

— Je ne veux pas aller dans une nouvelle école, dit-elle.

Santi vit un de ces rares moments, qu'il peut compter sur les doigts d'une main : il la voit telle qu'elle sera un jour, grande, maladroite, en colère mais concentrée, capable de tout.

— Tout ira bien pour toi. (Il lui offre ce qu'elle mérite : un sourire confiant.) Un jour, tu seras une astronaute extraordinaire.

Elle se tord les mains.

— Je pense que j'ai changé d'avis.

Il encaisse ce coup qui l'atteint en plein cœur.

— Oh ?

— Je veux être professeur comme vous.

Elle ne poursuivra pas le rêve qu'il a lui-même abandonné, et il en est responsable. La main de Dieu a fait de lui l'instrument de son propre échec. *Ça me servira de leçon*, songe-t-il, mais il ne sait pas trop laquelle.

— Au revoir, lâche Thora d'une voix étranglée avant de s'enfuir.

Il ouvre la carte. Il s'attend à un dernier dessin, mais il n'y a que des mots.

M. Loup,
Merci d'avoir été mon professeur préféré.
J'espère vous revoir.
Amitiés,

Thora

Santi range la carte dans le tiroir de son bureau. Il n'a que trop souvent emprunté cette voie : les élèves et leurs adieux, un arc d'électricité statique qui laisse place au silence radio. Peut-être qu'il manque à Thora en cet instant, mais il ne tardera pas à s'effacer dans l'arrière-plan de sa vie, tout comme elle s'effacera parmi les centaines d'élèves oubliés qui sont passés par sa classe. Si elle le croise en pleine rue dans dix ans, elle fera demi-tour pour l'éviter plutôt que de devoir ressusciter avec gêne une relation arrivée depuis longtemps à son terme. « *J'espère vous revoir.* » Il sait déjà qu'il ne la reverra jamais.

Pas de retour possible

Thora est assise à une table d'angle du *Zentaur*, elle attend que Brigitta lui apporte un verre de vin. Les schémas électriques qu'elle a pris pour justifier socialement qu'elle boive un verre seule en pleine journée sont étalés devant elle, mais elle sait qu'elle leur accordera à peine un regard. Ces derniers jours, elle est pour l'essentiel perdue dans l'espace de ses pensées. Ce qui reste d'elle gamberge autour de Cologne, oscillant entre son appartement à Ehrenfeld et son travail dans une firme d'ingénierie de l'autre côté du fleuve : une distance si infime que, du point de vue de l'univers, Thora pourrait aussi bien être immobile.

Tout en observant la poussière qui flotte dans un rayon de soleil, elle passe en revue ses excuses. Celles qu'elle a fournies à ses parents : elle manque de réalisme, elle n'est pas assez intelligente. L'excuse réelle : sa paralysie face aux décisions importantes. Chaque fois que la vie la place devant un embranchement, Thora fait demi-tour, terrifiée à l'idée de se retrouver coincée sur une voie unique. Ce comportement a éconduit tous ceux avec qui elle a un jour tenté de construire une relation. Et il l'a tenue éloignée de son ambition aussi efficacement qu'un mur en travers du ciel.

Brigitta pose bruyamment un verre sur la table.

— *Danke*, déclare Thora sans un regard.

Elle est surprise, lorsque ses doigts entrent en contact avec du froid. Un mince verre de Kölsch, la bière blonde locale… pas ce qu'elle avait commandé.

— *Entschuldigung*, lance quelqu'un de l'autre côté de la salle.

Un homme d'à peu près son âge, la vingtaine, aux cheveux bruns bouclés, tient à la main un verre de vin rouge. Circonspecte, Thora hoche la tête. Quand il s'approche, le sourire aux lèvres, elle est parcourue d'un frisson d'effroi.

Il n'a pas l'accent allemand ; elle peut sans doute passer sans problème à l'anglais.

— Ce n'est pas parce que vous avez reçu mon verre que je dois me sentir obligée de discuter avec vous.

— Et si c'est vous qui avez reçu mon verre, ça change quelque chose ?

Espagnol, devine-t-elle, mais son anglais est assuré.

— Voilà. (Thora fait glisser la Kölsch sur la table.) Fin de l'interaction.

Il pose le vin sur un dessous de verre et le rapproche d'elle avant de s'asseoir de l'autre côté de la table.

— Ah bon ? Et si nous transformions une erreur en opportunité ? propose-t-il.

— Brigitta ne commet pas d'erreurs.

Thora contemple la serveuse par-dessus son verre mais, comme par hasard, elle s'occupe d'un autre client.

— Hum. Donc ce n'était pas une erreur, médite l'homme en se tapotant le menton. Vous avez d'autres théories ?

Merde. Thora a toujours un faible pour les esprits scientifiques.

— Peut-être qu'elle cherche à me gâcher la journée.

— Il nous faut plus de données. (Il se penche en avant et baisse la voix en jetant un regard en coin vers le comptoir.) Avez-vous déjà eu l'impression que Brigitta ne vous aimait pas ?

Son murmure parvient à faire frémir Thora. Ridicule.

— Non, elle s'est toujours montrée charmante avec moi.

Il s'adosse à son siège, l'air triomphant.

— Alors pourquoi ne pas supposer qu'elle essaie d'embellir votre journée plutôt que de la gâcher ?

Thora lutte pour réprimer un sourire.

— Vous êtes très sûr de vous.

Il sourit pour eux deux.

— Vous êtes ingénieure ?

Thora lui renvoie un regard impassible.

Confus, il fronce les sourcils.

— Ça veut dire non ?

— Oh, désolée. Je croyais que c'était le début d'un plan drague. « Vous êtes ingénieure ? Parce que... » (La voix de Thora reste en suspens.) Merde, je ne sais pas. Une histoire de vis et d'écrous qui s'emboîtent à la perfection.

Il lâche un brusque rire sonore.

— Non, j'ai juste... j'ai vu les schémas électriques. (Il tapote les documents sous le coude de Thora.) Mais c'est une bonne blague. Je ne manquerai pas de la réutiliser.

Thora sourit malgré elle. Leurs regards se croisent, et quelque chose passe entre eux, quelque chose auquel elle ne pensait pas croire.

— Au fait, qui êtes-vous ? demande-t-elle, presque fâchée.

— Santi, se présente-t-il en tendant une main.

Elle la serre.

— Je vous accorde le temps de terminer nos verres. Ensuite, je retourne à mon projet, qui était de boire seule et morose. Marché conclu ?

Il lève les mains.

— On dirait que je n'ai pas le choix.

Ils engagent la discussion, en commençant par la durée de leur séjour à Cologne : Santi y vit depuis qu'il est venu étudier pour son master, Thora depuis que ses parents ont déménagé d'Angleterre quand elle avait dix ans. En moins d'une heure, ils sont absorbés dans une conversation animée sur les endroits d'où ils viennent et ceux où ils aimeraient aller.

— Il y a tant de choses à découvrir en ce monde, déclare Santi avec emphase en frappant la table du poing. Je ne comprends pas les gens qui considèrent tout cela (il esquisse un geste vague qui englobe le bar, les autres clients, la place à l'extérieur) comme s'il n'y avait rien d'autre.

Résolue, Thora lui prend la main et se met debout.

Santi la regarde comme si elle l'avait arraché à un monde pour l'entraîner dans un autre.

— Qu'est-ce que tu fais ?

— Je pars, lance-t-elle. Avec toi.

Il se lève, étonné mais ravi. Il insiste pour régler la note, mais elle lui ordonne de l'attendre sur la place. Tandis que Brigitta va à la caisse pour lui rendre la monnaie, Thora se retrouve confrontée à son reflet dans le miroir derrière le bar. Elle est toute rouge, elle a l'air embarrassée. Elle refuse de croiser son propre regard. Elle se détourne et se déplace jusqu'à finir du mauvais côté du comptoir. Un scintillement dans le miroir attire son attention. Thora pivote et se fige, tentant de comprendre ce qu'elle voit : une vue aérienne de la place au-dehors, la fontaine telle une volute de fumée, les pavés semblables aux écailles luisantes d'un dragon. Elle aperçoit même Santi qui l'attend : sa minuscule silhouette aux cheveux bruns constitue un modèle d'expectative.

— Pardon... ?

Thora sursaute, reprend ses esprits. Brigitta est postée devant elle, les yeux ostensiblement rivés sur les pieds de Thora, plantés de son côté du comptoir.

Thora recule.

— Désolée.

Tandis que Brigitta lui rend sa monnaie, Thora adresse un nouveau regard au miroir ; elle n'y aperçoit que son reflet.

Elle empoche les pièces et sort lentement. Santi se tient là où elle l'a vu d'en haut, éclairé par un rayon de soleil à la façon d'un doigt qui le désigne. Un frisson secoue les épaules de Thora.

— Quelque chose ne va pas ? demande-t-il.

— Rien, tout va bien. (Elle ne peut pas lui raconter ce qu'elle a vu. Il essaierait d'y déceler une signification. Elle le laisse lui prendre la main.) Où est-ce qu'on va ?

— Dieu seul le sait, répond-il dans un sourire.

Dieu fait apparaître un tram qui les emmène dans le quartier belge, puis il leur fait franchir une porte verte déverrouillée qui donne sur un escalier en béton.

— Pourquoi faut-il que tu habites sur le toit, bon sang ? proteste Thora après la troisième volée de marches.

Santi lui répond en souriant :

— Je vois les choses plus clairement de là-haut.

Sa porte vitrée de couleur verte est flanquée de plantes sauvages envahissantes. Toujours disloquée, Thora voit davantage qu'une embrasure dans le seuil ; elle l'identifie plutôt comme un portail bourdonnant qui mène à un autre monde. Le regard perdu au-delà, elle retrace la chaîne de causalité qui l'a conduite ici. Elle est allée au *Zentaur* et a commandé un verre de vin, que Brigitta a servi à la mauvaise table. À présent, Thora a gravité jusque dans le salon de Santi. Un canapé bleu, une table basse, une carte du ciel au mur. Une forme noire passe à proximité, qui fait hurler Thora :

— Seigneur !

— C'est Félicette. Elle n'obéit pas vraiment aux lois de la physique. (Gêné, Santi se passe une main dans les cheveux.) Ma théorie actuelle est qu'elle vit dans une dimension de poche qui donne par hasard sur mon appartement.

— Félicette, dit Thora. Le premier chat de l'espace.

Santi sourit.

— Tu es bien la première à saisir la référence.

Thora le considère. Il lui est à la fois familier et tout à fait inconnu. Où était-il pendant tout ce temps ?

Il la dévisage avec une circonspection qu'elle comprend.

— Est-ce que tu… ah… tu veux un café ?

Elle secoue la tête. Elle en est sûre. Thora n'a pas l'habitude des certitudes. Elle ne peut s'empêcher de se méfier de cette sensation, de se demander d'où cela lui vient.

— C'est embarrassant, dit Santi. Mais… je ne sais pas comment tu t'appelles.

Thora repense aux instants lumineux qui se sont bousculés depuis leur rencontre. Elle connaît son nom ; comment peut-il ignorer le sien ? Elle se voit soudain telle qu'il doit la voir : une femme anonyme aux cheveux violets et en blouson de cuir, un faisceau de signifiants énigmatiques.

— Devine, lance-t-elle.

Il fronce les sourcils comme si elle le soumettait à un test qu'il ne veut pas rater.

— Tu as bien dit que tu étais née en Angleterre ?

Elle hoche la tête, réprimant un sourire.

— Jane Smith, propose-t-il.

Elle éclate de rire.

— Statistiquement, c'est une bonne pioche. Mais non. Je m'appelle Thora. Thora Lišková. Santi est un diminutif ?

— Santiago López Romero, répond-il, en détachant chaque syllabe. Ravi de faire ta connaissance.

Il lui tend une main.

Thora ne s'en empare pas. À la place, elle s'introduit dans son espace et l'embrasse.

Il ne recule pas, mais demeure largement impassible. Lorsque Thora commence à avoir l'impression de lui faire du bouche-à-bouche, elle rompt le contact.

— Est-ce que tu… c'est…

— Thora Lišková, dit-il, le souffle court avant de l'embrasser à son tour.

Ils s'embrassent comme s'ils étaient affamés l'un de l'autre. Thora le pousse à reculons vers la chambre, tout en se débarrassant de son blouson. Il défait déjà les boutons de son chemisier. Quand il s'attaque à son cou, Thora bascule la tête en arrière et se met à rire sans pouvoir s'arrêter.

Plus tard, elle est allongée sur le lit de Santi. C'est l'après-midi : nulle obscurité pour masquer sa fuite. Quel emmerdeur, il aurait dû s'endormir comme tous ses anciens petits amis, mais il la dévisage avec un sourire agaçant. Il tend le bras pour s'emparer de sa main et la retourne pour souligner les contours du tatouage sur son poignet.

— Qu'est-ce que ça représente ?

— C'est une constellation. *Vulpecula*, le Petit Renard. (Elle le regarde.) À propos, ce n'est pas dans mes habitudes.

— Quoi ?

— De sauter au lit avec les hommes que je viens de rencontrer.

Santi hausse les épaules.

— Pas de problème. Moi non plus.

— Avec les hommes ?

— Les hommes ou les femmes. (Il semble hésiter.) Pourquoi ? C'est différent pour toi avec les femmes ?

— Oui.

Il la scrute pour voir si elle blague.

— Je suis sérieuse, dit-elle pour lui venir en aide.

Léger étonnement, mais aucun jugement.

— Je suis honoré d'être l'exception.

— Tu peux juste t'estimer heureux que j'aie vu ce film sur le mariachi sexy à un âge formatif, précise Thora avec un sourire aguicheur. Dans un univers alternatif, je n'aurais sans doute jamais été intéressée.

Santi se rapproche d'elle.

— S'il te plaît, ne me jette pas hors de mon lit à cause de ce que je m'apprête à dire.

Il roule une mèche de cheveux violets entre ses doigts.

— Je ne promets rien, dit-elle.

Il la considère avec gravité.

— J'ai l'impression de t'avoir déjà rencontrée.

Le bruit qu'il fait en atterrissant sur le sol est incroyablement jouissif.

— Un conseil pour tes rencards avec les femmes, venant de quelqu'un qui parle en connaissance de cause, explique Thora. C'était pour essayer de m'attirer dans ton lit que tu étais censé sortir ces conneries.

Son crâne ébouriffé apparaît à l'horizon, suivi par le reste de son corps. Elle admire la vue alors qu'il grimpe sur elle, un bras posé de chaque côté de son crâne.

— Et si je souhaitais t'attirer de nouveau dans mon lit ?

Elle regarde à gauche et à droite, comme si elle remarquait pour la première fois les oreillers, la tête de lit, la table de chevet où s'empilent des livres de Borges et de science-fiction.

— Eh bien, déclare-t-elle en plantant le regard dans ses yeux marron rieurs, tu sembles avoir réussi.

Le lendemain matin, Thora se réveille en prise à une panique existentielle. Non pas parce qu'elle ignore où elle se trouve. Elle le sait précisément : elle se trouve dans l'appartement de Santi.

Toute sa vie, elle a fui tout ce qui pouvait être porteur de sens. À présent, tout semble tellement porteur de sens que c'en est douloureux : la chatte noire blottie entre eux, le tapis au crochet où gisent ses vêtements éparpillés, la respiration irrégulière de Santi quand il dort. C'est aussi terrifiant que de lever les yeux vers les étoiles et d'y voir son nom inscrit.

Elle a du mal à respirer. Il faut qu'elle parte. Elle se glisse hors du lit et essaie de s'habiller sans un bruit, mais Santi a le sommeil léger. Il ouvre les yeux et tend le bras en travers du lit, effrayant Félicette qui s'enfuit.

— Où est-ce que tu vas ?

— Je vais chercher du café, dit-elle. Tu le prends comment ?

— Noir.

— OK. Je reviens tout de suite, lance-t-elle gaiement.

Elle enfile ses bottes et sort, descend l'escalier, franchit la porte verte et retrouve les rues bordées d'arbres du quartier belge. Elle continue à marcher, traverse le parc où des perruches sauvages voltigent entre les arbres dans la lueur oblique du soleil, longe la mosquée et regagne son quartier d'Ehrenfeld. Elle ne s'arrête pas avant d'avoir dépassé le phare, vestige d'un caprice d'une société d'électricité qui surplombe les toits de la ville à deux cents kilomètres de la mer la plus proche. Une fois en sécurité dans son appartement de l'autre côté de la rue, elle referme la porte et s'y adosse, le souffle saccadé comme si elle venait d'échapper à un incendie. Elle parcourt des yeux son désordre familier : la télévision qui ne lui sert qu'à revoir *Contact*, l'écharpe offerte par son père roulée en boule contre la fenêtre pour bloquer un courant d'air, les bougies parfumées que Jules a laissées et que Thora ne parvient ni à brûler ni à donner. Elle pense à Santi, réveillé dans son appartement à une demi-heure de là et qui attend son retour au lit.

— Tout va bien, se dit-elle tout bas. Je ne suis pas obligée de le revoir.

Elle cesse d'aller au *Zentaur*. C'est un déchirement, car elle apprécie le vin et Brigitta la traite comme si elle était du coin, mais elle ne supporte pas l'idée de l'y retrouver en train d'attendre qu'elle s'aligne sur les plans de l'univers. Qu'ils aillent se faire foutre, les plans de l'univers. Elle se déniche un bar à l'autre bout de la vieille ville pour y siroter son vin seule.

Trois semaines plus tard, elle est assise avec Lily dans le café turc situé un peu plus loin sur la rue de son appartement. Elle doit avoir regardé trop longuement par la fenêtre, car Lily claque des doigts près de son oreille et la ramène brusquement à l'instant présent.

— Des ennuis avec une fille ? demande Lily d'un air entendu.

Thora soupire.

— Pas cette fois.

Lily se renfrogne.

— Des ennuis avec un mec ? Ça fait un bail.

Thora envisage de lui parler de Santi, de lui expliquer pourquoi elle s'est enfuie. *Il était parfait. C'était le problème.* Non sans raison, Lily lui dirait que c'était un comportement débile.

Lily verse une quantité déraisonnable de miel dans son thé à la menthe.

— Il y a eu quelqu'un depuis Jules ?

Son prénom est encore douloureux, il lui rappelle à quel point elle faisait du bien à Thora et à quel point Thora ne s'est pas montrée à la hauteur.

— Pas vraiment.

Lily la dévisage d'un œil perçant.

— Très bien, tu es manifestement d'humeur énigmatique, et je ne veux pas m'emmerder à jouer les détectives. Appelle-moi si tu veux en parler un jour. En attendant, on s'organise pour le festival de science-fiction ? Si on ne se dépêche pas pour réserver, il sera complet.

Au fil des jours, Thora attend, tout d'abord méfiante, puis dans un état proche du désir, que l'univers replace Santi sur son chemin. Elle n'arrête pas de traverser le parc entre Ehrenfeld et le quartier belge, dans l'espoir d'entendre des pas qui accourent et de sentir une main sur son épaule. Au festival de science-fiction, elle se rappelle les livres posés sur la table de chevet de Santi et se tourne pour chercher son visage dans l'obscurité du cinéma. Finalement, un après-midi, le week-end, elle s'arme de courage et se rend au *Zentaur*, s'attendant réellement à le voir assis à la table où elle l'a rencontré. Mais les seuls clients sont Holger, un habitué du coin à l'air bougon qui s'installe toujours au comptoir, et un couple qui chuchote près de la fenêtre.

Elle s'assied à sa table habituelle et commande un verre de vin rouge. Pour patienter, elle sort les schémas électriques et les place soigneusement sous son coude. Elle s'efforce de tout reproduire à l'identique, mais des différences sur lesquelles elle n'exerce aucun contrôle ne cessent d'apparaître : le couple qui chuchote, la nouvelle disposition des tables, chaque détail brise la magie insensée qu'elle essaie de tisser.

Lorsque Brigitta apporte son verre, Thora le considère avec un désespoir si profond que la serveuse hésite.

— Tu voulais du vin, non ?

Thora hoche la tête et boit une gorgée.

— Brigitta, tu te rappelles l'homme avec qui j'ai discuté ici lorsque tu as interverti nos commandes ? Cheveux bruns, espagnol, plutôt petit.

— Oh oui, Santi. (Brigitta hausse les épaules.) Il n'est plus venu depuis un bout de temps. Il a cessé de venir à peu près en même temps que toi.

Thora s'enfonce dans son siège tandis que Brigitta retourne derrière le comptoir. Tous ses espoirs de recommencer en opérant un choix différent sont anéantis. Elle s'est enfuie parce qu'elle avait l'impression que l'univers la poussait quelque part. À présent, il la pousse dans l'autre direction, et elle lui en veut encore plus.

— Et puis merde, lâche-t-elle.

Elle vide son verre d'un trait, emprunte un tram en direction du quartier belge et gravit l'escalier de l'immeuble de Santi ; elle frappe à sa porte.

Celle-ci s'ouvre d'un cran.

— Félicette, non, l'entend-elle dire.

Elle sent son cœur exploser comme une supernova. Lorsqu'il ouvre enfin le battant et l'aperçoit, il ne dit rien. Il se contente d'expirer, ce qui pourrait manifester son soulagement ou sa déception, et la fait entrer.

— Tu veux du café ?

— Du thé si tu en as, dit Thora en le suivant vers la cuisine.

Santi ouvre des tiroirs, examine des boîtes en carton et en métal soigneusement empilées.

— Je pense qu'Héloïse en a laissé en partant.

Thora prend note du prénom. Colocataire ? Ex-petite amie ? Elle s'empare d'un tabouret de bar et s'assied.

— Bon, je suppose que tu te demandes pourquoi je suis partie chercher du café sans jamais revenir.

Santi croise les bras et s'adosse au plan de travail.

— En fait, j'avais une théorie, dit-il. Mais elle n'explique pas pourquoi tu es ici maintenant.

— Quelle était ta théorie ?

Il hausse les épaules.

— Je ne te plaisais pas assez.

— Non. Ce n'est pas ça.

Santi fronce les sourcils.

— Alors je passe à la théorie numéro deux, selon laquelle le café a été aspiré dans une autre dimension et tu viens seulement de parvenir à t'en échapper.

— Tu brûles. (Elle sourit.) Mais non. Le problème, c'était que tu me plaisais trop.

La bouilloire se met à siffler. Santi va verser l'eau.

— Il va falloir que tu m'expliques ça.

Thora se mord la lèvre inférieure, cherchant ses mots.

— Tu as parfois l'impression que l'univers essaie de te pousser quelque part ? Comme si ce qui arrive était censé arriver et que tu n'as qu'à te laisser faire ?

Santi retire le sachet de thé avec un sourire.

— Pas assez souvent.

— C'est ce que j'ai ressenti. Presque dès le moment où je t'ai vu. (Elle croise les bras.) C'est exactement pour ça que je suis partie. Parce que je ne me fiais pas à cette sensation. Pas le moins du monde. Je déteste qu'on me dise ce que je dois faire.

Il s'approche d'elle, lui tend sa tasse de thé.

— Même si c'est le destin ?

— Surtout si c'est le destin. (Comme elle est assise, il la domine. Elle lève les yeux vers les siens.) Mais là, j'ai décidé. L'univers ne me pousse pas. C'est moi qui choisis.

Santi paraît troublé. Thora se rend compte de ce que cela signifie et sent le sol se dérober sous ses pieds.

— Oh merde. Je suis idiote. Forcément, je suppose que tu restes intéressé. Mais tu as peut-être une petite amie désormais, ou tu es devenu moine, ou…

Il secoue la tête, toujours sérieux.

— Pas de problème. Je peux arrêter la formation de moine quand je le souhaite.

Thora hoche lentement la tête. Elle boit une gorgée de thé. Puis elle dépose sa tasse sur le plan de travail et l'attire dans ses bras.

Elle emménage sans tarder : encore une première. Elle en parle à ses parents lors d'un dîner. Son père ne pipe mot. Sa mère demande si elle a bien réfléchi.

— Non, lance-t-elle joyeusement. Pas du tout. Ce n'est pas génial ? Vous savez, une fois dans votre vie, vous pourriez essayer de ne pas réfléchir à un truc. De ne pas l'envisager sous tous les angles. De ne pas en rechercher les implications profondes. De juste… laisser les choses se produire. Qu'est-ce que vous en pensez ?

Aucune réaction. L'espace d'un instant, Thora aimerait sincèrement avoir un frère ou une sœur qui puisse absorber une miette de leur considération patiente et démoralisante.

Elle cille.

— Bien, dit-elle en se levant et en rassemblant les assiettes. Sympa, la discussion.

— Comment était le dîner ? demande Santi quand elle revient, trébuchant sur Félicette dans l'entrée.

Elle tire la langue et s'assied sur le canapé.

— Essayer de dire quoi que ce soit à mes parents, c'est comme… je ne sais pas. Se confesser à un mur de scepticisme.

Santi sourit et lui apporte un verre de vin.

— J'ai l'impression de déjà les connaître.

Thora se blottit contre lui, posant la tête contre la sienne.

— Ça ne marchera jamais entre nous, tu sais, dit-elle sur un ton badin.

Santi lui adresse un regard renfrogné.

— Qui dit ça ?

— Tous mes ex. En dernier lieu, Jules, mon ex-petite amie. Quand nous avons rompu, elle m'a expliqué quel était mon problème.

— Et quel est ton problème ?

— Je veux toujours être ailleurs. Je ne suis jamais… satisfaite d'être là où je suis.

Il hausse les épaules.

— J'ai le même problème.

Elle le regarde.

— Comment ça ? Tu es la sérénité personnifiée.

Son visage se fend d'un sourire.

— C'est peut-être l'impression que ça donne à l'extérieur. Mais à l'intérieur, je cherche en permanence. (Il lui caresse la joue, replace ses cheveux derrière son oreille.) De ce point de vue, nous sommes pareils.

Thora songe à sa sensation de solitude, à Jules et aux petites amies et petits amis qui l'ont précédée, qui finissaient tous par lui sembler être des fantômes. Elle cherche à présent la même transparence chez Santi, mais il est consistant ; il prouve son existence en bloquant la lumière.

— Bon, c'est quoi le plan alors ? lance-t-elle à moitié pour rire. On sera insatisfaits ensemble ?

Il sourit.

— C'est mieux que d'être insatisfait tout seul.

Quand il la demande en mariage, elle se fâche.

Il ne comprend pas.

— Je pensais que c'était ce que tu voulais, dit-il en se relevant de sa position agenouillée.

Elle ouvre la bouche :

— En effet.

— Alors pourquoi tu donnes l'impression que je viens de te gifler ?

— Je ne sais pas. (Elle croise les bras.) Ça fait juste… bizarre.

— Bizarre, répète-t-il d'une voix crispée par la patience.

Il tient encore la bague.

— Range ça, lui dit Thora. Tu ressembles à un Monsieur Loyal dans un cirque de puces.

Confus, il baisse les yeux, puis rit. Il empoche la bague et avance vers elle, lui prenant les mains.

— S'il te plaît, dit-il. Aide-moi à comprendre.

Thora soupire.

— Comment nous sommes-nous rencontrés ?

— Tu veux dire que tu ne t'en souviens pas ?

— Toutes les questions n'exigent pas une réponse directe, Santi.

Il se renfrogne.

— Tu insinues que quelque chose ne va pas dans la façon dont nous nous sommes rencontrés ?

— Non. Enfin, si ? Si Brigitta n'avait pas servi mon vin à la mauvaise table ? Ou si elle avait interverti ta commande avec celle de quelqu'un d'autre plutôt que moi ?

— Alors je serais en train de demander Holger en mariage. (Thora ne rit pas. Il la fixe du regard, un début de panique dans les yeux.) Mais elle ne l'a pas fait.

— Exactement ! s'exclame Thora comme s'il avait démontré son point de vue. Du coup, toutes nos vies, jusqu'à… ceci, dit-elle en faisant de grands gestes vers la bague, dépendent de ça. Un truc aussi stupide, aussi arbitraire.

Santi croise les bras.

— Tu sais que je ne pense pas que c'était arbitraire.

Thora lève les yeux au ciel.

— Donc tu me demandes en mariage parce que tu penses que Dieu veut que tu le fasses ? C'est encore pire. Comment peux-tu ne pas voir que c'est encore pire ?

Il demeure imperturbable, implacable, un lac qui engloutit toutes les pierres.

— J'ai l'impression d'avoir passé ma vie à attendre un signe, dit-il. À attendre quelque chose dont je pouvais être sûr.

— Non, s'il te plaît, dit Thora.

Mais il poursuit :

— Rien n'avait de sens avant toi. Puis tu as disparu, et je… (Il rit, une note de désespoir dans la voix.) J'avais l'impression de devenir fou. Être si certain qu'un truc était juste, puis me tromper, je… je croyais que Dieu me jouait des tours. (La crainte que Thora lit dans ses yeux est exactement ce qu'elle a fui.) Tu as peur parce que tu ne ressens pas la même chose.

— Non. J'ai peur parce que je ressens la même chose.

Devant son air médusé, elle ajoute :

— Mais je ne pense pas que ça soit possible ! C'est pour ça que je n'ai pas confiance.

— Je… (Santi s'interrompt.) Oublions le destin une seconde. D'accord ?

Elle acquiesce :

— D'accord.

Il s'approche d'elle. Parfois, dans leurs discussions, les mots n'atteignent plus Thora : elle a besoin de ses mains, de son attention, de ses yeux dans les siens. Le temps ralentit alors à un rythme plus gérable, ce qui lui donne moins l'impression d'être une toupie qui tangue et qui approche de la chute.

— Je te demande en mariage, dit-il, parce que je t'aime. J'aime ton esprit, j'aime ton corps, j'aime ton scepticisme exaspérant et ton besoin d'espace. J'aime la façon dont tu rejettes la tête en arrière quand tu ris. Je ne veux jamais vivre sans toi.

Elle cligne des yeux.

— D'accord, dit-elle. Je peux certainement apporter mon soutien à cette proposition.

Ils se marient à l'église Saint-Martin, celle qui ressemble à un château de conte de fées, coincée derrière les maisons couleur pastel au bord de l'eau. Jaime, le collègue et ami de Santi, est son témoin ; Lily est la demoiselle d'honneur de Thora. Au moment où ils sortent de l'église, les cloches sonnent. Thora aussi a l'impression de sonner, elle saisit une vibration au vol et l'accompagne en fredonnant jusqu'à ce que celle-ci menace de la briser en mille morceaux. Elle la laisse se déverser hors d'elle en éclats de rire.

Ils organisent leur réception à l'Odysseum. Leurs invités déambulent dans le planétarium factice, tout en dégustant des amuse-gueules lyophilisés sous les regards vitreux des astronautes fantomatiques. C'est aussi drôle que l'espérait Thora, surtout quand ils commencent à danser. Elle virevolte avec Lily et rit aux éclats en rejetant la tête en arrière. Dans un coin, son père essaie de s'entretenir en latin avec le père de Santi et, dans un autre, Aurelia se moque d'eux et, dans un autre encore, Santi pose sur elle un regard enamouré.

Le lendemain, Thora se glisse hors de l'appartement de bonne heure sans le réveiller. Il a toujours le sommeil léger, mais la gueule de bois l'a envoyé dans de telles profondeurs qu'il ne bronche pas. Elle part vers le centre-ville, dans la direction opposée à celle qu'elle avait empruntée le jour où elle l'avait quitté. À la tour de l'horloge en ruine, face au lieu de leur rencontre, elle sort un feutre indélébile de sa poche. Sur le mur, elle écrit : « Pas de retour possible ». Elle a fait son choix. Elle a encore peur.

Elle n'aurait jamais anticipé l'effet du bonheur sur le temps. Celui-ci s'accélère, il lui file entre les doigts, il se tord et adopte des contours fantastiques. Elle tente de s'accrocher au moindre moment. Leur retour à la maison après le festival de science-fiction et leur débat autour de la fin du dernier film, si animé que les voisins appellent la police. Santi qui chante seul dans la cuisine et gribouille des versions miniatures d'eux sur la table pour constituer un historique imparfait de leurs vies. Son espagnol qui s'améliore de façon hésitante jusqu'à ce qu'elle parvienne à sortir une blague qui fait rire le père de Santi pendant une demi-heure. Santi qui lui apporte des cookies à Noël alors que, enceinte, elle paresse en regardant la neige tomber.

— Mon amour, dit-il.

Elle se contente de le fixer du regard, sa présence lui semble impossible.

— Il n'aurait pas dû y avoir de place pour cela, dit-elle.

— Quoi ?

— Dans le temps qui s'est écoulé depuis qu'on s'est rencontrés. Ça n'aurait pas dû… ça ne devrait pas être possible.

— Quoi ? répète-t-il, avec un sourire.

Que je t'aime autant. Cela la frustre, tout comme sa demande en mariage l'a frustrée, suscitant un profond sentiment d'incompréhension en elle. Thora aime comprendre. Mais elle ne peut pas le dire. Il sait. Il doit savoir.

— Rien.

Elle s'empare d'un cookie et l'engloutit.

Estela naît en janvier, au cours d'une longue nuit que la douleur semble transformer en éternité. Santi crie sur les docteurs : « Elle souffre, vous ne voyez pas ? Vous n'êtes pas censés empêcher ça ? » Thora hurle tous les gros mots dont elle se souvient, en tchèque, en islandais et en anglais. Au bout du compte, tous les mots disparaissent, et elle n'est plus qu'un arc tendu d'atroce douleur. Elle perd alors Santi de vue, même s'il lui serre la main. Il lui revient par vagues, après qu'on a emmené le bébé pour le nettoyer : d'abord ses mains, puis ses yeux, chaleureux et tellement inquiets.

— Ce n'est pas juste, murmure-t-elle.

Il s'approche.

— Qu'est-ce qui n'est pas juste ?

— Que tu me voies dans cet état. Je ne te verrai jamais souffrir à ce point.

Il sourit, le regard toujours inquiet.

— Ça ne te ressemble pas d'abandonner avant d'avoir essayé.

Elle lui presse faiblement la main. Puis on lui ramène Estela et tout devient à jamais différent.

Thora n'aurait jamais cru qu'elle pouvait avoir la fibre maternelle. Elle s'inquiétait de ne pas être capable d'aimer un enfant comme il le fallait. Elle s'étonne de constater que l'amour vient facilement. Tout le reste est difficile : maintenir Estela en vie et heureuse ; dérober des instants de sommeil entre les moments où elle la nourrit, où elle la change, où elle s'inquiète de chacun de ses bruits.

Les choses ne deviennent pas plus faciles. Les difficultés deviennent simplement normales. Aurelia, la sœur de Santi, vient leur rendre visite, et Estela s'entiche d'elle ; elle la suit dans tout l'appartement en roucoulant avec le plus grand sérieux. En un quart de seconde, Estela a cinq ans, elle lâche des phrases moitié en anglais moitié en espagnol, et Thora n'a jamais éprouvé autant d'amour de toute sa vie, puis l'hôpital les appelle.

C'était un test sanguin de routine. Ils envisageaient un deuxième enfant, alors ils sont allés tous les deux passer un examen complet. Et là ils se retrouvent assis dans la salle d'attente de l'hôpital. Santi tient la main de Thora, comme si c'étaient ses résultats à elle qui posaient un problème. Du pouce, il lui caresse la jointure des doigts jusqu'à ce qu'elle ne supporte plus ce mouvement répétitif. Elle retire sa main.

— Thora, commence-t-il.

— Non, l'interrompt-elle. Je n'ai pas besoin d'un de tes discours visant à me convaincre d'accepter le plan de Dieu. Je ne peux pas…

— Santiago López ? appelle l'infirmière.

Thora le suit dans la petite salle d'examen. L'infirmière referme la porte derrière eux.

Plus tard, elle le laisse à la réception, prétextant devoir aller aux toilettes. *Ressens quelque chose*, hurle-t-elle intérieurement en gravissant l'escalier sans fin. Mais tout ce qu'elle ressent est justifié, sa peur revient finalement se percher en elle. Elle trouve une issue de secours au neuvième étage et elle fume, ce qu'elle n'a plus fait depuis six ans, le paquet de cigarettes desséchées étant symboliquement resté dans le fond de son sac. Par une brèche entre les immeubles, sous l'horloge qui indique 10 h 45 pour toujours, elle aperçoit son ancien graffiti sur la tour en ruine. « Pas de retour possible ». Elle a enfreint sa règle : elle a fait un choix. La voilà maintenant exactement où elle ne voulait pas être. Santi mourra avant elle, et le seul truc solide dans son monde aura disparu. La ville s'effondrera, les tours s'évaporeront ; un grand trou s'ouvrira dans la trame de l'univers, l'entraînant à l'intérieur.

Inconscient de sa présence, Santi se tient en bas, sous le crachin, il joue avec le couteau de son grand-père. Bon sang, il semble serein. C'est ce qu'il a désiré toute sa vie : une vraie mise à l'épreuve de sa foi.

Quand elle descend le rejoindre, il sent la fumée de cigarette dans ses cheveux.

— Oh, *cariño*, dit-il en la prenant dans ses bras.

La vie ralentit, décomprime, passant de fragments miroitants à des après-midi dans l'unité d'oncologie qui s'éternisent. Un soir, elle se réveille à son chevet avec un torticolis dans la nuque et un sentiment de dislocation totale. *Estela*, songe-t-elle paniquée, mais non : elle est en sécurité avec la mère de Santi.

Santi est éveillé, il la regarde d'un air épuisé et aimant.

— Tu vas bien ?

Elle n'est pas loin de lui rire au nez. *Non. Je tombe en miettes. Je veux me lever et m'enfuir de l'hôpital, de la ville, du monde.* Mais il y a certaines choses qu'elle ne peut pas lui dire. Des choses qu'Estela peut dire, des choses que sa mère peut dire, des choses que Jaime peut dire, mais qui, venant d'elle, seraient comme des coups de poignard au cœur. Cela fait partie du pacte tacite qu'ils ont conclu en prononçant leurs vœux, un intrus en petits caractères auquel Thora ignorait qu'elle donnait son assentiment. Elle est assise à son chevet et lui tient la main, furieuse d'être ainsi brimée. Elle ne veut pas être sa femme. Elle veut être autre chose, quelque chose d'essentiel et sans limites. Encore un truc qu'elle doit taire.

Elle lui presse la main.

— Je vais bien. Je t'aime. Rendors-toi.

Santi ne réagit pas au traitement. Thora n'en est pas surprise. Elle l'a vue venir, toute cette trajectoire désolante. Elle souhaiterait avoir tourné les talons dès qu'il s'est assis à sa table. Lorsqu'elle enfreint les règles en partageant cette réflexion à Santi, il rit, et elle l'aime : comment ose-t-il toujours aggraver la situation ?

Le jour du sixième anniversaire d'Estela, il meurt.

Thora n'avait pas compris à quel point elle comptait sur la foi inébranlable de Santi jusqu'à ce que celle-ci finisse par vaciller. Il s'agrippe à sa main, comme s'il ne voulait pas aller là où son Dieu l'attend. Ensuite, de façon insensée mais sincère, elle guette pendant presque un an son retour. Elle n'en parle à personne : ils l'observent déjà. Lily, ses propres parents, Aurelia qui s'est installée à Cologne pour l'aider avec Estela. S'ils savaient que, chaque fois qu'elle entend des pas dans l'escalier, elle pense que c'est Santi qui rentre à la maison, ils viendraient vivre avec elle, feraient fuir son fantôme. Alors elle ravale son chagrin et se mure dans le silence.

Ils ont eu dix ans. Ce n'était pas assez. Même si parfois, cela semblait des éternités ; même si le temps se dilatait en passant, comme la spirale d'une galaxie.

Elle songe à partir. Une fois, elle va jusqu'à emmener Estela à la gare centrale, elle reste dans la longue galerie alors que les noms des trains qui mènent ailleurs s'illuminent sur les écrans. Elle sort sans avoir acheté de ticket. Elle aurait dû partir avant de le rencontrer. Désormais, trop de choses la retiennent ici : son travail, l'école d'Estela, Aurelia qui s'est déracinée pour venir l'aider. Elle n'ose pas s'avouer que rien de tout cela ne compte réellement. Seule une idée saugrenue la retient : si elle part, Santi ne saura pas où la retrouver.

Estela change, comme si la part d'elle qui était la fille de Santi était morte en même temps que lui. Peu à peu, elle devient une nouvelle personne, différente de lui, différente de Thora aussi. Une personne qu'ils ont façonnée à partir de bouts d'eux-mêmes, comme des inventeurs fous. Rien n'a jamais paru plus miraculeux, ou plus cruel. Un jour, alors que Thora borde sa fille et lui embrasse le front, elle se demande quand elle a consenti à ce qu'une lance lui transperce la poitrine, sachant que la blessure resterait ouverte à jamais et que, tout au long du processus, elle resterait incroyablement vivante.

— Où est papa ? demande alors Estela.

Un peu de sang s'écoule encore.

— Chérie, papa est mort, répond Thora.

— Je sais, réplique Estela avec sérieux. Mais il est où ?

Thora a la tête qui tourne. Elle se demande si Estela en a parlé à ses grands-parents. D'un côté, on lui aura dit que Santi est au paradis. De l'autre, on lui aura dit ce qu'on a dit à Thora après le décès de son oncle alors qu'elle avait l'âge d'Estela : il n'existe tout simplement plus.

— Qu'est-ce que tu penses ? demande-t-elle.

Estela pose les yeux sur le plafond parsemé d'étoiles fluorescentes depuis avant sa naissance. Un souvenir déchire Thora comme du fil barbelé : Santi en haut d'une échelle, en train d'installer tout un univers pour sa fille.

— Je pense qu'il est ailleurs, dit Estela. Il attend.

Thora en a le souffle coupé. C'est tellement étrange d'entendre sa propre conviction sans fondement sortir de la bouche de sa fille ; elle redoute de lui demander ce qu'elle veut dire par là.

— Il attend quoi ? finit-elle par lâcher.

Mais Estela ne répond pas. Elle se retourne dans son lit et Thora n'a plus qu'à se servir un verre de vin et s'asseoir sur le canapé en compagnie de Félicette, qui est désormais âgée et presque aveugle ; le râle de son ronronnement est une vraie mélopée de deuil.

Thora continue, par dépit, par habitude et par amour pour sa fille. Estela grandit, toutes ses excentricités et sa fantaisie laissent place à la meilleure personne que Thora connaisse : une alchimie qu'elle ne comprendra jamais. Thora demeure dans l'appartement du dernier étage du quartier belge, sans prêter attention quand Estela lui dit qu'il y a trop de marches, sans s'inquiéter lorsqu'elle devient une vieille femme au pas traînant à qui il faut quinze minutes pour les gravir. Quand elle passe lui rendre visite, Lily lui dit qu'elle sent le temps s'accélérer, que les moments lui filent trop vite entre les doigts. Thora n'est pas d'accord. Pour elle, le temps s'étire comme si l'univers se déversait dans un entonnoir, laissant de grands trous béants dans son sillage.

Lily lui répond par un sourire entendu.

— Tu penses que tu vas le revoir.

— Non !

C'est sorti tout seul : elle est sceptique depuis toujours, elle l'était avant même de connaître le mot. Elle n'est qu'un accident d'atomes et, quand la vie en aura fini avec elle, elle se dispersera. Mais Lily a raison. Plus loin que la pensée, plus profond que ses principes les plus ancrés, existe cette conviction irritante, comme si la foi de Santi était un virus qui avait incubé en sourdine en elle. Elle ne conçoit pas de ne plus jamais le revoir.

Elle retrousse les lèvres, non de tristesse mais de colère. Comment a-t-il osé lui faire ça ? Elle aurait pu être différente sans lui : une personne entière comme elle était censée l'être, non pas quelqu'un qui attend pathétiquement le retour d'un homme mort. Il aurait suffi d'un seul choix.

— J'aurais pu m'en aller, dit-elle d'un ton de défi.

Lily lui presse l'épaule et s'en va préparer un autre thé.

Quand cela arrive enfin – une pneumonie, qui prend d'assaut ses poumons au point que chaque quinte de toux l'anéantit –, on dirait que cela est déjà arrivé. Elle suppose que c'est son cerveau qui s'éteint, qui génère une impression de déjà-vu en guise d'épiphénomène d'une conscience occupée à mourir. Elle aimerait que Santi soit là pour en débattre avec lui.

Estela est présente, dans la zone floue où sa conscience s'évapore. Elle pleure, sa peine fait mal à voir, le sel de ses larmes attise la douleur qui n'a pas encore tué Thora. De ses dernières forces, elle presse la main de sa fille.

— J'ai fait le mauvais choix, lui dit-elle. Je retire ce que j'ai dit. Je veux recommencer.

L'amour, c'est la guerre

Santi rencontre sa fille pour la première fois lorsqu'elle a onze ans. Elle est grande pour son âge, avec des sourcils droits et des cheveux raides et ternes relevés en une queue-de-cheval haute. Ses manches longues dissimulent ses mains.

— Voici Thora, annonce l'assistante sociale. Thora, voici M. et Mme López.

— Santi, se présente-t-il en tendant une main.

Elle la serre sans croiser son regard.

— Héloïse, dit sa femme.

Cette dernière est vêtue pour l'assistante sociale plus que pour Thora : elle a troqué sa robe à motifs contre un tailleur gris, ses tresses sont rassemblées en chignon. Cela lui donne un air sévère, nerveux, qui ne lui ressemble guère. Puis elle sourit, et sa chaleur transparaît. Au lieu de serrer la main de Thora, elle la salue d'un geste. Surprise, la gamine lève les yeux avec un sourire proche du rire.

Ils s'asseyent à une table à l'extérieur de l'orphelinat. Le jardin ne ressemble pas à grand-chose : de l'herbe qui se meurt, un étang peu profond, des arbres disséminés qui masquent à peine la route principale qui mène au centre-ville. Thora coince les mains entre ses genoux et répond à leurs questions sans établir de contact visuel. Santi n'a pas beaucoup d'expérience avec les enfants ; il ne peut s'empêcher de la décrypter comme si elle était une cliente se présentant à son bureau plutôt que son futur enfant potentiel. Intelligente, réservée, profondément meurtrie par des blessures qu'elle repousse vers l'extérieur. Un sens de l'humour mordant.

— Quelle est ton activité préférée ici ? s'enquiert Héloïse en se penchant vers l'avant, dans une tentative pour contourner les barrières de Thora.

Celle-ci croise son regard.

— Observer l'herbe qui pousse, dit-elle, impassible. C'est assez marrant.

Santi ne peut s'empêcher de rire. Du coin des lèvres, Thora lui répond par un sourire qui s'évanouit aussitôt.

Après la visite, l'assistante sociale les reconduit à leur voiture. Par le pare-brise, ils observent un gamin qui entaille la balustrade de l'orphelinat avec un clou rouillé.

— Qu'est-ce que tu en penses ? demande Héloïse.

Santi la regarde.

— C'est notre enfant, répond-il simplement.

Héloïse hoche la tête, les yeux luisants de larmes.

— Oui, dit-elle dans un murmure. Oui, c'est aussi ce que je pensais.

Ils remplissent une centaine de formulaires, passent une dizaine d'entretiens. Ils répondent à des questions sur leur mariage, leurs routines, depuis combien de temps ils vivent à Cologne. Ils endurent tout, sinon avec patience, du moins avec détermination. Au bout du compte, ils obtiennent leur récompense : un dossier contenant l'histoire de Thora, présentée année après année avec des photos. Un bébé aux yeux bleus et désespérés comme si la fille maussade qu'ils avaient rencontrée était coincée à l'intérieur. À la page suivante, Santi fait connaissance avec ses parents : une mère qui est partie quand sa fille avait deux ans, un père qui a perdu son poste à l'université à la suite d'une coupe budgétaire et qui a lentement sombré dans l'alcoolisme, jusqu'à ce que les services sociaux viennent frapper à sa porte pour découvrir une traînée de bouteilles vides et Thora qui hurlait avec toute la rage d'un bambin. Il lit qu'elle a été placée chez un oncle négligent – une photo d'elle dans un pull tricoté pour un enfant beaucoup plus petit, avec le dessin d'un blaireau qui semble presque aussi furieux qu'elle – puis dans une succession de familles d'accueil jusqu'à ce qu'elle atterrisse à l'orphelinat. Où elle serait restée, sous l'étiquette de cause perdue, si Santi et Héloïse n'avaient pas débarqué avec leur chambre d'enfant vide et leurs larmes séchées depuis longtemps.

Lorsqu'il achève sa lecture, Santi est en train de pleurer. Il passe la tablette à Héloïse.

— Il va te falloir un truc à boire.

Il part lui préparer un verre, la laissant avec l'histoire de leur fille.

Ils repeignent du vert clair au violet la chambre qu'ils ont déjà commencé à appeler « la chambre de Thora ». Santi achète aussi de la peinture fluorescente et dessine soigneusement des étoiles au plafond, en motifs qui reproduisent de vraies constellations.

À la fin du printemps, on les autorise à l'amener chez eux. Quand Santi ouvre la porte, Félicette sursaute et s'enfuit. Thora marque une pause sur le seuil, hésitante.

— Ta chambre est à l'étage, explique Héloïse. La porte est ouverte. Tu veux aller y jeter un coup d'œil ?

Thora hoche la tête et gravit d'un pas prudent les marches qui craquent. Ils la suivent tous les deux, dans un mélange d'anticipation et de crainte.

—Je le crois pas ! hurle Thora de plaisir. Des étoiles !

Une fois, en Espagne, Aurelia, la sœur de Santi, a ramené à la maison un chat de gouttière à l'oreille déchirée. Au cours des premières semaines, il quittait à peine la chambre à l'étage où Aurelia le gardait, par crainte de croiser les géants inconnus qui erraient dans les couloirs. Thora aussi reste dans sa chambre étoilée, elle n'en sort que pour les repas, qu'elle avale en silence. Santi essaie de la faire réagir, en racontant de mauvaises blagues et en lui montrant des gribouillages idiots, mais elle bronche à peine. Seule Héloïse se voit gratifiée de ses rares sourires.

—Qu'est-ce qui lui est arrivé ? demande Santi à Héloïse une fois que Thora s'est éclipsée à l'étage. À la fille drôle ? Celle qui adorait tellement sa chambre qu'elle en a poussé des cris ?

—Elle n'est pas là pour nous divertir, fait remarquer Héloïse en débarrassant les assiettes. Elle n'a même pas encore décidé si elle nous appréciait ou pas.

—Toi, elle t'apprécie, objecte Santi. C'est juste avec moi qu'elle a un problème.

Héloïse hausse les épaules.

—C'est parce que je suis mieux que toi.

Elle tente de le faire rire. Ça marche presque. Mais c'est quand même douloureux de se dire que l'indifférence de Thora est dirigée, et qu'il en est la cible.

Santi soupire et enlace sa femme. Il déplace ses tresses sur le côté et lui embrasse la nuque.

Héloïse se retourne dans son étreinte et lui caresse le visage.

— Patience, dit-elle. Nous devons lui donner du sens avant qu'elle puisse nous rendre la pareille.

Santi reste dans la cuisine après le départ d'Héloïse, méditant ses paroles. Il croyait qu'ils adoptaient Thora pour lui fournir la stabilité dont elle avait besoin. Mais peut-être que la question n'est pas vraiment ce dont elle a besoin. Peut-être que cette enfant perturbée n'est rien d'autre qu'une distraction, un lot de consolation pour ses propres rêves auxquels il a renoncé.

Cette nuit-là, il rêve qu'il se noie dans un lit d'hôpital. Il se réveille, le cœur tambourinant, le regard rivé sur le plafond blanc comme si quelqu'un avait subtilisé l'univers. En revenant des toilettes, il passe devant la chambre de Thora et entend sa voix.

Il s'approche.

— Thora ? Tu as dit quelque chose ?

Après un instant, elle ouvre la porte du pied. Elle est couchée sur son lit, Félicette ronronne à ses côtés. Thora scrute le plafond, les doigts posés sur son poignet.

— Les étoiles, dit-elle. Ce sont les mêmes que celles qui sont dans le ciel.

Santi ressent un élan d'approbation : sa fille est une scientifique.

— Oui ! Je voulais dessiner de vraies constellations.

Elle penche la tête.

— Elles ressemblent à ça vues de l'espace ?

— Non. Non, elles ressembleraient à tout autre chose. Un habitant d'une autre planète ne les regrouperait sans doute pas dans les mêmes constellations.

Thora fronce les sourcils.

— Les étoiles ne sont pas liées les unes aux autres ?

— Pas vraiment. Nos ancêtres pensaient que c'était le cas parce qu'ils avaient fait des dessins. (Il hausse les épaules.) C'est ce que les êtres humains font, j'imagine. Regarder le ciel et y voir des reflets d'eux-mêmes.

— D'eux-mêmes ? ronchonne-t-elle. Tu veux dire de nous-mêmes ? Ou tu insinues que nous ne sommes pas humains ?

— *Blorgle fnarg*, réplique-t-il.

Thora s'esclaffe, trop fort pour réprimer son rire. Santi ressent une éphémère et intense euphorie.

— C'est comme nous, reprend-elle.

— Quoi ? demande-t-il avec un sourire.

— Toi et moi et Héloïse. De loin, on ressemble à une famille, mais en réalité nous n'avons rien à faire ensemble.

L'euphorie s'effondre. Santi pense à eux trois : Héloïse et lui comme des étoiles doubles aux liens étroits, Thora qui dérive à des années-lumière d'eux.

— En vérité, tout est question de perspective, conclut-il. Nous choisissons la manière dont nous voulons regarder les choses.

Il tapote le chambranle et s'en va avant qu'elle puisse le voir pleurer.

Changement de saison. Le bonsaï qu'Héloïse a essayé de faire pousser déborde de son pot, il est devenu sauvage, hors de contrôle. Ce changement se répercute chez Thora. Ou le changement se produit, l'arbre pousse, et aucun de ces deux événements n'est lié à l'autre. Santi a toujours scruté le monde sous cet angle, en y cherchant des symboles. Dès lors, il n'est pas surpris le jour où il rentre à la maison et trouve la couverture au crochet de sa mère sur le sol du salon, arborant un trou noir en son centre carbonisé.

Héloïse n'est pas encore à la maison ; deux trams sont entrés en collision dans la vieille ville et le personnel des urgences fait des heures supplémentaires. Santi ramasse la couverture et grimpe lentement l'escalier. *Calme*, se dit-il en se remémorant les paroles de l'assistante sociale. *« Essayez toujours de l'aborder avec calme. »* Ses pensées vagabondes s'écartent du script. *Elle est la mer ; elle a besoin d'un rocher contre lequel se fracasser.*

Il frappe à la porte de Thora. Elle ne lui dit pas d'entrer. Elle se contente de pousser la porte du pied et l'observe tandis qu'il l'ouvre entièrement.

Santi s'assied sur sa chaise de bureau, la couverture entre ses mains. Il songe à sa mère qui l'a crochetée patiemment, mettant son amour dans chaque centimètre. La colère monte, mais il la contrôle.

— C'est ma mère qui l'a faite, explique-t-il.

Thora ne croise pas son regard.

— Je sais, dit-elle. C'est pour ça que j'ai fait ça.

Il la dévisage, incrédule. Il veut lui hurler dessus, lui demander pourquoi. Qui accepte un amour offert pour y mettre le feu ? De nouveau, la voix de l'assistante sociale : *« Elle essaiera de tester vos limites. »*

— Tu peux t'estimer heureuse de ne pas avoir mis le feu à la maison, dit-il.

— Ou malheureuse, réplique-t-elle. Tout est question de perspective.

« Il faut qu'il y ait des conséquences. Sinon, elle pensera qu'elle peut tout faire. Et ça ne l'aidera pas à devenir celle qu'elle doit être. » Une nouvelle respiration.

— Tu apprendras le crochet, et tu répareras ça. Peu importe le temps que ça prendra. Nous commencerons demain à ton retour de l'école.

Elle grogne.

— Je ne suis pas capable de faire un truc comme ça.

— C'est pour ça que tu as fait ça ? Parce que tu penses que tu n'es pas capable de réaliser une belle chose ?

— Non. Je t'ai dit pourquoi.

Santi a l'impression de se noyer, de ne pas pouvoir emmagasiner assez d'air dans ses poumons.

— Tu apprendras. Dès demain.

Il se dirige vers la porte. Il est hors de question qu'elle ait le dernier mot.

— Je te déteste, lance-t-elle avec un venin dont l'origine est bien plus ancienne que son âge.

Il ne parvient pas à conserver une expression neutre.

— Eh bien, c'est dommage parce que moi je t'aime.

— Comment ? Comment tu peux m'aimer ? (Elle fait la grimace.) Tu ne me connais même pas. Je viens juste… de débarquer chez toi, et maintenant c'est ton job de faire semblant d'être mon père. OK. Je pige. Tu as sans doute cru que tu aurais une gentille petite fille qui serait facile à aimer. Mais tu n'es pas obligé de mentir.

— Je ne mens pas. (Il ne parvient pas à ôter l'émotion de sa voix. *Calme*, songe-t-il, mais c'est peine perdue, autant essayer d'arrêter un ouragan.) Je ne dis pas des choses que je ne pense pas. Je t'aimais avant de te rencontrer.

Elle le dévisage.

— C'est impossible.

Il hausse les épaules.

— Je m'en fiche. C'est la vérité.

Elle cherche ses mots, les doigts enfoncés dans le couvre-lit.

— Ça ne marche pas comme ça, l'amour, argumente-t-elle enfin. Tu n'aimes pas une personne juste comme ça, sans raison.

Tu l'aimes pour ce qu'elle est, pour ce qu'elle fait, pour son apparence. Il faut mériter l'amour.

Une petite révélation : voilà ce qu'elle veut, un débat.

— Donc tu cesses d'aimer cette personne si elle change ? Si elle cesse de le mériter ?

Thora semble enfin avoir repris pied.

— Oui, lance-t-elle d'un air de défi.

Santi secoue la tête.

— Non, Thora. S'il fallait mériter l'amour, nous serions tous en manque d'affection. Non, c'est le monde qui nous est redevable d'amour. (Il lui adresse un sourire contrit.) Parfois, il ne passe pas à la caisse, c'est tout.

Elle le regarde, animée d'une fureur absolue. Pendant un instant fulgurant, Santi sent cette fureur entrer en lui, devenir sienne. Il croit que Dieu lui a confié cet objectif : quelque part, il est là pour la sauver. Mais qu'est-ce que cela signifie, que son objectif dépende du malheur de Thora ? Si elle a droit à l'amour, comment peut-il compenser l'immense poids du solde à régler ?

C'est le moment qu'il choisit pour battre en retraite dans la cuisine. Il n'a pas l'impression d'avoir gagné. Il a l'impression de s'enfuir en boitant après une escarmouche, heureux d'avoir la vie sauve.

Héloïse rentre, toujours vêtue de sa blouse d'hôpital. Elle s'immobilise, les clés en main.

— Tu te ronges de nouveau les ongles.

Santi regarde ses doigts. Une manie dont il croyait s'être débarrassé depuis trente ans, qui revient furtivement comme un fantôme. Héloïse referme la porte derrière elle.

— Tu ne devrais pas faire ça devant Thora.

Il rit sous cape.

— Tu crois vraiment que j'exerce la moindre influence sur elle ?

Héloïse retire son manteau, se dirige vers la table, ouvrant le frigo au passage, et dépose une bière devant Santi.

Il ouvre la bouteille et boit une gorgée.

— Comment tu as deviné ? demande-t-il.

— Parce que je te connais. Tu vis ta vie comme si on te testait. Et tu veux réussir haut la main. (Elle lui embrasse le front, lisse ses cheveux en bataille.) Mais ce n'est pas un examen. Il n'y a pas de moyenne à obtenir. Tout ce que nous pouvons faire, c'est la décevoir moins qu'on ne l'a déçue jusqu'à maintenant.

Le lendemain, il se met à enseigner le crochet à Thora. Elle fait exprès de se montrer maladroite ; au bout de dix minutes, elle refuse de continuer. Santi ne mesure pas leurs progrès à partir du carré sur lequel elle travaille, qui croît lentement, centimètre par centimètre, avant de rétrécir presque aussi vite quand elle défait les mailles mal exécutées. Il les mesure plutôt dans les mots qu'ils se lancent, les points marqués. Même s'ils sont en guerre, au moins ils la font ensemble.

Alors qu'elle est encore loin de pouvoir raccommoder la couverture, elle se met à subtiliser de la nourriture dans la cuisine. Héloïse et Santi se retrouvent dans la chambre de Thora comme des enquêteurs sur une scène de crime, les yeux baissés sur les preuves planquées dans une boîte en fer sous le lit. Des biscuits, des sachets de chips, une pomme ridée, une tablette de chocolat divisée en morceaux emballés individuellement. Santi ne peut s'empêcher d'y voir des rations militaires. Sur le rebord de la fenêtre, il compte treize verres d'eau plus ou moins remplis. Il leur donne une chiquenaude, dans l'ordre, exécutant une mélodie excentrique.

— Elle vit à la façon d'un animal traqué, fait remarquer Héloïse à voix basse, même s'ils n'ont rien à craindre, car Thora est sortie avec Lily, la seule amie qu'elle s'est faite jusqu'à présent. On ne devrait pas retirer tout ça ?

Santi referme la boîte et la repousse sous le lit.

— Non. Nous devons lui faire comprendre qu'elle est en sécurité.

Il range soigneusement les papiers qu'il a trouvés à côté de la boîte : des cartes de mondes impossibles, dessinées à la main.

Héloïse se mordille la lèvre inférieure, une vieille habitude qui a empiré ces dernières semaines.

— Elle ne se sentira peut-être jamais en sécurité, pas totalement. Peut-être que tout ce qui lui est arrivé a emporté cette part d'elle.

Santi ne déteste rien tant que se sentir impuissant.

— Du temps, dit-il. C'est de ça qu'elle a besoin.

Il appelle sa mère. Il est assis sur la souche au fond du jardin, car Thora n'aime pas l'entendre parler espagnol.

— Pourquoi ? lui a-t-il demandé la première fois qu'elle s'est fâchée.

— Tu pourrais parler de moi sans que je le sache.

Il a levé les yeux au ciel.

— Thora, je ne passe pas mon temps à parler de toi.

Ce soir, l'obscurité estivale est profonde. Un oiseau nocturne qu'il ne parvient pas à identifier émet de faibles sons dans les arbres.

— Amène-la ici, dit sa mère. Pourquoi tu ne l'amènes pas ? Je veux faire la connaissance de ma petite-fille.

Santi se masse le front. Il n'est plus rentré chez lui depuis qu'il est arrivé à Cologne. Il a plutôt attendu que sa famille vienne le voir. Il se passe toujours trop de choses ici : Héloïse, son boulot, maintenant Thora.

— Nous viendrons, quand la petite pie aura davantage pris ses marques.

Ce surnom ne sert que lors de ces coups de téléphone. Rien n'alimenterait davantage la paranoïa de Thora que des conversations parsemées de son prénom dans une langue qu'elle ne comprend pas.

Sa mère ne lui confie pas ce qu'elle pense, mais il l'entend. Que sa petite pie ne prendra jamais ses marques. Qu'elle se cognera jusqu'au sang contre les barreaux de la cage qu'il a construite pour la protéger.

Plus tard au cours de cette même semaine, il revient du *Zentaur* et pose ses clés sur la table de la cuisine. Félicette bondit et se frotte à sa main.

— Thora ? appelle-t-il du bas de l'escalier.

La maison vibre d'un calme inhabituel. Il va frapper à la porte de sa chambre.

— J'entre, dit-il avant d'ouvrir.

Le désordre habituel : la flûte de pan que forment les verres d'eau sur le rebord de la fenêtre, le carré au crochet abandonné sur le lit. Il vérifie la salle de bains, qui est vide, puis leur chambre à Héloïse et lui, même s'il ne s'attend pas vraiment à la trouver là. Santi décrypte ce que le monde lui dit et, en cet instant, les signes annoncent clairement un désastre. Il décide d'appeler la police.

Puis il entend, venant du plafond, un bruit de pas traînants.

Il ouvre la porte du grenier. Elle a remonté l'échelle derrière elle, comme un hors-la-loi qui protège son repaire. Il tire l'échelle vers le bas et se précipite sur les marches qui craquent, terrifié à l'idée qu'elle se soit blessée, qu'il ait échoué dans la seule chose importante qu'il ait jamais entreprise.

Elle n'est pas blessée. Elle est assise jambes croisées à côté du petit lit qu'Héloïse ne se sentait pas capable de jeter ni de donner. Elle a glissé les doigts entre les barreaux comme si elle jouait avec le fantôme d'un bébé.

— Vous vouliez vos enfants à vous.

Les paroles qu'il espérait ne jamais l'entendre prononcer. Elles sortent de sa bouche en se tortillant telles des plantes rampantes enchevêtrées.

Il est censé répondre : « *Tu es notre enfant. Nous n'avons jamais voulu quelqu'un d'autre.* » Mais il la connaît mieux que ça désormais : il sait quand les phrases convenues atteindront leur cible ou quand elle les lui réexpédiera en plein cœur avec une puissance mortelle.

— Nous avons essayé, oui, dit-il. Mais ce n'était pas censé arriver.

— « Censé arriver » ? (La bouche de Thora se tord quand elle prononce ces mots.) Mes parents étaient censés veiller sur moi. J'étais censée réussir à l'école et aller à la fac pour étudier la physique et la biologie et devenir astronaute (Santi tressaille ; Thora ne voit pas son coup l'atteindre.) Mais ce n'est pas arrivé. Et Héloïse et toi, vous n'avez pas eu d'enfants, vous m'avez eue. (Elle secoue la tête de rage, elle abaisse ses manches sur ses poignets.) Aucun de nous ne peut choisir. La seule différence, c'est que tu cherches un sens. Comme si c'était ce que Dieu avait voulu depuis le début. Alors que c'est juste ce avec quoi on se retrouve coincés.

Santi est à court d'arguments, à court de discussions raisonnables menées d'une voix calme. Il ne peut pas avouer à quel point les paroles de Thora ont cerné sa peur secrète : à savoir qu'il est le pire des menteurs, et qu'il accepte tout ce qu'il n'est pas trop paresseux pour accomplir en le qualifiant de destin.

Un bruit sourd retentit contre la fenêtre du grenier. Santi sursaute, saisi par une sainte terreur : le poing de Dieu qui s'abat sur la vitre. Thora se trouve déjà à la fenêtre, soulignant avec soin le contour des ailes fantômes.

— Oh.

Elle expire posément. Le temps qu'il a fallu à un oiseau pour mourir, elle est devenue une autre personne. Elle dépasse Santi et dévale l'échelle si vite qu'elle doit se faire mal aux mains.

Il descend à sa suite et la rejoint dans le jardin.

— Tu l'as trouvé ? demande-t-il en s'approchant comme si c'était elle l'oiseau tombé pris entre la vie et la mort.

Thora ouvre les mains. L'oiseau est d'un vert clair saisissant : une des perruches sauvages qui ont colonisé la ville. Elle gît aussi parfaite qu'un simulacre, les ailes repliées, les yeux fermés.

— Quel dommage, déclare Santi.

— Elle n'est pas morte, rétorque Thora avec vigueur.

Elle souffle doucement sur l'oiseau, lui ébouriffant les plumes. L'animal tressaille, ouvrant et fermant les yeux.

Santi est saisi d'un sursaut d'espoir, aussi enivrant que du vin.

— Amène-le à l'intérieur. Nous devons le garder au chaud.

Ils installent une boîte matelassée dans le bureau d'Héloïse et ferment la porte pour empêcher Félicette d'entrer. Santi montre à Thora comment donner de l'eau à l'oiseau en se servant d'une pipette. Il l'observe caresser les plumes de ses doigts qu'il a rarement vus hors de ses manches, ou autrement que resserrés en poings. Il ne l'a jamais vue aussi calme, aussi captivée.

Les jours passent et l'oiseau reste en vie. Santi ne cherche plus Thora dans sa chambre. Quand il rentre, il va directement dans le bureau, où il est certain de la trouver, penchée sur la boîte, occupée à nourrir l'oiseau ou à le regarder dormir. Elle est parfois si fascinée qu'il aperçoit un instant à quoi elle ressemble quand il ne l'observe pas. Il amasse ces images d'une jeune fille douce et émerveillée, comme s'il s'agissait de bijoux. Il est stupéfait de constater qu'une personne aussi furieuse et indépendante que sa fille puisse veiller sur cet être démuni avec une telle tendresse. Il la voit prendre soin d'elle-même d'une manière à laquelle Héloïse et lui, avec leur recul et leurs bonnes intentions, n'ont jamais eu accès.

— J'ai choisi son nom, annonce-t-elle.

— Oh ?

Elle caresse délicatement les plumes de l'oiseau du bout de son auriculaire.

— Urraquita, dit-elle.

Petite pie. Le surnom espagnol qu'il lui a donné. Il ne peut pas lui dire ce que cela signifie, que c'est déjà le nom d'un autre oiseau. Il aurait dû deviner qu'elle était assez intelligente pour le percer à jour.

Thora le regarde par-dessus ses genoux.

— C'est notre faute si elle meurt ?

Santi prend une inspiration.

— À ton avis ?

Thora patiente un long moment avant de répondre. Quand elle se lance, il fait semblant de ne pas entendre la tension présente dans sa voix.

— Non. Nous ne lui avons pas fait mal. Nous essayons juste de la soigner de notre mieux.

— Tout à fait.

Santi espère que, si elle est prête à se pardonner, cela implique qu'elle est aussi prête à leur pardonner.

L'oiseau se rétablit. Après quelques jours, il sautille, puis il effectue de brefs vols autour du bureau, ce qui fait glousser Thora d'une façon inédite aux oreilles de Santi.

— Tu sais, les perruches sont douées pour apprendre les voix, dit-il en plongeant pour éviter les ailes qui bruissent au-dessus de son crâne. Tu pourrais lui apprendre à dire quelque chose.

Elle le regarde.

— Vraiment ? dit-elle avec suspicion.

Il hoche la tête, ravi d'avoir capté son attention.

— Tu dois l'entraîner sérieusement. Et c'est sans garantie de résultats.

Elle écoute à peine. Elle se concentre sur l'oiseau ; son esprit toujours actif songe déjà à ce qu'elle pourrait lui enseigner. Santi sourit et la laisse seule pour travailler.

Il s'habitue à trouver la porte du bureau fermée en rentrant. Parfois il entend Thora qui répète sans cesse la même chose, mais il ne distingue pas les mots. Jusqu'à ce que, un jour, il trouve la porte ouverte. Il s'immobilise, se demandant s'il doit entrer.

— Santi, appelle Thora.

Il hésite, tellement c'est inhabituel pour elle de l'appeler par son prénom, et encore plus de requérir sa présence.

— Oui ?

— Viens, dit-elle impatiemment.

En entrant dans le bureau, il aperçoit Thora assise sur le canapé, l'oiseau perché sur son doigt. Elle a le visage ouvert, nerveux, vivant. Elle change sans cesse, trop vite pour qu'il puisse suivre le rythme de toutes les versions d'elle-même qu'elle adopte.

— Salut, Urra, dit-elle doucement. Tu voulais dire quelque chose ?

— Au secours, dit la perruche. Je suis coincée dans cet oiseau.

Thora lève les yeux avec un sourire triomphant. Pendant un instant, Santi se contente de regarder fixement. Puis il rit, autant de joie que de surprise, jusqu'à ce qu'ils rient tous les deux si fort qu'ils ne peuvent plus respirer.

— J'ai dû le répéter je ne sais combien de fois. Mais ça a fini par marcher. (Elle bondit sur son siège, effarouchant l'oiseau qui s'envole vers les étagères de la bibliothèque.) Je veux lui apprendre autre chose.

Santi sourit et se rassied, stupéfait par l'œuvre de Dieu : tous ses efforts ne sont rien à côté d'un oiseau blessé tombé du ciel. *Merci*, dit-il en silence. *Merci pour ce cadeau.*

« Le Seigneur a donné, le Seigneur a repris. » En rentrant le lendemain soir, Santi trouve le bureau désert. Le cœur battant d'effroi, il explore la maison. Par la fenêtre de la chambre de Thora, il aperçoit celle-ci dans le jardin, assise sur la souche où il parlait à sa mère.

Il va se poster près d'elle. Elle ne pleure pas. D'une certaine façon, c'est pire : ce chagrin immense et l'absence de larmes, comme si quelque chose en elle s'était brisé.

— Je l'ai amenée dehors, marmonne-t-elle. Je me suis dit qu'elle aimerait un peu d'air frais.

— Oh non. (Santi s'accroupit à sa hauteur.) Quand ?

— Ce matin. Elle n'est toujours pas revenue. (Sa voix est tendue.) À quoi ça servait ? Si, finalement, elle s'envole et part quand même ?

Voilà l'épreuve, comprend Santi : non pas prendre soin, mais laisser partir. Puiser tout son amour, consentir tous ses efforts, avec détachement, peu importent les organes vitaux qui se voient arrachés au passage. Il prend la main de Thora.

— Il y avait un risque que cela arrive. Mais est-ce que ça veut dire que cela n'en valait pas la peine ?

Thora retire brusquement sa main.

— Arrête. Tu recommences ta combine, celle où tu me poses des questions et où tu fais comme si je prenais mes propres décisions, mais en réalité, tu te contentes de me donner les réponses. Alors vas-y. Dis-moi.

Santi ne peut s'empêcher d'élever la voix.

— Tu dois être fière de ce que tu as accompli. Elle ne serait pas en vie sans toi.

— Eh bien, je préférerais l'avoir laissée mourir.

Il ne lui dit pas qu'elle ne le pense pas. Alors qu'elle est aux prises avec sa rage, il est certain qu'elle le pense. Il porte le regard sur les bois au-delà du jardin. Il imagine l'oiseau qui s'envole de la main de Thora : un sursaut de liberté sous le coup de la panique, puis une pause sur la clôture, à mi-chemin entre un endroit et un autre. Santi a toujours cherché des symboles dans le monde. Mais celui-ci, un être sauvage qui fuit l'amour qu'on lui offre, il s'y refuse. Sa fille n'est pas un oiseau. C'est Thora. Et il ne va pas la laisser partir si facilement.

— Elle reviendra peut-être dire bonjour, propose-t-il.

Thora secoue violemment la tête.

— Elle ne reviendra pas. De toute façon, elle ne se souviendrait pas de moi. Ce sera comme si je n'avais jamais existé.

— Mais toi, tu te souviendras d'elle.

Il se demande pourquoi ces mots semblent si pesants, comme s'ils parlaient de choses aussi vastes que des galaxies.

— C'est encore pire. (Elle lève les yeux vers lui, des yeux écarquillés et vides de larmes.) Je ne veux plus jamais la voir.

L'intuition de Santi envers Thora s'aiguise, comme la conscience aveugle d'une plante envers le soleil. Il doit la laisser gérer cela toute seule. Il lui presse l'épaule et repart vers la maison.

Son intuition était erronée. Le débat n'est pas clos.

— Pourquoi tu crois toujours tout savoir mieux que moi ?

Santi s'arrête, se retourne. Toutes les réponses – *parce que je suis ton parent, parce que je suis plus âgé* – paraissent aussi creuses que des mensonges.

— Ce n'est pas le cas, dit-il. Pour l'instant, c'est juste mon boulot de prétendre mieux savoir.

Cette réponse est suffisamment inattendue pour la réduire au silence. Il soupire. Il est si fatigué : trop fatigué pour retenir la question qu'il n'a pas le droit de poser.

— Pourquoi tu m'en veux autant ?

Elle conserve un visage impassible. Il la connaît assez pour être conscient des émotions qu'il dissimule, des émotions qu'elle ne comprend pas elle-même, soupçonne Santi.

Il quitte le terrain connu, suivant son instinct d'explorateur qui lui dicte que, là, dans la nature, il existe quelque chose qui vaut la peine d'être découvert.

— Thora, ce n'est pas moi qui t'ai abandonnée.

Elle le dévisage d'un regard sinistre.

— Mais tu le feras.

Il s'accroupit devant elle, lui prend la main contre son gré.

— Je ne t'abandonnerai jamais.

Il ne devrait pas lui mentir. Il doit être fiable, prévisible, et ne pas faire de promesses inconsidérées. Mais au moment où il le dit, il y croit. En regardant Thora, il voit qu'elle y croit aussi.

— Menteur, crache-t-elle.

Elle repousse sa main et se précipite dans la maison, claquant la porte derrière elle.

Santi frotte ses yeux fatigués. Il lève la tête vers le ciel : les étoiles qu'il a copiées sur le plafond de Thora sont masquées par les nuages. Un désir ancien s'empare de lui : être là-haut, observer tout ceci sous un angle qui pourrait fournir une explication.

Il est trop tard ; cette voie est désormais condamnée pour lui. Il devra se contenter de cette perspective limitée, maladroite : espérer que quelqu'un qui voit plus loin guide ses pas. Il redresse les épaules et suit sa fille à l'intérieur.

C'était écrit

Thora ne pèse plus rien.

Elle flotte sous l'eau, ses oreilles bourdonnent à cause de la pression, les pointes vert bleuté de ses cheveux dérivent sur ses yeux. Devant elle s'étire l'étendue bleu-gris vaporeuse du lac, un monde infini attendant qu'elle l'explore. Des échos lui parviennent à travers l'eau : les vibrations d'un bateau à moteur, les cris des enfants qui jouent à proximité du rivage. Thora est capable de retenir longtemps sa respiration. Elle rame avec les mains, pivote et plonge en direction de la ligne de bouées qui délimite la zone de baignade. D'ici quelques secondes, elle sera suffisamment proche pour passer dessous et s'évader vers les espaces libres et sauvages du grand large.

Quelque chose lui agrippe le talon. Elle rue, se contorsionne pour se libérer, mais la prise la suit, sans lui lâcher la cheville. Une lutte acharnée, une mini-bataille qu'elle perd. Avant qu'elle réussisse à se libérer, on la tire vers la surface, tête en bas. L'eau lui entre dans les narines et elle s'étouffe en se noyant.

Elle ressort à l'air libre.

— Espèce de connard, halète-t-elle à l'intention de son frère qui nage sur place en riant.

Santi sourit, la réflexion du soleil sur l'eau lui fait plisser les yeux.

— Tu allais passer sous la limite, dit-il en l'aspergeant. Tu crois que je ne t'ai pas vue ?

Thora l'éclabousse à son tour.

— Et alors ?

— Qu'est-ce qui te gêne dans l'eau de ce côté-ci ?

Elle fait la grimace.

— En dehors du fait que mille personnes ont pissé dedans ?

Santi penche la tête avec une expression de relâchement total.

— Mille et une.

— Beurk ! T'es dégueu !

Thora déguerpit, nageant aussi vite qu'elle le peut. Quand il se rue à sa poursuite, elle passe au crawl et n'a aucune peine à le battre et à atteindre le rivage la première. Elle sort de l'eau, dégoulinante, et s'enfonce dans le sable. En ce jour d'été, les rives du lac de Fühlingen sont pleines de familles qui cherchent à échapper à la fournaise de la ville. Thora remonte la plage d'un pas lourd en direction de la ligne d'horizon de Cologne qu'on aperçoit à travers les arbres. Elle retrouve leurs serviettes et son exemplaire du *Guide du voyageur galactique* posé face contre sol. Elle s'en empare tandis que Santi se laisse tomber sur la serviette d'à côté et s'étend, les yeux fermés. Thora essaie de lire, mais la plage est tout ce que l'immersion dans l'eau n'était pas : bruyante, sûre, saturée de bruits humains familiers. Par-dessus son livre, elle observe son frère, aussi immobile qu'un cadavre, et à peu près aussi divertissant.

— Je pense que je vais me faire faire un tatouage, lance-t-elle.

— Hum, grommelle-t-il.

Thora soupire. La moitié du temps, elle aimerait pouvoir propulser son frère dans l'espace. L'autre moitié, elle aimerait qu'il ne soit pas si distant. C'est étrange de songer qu'il s'en est fallu de peu pour qu'il ne soit pas là du tout : deux secondes sur une route mouillée il y a huit ans, l'accident qui a coûté la vie à la famille biologique de Santi et à la version de Thora qui était enfant unique. Elle se rappelle comment elle était : solitaire certes, mais autonome, apte à être seule. Désormais, elle dépend de cet empoté taiseux pour se distraire.

— On s'ennuie, se plaint-elle.

— L'ennui est le signe d'un esprit étroit, commente Santi en gardant les yeux fermés.

Elle lui balance du sable jusqu'à ce qu'il bronche.

— Tu veux jouer aux pirates ? propose Thora.

Il ouvre les yeux le temps de les lever au ciel.

— On n'a plus douze ans.

Ça fait mal. Elle voulait qu'ils ne se lassent jamais de leur ancien jeu. Elle ne croit pas réellement qu'il s'en soit lassé. Il sait juste ce que les garçons de quatorze ans sont censés aimer. Les voitures, les filles et la bagarre ; pas jouer à explorer les hautes mers avec leurs sœurs. Il ne voulait même pas l'accompagner aujourd'hui. Il a uniquement accepté parce qu'il ne voulait pas rester à la maison pour entendre leurs parents se disputer.

Thora reporte son regard sur l'eau, se remémorant le monde bleu sous la surface. Les sons étouffés, la lumière ondulante, et la sensation qu'une vérité se cache dans les profondeurs, qu'elle pourrait découvrir si elle prenait le temps de la chercher.

— Pourquoi tu ne veux pas que je nage au-delà de la limite ?

— C'est dangereux, marmonne Santi. Il y a des écriteaux. Tu sais lire, non ?

— Non, rétorque Thora.

Santi ouvre un œil et regarde le livre qu'elle tient entre les mains. Elle le tourne subrepticement jusqu'à ce qu'il soit à l'envers. Santi sourit à moitié, mais secoue la tête.

Thora ne s'avoue pas vaincue.

— Depuis quand tu te soucies des écriteaux ? Il y avait des écriteaux partout sur le phare à Ehrenfeld, mais ça ne t'a pas empêché de l'escalader.

Santi se rassied et frotte le sable dans son dos.

— C'était différent.

— Pourquoi ?

— Le phare méritait d'être exploré.

Thora pousse un grognement.

— Tu m'as dit qu'il n'y avait rien là-dedans. Que c'était une coquille vide.

— Ça aurait pu être différent. Mais là, je peux t'affirmer qu'il n'y a rien dans ce lac, hormis du pipi et des vieilles canettes.

— Tu n'en sais rien tant que tu ne l'as pas exploré. (Il adopte l'attitude qu'elle déteste, prétendant savoir tout mieux qu'elle.) Pourquoi tu dois être si… te comporter comme un grand frère à ce sujet ?

— Je suis ton grand frère.

— D'à peu près une demi-heure. Ça ne compte pas.

Santi estime que le fait qu'ils soient nés presque au même moment signifie quelque chose : le destin qui leur tend la main depuis l'avenir, pour les relier l'un à l'autre. Thora trouve juste que c'est marrant de dire aux gens qu'ils sont jumeaux alors qu'ils ne se ressemblent pas du tout. Elle croise les bras.

— Tu sais bien ce que je veux dire. Tu fais comme si j'étais une petite fille qui risque de se blesser. Je ne suis plus une gamine.

Thora n'a jamais eu l'impression d'être une enfant. Ni quand elle avait six ans, dans la voiture de son père qui brinquebalait sur la route humide, ni maintenant, à quatorze ans, alors qu'elle n'a jamais le droit d'exprimer sa colère, parce que Santi possède des raisons d'être en colère avec lesquelles elle ne pourra jamais rivaliser.

— Pourquoi tu refuses d'admettre que c'est juste parce que je suis une fille…

— Ce n'est pas parce que tu es une fille. C'est parce que je ne vais pas te laisser te mettre en danger pour un truc aussi stupide.

Thora a parfois du mal à garder ça à l'esprit. Il a déjà tellement perdu dans sa vie que l'idée de la perdre, elle, doit lui sembler une pure folie, comme si le Dieu en lequel il croit le testait au-delà de l'anéantissement.

— Santi, ce n'est qu'un lac, dit-elle plus doucement qu'elle ne s'en serait crue capable. Il n'y a pas de requins. Il n'y a pas de tsunamis. Rien ne va m'arriver.

Elle n'ajoute pas qu'elle aimerait que quelque chose lui arrive, qu'elle cherche l'inconnu et tout ce qui l'accompagne ; c'est un désir si puissant qu'elle ne peut le traduire en mots.

— N'y pense même plus, lâche-t-il.

Elle ouvre la bouche pour protester, avant de la refermer. Ce n'est pas dans sa nature de se retenir. Mais elle le fera pour Santi. Elle se demande de qui elle a appris ça.

— Hé. (Elle entre dans son champ de vision jusqu'à ce qu'il la regarde.) Je ne vais nulle part, dit-elle.

— Ma famille biologique aussi ne croyait pas aller quelque part. (Il se passe une main sur le visage.) Personne n'y pense. Jusqu'à ce que ça arrive.

Santi ne mentionne jamais sa famille biologique. Thora se tient assise, immobile ; elle a l'impression de l'espionner en pleine conversation avec lui-même.

— Mon père est mort au milieu de sa phrase. (L'air renfrogné, il se ronge les ongles.) Je n'ai jamais compris. Pourquoi Dieu ne l'a même pas laissé finir de s'exprimer ?

Parce que Dieu n'a rien à voir là-dedans. Thora classe cette pensée au rayon des « trucs qui n'aideraient pas » et essaie autre chose.

— Qu'est-ce qu'il disait ?

— Rien d'important. Il se disputait avec ma mère au sujet du prochain virage. (Il frissonne.) Quand je pense aux choses qu'il aurait pu dire, s'il avait été prévenu…

— Je suppose… (Thora hésite, elle ne sait pas si c'est à elle de parler de ça.) Je ne sais pas si j'aimerais être prévenue. J'ai l'impression que je préférerais simplement… partir. Au milieu de ce que je fais. Mourir en vivant, tu vois ?

Santi lève les yeux vers elle.

— Tu as peur de mourir ?

— Oui, répond-elle sans hésiter. Ça me terrifie. Mais c'est parce que je ne pense pas qu'il y a quelque chose après. (Elle hausse les épaules.) C'est différent pour toi. Tu penses que tu vas retrouver tes parents et ta… ta sœur.

Il hoche la tête, détournant le regard vers la plage. Thora imagine leur mort à tous les deux. Ici, maintenant, une comète en flammes qui fond du ciel et les envoie chacun là où ils croient qu'ils iront. Elle ressent un étrange pincement de solitude en imaginant Santi dans une espèce d'au-delà idéal avec sa vraie famille, tandis qu'elle… Elle se reprend. Il ne lui manquerait pas puisqu'elle n'existerait plus.

Santi creuse le sable, comme s'il essayait d'exhumer quelque chose qu'il ne se souvient plus d'avoir enterré. Thora serre les genoux, pensant à l'accident qui a échangé sa solitude contre la souffrance de Santi. Plus d'une centaine de fois, elle a songé que si elle pouvait ramener sa famille en renonçant à lui, elle le ferait. Se sentant confortée dans cette résolution, elle ferme les yeux et s'imagine seule sur la plage ; elle imagine que Santi a retrouvé sa vraie sœur et ses parents. Thora aime s'appesantir sur les choses douloureuses : une action mentale équivalente à celle de se pincer jusqu'à ce que ses ongles laissent une paire de marques en demi-lune. Mais Santi ne l'y autorise plus.

— Je ne te l'ai jamais dit, débute-t-il. Mais… pendant un moment, après leur décès, j'étais certain que j'aurais dû mourir moi aussi, que c'était écrit. (Il rit, se moquant de l'enfant qu'il était.) Je pensais que Dieu avait commis une erreur. À tout instant, il allait s'en rendre compte, alors il reviendrait me chercher. (Il frappe le sable à une cadence irrégulière.) Les premières nuits que j'ai passées dans notre chambre, je n'ai pas dormi. Je restais allongé, à attendre.

Thora se souvient. Elle non plus ne dormait pas. Elle était couchée dans son lit habituel, dans sa chambre habituelle, le regard rivé sur les constellations qui brillaient au plafond, se demandant pourquoi tout avait changé : l'espace vide de l'autre côté qui était soudain occupé par la silhouette sombre de Santi, sa respiration faible et hésitante.

— J'imaginais sans peine ce que ce serait, poursuit-il. De mourir, je veux dire. C'était presque comme si je m'en souvenais. (Un frisson venu de nulle part assaille Thora, un vertige qui surgit avant de s'évanouir. La voix de Santi tressaille.) Mais je continuais à penser à tout ce que je ne serais jamais. Je n'apprendrais jamais à voler. Je n'aurais jamais l'occasion de voir le monde, sans parler des étoiles.

Il pleure ; Thora ne peut pas le regarder, elle n'est pas faite pour ça. Elle veut plonger dans le lac, se cacher dans le monde bleu où tout est silencieux et rien n'est aussi pesant.

Santi se passe une main sur le visage, laissant une traînée de sable.

— Je voulais revoir ma famille. Je le voulais tellement. Mais je ne voulais pas mourir. Je… je ne sais pas s'ils me le pardonneront un jour.

Il sanglote, il tremble mais garde les lèvres closes, retenant tout à l'intérieur. Thora reste paralysée. *À l'aide*, songe-t-elle, sans savoir à qui elle s'adresse. Au fantôme de la vraie sœur de Santi, peut-être, qui devrait être là pour le consoler de la peine qu'elle lui a causée. Que ferait-elle ? La réponse vient à Thora, non pas sous forme de mots ni même d'une idée mais, comme si elle était possédée, elle ouvre les bras et enlace Santi. Elle le prend et il vient contre elle, s'agrippant comme si elle pouvait réparer ce qui est brisé en lui. Par-dessus l'épaule de Santi, le monde indifférent suit son cours : un enfant qui construit un château de sable, un homme qui dort avec un livre sur le visage, un autre homme aux longs cheveux vêtu d'un manteau bleu qui court à la lisière du sable. Thora n'a jamais ressenti une telle colère : contre la famille de Santi qui est morte, contre Dieu qui l'a abandonné, contre ce stupide univers qui l'a empêché d'être la personne qu'il aurait dû être. Elle ne sait pas d'où cela lui vient, une image précise de Santi tel qu'il aurait été si les siens n'étaient pas morts, une version de lui qu'elle n'a jamais rencontrée. Une version plus apaisée, moins en colère, qui rirait davantage : Santi tel qu'il était censé être. Et elle sans lui : plus solitaire, plus irascible, moins encline à pardonner. Peut-être qu'ils seraient quand même tous les deux là sur la plage, mais assis chacun de leur côté, sans noter la présence de la fille maussade aux cheveux vert bleuté ou du garçon qui rit au milieu de son petit groupe d'amis. Thora les imagine passant l'un près de l'autre sous l'eau, juste deux formes vagues dans l'immensité bleue.

Santi s'écarte d'elle. Il s'est calmé, sa respiration est plus fluide, et il a le visage rouge de honte.

— Désolé, dit-il. Merde, c'était gênant.

Thora plonge le bout des doigts dans le sable froid.

— Je n'en parlerai à personne, promet-elle.

Pendant un moment, ils se regardent, les yeux de Santi rougis et son grand sourire penaud, Thora partagée entre soulagement et triomphe, comme si elle avait réussi un examen impromptu. Puis l'homme au manteau bleu tombe à genoux à côté d'eux.

— Excusez-moi. Quelque chose approche, dit-il en les regardant tour à tour. Désolé, j'ai essayé…

Thora n'est pas sûre de ce qui se passe ensuite. Elle prend conscience d'un bruit déchirant, violent, et d'une secousse qui ne dure qu'un instant mais semble s'éterniser. Le temps se plie, s'inverse : Thora a six ans, les phares luisent sur la route humide et, lorsque la collision survient, elle se répercute dans toute sa vie, depuis le moment de sa naissance jusqu'à l'instant lointain de sa mort, modifiant tout au passage. Santi et Thora tombent ensemble, il a la tête appuyée contre son épaule, elle le serre dans ses bras, comme si cela allait les sauver de la fin du monde. « *Pas tout de suite* » est la seule pensée qui lui échappe avant que tout s'arrête.

Elle ouvre les yeux. Santi desserre son emprise tandis qu'elle s'écarte de lui. Ils sont sur le sable du lac de Fühlingen, des enfants jouent dans l'eau peu profonde, tout le reste est identique.

Pas tout. Thora entend un son par-dessus les bavardages des habitués de la plage qui ne se rendent compte de rien, par-dessus les éclaboussures d'eau : un carillon, doux mais insistant, comme une horloge qui marquerait une heure sans fin.

L'homme au manteau bleu s'accroupit à leurs côtés, les mains appuyées sur le sable. Du coin de l'œil, Thora perçoit une lueur mais, quand elle tourne la tête, celle-ci disparaît. Elle sent une odeur de fumée. Elle tousse, elle essaie de reprendre son souffle sans y parvenir. À ses côtés, Santi est plié en deux, il suffoque, mais elle ne le regarde pas : elle est hypnotisée par l'homme au manteau bleu, son visage inquiet, son immobilité.

Le carillon se tait. L'odeur de fumée disparaît. Thora se demande presque si elle n'a pas tout imaginé. Toutefois, elle se sent étourdie comme si elle était restée trop longtemps sous l'eau. À ses côtés, Santi inspire un bon coup et sa respiration sifflante s'apaise graduellement.

L'homme au manteau bleu s'assied, l'air hébété.

— Vous allez bien, dit-il à Santi tout en touchant le bras de Thora. Vous allez bien.

Il le déclame comme s'il s'agissait de l'un des vers d'un poème en langue étrangère qu'il aurait appris par cœur.

— Et vous ? demande Santi. Comment…

Les yeux de l'homme se révulsent. Il s'effondre sur le sable.

Santi se penche sur lui.

— Hé. Qu'est-ce qui se passe ?

Une étrange farandole d'expressions défile sur le visage de l'homme, de la joie à l'angoisse puis au rire. Thora sent une vague de panique déferler dans son estomac.

— Je pense qu'il a une attaque.

— Merde. (Santi la regarde.) Tu as ton téléphone ?

Elle secoue la tête. Elle ne voulait pas le laisser sans surveillance pendant qu'ils se baignaient.

— Vas-y, lance-t-elle. Trouve quelqu'un pour appeler une ambulance. Je reste avec lui.

Santi bondit sur ses pieds et se précipite à toutes jambes sur le sable. Thora s'en souviendra encore longtemps par la suite : le manteau bleu de l'homme étendu autour de lui telles des ailes, le bleu plus clair du ciel, le sable qui vole autour des talons de Santi tandis qu'il court.

— Quelque chose s'est passé, ne cesse de répéter l'homme.

— Je sais, dit Thora, comme si cela pouvait l'aider de savoir que quelqu'un l'écoute. Comment vous vous appelez ?

Son visage changeant pris de convulsions, l'homme la regarde comme si elle possédait les réponses, comme si elle pouvait le sauver.

— Peregrine, lâche-t-il.

— Nous allons chercher du secours, Peregrine, dit-elle. Tenez bon.

Deuxième partie

Pas assez de ciel

Il y a un problème avec les étoiles.

Santi est allongé sur le dos ; l'herbe de l'Uni Park lui chatouille la nuque, l'air vibre à l'approche d'un orage d'été. Ici, dans cette bande de verdure qui sépare la ville de la banlieue, le ciel est suffisamment sombre pour lui dévoiler une kyrielle de lumières dispersées. Un ensemble d'étoiles, stable et constant, comme s'il n'y en avait jamais eu d'autres.

Il ferme les yeux. D'autres étoiles, formant d'autres motifs, gravées dans sa mémoire. Quand il les laisse venir toutes à la fois, le ciel devient chargé, impossible : une mer de lumières flamboyantes.

Santi a toujours fait confiance au destin : il existe une direction dans laquelle les choses doivent aller. Il n'irait pas jusqu'à croire que l'avenir est inscrit dans les étoiles – après tout, il fait un doctorat en astronomie –, mais ses souvenirs d'autres cieux le troublent. L'idée qu'il existe d'autres configurations possibles de l'univers, que Dieu pourrait les gérer toutes en parallèle, va à l'encontre de tout ce en quoi il croit. La seule manière de réconcilier ses souvenirs est de se dire qu'il existe un message qu'il n'est pas encore prêt à comprendre. Il observe le monde à la façon d'un enquêteur, d'un poète, attendant que le sens lui en apparaisse clairement.

Sur une place de la vieille ville se dresse une tour d'horloge en ruine couverte de graffitis. Par-dessus les autres gribouillages, quelqu'un a écrit en lettres noires irrégulières : « Pas assez de ciel ». La première fois que Santi a vu cela, il s'est arrêté net. Il était habitué au verbiage de la ville, sous la forme de slogans fleurissant sur ses murs, rédigés en une dizaine de langues différentes. Mais ces quatre mots-là semblaient être ses propres pensées revenues s'adresser à lui, après avoir transmuté par l'esprit de quelqu'un d'autre.

Il se demande parfois si c'est uniquement pour cette raison qu'il n'est pas devenu fou. Il n'est pas seul. Quelqu'un d'autre se sent tout aussi disloqué que lui et, un jour, il rencontrera cette personne en face-à-face.

Lorsqu'il ouvre les yeux, les étoiles ont disparu. Il cille, mais ce ne sont que les nuages d'orage qui arrivent. Une goutte de pluie atteint sa joue, puis une autre. Le temps qu'il se remette debout, la pluie tombe à torrents. Sous les grondements du tonnerre, il traverse en courant la pelouse en direction du Physikalisches Institut. Il lève son badge pour que les portes s'ouvrent. Une fois à l'intérieur, il s'ébroue pour secouer la pluie de son crâne. Il est minuit passé : le bâtiment est calme. Santi n'est toutefois pas surpris quand, en atteignant la porte vitrée du labo, il aperçoit une silhouette solitaire à l'intérieur.

— Bonjour, docteure Lišková, dit-il en entrant.

Sa directrice de thèse le considère de ses yeux bleus circonspects. Elle porte les mêmes vêtements que la dernière fois où il l'a vue, deux jours plus tôt. Santi se demande si elle a dormi là, recroquevillée sous son bureau, au son du léger ronronnement des ordinateurs. Il passe le plus clair de ses journées avec elle, mais la connaissance qu'il a d'elle est unidimensionnelle : il ne sait pas où elle habite, ni même exactement quel âge elle a. Elle a les cheveux striés de blanc, mais son visage n'arbore pas les rides qui devraient aller de pair avec eux. Soit elle est devenue prématurément grisonnante, soit elle se teint délibérément les cheveux pour se vieillir. Ce qui n'étonnerait pas Santi venant d'elle.

— Vous êtes trempé, constate-t-elle.

— Oui. (Santi sourit en passant la main dans ses cheveux humides.) C'est l'apocalypse là-dehors.

— Tant que vous ne dégouttez pas sur cet équipement hors de prix.

Une part de Santi apprécie l'air blasé dont elle le gratifie. Il est vaguement amoureux d'elle, mais il est amoureux de tout le monde : Héloïse, la jolie Française qui travaille au café du campus ; Brigitta, la serveuse du *Zentaur*, avec son regard fixe germanique et ses mains minutieuses.

Il vérifie la simulation qu'il a lancée avant de quitter le labo. Une litanie de messages d'erreur rouges l'accueille. Il jure et se lance à la recherche de la première. Lorsqu'il repère l'endroit où il s'est trompé, il rit.

— Qu'y a-t-il ? s'enquiert la docteure Lišková.

— J'ai fourni à la simulation une donnée qu'elle n'attendait pas et… (il se tourne vers Mme Lišková) il semblerait que j'aie brisé les lois de la pesanteur.

Il s'étonne de voir l'ombre d'un sourire se dessiner sur son visage.

— Ce sont les aléas du métier.

Tout en fredonnant à voix basse, il s'attelle à résoudre le problème. Il est perdu dans son modèle d'univers quand la voix de Mme Lišková le fait sursauter.

— Vous pouvez arrêter ?

Cette fois, quand il se tourne vers elle, elle le fusille du regard.

— Quoi ?

— De fredonner. Ça me rend dingue.

— OK. Désolé, marmonne-t-il.

Il reporte son attention sur son ordinateur, mais il n'est plus concentré. Tout cela lui paraît futile : jouer avec un modèle grossièrement simplifié du cosmos dans le vain espoir qu'il lui fournira la réponse qu'il cherche. Il soupire et s'étire, grimaçant en réaction à la douleur familière dans sa nuque.

— Quoi, maintenant ? lâche Mme Lišková d'un ton brusque.

Parfois, Santi ne la comprend pas : elle a tendance à agir comme un yoyo, comme si une part d'elle voulait qu'il cesse d'exister tandis qu'une autre cherchait toujours à déclencher une réaction chez lui.

— Rien, dit-il. C'est juste ma nuque.

Elle fronce les sourcils.

— Vous n'êtes pas un peu jeune pour souffrir de courbatures et de maux en tous genres ?

— Ce sont les à-côtés d'un doctorat, j'imagine, dit-il avec un sourire qu'elle ne lui rend pas.

— J'ai un doctorat et ma nuque va bien. Vous devez adopter une posture affreuse, rétorque-t-elle avant de reporter l'attention sur son écran.

Santi la dévisage jusqu'à ce qu'elle le regarde.

— Est-ce que le jeu en vaut la chandelle ? demande-t-il.

Elle détourne aussitôt les yeux.

— Si vous ne le savez pas encore au bout de deux ans, je ne peux rien pour vous.

Santi fait pivoter sa chaise vers son ordinateur.

— Je ne sais pas. Quand j'étais petit et que je rêvais d'étudier les étoiles, je pensais que je passerais plus de temps à réellement les regarder.

— Se contenter de regarder, ce n'est pas de la science.

Santi secoue la tête.

— Merci pour la leçon de tutorat, marmonne-t-il tout bas.

Il corrige son erreur et prépare la prochaine simulation, puis il se rend dans la salle de pause pour se préparer du café. Il boit sa première tasse, les pieds posés sur la table où des exemplaires d'anciennes revues font office de sous-verre de fortune.

Il sait qu'il ne devrait pas parler à la docteure Lišková de cette façon. Il sait aussi qu'elle ne devrait pas lui parler de cette façon. Ils ne parviennent pas à travailler ensemble et il ignore si c'est lui ou elle le problème. Ce n'est pas qu'il ne l'aime pas. S'ils étaient autre chose qu'une directrice de thèse et un étudiant, ils pourraient même s'entendre.

Comme si ses pensées l'avaient convoquée, elle débarque pour une tasse de thé. Le chant de la bouilloire rappelle quelque chose à Santi : il est temps de se resservir. Il prend son mug pour le remplir, mais il est plus lourd qu'il ne s'y attendait. Du café chaud se déverse du bord, lui brûlant la main.

Il jure. Mme Lišková le considère, amusée.

— Vous avez de nouveau brisé les lois de la pesanteur ?

Santi cherche une réplique quand il se souvient de ce qu'il s'apprêtait à faire. Il fixe du regard le mug rempli de café, la ligne de fracture dans l'univers.

— Il était vide.

Elle verse de l'eau dans son propre mug.

— Vous voulez dire que vous pensiez qu'il était vide.

— Non. Je sais qu'il était vide. (Santi la regarde.) Je suis ici depuis combien de temps ?

Elle consulte sa montre.

— Vous vous êtes absenté du labo il y a trente minutes.

Santi prend note de sa reformulation prudente : elle limite son témoignage à ce qu'elle a pu personnellement observer.

— Eh bien, j'étais ici tout ce temps. Vous m'avez déjà vu prendre plus de dix minutes pour boire mon café ?

— En général, vous le siphonnez comme si c'était du jus de fruits, reconnaît-elle en allant s'asseoir avec son thé. J'imagine que vous avez fait une exception.

Santi comprend qu'elle ne va pas considérer son souvenir comme une preuve rigoureuse.

— C'est brûlant, dit-il en lui montrant la peau enflammée de sa main. Ça ne peut pas être le même café que celui que je me suis versé en arrivant ici.

— Alors quelqu'un est venu et vous en a versé un autre.

Il balance les jambes et se redresse.

— OK, pour commencer, il y a peut-être, à tout casser, deux autres personnes dans le bâtiment en cet instant. Ensuite, comment aurais-je pu ne pas voir quelqu'un debout à côté de moi qui me versait du café ?

La docteure Lišková se retourne pour lui faire face. Santi ne l'a jamais vue aussi impliquée dans une conversation n'ayant pas trait à la recherche.

— Vous vous êtes endormi.

— Après avoir ingurgité un mug entier de café en dix minutes ?

Elle réfute son objection d'un haussement d'épaules.

— Ça n'aurait rien d'étonnant pour vous. Je vous ai déjà trouvé endormi ici à poings fermés après avoir bu une cafetière entière.

Santi secoue la tête, riant à moitié.

— Vous allez continuer à me lancer des explications rationnelles à la figure ?

Elle se renfrogne.

— Je ne comprends pas. Qu'est-ce que vous voulez que je fasse ? Quelle est l'autre possibilité contre laquelle je débats ?

Santi ouvre la bouche, puis la referme. Il baisse les yeux sur son café, toujours là, toujours inexplicable.

Mme Lišková comprend. Elle rit, ce qui est assez inhabituel pour que Santi la contemple fixement.

— Oh, je vois. Vous pensez que c'était un miracle ! Louanges soient rendues à la sainte tasse de café !

Elle s'incline vers celle-ci et manifeste sa vénération par des gestes exagérés.

Santi refuse de lui montrer qu'elle l'a touché.

— Donc vous estimez que je devrais plutôt pencher pour l'une de vos explications ?

Elle écarquille les yeux.

— Oui, dit-elle. Évidemment, oui.

— Et si ma perception et ma mémoire me disent que ces explications ne tiennent pas la route ?

Son calme forcé produit ses effets. Il perçoit les étincelles de frustration qui émanent d'elle.

— Alors vous devriez en conclure que votre perception ou votre mémoire se trompe. Vous connaissez la science, Santi. Les témoins ne peuvent même pas décrire avec précision un accident de voiture cinq minutes après qu'il s'est produit. Nous sommes des machines imparfaites, pataudes, qui sont accidentellement nées parce que quelques cellules se sont mises à se copier au hasard. Je ne comprends pas pourquoi vous refusez de l'accepter, plutôt que de… de sauter à pieds joints sur la conclusion qu'un grand bonhomme dans les cieux vous aime assez pour vous servir un café.

Submergé par une intense sensation qu'il ne peut expliquer, Santi lui adresse un regard noir. Elle le lui rend, comme si sa foi la rebutait autant que son cynisme le rebute. Il la voit le regarder qui la regarde dans un ensemble de miroirs infinis et il chancelle, pris de vertige.

Un coup frappé à la porte de la pièce le sort de cette torpeur.

— Vous pourriez discuter un peu moins fort ? lance une étudiante de licence à l'air endormi. J'essaie de travailler à côté.

— Oh, dit Santi. Bien sûr. Désolé.

L'étudiante referme la porte derrière elle.

— Seigneur, se moque Mme Lišková. Nous commençons à ressembler à mes parents.

Un détail personnel, offert à la vitesse de l'éclair, comme la queue d'un poisson avant qu'il ne replonge dans les profondeurs. Santi imagine une enfant maussade de sept ans qui se bouche les oreilles. La netteté de l'image lui procure un frisson.

— Je ne tire pas de conclusions hâtives, dit-il en baissant la voix. Je garde l'esprit ouvert, c'est tout. Et vous ? Pourquoi refusez-vous à tout prix de croire ?

Soudain contrariée, Mme Lišková passe les mains dans ses cheveux striés de blanc.

— Si Dieu pouvait opérer des miracles, pourquoi remplirait-il votre tasse de café plutôt que de... je ne sais pas, guérir toutes les maladies du monde ? Ou... ou révéler les secrets de l'univers ?

— Parce qu'il voulait que vous ayez encore quelque chose à faire.

— Soyez un peu sérieux.

— Bien. Peut-être parce que ce genre d'actions serait incontestable. Alors que remplir ma tasse… je suis le seul à en faire l'expérience. Je peux uniquement le vérifier grâce à ma propre mémoire. Dès lors, c'est à moi de décider si j'y vois un trou dans ma perception ou un miracle. C'est cette décision qui relève de la foi.

— Pourquoi diable avez-vous opté pour les sciences ? se demande-t-elle à voix haute.

— Et vous ? réplique-t-il.

Elle secoue la tête, sirote son thé, mais il ne la laisse pas s'en tirer à si bon compte.

— Je ne rigole pas ! Pourquoi êtes-vous devenue astronome ? Il a dû y avoir un moment où vous avez regardé les étoiles et avez ressenti… quelque chose. Une sensation d'émerveillement.

Le visage de Mme Lišková se referme.

— L'émerveillement est le déni d'un besoin d'explication. (Elle se met debout et esquisse une brusque volte-face vers la porte.) Il faut que je retourne travailler.

Santi la regarde partir, il a l'impression qu'elle l'abandonne au bord d'un précipice. Il reste dans la salle de pause pour terminer son café. Il s'attend à ce qu'il ait un goût différent, mais il est pareil que d'habitude. Il ne sait pas si cela accentue ou non le miracle.

En revenant au labo, il pressent le nouveau message d'erreur avant même de réactiver l'écran. Il soupire.

— Ça a de nouveau planté, dit-il d'une voix accablée avant que Mme Lišková puisse lui poser la question.

— On ne peut pas espérer plus d'un miracle par nuit, dit-elle.

Il ne peut s'empêcher de sourire.

— Je demanderai à Dieu de ne pas le gaspiller sur du café la prochaine fois.

— Hum.

Elle n'est plus là, elle est concentrée sur son ordinateur. Lorsque Santi enfile son manteau et quitte le labo, elle ne lève pas les yeux.

Il regagne à pied son appartement du quartier belge et s'écroule sur son lit, entouré d'esquisses des étoiles dont il se souvient. Il se réveille en début de soirée. Il se douche, se change et traverse les rues mouchetées de soleil autour de Neumarkt pour retrouver ses amis au *Zentaur*. La longue tablée bruyante comporte une invitée surprise : Héloïse, la fille du café du campus pour qui Santi craque.

— J'ai croisé quelqu'un qui la connaît, lui explique Jaime en espagnol sans se donner la peine de parler plus bas. Donc oui, tu m'en dois une.

La soirée estivale se déroule sous la lumière évanescente et dans le bégaiement des verres qu'on ne cesse de remplir. Santi voyage d'une conversation à l'autre, passant de l'anglais à l'allemand, revenant à l'espagnol avec Jaime quand ils ne veulent pas que les autres comprennent. Alors que le nombre des marques de boissons sur leurs dessous de verre s'accroît, Santi observe de plus en plus Héloïse dans le miroir derrière le bar : la lueur de sa peau dans la pénombre, la façon dont ses tresses se balancent quand elle rit. Il est assis trop loin à la table pour pouvoir lui parler directement : elle est dans son champ de vision, mais toujours aussi inaccessible.

La fille en face de lui se lève, lui offrant une vue dégagée de la fenêtre. À une table dehors, deux femmes discutent. L'une semble au bord des larmes. L'autre se tient raide, les bras croisés. Ce n'est que lorsque cette dernière secoue la tête et se tourne vers la fenêtre que Santi reconnaît la docteure Lišková.

Leurs regards se croisent à travers la vitre. Santi demeure immobile, certain qu'elle le voit, mais elle se retourne et tend le bras en travers de la table pour prendre la main de l'autre femme.

Jaime lui frappe l'épaule.

— Qu'est-ce que tu fixes comme ça ?

— Ma directrice de thèse, dit Santi, peu à peu gagné par l'épouvante.

Jaime s'esclaffe et tape la table.

— Les gars ! C'est la directrice de thèse de Santi dehors !

Comme un seul homme, ils tournent la tête vers la fenêtre. Santi se baisse pour se cacher.

— Arrêtez ! Ne la regardez pas tous !

— Elle est plus jeune que je croyais, fait remarquer Jaime.

— Elle est sexy, commente un type que Santi ne connaît même pas.

— On dirait qu'elle se dispute avec sa petite amie, fait observer Héloïse.

Splendide : c'est maintenant qu'elle lui adresse la parole.

Santi plonge la tête dans ses mains.

— Est-ce que vous pourriez creuser un tunnel pour me faire sortir d'ici ?

On ignore sa requête. De vives spéculations sur la vie amoureuse de la docteure Lišková s'ensuivent. Santi se ronge les ongles et boit dans l'espoir d'oublier. À travers la fenêtre, sa directrice de thèse et sa petite amie miment un dénouement passionné. Au bout d'un temps dilué, non identifiable, la petite amie se lève et s'en va. Mme Lišková va certainement s'en aller à son tour. Mais elle reste, tel un fantôme en colère qui commande verre de vin sur verre de vin pour les vider comme un poison on ne peut plus mérité. Il y a quelque chose d'obscène à la voir ainsi, et pourtant Santi ne peut s'empêcher de la fixer du regard. La fille en face de lui en a marre qu'il passe son temps à observer ce qui se passe derrière elle et change de place.

Enfin, Jaime le secoue.

— Hé. On s'en va.

Santi lève les yeux, désorienté.

— D'accord.

— Tu veux qu'on se mette en cercle autour de toi pour sortir ? Comme un bouclier humain ?

Santi soupèse la proposition.

— Non, pas assez discret. Je vais attendre ici. Juste… faites beaucoup de bruit en partant. Puis, tandis qu'elle vous regardera, je pourrai me faufiler dehors.

Jaime se marre, mais il mobilise les troupes. Santi les regarde exécuter leur performance chancelante à l'extérieur, en criant et en titubant sur les pavés. Mme Lišková lève les yeux par intermittence de son énième verre de vin. Santi prend une inspiration, baisse la tête et suit rapidement ses amis.

— Santi. Santiago López. Santiago López Romero.

Elle bredouille son nom, mais parvient quand même à le dire correctement. Comme il l'a vue s'enfiler quasiment deux bouteilles de vin, il est presque impressionné.

— S'il vous plaît, cessez d'insulter nos deux intelligences et retournez-vous.

Mme Lišková est assise, agrippée à son verre vide comme à la chaîne d'une ancre. Elle n'a pas pleuré. Une autre émotion que la tristesse l'habite. Santi pensait l'avoir déjà vue en colère. Mais à présent, sa colère est fondamentale, incandescente, et elle est entièrement tournée vers elle-même.

— Comment… comment allez-vous ? demande-t-il.

Sa question est si stupide qu'il s'attend à ce qu'elle lui réponde en s'esclaffant. Elle ne sourit même pas.

— Jules vient de me quitter, dit-elle en allumant une cigarette. Voilà ce qui se passe.

Santi aimerait pouvoir voler, se téléporter ; il souhaite un miracle, n'importe lequel, qui le sortirait de cette conversation.

— Je pensais que j'avais le contrôle, reprend Mme Lišková. Je pensais que je pourrais juste… choisir de ne pas la laisser partir. (Quand elle fait tomber la cendre de sa cigarette, Santi remarque un tatouage sur son poignet : des étoiles, combinées dans un motif vaguement familier.) Peut-être que si j'avais agi différemment…, poursuit-elle. Peut-être que lorsque je lui ai demandé de revenir aux Pays-Bas avec moi, j'aurais pu le faire d'une manière qui l'aurait incitée à accepter. (Elle tire une bouffée de sa cigarette.) Peut-être qu'il existe un univers où j'ai agi de la sorte, et dans lequel j'habite à présent notre magnifique appartement d'Amsterdam au lieu de me comporter comme une putain d'imbécile devant mon étudiant.

La mémoire de Santi se fracture. Un autre moment, une autre discussion. Une mèche de cheveux bleus contre le ciel nocturne. Il cligne des yeux pour repousser ce fantôme.

— Je ne pense pas que cela fonctionne ainsi, dit-il.

— Évidemment, vous, vous savez comment ça fonctionne. (Elle penche la tête en arrière pour terminer son verre de vin et semble contrariée de découvrir qu'il est vide. Elle l'agite dans sa direction.) Hé. Votre copain là-haut pourrait m'en servir un autre ?

Santi serre les poings. Il détourne le regard, par-delà la place, en direction du graffiti sur la tour de l'horloge. « Pas assez de ciel ».

— C'est moi qui l'ai fait, déclare Mme Lišková.

L'espace d'une seconde, il ignore ce qu'elle veut dire. Fait quoi ? C'est moi qui ai bousillé ma relation ? C'est moi qui ai ingurgité assez de vin pour endormir un cheval ? Puis il suit son regard dirigé vers le graffiti.

— Le message ? (Il la fixe du regard.) Vous voulez dire que c'est vous qui l'avez écrit ?

Elle hoche la tête.

Ce n'est pas possible… et pourtant. La docteure Lišková, sa directrice de thèse distante et sceptique : l'âme sœur qu'il attendait. Il comprend enfin cette sensation de répulsion magnétique entre eux, des pôles correspondants qui se repoussent. Il rit tout haut.

— C'est vous, dit-il. Vous êtes l'autre personne qui se souvient.

La sincérité de son regard ivre le submerge.

— De quoi vous parlez ?

Du coin de l'œil, il aperçoit Jaime qui lui fait signe d'une rue latérale. Mais il ne veut pas partir, pas après ce qu'il vient de découvrir.

— Les étoiles.

Toute sa vie, il s'est préparé à cet instant. Maintenant, les mots sortent trop vite, se bousculent les uns les autres.

— Je… je me souviens de constellations qui n'existent pas. De cieux entiers qui n'ont jamais existé. Chaque fois que je lève les yeux, je vois uniquement ce qui ne s'y trouve pas. (Mme Lišková porte les doigts à son poignet. Il continue à parler dans le vide de son silence, en attente d'un écho.) J'ai choisi l'astronomie pour découvrir ce que cela signifie. Vous avez choisi l'astronomie pour l'expliquer. Mais nous voulions tous les deux chercher.

Elle ne dit rien. La cigarette qu'elle tient se consume, sa longue queue de cendres pareille à une étoile qui s'éteint.

— C'est vrai, reprend-il. (Sa voix se brise sur ce mot.) Dites-moi que vous vous en souvenez. Ne me laissez pas seul là-dedans.

Elle remue les lèvres. Santi est parcouru d'un élan de joie prématuré.

— Vous racontez n'importe quoi, dit-elle.

Les cloches de la cathédrale sonnent alors qu'elle se lève d'un pas chancelant. Le verre de vin chancelle, puis tombe, il roule jusqu'à se retrouver bloqué par une fissure dans la table.

— Je rentre, poursuit-elle. Vous devriez en faire autant. Oubliez cette conversation. (Elle secoue la tête.) Bon Dieu, j'espère bien que je vais l'oublier.

Perdu, Santi l'observe tandis qu'elle s'éloigne.

Alors qu'il traverse la place d'est en ouest, longeant la fontaine en direction des grandes lettres du graffiti, il lève les yeux vers le ciel. Pendant une seconde, il jurerait les apercevoir toutes : toutes les étoiles dont il se souvient, superposées dans une progression éblouissante qui mène à une signification qu'il ne comprend pas. Sous leur lueur argentée, les aiguilles de l'horloge sont bloquées sur 1 h 35.

Un monde meilleur

Debout sur l'escalier de secours, au neuvième étage de l'hôpital, Thora observe la cendre de sa cigarette dériver vers la rue en contrebas. La vieille ville de Cologne s'étend face à elle, une masse sombre d'immeubles de guingois entrecoupée de places en pavés. L'atmosphère vibre au son du carnaval : le battement d'un tambour, le rire des buveurs de l'après-midi. Un groupe de gens vêtus de costumes d'animaux dévale la ruelle, apparaissant et disparaissant telle une hallucination. Afin de noyer le bruit, Thora chantonne pour elle-même une mélodie qu'elle a en tête depuis le réveil.

— Je me disais bien que je te trouverais ici, lance sa collègue Lily en venant la rejoindre.

— Hum.

Thora plisse les yeux, se concentrant sur la tour de l'horloge en ruine.

Lily agite la main devant son visage.

— Allô Thora, ici la Terre.

— Désolée. Oui. Je suis là. J'ai juste… Ça a toujours été comme ça ?

Lily se penche pour voir ce que Thora désigne.

— Qu'est-ce qui a toujours été comme quoi ?

— L'horloge. Bloquée sur une heure moins vingt-cinq.

— Oui, répond Lily, soulignant l'évidence.

Thora fronce les sourcils.

— Depuis quand ?

— Deux cents ans ?

— D'accord.

Thora frotte ses yeux fatigués.

Lily lui tapote l'épaule.

— Je dois t'envoyer au service neuro ?

— Tu es désopilante. Un jour, j'aurai réellement une tumeur au cerveau, et alors tu ne riras plus.

— Oh si. Et tu me remercieras. Tu auras besoin de quelqu'un pour voir le côté drôle des choses.

Thora se détourne de la rampe.

— Pourquoi on fait ça ? demande-t-elle à Lily.

— La kiné gériatrique ? Ou tu parles plus largement ?

— La première option.

— Dans ton cas, je dirais que cela doit provenir de questions non résolues à la suite du décès prématuré de ta mère. (Lily est une des rares personnes qui connaissent assez Thora pour blaguer à ce propos avec elle.) Et je crois aussi que tu aimes foncer tête baissée dans des trucs impossibles. Quant à moi… franchement, Dieu seul le sait. J'ai parfois l'impression qu'il m'a juste larguée ici pour te donner quelqu'un à qui parler.

— Je ne crois pas en Dieu, dit Thora.

— Encore heureux. Sinon, tu voudrais sans doute te battre contre lui. Et je préfère ne pas imaginer tout le grabuge cosmique que ça causerait.

Lily s'efforce de la distraire. Mais Thora ne souhaite pas repousser la pensée qui l'occupe. Elle aimerait appeler Jules pour en parler, mais cette dernière est partie à une conférence. Ce n'est peut-être pas plus mal. Il leur arrive plus souvent de se disputer ces derniers temps. Elle sent que Jules s'éloigne. C'est triste, éreintant, comme de regarder la même histoire se dérouler pour la centième fois, alors qu'on en connaît déjà la fin.

Thora bâille et se passe les mains dans les cheveux. Elle les garde courts depuis la mort de sa mère, à l'âge où elle a commencé à les teindre en rose, mais inconsciemment elle pense encore qu'ils sont longs : soudain, ses mains glissent et se retrouvent dans le vide, comme si elles s'attendaient à continuer. Elle se demande si tout le monde ressent cela, cet appétit de vivre toutes les vies possibles, d'exister sous toutes les versions de soi-même.

— Il y a toujours un moment charnière, non ? dit-elle en projetant d'une chiquenaude son mégot de cigarette depuis l'escalier de secours et en le regardant tomber. Un moment où l'on choisit. Cette voie-là ou une autre. Et si j'avais fait un autre choix ?

Lily lui adresse un regard en coin.

— Alors tu pourrais échapper à ton rendez-vous de 15 heures.

Thora soupire.

— Rappelle-moi qui c'est, mon rendez-vous de 15 heures ?

Lily consulte le tableau de service.

— Ooh, tu as de la veine. M. López.

Le cœur de Thora s'allège.

— Je sais que tu plaisantes. Mais je t'assure, ce sera le point culminant de ma journée. Il y a de quoi pleurer, non ?

Lily la regarde droit dans les yeux.

— Je sais que tu aimerais que je te contredise. Mais l'usine ne m'a pas programmée pour mentir.

Thora tient la porte de l'issue de secours ouverte pour Lily.

— Allez, Lil, tu sais à quel point les patients peuvent être un cauchemar. Une fois de temps en temps, c'est juste sympa d'en trouver un avec qui on s'entend bien.

— Bien sûr. (Lily lui tapote le dos.) Ne t'inquiète pas, je ne vais pas parler à Jules de ton amant secret.

Thora lui adresse un doigt d'honneur par-dessus son épaule. Une fois dans son cabinet, elle sort le dossier de M. López au moment où on ouvre la porte.

— Bonjour, docteure Lišková.

— Toujours pas docteure, réplique-t-elle avec un sourire. Mais au moins vous vous souvenez de mon nom. Vous êtes bien le seul.

M. López fronce les sourcils.

— Je n'ai jamais trouvé que c'était un nom difficile à retenir.

— Vous seriez étonné. D'habitude, je laisse tomber et j'opte pour Jane Smith. (Il glousse.) Alors comment vous sentez-vous aujourd'hui ?

Il décoche son sourire anguleux.

— D'autant mieux que je vous vois.

— Ça suffit, séducteur. Montrez-moi vos mains. (Elle entame son examen.) On a encore dessiné, fait-elle remarquer d'un ton neutre.

— C'est ma manière de donner du sens au monde, proteste-t-il.

— C'est aussi la manière dont vous aggravez votre syndrome du canal carpien.

Il la regarde.

— Si je ne m'exerce pas, je ne m'améliorerai pas.

En son for intérieur, Thora se demande comment il pourrait encore s'améliorer à son âge. Elle repousse cette pensée qu'elle juge peu charitable.

— Vous avez fait vos exercices ?

— Oui. Tous les jours.

Elle voit qu'il ne ment pas. Une autre raison pour laquelle elle l'apprécie : à la différence de tant de ses patients, M. López n'est pas résigné. Il n'est pas non plus en colère, comme elle le serait à sa place. Il fait simplement ce qu'il peut, et ne s'occupe pas du reste. Une attitude pour laquelle elle éprouve un immense respect.

Il lui sourit alors qu'elle scrute son visage pour voir s'il a mal.

— Et vous ? Comment allez-vous aujourd'hui ?

Elle glousse.

— Vous êtes le seul de mes patients qui me demande ça.

— Ah je vois. On évite la question.

Elle le dévisage.

— D'accord. Je me sens… bizarre, si vous voulez savoir.

— Bizarre ? (Il se renfrogne.) Vous devriez faire une pause. Mes mains peuvent attendre.

— Non, rien de physique. C'est juste que… (Elle se redresse et plante ses yeux dans les siens.) Vous arrive-t-il de regarder le monde, et de ne pas du tout le reconnaître ?

— Oui, dit-il. Mais j'ai quatre-vingts ans. Vous êtes un peu jeune pour parler de la sorte.

— Je suis peut-être une vieille âme.

Il sourit.

— C'est mieux que d'être un vieux corps.

— Vous vous en sortez très bien pour un vieux corps, proteste-t-elle. Je vais vous prescrire quelque chose contre la douleur, mais sinon vous devez simplement lever le pied sur le dessin et continuer les exercices. Je sais qu'ils font atrocement mal, mais vous avez récupéré une amplitude de mouvements formidable, c'est nettement mieux qu'avant.

Elle retourne à son ordinateur pour lui rédiger sa prescription. Tandis qu'elle tape, elle aperçoit le reflet de son patient sur l'écran. Il examine les murs : la carte du ciel derrière sa chaise, la copie du serment d'Hippocrate en grec ancien, sa langue originale – la façon passive-agressive qu'a eue son père de lui dire que, si elle voulait faire de la médecine, elle aurait dû devenir docteure –, la photo de Jules et elle qui s'embrassent lors de la Marche des fiertés. M. López est d'une autre génération, d'une autre culture, et elle craint qu'il fasse un commentaire. Mais quand il reprend la parole, ce n'est pas pour poser la question à laquelle elle s'attendait.

— Qu'est-ce que vous chantez ?

Thora ne s'était pas rendu compte qu'elle s'était remise à fredonner.

— C'est juste… une mélodie que j'ai en tête. Je ne sais pas d'où elle sort. Pourquoi, vous connaissez ?

M. López ne répond pas. Quand elle se tourne pour lui tendre sa prescription, il arbore une expression étrange, comme s'il voulait lui dire quelque chose. Mais il repose les yeux sur la carte du ciel : le secret public de Thora, qui met au défi les curieux de l'interroger. Elle suit son regard, se demandant comment elle pourrait lui expliquer que cette carte lui sert de point d'ancrage, qu'elle lui permet de maîtriser le vertige qu'elle ressent en observant le ciel la nuit et en imaginant une dizaine de configurations alternatives. *Ce sont les étoiles. C'est ta vie. Ce sont les choix que tu as faits.*

— Autrefois, je pensais qu'un jour j'irais là-bas, dit-il en tapotant la carte quelque part à des années-lumière.

Thora décèle une lueur douloureuse dans son regard et accueille celle-ci comme une amie. Dans quelques décennies, elle aura l'âge qu'il a maintenant : elle sera une vieille femme, rivée sur Terre toute sa vie.

— Moi aussi, dit-elle.

Il s'empare de sa prescription.

— C'est peut-être égoïste, mais je suis content que vous ne l'ayez pas fait, dit-il. Sinon vous n'auriez pas été ma docteure.

— Je ne suis pas..., débute-t-elle.

— Je sais.

Il se remet debout en grimaçant. Il porte la main à sa nuque.

— Une nouvelle douleur ? demande-t-elle.

Il secoue la tête.

— J'ai ressenti cette douleur-là toute ma vie. Même vous ne pourriez rien y changer.

Elle sourit d'un air contrit tandis qu'il se dirige vers la porte. Au moment de partir, il marque une pause.

— Autre chose ? demande Thora.

M. López fronce les sourcils, comme s'il ignorait ce qu'il va dire avant d'ouvrir la bouche.

— Quand vous prétendez que vous ne reconnaissez pas le monde... qu'est-ce que vous voulez dire par là ?

— Je veux dire...

Elle s'interrompt. Le rendez-vous a pris fin, le suivant a été annulé, mais M. López ne le sait pas. Elle devrait vraiment s'arrêter de parler, le congédier. Toutefois, il ne la quitte pas du regard et, sans savoir pourquoi, elle a envie de partager cela avec lui.

— Je me souviens que le monde était mieux.

Il relâche la poignée de la porte.

— Mieux comment ?

Thora déglutit une ancienne douleur.

—Ma mère… elle est morte d'une attaque quand j'avais seize ans. Et j'ai le sentiment… je ne peux pas m'empêcher de penser que ce n'était pas censé arriver. Qu'il existe un monde où ce n'est pas arrivé et que, dans ce monde, d'autres bonnes choses sont arrivées par la suite.

Par exemple, peut-être que j'ai atteint les étoiles. Elle doit se retenir de l'exprimer. Elle ne sait pas pourquoi elle s'adresse ainsi à un patient. Mais c'est important pour elle qu'il comprenne ce qu'elle veut dire.

—Je pensais que si j'essayais assez fort, si je me concentrais vraiment, je pourrais voyager jusque-là. Vers un autre monde. Un monde meilleur.

M. López la considère, des larmes dans les yeux. Thora se met à paniquer.

—Oh, je suis désolée. J'ai dit quelque chose qu'il ne fallait pas ?

Il frotte l'alliance qu'il porte à sa main droite veinée.

—Ma femme. Il y a trente ans, elle s'est débattue lors d'un vol à l'arme blanche, et… ils l'ont tuée. J'ai essayé de les en empêcher, mais…

Sa voix s'éteint.

Héloïse. Ce prénom s'immisce soudain dans l'esprit de Thora. Elle fronce les sourcils et se concentre : elle ne peut pas se permettre de paraître distante alors que son patient vient de lui confier une tragédie personnelle.

—Mon Dieu, lâche-t-elle, oubliant que M. López est sans doute croyant et qu'il n'appréciera pas son blasphème. Je suis désolée. J'imagine sans peine vos raisons de vouloir vivre dans un autre univers.

Il plonge la main dans son blouson. Thora s'attend à ce qu'il sorte une photo. Elle sait déjà ce qu'elle verra dessus : une femme à la peau hâlée avec des tresses épaisses et un sourire hésitant. Elle attend, le souffle court, qu'il la détrompe. Mais M. López garde la main dans sa poche, agrippée à quelque chose.

Il regarde derrière elle vers la fenêtre, vers la ville que la pluie transforme en une mosaïque floue.

— Je suppose qu'on pourrait dire que je suis… fataliste. Je ne crois pas que les choses auraient pu prendre une autre tournure. Et j'y ai trouvé un sens. Si je me disais que cela aurait pu se produire ou pas, qu'il pourrait exister un endroit où elle serait toujours en vie, et avec moi… non, avec quelqu'un qui serait moi, mais en même temps différent de moi… cela ôterait toute crédibilité à ce que je suis devenu aujourd'hui.

D'une main tremblante, il balaie les larmes de ses yeux.

Sans quitter M. López du regard, Thora se demande ce qui lui arrive. Mais tout va bien. Le prénom, l'image ne sont que des fulgurances aléatoires qui font irruption dans son cerveau. Aucun rapport avec M. López ou sa femme décédée. *Prouve-le*, lui chuchote une voix. *Ce serait facile. Dis son prénom. Décris-la et vois comment il réagit.* Toutefois, cette conversation a déjà été trop loin. La curiosité de Thora, si dévorante soit-elle, ne justifie pas la détresse de M. López.

— Pardon, déclare Thora. Ce n'est pas à moi de… Vous êtes mon patient, je ne devrais pas spéculer sur des versions différentes de votre vie. Je ne sais pas ce qui cloche chez moi.

Il inspire et soupire.

— C'est peut-être un don. Être capable d'entrevoir la possibilité d'un monde meilleur. (Il la fixe du regard.) Mais je ne crois pas que cela puisse marcher comme vous le dites, que nous puissions y accéder aussi facilement. Non. Nous devons œuvrer pour y parvenir.

Thora médite un instant cette pensée, qui évoque un souvenir, à la façon d'une vision entraperçue à travers les flammes : assise au chevet de sa mère après son attaque, Thora brûle du désir de pénétrer dans le mécanisme pour le faire redémarrer. Ce désir l'a écartée de la voie qu'elle pensait être la sienne et l'a menée sur une autre. Sur celle qui a fini par la conduire ici, dans un cabinet du neuvième étage lors d'un après-midi pluvieux à Cologne, en face d'un vieil homme qui la considère avec une patience infinie, comme s'ils avaient échangé leurs rôles.

— Vous êtes occupée, docteure, je vous laisse, déclare M. López.

Il ouvre la porte. Thora doit réprimer l'envie pressante de lui demander de rester. Elle ressent une étrange irritation à l'idée que leur temps ensemble soit compté. Un cri résonne en elle : *Ne me laissez pas seule là-dedans !*

— Je ne suis pas censée dire ça, lance-t-elle, mais vous êtes mon patient préféré.

M. López la gratifie d'un regard morne.

— Si je suis en train de mourir, dites-le-moi, je vous en prie.

Elle s'esclaffe.

— Non, vous avez encore une bonne dizaine d'années devant vous. Dont cinq avec des mains fonctionnelles, si vous continuez à faire ce que je dis.

Elle lui serre la main. Il laisse ses yeux s'attarder sur le tatouage qu'elle arbore au poignet.

Thora lui tient la porte.

— À la prochaine fois, le salue-t-elle.

Il cligne des yeux, trahissant une confusion passagère.

— À la prochaine fois, acquiesce-t-il avant de lentement refermer la porte.

À la fin de la journée, Lily se penche dans l'embrasure.

— Bouh. Tu as bientôt fini ? On part se joindre à la folie sur Chlodwigplatz… si ça te dit ?

Le carnaval. Une semaine de fêtes de rue débridées et enivrées, avec comme piètre excuse historique de relâcher la pression avant le carême. L'idée de s'y mêler donne envie à Thora de se jeter par la fenêtre du neuvième étage. Elle se frotte les yeux en éteignant son ordinateur. Dans le miroir noir de son écran, son visage semble perdu. Une pensée qu'elle ne parvient pas à saisir s'attarde dans son esprit comme l'odeur de fumée dans ses cheveux.

— Désolée, pas possible pour moi ce soir.

— Des plans avec Jules ?

— Jules n'est pas là. J'ai des plans avec le canapé et un pot de crème glacée. (Elle regarde Lily à travers ses doigts.) Je sais que c'est antisocial. Mais…

— Mais tu préfères regarder *Contact* pour la cinquantième fois plutôt que traîner avec nous, les vrais humains. C'est bon. J'ai pigé. (Lily secoue la tête, faisant semblant d'être vexée.) Prends soin de toi, ajoute-t-elle en se retournant.

Des chemins, songe Thora alors que les pas de Lily s'éloignent dans le couloir. Des chemins qui divergent encore et encore, infinis et terrifiants. Mais porteurs d'espoir, aussi. Peut-être qu'après tout, elle ne s'est pas piégée toute seule. Peut-être qu'il n'est pas trop tard pour chercher un monde meilleur.

Elle verrouille le cabinet, enroule autour du cou l'écharpe que son père lui a tricotée et descend l'escalier. Son téléphone sonne. Elle décroche en soupirant.

— Salut *tati*. Comment tu vas ?

— Oh très bien, très bien. (Son père a l'air soûl.) Et toi ?

— Ça va. Je sors du boulot. (Elle franchit la porte automatique et se retrouve sous le crachin.) J'ai eu une drôle de conversation avec un patient.

Il émet un bruit dédaigneux.

— Rien d'étonnant. Ils sont tous séniles, tes patients.

Pas plus séniles que toi. Elle perçoit l'écho de sa réponse rageuse, comme si une autre Thora s'exprimait, mais elle fait un autre choix.

— Écoute, là, je dois reprendre le vélo pour rentrer, mais... je passe te voir demain. D'accord?

Une pause.

— Oui. OK. Au revoir.

Le temps qu'elle arrive à son vélo, la pluie redouble. Thora remonte sa capuche et se met en route, esquivant un camion qui manque de l'envoyer valser dans un nid-de-poule.

— Fais un peu gaffe! hurle-t-elle en allemand, anglais et tchèque pour faire bonne mesure.

Elle songe que cela aurait mis un joli point final à sa petite épiphanie. Être tuée dans un accident de la circulation.

Alors que la pluie diminue et que les nuages commencent à s'écarter, elle traverse Neumarkt, longe le quartier belge et sillonne le parc où la mosquée luit dans le soleil couchant. Elle continue à pédaler jusqu'à Ehrenfeld, passe devant le café turc et le phare enclavé près des rails: la voilà chez elle. Elle stationne son vélo et déverrouille la porte de son immeuble en se massant la poitrine, sentant la protubérance que Jules lui demande sans cesse de faire examiner. *Plus tard*, songe-t-elle en refermant la porte derrière elle.

Nous sommes là

Santi est perdu.

Il se tient au beau milieu d'une rue commerçante très fréquentée, tel un caillou dans une rivière de passants qui le dévisagent. Il sait ce qu'une année de sommeil haché a fait de lui : les yeux hantés, les tremblements, la nervosité qui incite les gens à tenir leurs distances. Mais il sait que ce n'est pas pour ça qu'on le regarde. Être le centre du monde est épuisant. Il aimerait parfois que les gens cessent de se comporter ainsi. *Regardez quelqu'un d'autre*, a-t-il envie de leur dire, mais le problème, c'est que les autres sont absolument transparents : même s'ils se plaçaient tous en rang devant lui, cela reviendrait à se cacher dans l'eau cristalline.

Ces jours-ci, il n'a pas le sommeil haché. Il a obtenu une place dans un foyer d'hébergement. C'est là qu'il essayait de se rendre. Mais les rues de cette ville ramènent à elles-mêmes, se nouent et s'enchevêtrent en voies sans issue. Il plonge la main dans sa poche pour toucher le talisman que représente le couteau de son grand-père. *La clé,* songe-t-il, *est de savoir qui tu es. Seulement alors tu sauras où tu vas.*

Il opte pour une rue, la suit les yeux mi-clos. Elle le mène à bon port : il débouche sur l'espace vert du parc, empreint de la sensation de voir des mondes qui se terminent et commencent de manière abrupte, qui se rejoignent avec maladresse. Le vent chasse les feuilles derrière lui, la ville se dérobe sous ses pieds. Alors qu'il traverse le parc, le soleil jaillit par intermittence à l'endroit où luit la mosquée, l'espace vert d'un côté, l'étendue post-industrielle d'Ehrenfeld de l'autre. Le soleil se mêle à une autre lumière : un feu céleste qui brûle, incandescent et invisible au coin de son œil. Il emprunte la route principale qui conduit au cœur du quartier. Le phare enclavé près des rails le nargue, il est porteur d'un sens que Santi ne peut appréhender. Une révélation s'annonce. Il regarde le ciel, que des nuages traversent à toute allure tels des bateaux incroyablement véloces, et il la sent venir, en lui et en dehors.

À la porte du foyer, il cherche son badge à tâtons, mais sa poche est vide. Il pousse un juron. Il avait oublié : il a perdu le badge ce matin, dans la cour à côté de la tour de l'horloge. Il est tombé de sa poche sur l'herbe. L'instant d'après, il s'était volatilisé. Santi a frénétiquement passé le sol au peigne fin durant une heure, mais le badge avait disparu, aussi sûrement que s'il n'avait jamais existé. Imaginant qu'il a glissé dans une faille du monde, Santi se sent pris de vertige. Il appuie sur la sonnette.

— Allô ? lance une voix féminine comprimée par l'interphone.

Santi sent ses poils se hérisser sur sa nuque.

— Bonjour. J'ai… j'ai perdu mon badge.

— OK. Une seconde.

La sonnette vibre et la porte s'ouvre avec un cliquetis.

La femme à la réception lève les yeux quand il entre. Cheveux blond platine, coupés en brosse, regard bleu saisissant.

— J'imagine que vous voudrez un nouveau badge, dit-elle.

Santi s'apprête à lui donner son nom, mais elle ajoute :

— Vous êtes Santiago López ?

Il sent des picotements sur sa peau.

— Comment connaissez-vous mon nom ?

— Oh, je… j'ai parcouru les dossiers.

Il laisse dériver son regard vers le bureau où son dossier est le seul ouvert devant elle. Sa vie, résumée en quelques pages : son essence, le prototype de tous les Santi qui auraient pu exister.

Elle s'empresse de le refermer.

— Donnez-moi une seconde, dit-elle avant de faire rouler son fauteuil de bureau vers l'imprimante à badges.

Elle fredonne tout bas, une mélodie que Santi connaît. Il parcourt le bureau des yeux. Un mug décoré d'un paysage étoilé, rempli d'un thé fort. Une photo d'elle qui enlace une femme souriante.

— Voilà, M. López. (Elle lui tend le nouveau badge.) À propos, je m'appelle Thora, ajoute-t-elle. Thora Lišková.

Il ferme les yeux.

— Renard.

Elle tousse.

— Excusez-moi ?

— Votre nom. (Il ouvre les yeux, scrutant son visage à la recherche d'indices.) C'est ce que cela signifie.

— Oui. (Elle sourit à moitié.) L'autre équipe… ils m'ont dit que vous aimiez connaître la signification des choses. Alors vous parlez tchèque ?

— Non.

Elle fronce les sourcils.

— Votre nom signifie « loup ». (Elle cille, confuse.) Je… j'ignore comment je le sais.

Santi sent le monde vaciller sous ses pieds.

— Qu'est-ce que vous faites ici ? demande-t-il doucement.

— Je suis assistante sociale en formation. Je suis nouvelle, j'ai commencé ce matin…

— Non. (Il l'interrompt.) Qu'est-ce que vous faites ici ?

— Je…

Elle ne lui est pas inconnue, tout en elle lui est familier : le bleu délavé de ses yeux, la franchise de son regard. Elle a plus ou moins son âge, même s'il sait qu'il paraît plus vieux. La vie a été plus douce pour elle, cette fois.

— Vous, lâche-t-il en comprenant soudain. Vous en faites partie.

Elle adopte une expression circonspecte.

— Je suis désolée. Je ne comprends pas ce que vous voulez dire.

— Si, vous comprenez. (Cette certitude le ronge : elle est la révélation et elle le sait. Il frappe le comptoir des deux mains.) Dites-moi, crie-t-il. Dites-moi ce qui m'arrive.

— Du calme.

Elle tend un bras sous le bureau pour déclencher l'alarme.

Il ne dispose que de quelques secondes pour se faire comprendre. Il se penche sur le comptoir, plante son regard dans le sien. Les mots lui viennent comme s'il les avait déjà prononcés.

— Ne me laissez pas seul là-dedans.

Il a le temps d'apercevoir son expression changer avant que les internes assistants l'éloignent de force.

De retour dans sa chambre, ils le font s'asseoir pour discuter. Ils lui disent qu'il ne peut pas menacer le personnel, sinon on ne l'autorisera pas à rester. Ils lui expliquent qu'un des traits caractéristiques de sa maladie est une tendance à trouver du sens dans tout et partout : le délire selon lequel il aurait reconnu Thora n'est qu'un symptôme d'une longue liste.

Il fait mine de comprendre. Après leur départ, il sort le couteau de sa veste et le glisse sous l'oreiller : une vieille habitude qui l'aide à dormir. Sur son lit étroit, il se couche de côté et contemple le mur à la recherche de motifs qui se répètent dans les fissures, jusqu'à trouver le sommeil.

Dans son rêve, il court à travers l'hôpital, des ramifications de couloirs sans fin qui mènent tous aux ténèbres. C'est un rêve normal, routinier même, jusqu'à ce qu'il la voie, les cheveux roses, se tenant dans un impossible rai de lumière. Même en rêve, il sait qu'il y a une erreur. La femme qu'il a rencontrée a les cheveux blonds. Cette Thora est différente : plus âgée, plus douce, marquée par le chagrin.

Elle semble aussi surprise que lui de se retrouver dans son rêve.

— M. López, dit-elle. (Puis, de manière hésitante.) Santi ?

La terre tremble. Santi tombe. Un déchirement comme si l'univers se divisait en deux. Une faille s'ouvre dans le sol. Thora se trouve de l'autre côté. Il allonge le bras, touche presque ses doigts tendus. La pesanteur les emporte tous les deux et ils s'effondrent, deux planètes attirées par la force de soleils distincts.

Il ouvre les yeux sur un mur blanc fissuré. Il n'a aucune idée de l'endroit où il se trouve. Paniqué, il passe en revue un kaléidoscope d'images remémorées : des rideaux jaune soleil, une fenêtre ouverte, la corniche d'un appartement au plafond haut. Enfin, il se souvient : il est au foyer. Il attrape son carnet, trouve ce qu'il a gribouillé à demi conscient en se réveillant. Un trou en forme d'éclair, deux silhouettes qui tombent.

Il se rassied, sent la vieille douleur dans sa nuque, qu'il attribue à son année passée dans la rue. Il se tourne vers la grille d'images épinglées au mur, reliées par des bouts de ficelle rouge. La tour de l'horloge en ruine dans la vieille ville ; une photo d'un ciel étoilé en prise de vue à intervalles réguliers, les constellations floues se fondant en traînées ; l'empreinte d'un oiseau sur une fenêtre, ses plumes fantomatiques sur le verre. Mis ensemble, tout cela dessine une carte qui un jour prendra du sens, il l'espère.

Il baisse les yeux et se met à dessiner : une série d'images de Thora, âgée et jeune, ses cheveux qui passent par toutes les couleurs de l'arc-en-ciel. Les lignes du carnet traversent les images, créant des interférences sur une transmission trouvant son origine dans un lointain impossible.

Il range le carnet dans sa veste et suit le parcours du soleil levant à l'extérieur. Il franchit la réception les épaules crispées, mais ce n'est pas Thora qui est installée derrière le bureau. Il s'arrête pour caresser la chatte noire maigrichonne qui hante l'entrée du foyer. Elle miaule d'un ton plaintif comme si elle essayait de lui rappeler quelque chose d'important.

Il mendie une tranche de *burek* au café turc de l'autre côté de la rue. Il en mange la moitié et garde le reste pour plus tard, abandonnant les miettes aux perruches. Les oiseaux parlent dans les arbres, ils grommellent des bribes de conversations qu'il a déjà entendues. Ce monde est recouvert de lui-même, certaines parties sont réutilisées pour raccommoder ce qui est usé. Il se demande si lui aussi est constitué de fragments, et si, à un endroit qu'il ne peut apercevoir, sa peau est luisante de plumes. S'il sautait du sommet de la tour de l'horloge, est-ce qu'un fragment de plume lui suffirait pour voler ?

Il continue à marcher, pénètre dans le cœur enchevêtré de la ville. Plus tôt qu'elle ne le devrait, la cathédrale surgit, une vision de ténèbres contrastant avec le ciel. Santi se souvient de sa gorge sèche la première fois qu'il y est entré : combien l'espace qui le séparait de la voûte lui avait donné une impression de mouvement, comme si l'ensemble était sur le point de se soulever et de l'emmener vers les étoiles. Il aurait dû y voir un avertissement plutôt qu'une promesse. Il aurait dû quitter la ville à ce moment-là, quand il pouvait encore se le permettre. À présent, il est coincé dans le labyrinthe, errant en cercles jusqu'à trouver un fil qui lui permette de sortir.

Il traverse le pont Hohenzollern, évitant de regarder les cadenas. Dans l'Odysseum, il montre son badge du foyer et l'employé lui fait signe de franchir le tourniquet. Il est secoué d'un frisson en entrant dans la salle des fausses étoiles, qui lui semble chargée de sens. Le musée est calme. Une autre personne se tient à côté de lui sur le portique de lancement, les yeux levés vers le noir velouté parsemé de lumières aléatoires. Sans même devoir jeter un coup d'œil, il sait que c'est Thora.

Ce moment est porteur d'un message, d'un code qu'il doit déchiffrer. Comme d'habitude, il ne parvient pas à se concentrer suffisamment pour comprendre. Thora se tient à côté de lui sans un regard, se conformant aux règles tacites des espaces publics. Santi savoure la connaissance asymétrique que cela lui procure. Seuls mais ensemble, ils observent une carte du cosmos qui n'a jamais existé. Elle agite la main comme si elle voulait attraper les lumières brillantes.

— Pourquoi tu es avec moi ? demande-t-elle doucement.

Le cœur de Santi bat la chamade. Puis il aperçoit le téléphone qu'elle tient dans son autre main, il entend une voix de femme à l'autre bout du fil. Il écoute, les yeux rivés sur les étoiles.

— C'est vrai, qu'est-ce que j'ai fait ? demande Thora. Quand est-ce que tu as décidé : ça y est, ça marche entre nous, je reste ?

Santi perçoit l'écho d'une réponse. Qui ne satisfait pas Thora. Elle se tourne, s'éloigne à grands pas de lui.

— Il doit y avoir eu un moment précis. Je dois avoir fait un truc qui a tout changé. (Une pause.) Pas tout changé. Je veux dire… (Elle porte la main à son crâne.) Désolée. J'ai juste… j'ai eu une journée vraiment bizarre hier. Ouais. Je te raconterai ça en rentrant. OK. Je t'aime.

Elle raccroche. Elle respire entre ses mains, puis redresse la tête en direction du ciel velouté.

Santi n'y tient plus.

— Vous aussi, vous aimez contempler les étoiles.

Elle se tourne. Quand elle le reconnaît, il décèle la peur dans son regard.

— M. López. Je… j'ignorais que c'était vous.

Il comprend : elle pense qu'il l'a suivie jusqu'ici. Une part de lui cherche à la rassurer.

— Je viens souvent ici, explique-t-il, même si cela n'explique pas grand-chose.

— Oh, vraiment ? murmure-t-elle.

Il voit qu'elle ne le croit pas. Il ressent une émotion différente, qui appartient à une autre personne : de la colère face au mépris qu'elle affiche. Il s'entend ajuster sa voix, un inconnu parle à travers lui.

— Qu'est-ce que vous faites ici ?

Car il doit savoir, il doit déconstruire ce mystère avant que celui-ci ne le déconstruise.

— On m'a donné ma journée, après… hier. Cet endroit m'apaise, lorsque je me sens…

Au beau milieu de sa phrase, elle se ressaisit comme si elle venait de se rendre compte de la situation. Chaque seconde de cette interaction entache un peu plus la maîtrise exemplaire que le boulot exige d'eux dans leurs relations avec les personnes hébergées. Si elle était quelqu'un d'autre, Santi s'attendrait à ce qu'elle s'en aille. Mais il sait déjà que le comportement de Thora se conforme rarement à ses attentes.

— Je n'aurais pas dû faire cela, dit-elle. Deviner votre nom, vous dire ce qu'il signifie. On… on m'avait prévenue que c'était un de vos déclencheurs. Penser que les gens en savent plus sur vous qu'ils ne le devraient.

Ses paroles font surgir un autre fantôme qui vient prendre possession de lui. Celui-ci est ironique, assuré, il est l'égal de Thora.

— Mais c'est bien ce que vous ressentez, non ? demande-t-il.

Elle prend une inspiration.

— Je ne vais pas vous mentir, dit-elle. Je vous trouve… familier. (Son regard trahit une contrariété manifeste.) Mais ça n'implique pas que vous ayez raison. Cela signifie juste que ce genre de délire peut arriver à tout le monde.

C'est si inattendu, tellement sorti de nulle part, qu'il rit.

— Pourquoi vous me dites ça ? Vous êtes censée me dire que tout est dans ma tête.

Elle le dévisage avec sérieux.

— Je veux que vous me fassiez confiance.

Il ne sait pas quoi dire. Mais ce qui lui vient, et qui le surprend tout autant qu'elle, c'est la vérité. Parmi toutes les versions de lui qu'elle fait émerger, il y a une constante.

— Je vous fais confiance.

Elle hoche la tête et détourne le regard. À voix basse, elle lâche sans aucun doute possible : « Et puis merde. »

— Je peux vous offrir un café ? propose-t-elle.

Elle lui paie un café noir sans lui demander comment il le boit habituellement. Ils se dirigent vers la sortie en passant devant une salle close indiquée « En construction » pour déboucher sur un terrain de jeux avec des maquettes en fibre de verre des planètes. La brise qui vient du fleuve est froide. Thora sort une écharpe jaune moutarde de son sac et l'enroule autour de son cou avant de grimper pour s'asseoir les pieds posés sur les anneaux de Saturne. Elle tend la main à Santi. Il se hisse et s'installe à côté d'elle pour enfin se retrouver sur la même planète qu'une autre personne. À deux mètres de là, ou plutôt six cent quarante millions de kilomètres, deux bambins se battent pour expulser l'autre de Jupiter. Santi éprouve un étrange sentiment de perte. Par-delà l'esplanade qui donne sur la rive du fleuve, le pont Hohenzollern s'étire au-dessus de l'eau, les reliant à la ville.

— Vous avez déjà regardé les cadenas ? demande-t-il.

Thora hausse un sourcil.

— Pardon ?

Il tend le bras.

— Sur le pont. Tous ces cadenas. Il y en a pour deux tonnes.

Thora sort un paquet de cigarettes et lui en propose une. Il la garde pour plus tard. Elle allume la sienne, souffle la fumée loin de lui.

— Je les ai vus, oui. « Joey + Bobby », etc.

— Oui, mais les avez-vous déjà regardés ? (Il s'avance.) Je veux dire, vraiment regardés. Avez-vous traversé le pont en examinant la balustrade avec attention ?

— Non, pas du tout. (De nouveau, ce sourire qui suscite en lui un tourbillon d'émotions : tendresse, fierté, ressentiment.) Pour être honnête, j'ai toujours trouvé tout ça un peu stupide.

— Ils se répètent. (Il lâche cette affirmation péremptoire avant de se rappeler qu'il doit y aller mollo.) Si… si vous traversez sans quitter les cadenas des yeux, au bout d'un moment, vous verrez qu'ils se mettent à se répéter. Les formes, les couleurs. Même les noms.

Elle entrouvre les lèvres un instant avant de parler.

— Il n'existe qu'un nombre limité de marques de cadenas. Et puisque les gens viennent de partout pour faire la même chose, il est inévitable que certains noms se répètent. C'est la loi des probabilités.

Il secoue violemment la tête.

— Ça n'a rien à voir. Ce n'est pas aléatoire. J'ai vu les mêmes noms, répétés sans cesse, dans le même ordre. (Il fait rouler la cigarette entre ses paumes.) C'est un motif, un message qui m'est adressé. Je dois juste apprendre à le déchiffrer.

Elle rit en rejetant la tête en arrière. Ce geste lui est si familier qu'il le déstabilise. Qui est-elle ? Pourquoi sa présence le rend-elle partial, fragile, au bord des larmes ?

— Vous croyez que c'est un message pour vous, dit-elle.

— Oui.

Elle le regarde de haut.

— Combien de personnes vivent à Cologne ?

Ils changent une nouvelle fois de rôle : elle devient le professeur condescendant, lui l'étudiant amer.

— Je ne sais pas. Un million ?

— Un million de personnes. Combien d'entre elles traversent ce pont chaque jour ?

Une autre réaction, un autre moi. De frère à sœur, las et hautain.

— Un millier. Cinquante mille. Qu'est-ce que ça change ?

— Pourquoi pensez-vous que ce message vous est destiné, plutôt qu'à une autre des mille ou cinquante mille personnes qui passent par là ?

Santi se tient assis sur ses mains. Il déteste avoir l'impression d'être une marionnette, dont les gestes sont contrôlés par des souvenirs qui ne peuvent pas tous être les siens. Il se concentre sur ce qui le rend réel.

— Parce que je suis le seul à voir ce qui ne va pas avec le monde.

Elle fronce les sourcils.

— Et qu'est-ce qui ne va pas avec le monde, M. López ?

Les étoiles n'arrêtent pas de changer. La ville se répète à l'infini. Je suis le seul à être vraiment là. Les réponses de Santi ne franchissent pas le seuil de ses lèvres, son illusion d'un moi constant se dissout chaque fois que Thora prend la parole, ce qui l'ébranle. Est-ce que durant tout ce temps il était aussi irréel que le monde ? N'est-il qu'un rêve de plus, rêvé par une centaine de Thora alternatives ?

Elle s'exprime à voix basse, comme si elle craignait que quelqu'un l'entende :

— Pourquoi venez-vous ici observer les étoiles ?

Il se tourne vers le mur de verre de l'Odysseum, il aperçoit leurs reflets qui les regardent.

— Parce que, ici, les étoiles ne changent pas.

Elle le considère avec une inquiétude grandissante.

— Vous vous souvenez d'autres étoiles ?

— Oui. (Il déglutit.) Parfois, quand je lève les yeux, c'est comme si je les voyais toutes superposées. Comme si leur lumière cumulée pouvait m'aveugler.

— Puis on cille et on regarde de nouveau, dit-elle doucement. Et ce sont les étoiles qu'on connaît. On sait juste que les choses n'ont pas toujours été ainsi.

Santi la fixe du regard. Il ignore si elle parle d'elle, ou si elle veut faire preuve d'empathie en s'efforçant de s'imaginer à sa place. En cet instant, cela n'a aucune espèce d'importance.

Personne n'a jamais abordé ainsi ce sujet avec lui, comme si on le comprenait.

— C'est pour ça que j'ai voulu devenir assistante sociale, dit-elle.

Il se concentre sur son expression, pensive et gênée : une nouvelle lettre d'un alphabet qu'il est en train de se remémorer.

— Je me sentais tellement disloquée, tellement perdue, reprend-elle. Je me disais que, même si j'étais incapable de me réparer moi-même, je pourrais réparer les autres qui avaient l'impression de ne pas entrer dans le moule. Rendre le monde meilleur pour eux. (Ses yeux voyagent vers lui.) Mais je n'ai jamais rencontré quelqu'un qui ressentait exactement la même chose que moi.

— Jusqu'à ce que vous me rencontriez.

— Jusqu'à ce que je vous rencontre.

Il considère Thora comme si elle était un trésor qu'il pensait avoir perdu dans un incendie. Il connaît cette femme, mieux qu'il ne connaît son propre moi fracturé. Cette connaissance lui vient de quelqu'un d'autre mais, pendant un instant, il s'abandonne à ce sentiment de certitude qu'il éprouve si rarement dans cette vie. Ses doigts le démangent de la dessiner : une fille, les pieds posés sur les anneaux de Saturne, la tête entre les mains. Sans un mot, il prend son carnet dans sa veste et le lui tend.

Elle le feuillette, tout d'abord avec réticence.

— Vous feriez mieux de ne pas montrer ceci à qui que ce soit au foyer, dit-elle sèchement. Ils vous jetteraient dehors avant que vous ayez le temps de dire « harceleur ».

— Je ne suis pas…

— Je sais, l'interrompt-elle. Mais eux non. (Elle continue à parcourir le carnet.) D'où est-ce que vous avez tiré tout ça ?

Il la regarde.

— J'ai rêvé de vous. Mais pas telle que vous êtes.

Elle se fend d'un large sourire.

— Rien que l'idée, murmure-t-elle. Que je puisse être toutes ces différentes personnes. (Elle tourne la page. Sur cette image, elle est plus jeune, nimbée par le halo des étoiles, ses cheveux bleus volent dans le vent nocturne.) Qu'est-ce que je fais là ? (Elle fait tourner le livre, les yeux plissés.) C'est la tour de l'horloge dans la vieille ville ?

Santi hoche la tête, enfonçant les doigts dans la surface de la planète.

— Vous étiez assise au sommet, dit-il. À me regarder tomber.

Thora lève les yeux vers lui.

— Dans votre rêve. Il y avait aussi différentes versions de vous ?

— Je ne m'en souviens pas.

Je ne veux pas m'en souvenir. Mais il commence à comprendre : chacun de ses fantômes à elle convoque l'un des siens, jusqu'à ce qu'il se noie dans des reflets, tous au moins quelque peu inexacts. Il a œuvré si dur pour s'efforcer de tenir en un seul morceau, pour combattre la désintégration catastrophique qui l'a éloigné d'Héloïse et l'a envoyé à la rue. Il sent à présent que cela lui arrive de nouveau : son centre se dissout, ses contours se vident de leur sang pour se réduire à néant.

Il descend de Saturne. Il a besoin de poser les pieds sur Terre.

— Je… je dois y aller.

Thora le regarde, sans comprendre.

— OK. Je peux vous accompagner ?

Il identifie là une autre constante : elle ne le comprend jamais tout à fait. Cela le stabilise assez pour qu'il acquiesce et lui offre une main afin de l'aider à descendre. C'est peut-être un indice, une direction pour sa carte de sens, à condition qu'il parvienne à rester assez longtemps en un seul morceau pour la trouver.

Ils traversent le pont vers la ville qui, aux yeux de Santi, semble se répéter à l'infini, le même angle des murs qui se rencontrent, les mêmes motifs de pavés : la ville est hantée par elle-même. Il ressent la même chose en marchant aux côtés de Thora. Chaque pas le fait vaciller entre les incarnations : un jeune homme en colère qui se dispute avec une femme plus âgée, un père qui tente d'établir une connexion avec sa fille maussade.

— Une chance que je travaille au foyer, lance gaiement Thora alors qu'ils empruntent la promenade longeant le fleuve en direction de la vieille ville. Il nous sera plus facile de continuer à parler de tout ça.

Santi pense au foyer, son sanctuaire gagné de haute lutte, qui devient un laboratoire où il sera disséqué jour après jour. Les membres du personnel ne le comprennent peut-être pas, mais ils l'ont secouru. Dans un autre monde, Thora aurait pu être l'une d'eux. Mais dans celui-ci, elle le connaît trop bien. *Personne ne peut être tout pour quelqu'un*, songe-t-il en se demandant pourquoi, à cette idée, il se sent bourdonner comme une cloche qu'on frappe.

Quand ils arrivent dans la vieille ville, une percée entre les immeubles leur révèle la tour de l'horloge. Santi est certain qu'elle ne devrait pas être visible de cet endroit : comme si la réunion de leurs deux pesanteurs pervertissait le monde. Thora emprunte l'allée qui mène à la place, et Santi la suit. Ils se tiennent côte à côte au pied de la tour. L'horloge est bloquée sur minuit cinq. Santi est certain d'entendre son tic-tac.

— Je suppose que la fin du monde a déjà eu lieu, déclare Thora.

Santi ne peut se départir de l'idée que la fin du monde doit encore survenir.

— Peut-être que nous attendons la prochaine.

Thora fronce les sourcils.

— Mais l'horloge s'est arrêtée.

Santi secoue la tête.

— Je ne pense pas.

Thora lui lance un regard intrigué. Avant qu'il puisse s'expliquer, quelqu'un agrippe leurs épaules et les fait pivoter.

— Excusez-moi. (Un homme aux longs cheveux vêtu d'un manteau bleu les contemple tour à tour, son expression passant de la joie à la confusion.) Je... je dois vous dire... (Il s'interrompt, recommence.) Vous êtes... vous êtes là.

Thora regarde Santi. Il déchiffre sa question muette : *« Vous connaissez cet homme ? »* Il secoue la tête, incertain.

— Je suis désolé, nous ne..., se renfrogne Thora. Qu'est-ce que vous avez dit ?

L'homme regarde Santi.

— Vous êtes là. Là ! (Son visage se crispe de désarroi.) Je... je dois vous dire... vous...

Thora tente de capter son regard.

— Écoutez. Vous cherchez à manger ? Un endroit où loger ?

L'homme considère Santi d'un air désespéré, comme s'il ne comprenait pas ce que Thora dit.

— Vous êtes là, répète-t-il désespérément. Là.

Santi secoue la tête.

— Je suis désolé, dit-il, même s'il ignore pourquoi il s'excuse.

L'homme se tord les mains et tourne les talons avant de traverser la place.

Thora le regarde s'éloigner en se rongeant les ongles.

— Je contacterai le foyer plus tard. Pour leur demander de l'avoir à l'œil.

Santi suit du regard la progression hésitante de l'homme, son manteau bleu qui claque au vent. Il y a trop de significations dans le monde, plus que celui-ci ne peut en contenir.

— De toute façon, il a raison, déclare Thora.

Santi la considère, intrigué.

— Nous sommes là, dit-elle. Tous les deux. Quoi que cela veuille dire. (Elle appuie la main sur le mur de la tour, gribouillé de messages relayés par les centaines de voix de la ville.) J'imagine que c'est ce que tous ces gens voulaient dire.

Elle sort un marqueur de son blouson. « Nous sommes là », écrit-elle dans un espace libre.

Santi comprend, et il ne comprend pas ; sa signification lui échappe comme des feuilles soufflées par le vent. Il en conclut qu'il déteste les mots. Il préférerait que cette ruine soit couverte de dessins. Des peintures murales qui s'étendraient à travers la ville comme des portails donnant sur d'autres mondes.

Lorsque Thora abaisse son feutre, il entraperçoit quelque chose sur son poignet. Il esquisse un geste pour s'en emparer. Elle recule, de nouveau sur ses gardes. Il lève les mains. Sans un mot, il remonte sa manche pour lui montrer les étoiles qu'il a tatouées sur sa propre peau.

Thora émet un léger bruit incrédule. Elle se saisit du bras de Santi et frotte le tatouage comme si elle s'attendait à ce qu'il s'efface.

— Qu'est-ce que c'est ? demande Santi.

— Une constellation, explique-t-elle. Qui n'existe plus.

Il étudie le motif formé par les étoiles : la première chose qu'il a dessinée dans son carnet à son arrivée en ville. Cela semblait si important qu'il s'était rendu tout droit dans le quartier belge pour le faire graver sur sa peau. Mais ce tatouage ne lui appartient même pas : il appartient à Thora, à la tornade déroutante des existences qu'elle apporte.

Il recule, baisse sa manche. Il voulait comprendre. Mais si le prix de la compréhension est son propre démantèlement, il ne pense pas qu'il y survivra.

— Qu'est-ce qu'il y a ? s'enquiert Thora.

Santi rit. Il indique les mots qu'elle a écrits sur le mur de la tour.

— « Nous sommes là », dit-il. Mais… qui sommes-nous ? Et où sommes-nous ?

Thora s'avance d'un pas hésitant vers lui.

— Nous pouvons le découvrir, dit-elle. Ensemble.

Santi secoue la tête et continue de se replier sur lui-même. Il retourne à la pensée qui l'a fait sortir du labyrinthe : la pensée qui paraissait aussi solide que le couteau de son grand-père sous ses doigts.

— Nous ne pouvons pas savoir où nous sommes si nous ne savons pas qui nous sommes. Et je… je ne peux pas savoir qui je suis si chaque moment que je passe avec vous me brise en une centaine de morceaux.

Il s'éloigne d'elle.

— Santi, l'appelle Thora, de la même manière que dans son rêve.

Son prénom est si tendre dans sa bouche, comme une chatte qui transporte son chaton par la peau du cou.

— Je ne vous ai jamais dit de m'appeler comme ça, dit-il sans se retourner.

Il entend ses pas derrière lui.

— J'ai encore votre carnet !

— Gardez-le, hurle-t-il par-dessus son épaule. Je n'en veux plus.

Il presse le pas, dépasse la fontaine où des bulles d'eau surplombent des pièces de monnaie aussi brillantes que des constellations. L'espace d'un instant, il voit chaque goutte se figer dans les airs.

Il ne retournera pas au foyer. Dans les rues, il pourra toujours compter sur lui-même, quand bien même tout le reste se dissoudrait alentour. Alors qu'il court, il sent la tour de l'horloge se pencher d'une manière impossible derrière lui. Pour autant qu'il se souvienne, c'est la première fois qu'il n'entend plus son tic-tac.

À la prochaine

— López !

Le coéquipier de Thora lève les yeux, cessant de contempler les pavés humides qui luisent dans le brouillard nocturne.

— Ouais. Désolé. Je croyais que j'avais vu…

Il ne termine pas.

Thora croise les bras.

— Si la fin de cette phrase n'est pas « le suspect », ça ne m'intéresse pas.

López sourit d'un air sombre.

— Bon. Alors je me tais.

Bien sûr, elle a maintenant désespérément envie de savoir. Comme de coutume, López l'a prise au piège de ses propres paroles.

— Tu me diras ça quand nous n'aurons plus de maniaque du couteau qui court dans la nature. (Elle secoue la tête.) Je ne peux pas croire qu'on a presque le même âge. Je te jure que j'ai l'impression de bosser avec un gamin. Est-ce que tu pourrais te concentrer ne serait-ce que cinq minutes ?

López la suit sur Heumarkt, par-delà la patinoire éphémère qui entoure la statue de Frédéric-Guillaume III.

— Je suis concentré, proteste-t-il par-dessus le brouhaha de la foule qui s'écarte à la vue de leurs uniformes. Sur la vision d'ensemble.

— La vision d'ensemble, c'est que des personnes innocentes vont mourir si nous ne faisons pas gaffe.

López hausse un sourcil.

— Tu ne dramatises pas un peu, là ?

Thora s'esclaffe.

— Je me demande de qui je tiens ça. (Elle se met à l'imiter.) Je suis concentré. Sur la vision d'ensemble. Sur les profonds mystères de l'existence. Ton esprit insignifiant est trop lent pour comprendre.

López secoue la tête d'un air triste.

— Je n'en reviens pas que tu perdes ton temps à te moquer de moi. Lišková, des personnes innocentes vont mourir si nous ne faisons pas gaffe.

C'est le réveillon du nouvel an, vingt minutes avant minuit. Il y a une heure, un homme ivre a poignardé deux personnes dans une brasserie avant de prendre la fuite. López et elle font partie d'une équipe chargée de le traquer. Officiellement, leur zone de recherche est comprise entre Heumarkt et l'autre place située au nord, mais ils pourraient aussi bien fouiller un labyrinthe mouvant : les échoppes du marché de Noël et les hordes de flâneurs dessinent des sentiers sans fin, qui s'ouvrent et se referment derrière eux à mesure qu'ils forcent le passage. Thora examine la place, en quête d'un individu correspondant au signalement du tueur. Elle imagine sans cesse l'avoir repéré, jusqu'à ce qu'elle tourne la tête et aperçoive quelqu'un d'autre, comme si le visage du suspect avait été reproduit à l'infini sur la foule en mouvement. Son sang pétille d'excitation. C'est la partie du boulot qu'elle préfère : le plaisir de chercher, la promesse de la découverte, le danger sous-jacent qui la fait se sentir vivante. À ses côtés, López plonge la main dans sa veste, un geste nerveux qu'elle reconnaît.

— On se pointe avec un couteau dans une rixe à l'arme blanche ? demande-t-elle.

Il secoue la tête.

— Ne dénigre pas mon choix d'arme uniquement parce que tu n'es pas capable de t'en servir. (Il sort le couteau sans le déplier et pointe le manche vers elle.) Ça peut abattre un homme en un rien de temps si on s'y prend bien. Sous le bras gauche, droit dans le cœur.

Il s'apprête à exécuter une démonstration sur elle.

Thora repousse sa main.

— Dois-je te rappeler que notre but n'est pas de tuer qui que ce soit ?

López sourit.

— Tu sais bien que je ne m'en servirais jamais. C'est symbolique.

— Tout a valeur de symbole avec toi, marmonne Thora, alors qu'une file d'attente devant un stand de vin chaud leur barre le chemin.

Ils tentent de fendre un petit groupe de gens titubants et hilares jusqu'à ce que Thora hurle « *Polizei !* » et qu'ils se dispersent, leurs gloussements se muant en cris d'ébriété. Thora grimace.

— Pourquoi a-t-il fallu que ce type choisisse le réveillon du nouvel an ?

— Tu avais mieux à faire ? demande López.

— Bien sûr que non. Rendre la ville plus sûre, c'est ma vie. (Elle lui lance un regard en coin.) Si je voulais faire la fête, j'aurais choisi meilleure compagnie.

Elle ne doit pas s'inquiéter qu'il le prenne à cœur. Elle n'a jamais dû surveiller ses paroles avec López : elle s'adresse à lui presque comme si elle se parlait à elle-même.

Égal à lui-même, celui-ci sourit.

— Tu ne crois pas que nous serions amis si nous n'étions pas collègues ?

— Tu veux dire si je n'étais pas ta cheffe ? (Elle capte son regard ironique.) Et toi ?

Il esquive la question.

— C'est toi qui aimes spéculer sur les univers parallèles. Je me satisfais de celui qu'on a.

Pas spéculer. Des fragments d'autres vies, d'autres incarnations, si vivaces qu'ils prennent parfois totalement possession de l'existence actuelle de Thora.

— Tu ne penses pas que n'importe quel autre univers pourrait être meilleur que celui-ci ? demande-t-elle.

López gratte sa barbe de trois jours.

— Par exemple celui où on attrape ce type avant qu'il ne blesse quelqu'un d'autre ?

— Je serais preneuse. (Thora les entraîne plus loin sur la place.) Alors, quels étaient tes plans pour le nouvel an ? (Elle continue à scruter la foule tout en parlant, l'attention davantage focalisée sur le boulot que sur ce qu'elle dit.) Je suppose que, si tu n'étais pas de service, tu aurais organisé un truc terriblement romantique pour Héloïse.

— Héloïse et moi avons rompu.

Sous le coup de la surprise, Thora réplique d'un ton brusque.

— Quel dommage. Elle était adorable. Trop pour toi, manifestement. (Elle cherche à le provoquer, mais il ne mord pas à l'hameçon.) Non, sérieusement, pourquoi ça n'a pas fonctionné ?

López grimpe sur le barreau d'un tabouret de bar afin de bénéficier d'une meilleure vue.

— Parce que je la connaissais trop bien.

— Qu'est-ce que c'est censé vouloir dire ?

— Je veux dire… cela me semblait… injuste, dit-il d'un ton hésitant, comme s'il avait de la difficulté à articuler ses pensées. Comme si j'avais toujours un coup d'avance sur elle.

Thora le suit à travers les vapeurs brûlantes d'une échoppe de marrons grillés.

— Franchement, ça me paraît la situation rêvée. Tu pouvais t'assurer qu'elle tombe raide dingue de toi en anticipant le moindre de ses besoins.

López se retourne vers elle.

— Est-ce que ça n'aurait pas porté atteinte à son libre arbitre ?

L'ironie de cette question qui fait écho aux sermons de Thora sur l'autonomie des femmes n'échappe pas à celle-ci. Un grand classique de López : il retourne ses propres arguments contre elle.

— Ce n'est pas porter atteinte à son libre arbitre si c'est ce qu'elle veut.

Il rit.

— Je t'en prie, va expliquer ça à Héloïse.

— Alors qu'est-ce qui s'est passé ? insiste Thora. Tu lui as apporté une tasse de thé de ta propre initiative et elle a pété les plombs ?

— Non. J'ai essayé de lui expliquer ce que je ressentais, et… (Il hausse les épaules.) Elle m'a dit qu'elle ne savait pas quoi dire. Juste après, elle est partie.

Thora s'arrête, suivant la progression d'un homme dans la foule, mais c'est une fausse alerte : il se retourne, et ce n'est pas le bon, il est trop jeune, souriant. Elle reporte le regard sur

López. C'est tentant de continuer à se moquer de lui, mais elle opte plutôt pour un bref moment de sincérité.

— Je suis désolée.

Il lui répond par un sourire las.

— Ça a quand même duré plus longtemps que je ne croyais. Je suis surpris que qui que ce soit parvienne à nous supporter un certain temps.

Thora renâcle.

— Parle pour toi. Je suis un sacré beau parti et, un de ces jours, une personne chanceuse s'en rendra compte.

— Ce n'est pas ce que je voulais dire. (Ils atteignent les limites de la place, ils ont plus de liberté de mouvement, car la foule s'éclaircit.) Nous savons tous les deux que nous ne sommes pas des gens ordinaires.

Thora esquisse un sourire ironique.

— À quoi peux-tu bien songer ?

— Nous connaissons des trucs que nous ne devrions pas savoir. (López aligne son pas sur le sien.) Sur d'autres personnes. L'un sur l'autre.

Thora se fend d'une grimace.

— Je ne pense pas que nous sachions quoi que ce soit. Je pense que nous sommes juste tous les deux programmés pour entrevoir des possibilités. D'autres façons dont auraient pu tourner les choses, si le monde était différent. Si nous avions fait des choix différents.

López secoue la tête.

— Je ne pense pas qu'il s'agisse d'aperçus de ce qui aurait pu advenir. Je pense qu'il s'agit d'indices, qui nous parlent d'une vérité plus grande.

— Ah, s'exclame Thora en forçant le trait. Évidemment. La vision d'ensemble.

López s'arrête d'un coup, le visage extrêmement sérieux.

— Je crois que nous étions destinés à travailler ensemble, dit-il. À être ici, en ce lieu, à cet instant. Les choses que nous semblons nous rappeler… je ne pense pas du tout que ce soient des souvenirs. Je pense que ce sont des parties d'un message. Qui nous ont guidés l'un vers l'autre, dès avant notre rencontre.

— Un message de qui ? De Dieu ? (Thora secoue la tête.) Désolée, je ne suis pas croyante.

López fronce les sourcils.

— Mais tu dois vouloir trouver une explication.

À vrai dire, oui. Mais elle refuse de se laisser entraîner dans un débat théologique avec son coéquipier notoirement ergoteur alors que le boulot les attend.

— Selon les termes de mon père le philosophe, assène Thora, le monde est un endroit sacrément bizarre. Toi et moi, nous sommes loin d'en être les éléments les plus bizarres.

Elle se concentre sur le lieu où ils se sont arrêtés : entre deux ruelles, qui mènent toutes deux vers la place suivante.

— Laquelle ? demande López.

Le regard de Thora voyage de l'une à l'autre, elle réprime un étrange malaise. Elle aimerait pouvoir se scinder en deux. Envoyer une Thora le long de chaque voie : rattraper celle qui a réussi, effacer celle qui a échoué.

— À toi de choisir.

— C'est toi qui commandes, tu te souviens ? rétorque-t-il avec un sourire espiègle. Je ne te mets pas la pression. Simplement, des vies innocentes sont en jeu.

— Tu ne dramatises pas un peu ?

López rit.

— À gauche, décide Thora.

Elle s'avance, et son estomac fait déjà une embardée, car elle est convaincue d'avoir effectué le mauvais choix.

— Ce sera donc à gauche, commente López avec un soupir de déception.

Elle l'ignore et continue de progresser dans la ruelle, une main sur son arme. Puis elle voit.

Elle s'arrête net, s'appuie contre le mur.

— Loulou, dit-elle doucement.

López la rattrape.

— Quoi ?

Elle tend le doigt devant elle. López se contracte. La silhouette d'un homme, la tête entre les mains. Thora n'aperçoit pas son visage, mais il correspond à la description qu'on lui a donnée : il a la bonne taille, le crâne rasé et un maillot du FC Köln.

— C'était donc bien à gauche, lui souffle López dans l'oreille.

L'odeur de fumée dans ses cheveux donne envie à Thora de prendre une cigarette. Elle rit en silence.

— Il y avait une chance sur deux.

— Je suppose qu'on peut s'estimer heureux d'être dans l'univers où tu as fait le bon choix, la taquine López, qui s'avance, puis s'arrête, la main sur sa radio. Nous devrions peut-être appeler des renforts.

Thora secoue la tête.

— C'est un type bourré armé d'un couteau. Nous n'avons pas besoin de renforts.

López lui sourit, ses dents luisent dans la pénombre.

— Pourquoi tu te comportes comme si tu étais immortelle ?

À l'instar de tant de choses qu'il balance pour plaisanter, il n'est pas loin de la vérité. Thora refuse d'admettre que son attitude a un rapport avec lui, avec sa présence. Tant qu'elle est avec lui, une part d'elle croit que rien de mal ne peut vraiment lui arriver.

— C'est toi qui penses que tout cela était écrit d'avance, réplique-t-elle. Est-ce que Dieu va permettre qu'on se fasse poignarder par un cinglé lambda ?

López paraît troublé. Elle l'a involontairement propulsé dans une de ses spirales contemplatives.

Thora soupire.

— Nous n'avons pas le temps pour ça. S'il bouge, on va le perdre dans la foule. Tu rebrousses chemin et tu prends l'autre ruelle…

López complète sa pensée :

— Pour lui barrer le passage par l'avant.

Il est déjà parti.

Thora ressent une étrange anxiété en voyant sa silhouette rapetisser ; ses contours se fondent dans les ombres plus épaisses de la ruelle. *Merde.* Elle appuie vigoureusement sur ses tempes. Ce n'est vraiment pas le moment pour une de ses migraines cosmiques, comme les appelle Lily. Elle s'abat sur Thora, la projette à travers le mur dans des ténèbres emplies d'un vacarme dévastateur. Le monde est instable, il apparaît et disparaît à chacun de ses battements de cils ; les souvenirs collectifs sont inexacts, en permanence. Elle retient son souffle, espérant juguler ce déferlement, mais il ne fait qu'empirer : des tours qui s'écroulent et se retricotent comme un mauvais crochet, avec au milieu de tout ça un trou brûlant comme la bouche de l'enfer. *Ce n'est pas réel*, se dit-elle en fermant les yeux. *C'est dans ton esprit. Fais un pas en avant. Ouvre les yeux.*

Elle fait un pas en avant. Elle ouvre les yeux. Elle réintègre les ténèbres ordinaires de la ville, elle retrouve le mur solide dans son dos. Entre-temps, sa cible a bougé. L'homme se trouve à l'entrée de la ruelle, il se penche vers la place. Il s'apprête à filer, trop tôt, avant que López ait pu faire le tour et lui couper la route.

— Non, non, non, lance Thora tout bas.

Comme s'il l'entendait, l'homme vacille vers l'avant et se fraie un chemin à travers la foule.

Thora pousse un juron. Elle dévale la ruelle et suit l'homme dans la foule qui grossit.

— Lišková ! entend-elle López crier.

Elle est consciente de la présence de son coéquipier sur sa droite, noyé dans l'impossible halo qui luit au coin de son œil. Elle ne prend toutefois pas le temps de repérer sa position, car elle tente de voir où mène le remue-ménage devant elle, une ondulation qui traverse la place en direction de la tour de l'horloge en ruine. Alors qu'elle se précipite et se force un chemin vers l'avant en zigzaguant, une pensée lui vient, aussi nette qu'une révélation. La causalité dans cette ville suit une pente descendante ; la tour se dresse au fond d'une vallée où les choix se réduisent à néant. Elle lève les yeux et voit que l'horloge indique déjà minuit, un renouveau prématuré. Sur cette place, ce sera à jamais le jour de l'an. L'homme qu'elle poursuit sort de la foule et se rue vers le trou dans le mur de la tour. Il jette un coup d'œil derrière lui avant de disparaître à l'intérieur.

Thora s'arrête brusquement au pied de la tour. López la rejoint, le souffle court.

— Où est-ce qu'il est passé ?

Thora désigne le trou aux bords irréguliers dans les pierres.

López se tait. Thora a l'habitude des absences de son coéquipier, même lorsqu'il se trouve à ses côtés : comme s'il communiquait à un niveau plus profond avec le monde, assemblant un puzzle constitué de pavés et de fragments de ciel. Mais ici, c'est différent. Elle se disloque en apercevant l'expression sur son visage : un autre moment, un autre López, une dualité qu'elle ne peut expliquer.

— Hé, dit-elle en lui touchant le bras. Tu vas bien ?

Il sursaute.

— Ouais. Est-ce qu'il est… est-ce qu'il a…

Thora s'accroupit à l'entrée de la tour, jette un coup d'œil dedans. Elle se redresse et revient vers López.

— Il a gravi l'escalier intérieur. Il se trouve environ vingt mètres plus haut. Je le vois, adossé au mur.

López fixe la tour des yeux en se massant la nuque. Tandis que Thora communique leur position par radio, il s'avance, d'abord lentement, puis d'un pas décidé.

Thora abaisse la radio.

— Qu'est-ce que tu fais ?

López semble à moitié endormi.

— Je monte le chercher.

Thora le regarde avec intensité. Elle voit la scène avec une netteté effarante : López qui grimpe, agile et dépourvu de la moindre peur, sans jamais envisager la possibilité d'une chute. Un sentiment de rage s'empare d'elle, un refus possessif, violent.

— Non.

Il ne semble pas l'entendre. Thora le dépasse à grandes enjambées et vient se placer entre lui et le trou béant.

— Hé. C'est moi, l'officier supérieur, tu te souviens ?

Tu te souviens ? Sa propre voix se répercute en écho sur les pavés, lui revient à l'identique mais altérée.

— Hors de question que tu montes, insiste-t-elle.

Le regard de López dérive avant de revenir sur sa coéquipière.

— Pourquoi ?

Elle remue les lèvres. La réponse est intraduisible en mots, seul sort un cri inarticulé.

— C'est juste que… Je ne vais pas te regarder tomber et mourir sans rien faire.

Pas cette fois. Elle réprime ces mots impossibles en serrant les lèvres. Son crâne tambourine, une nouvelle migraine la submerge d'images. Une écharpe jaune sur un clou, qui s'envole dans le vent nocturne. Un vieil homme qui sourit, en quittant son cabinet de consultation pour la dernière fois. Un lit d'hôpital, Santi entravé par des tuyaux et des fils… elle le perd par morceaux et leur fille en est témoin alors qu'elle est trop jeune, pourquoi le cancer ne pouvait-il attendre qu'Estela ait grandi, qu'elle puisse comprendre…

López s'approche d'elle. Sa voix prend l'allure d'une supplique désespérée.

— Dis-moi pourquoi.

Thora a la gorge sèche. Elle ne peut pas le dire. Mais si, elle peut : c'est López. Elle peut tout lui dire.

— Parce que tu es mort ici.

Il sourit, presque de soulagement.

— Je sais. (Il se tourne et lève les yeux vers la tour. Les lumières dures de la place transforment son visage en crâne orange et noir.) Je me rappelle être tombé. Je me rappelle ne pas y avoir cru, ne pas avoir compris comment l'univers avait pu permettre à ma main de déraper. (Il la regarde.) J'ai eu le sentiment de disposer de plein de temps pour y réfléchir. Et lorsque j'ai heurté le sol, je savais. Cela devait arriver ainsi. J'étais censé mourir, là et à ce moment-là, et je n'aurais rien pu dire ni faire pour l'éviter.

— C'était ma faute, dit Thora en l'interrompant. Pas celle de Dieu. Ni celle de l'univers. C'était ma faute si c'est arrivé, et je refuse que ça se reproduise maintenant.

López rit.

— Thora, dit-il doucement comme si elle était une enfant qui ne comprenait toujours pas.

Il ne l'avait encore jamais appelée par son prénom. Pas dans cette vie. Thora croise son regard. Elle ne voit pas son collègue, le coéquipier avec qui elle s'est si rapidement entendue que Lily disait pour blaguer qu'ils avaient dû se connaître dans une vie antérieure. Elle voit son prof, son étudiant, son frère, son mari, son père : un vortex de réalités qui tourbillonnent et s'effondrent ensemble.

— Santi ? dit-elle au moment où l'univers éclate.

Un grondement profond, qui se répercute. Puis un autre. Thora lève les yeux. Le ciel est empli d'étoiles, qui explosent avant de dégringoler, qui se consument en traînées de fumée. Les feux d'artifice du nouvel an fusent au-dessus du fleuve. Au milieu des déflagrations, les cloches de la cathédrale sonnent un minuit interrompu.

Ils disposent de deux secondes pour se regarder. Deux secondes pour partager la révélation qui les bouleverse et les met sens dessus dessous : une floraison, un feu de joie, une extase de souvenirs. Puis tout se produit en même temps. Thora voit l'homme émerger du trou dans la tour. Santi voit le visage de Thora et se retourne. Avant que Thora puisse esquisser le moindre mouvement, l'homme tranche la gorge de Santi avec son couteau.

Thora se précipite sur l'homme sans même sortir son arme. C'est de la folie, mais elle n'a pas peur. Elle est Thora Lišková, elle est immortelle, et elle ne laissera pas Dieu, ni le destin, ni l'univers éloigner Santi d'elle, pas cette fois.

Elle percute l'homme de toutes ses forces. Il chancelle mais garde l'équilibre et fait volte-face pour se jeter sur elle. Dans son délire, elle ne peut pas dire si le couteau la manque ou s'il la traverse sans occasionner de dégâts. Elle esquive, agrippe le poignet de son assaillant et le tord jusqu'à ce que le couteau tombe. Elle hurle, lui balance son genou dans l'estomac et le plaque au sol. L'homme expulse un souffle de surprise tandis qu'elle le menotte soigneusement.

Les renforts débarquent. On soulève l'homme pour le remettre debout et l'emmener sous bonne escorte. Vidée après cette victoire, Thora se tient immobile, à la dérive. Puis elle voit Santi à genoux, qui porte les doigts à sa gorge luisante de sang.

— Non. (Elle s'agenouille à ses côtés, ses mains cherchent en vain l'artère.) López. Santi. Allez Loulou. (Des sirènes hurlent, pas assez proches. Thora a l'impression de tout observer de loin, telle une silhouette minuscule dans un univers lointain.) Non, non, non, bordel de merde, non ! (Elle s'accroche à lui avec l'énergie du désespoir.) Ne me laisse pas seule là-dedans.

Santi desserre les lèvres, les yeux rivés sur les siens.

— Souviens-toi, dit-il avant de se laisser aller dans ses bras.

Regarde derrière toi

Santi s'éveille dans un train à l'arrêt.

Il se penche brusquement en avant, grimaçant à cause de la douleur dans sa nuque. Où est-il ? Il jette un coup d'œil par la fenêtre qui donne sur un espace voûté haut de plafond. La gare centrale de Cologne : sa destination.

Il se réadosse à son siège, appuie sur ses yeux jusqu'à apercevoir des étoiles. N'est-ce pas de là qu'il vient justement ? On dirait qu'il a pris le train à reculons, qu'il l'a emprunté dans le mauvais sens à travers le temps pour échouer là où il a commencé.

Le contrôleur traverse le wagon à grands pas.

— *Bitte aussteigen ! Der Zug endet hier !*

« Descendre… Terminus… » Tout s'achève ici. Santi se met debout comme en plein rêve. D'un pas chancelant, il descend les marches qui mènent du quai au hall encombré. Il avait prévu de se rendre en taxi jusqu'à son hôtel, de prendre une douche et de se reposer, afin d'être prêt pour le boulot qui est la raison de sa venue dans cette ville. Au lieu de ça, il s'attarde, examinant les visages dans la foule. Il ne connaît personne

dans cette ville. Pourquoi a-t-il l'impression que quelqu'un devrait être là pour l'accueillir ?

Il marche dans la direction opposée à la station de taxis, et débouche sur le parvis de la cathédrale. La température est clémente, la pluie commence à tomber. Il ne sait pas pourquoi il lui semble que l'air devrait être froid, le sol glissant de givre. L'odeur des pavés humides et les effluves âcres de *currywurst* l'accompagnent vers le sommet des marches de la cathédrale. Santi se tient debout dans la bruine et se sent traversé par la cohue de la ville, un fleuve de signification qu'il pourrait comprendre à condition de s'abandonner au courant.

—J'écoute, dit-il tout bas.

Il avait hâte de visiter la cathédrale. À présent, les murs gothiques lui semblent transparents, plus aucun mystère ne subsiste à l'intérieur. Il poursuit son chemin vers la vieille ville. En marchant, il chantonne pour lui-même, une mélodie qu'il avait en tête au réveil. La pluie cesse. Les nuages laissent passer de pâles rayons de soleil, dont les doigts pointent partout en même temps. Santi déambule à travers les places et les ruelles de la vieille ville comme un aveugle parcourant le labyrinthe dans lequel il est né. Les immeubles sont une façade, aussi fine que du papier, qui dissimule quelque chose de plus grand. Il s'arrête sous la tour en ruine, lève les yeux vers l'horloge encore bloquée sur minuit. *Encore.* Il ne sait pas comment il peut avoir connaissance de ce fait, ou pourquoi il sonne faux, aussi faux que la saison. Aussi faux que sa présence solitaire ici, alors que quelqu'un devrait se trouver à ses côtés. Ses yeux dérivent vers un message rédigé en grandes lettres peintes en noir : « Regarde derrière toi ».

Santi pivote sur lui-même. De l'autre côté de la place, sous le signe d'un centaure qui bande son arc en direction des étoiles, une adolescente lui fait signe depuis une table en terrasse. Elle est plus jeune que dans son souvenir. Cette pensée le traverse avant qu'il puisse se demander si elle a du sens. Comment peut-il se souvenir d'elle à un âge plus avancé ? Ses cheveux sont d'un rouge vif lumineux, la couleur du sang artériel.

Il porte la main à sa gorge. Il meurt dans les bras de Thora, alors que les feux d'artifice explosent dans le ciel comme des étoiles. La dernière fois qu'ils étaient là. La première fois où ils se sont rappelé.

Il s'avance vers elle en titubant sous le soleil kaléidoscopique. Elle se lève, renversant au passage sa chaise sur les pavés. Ils se heurtent en riant. Santi s'écarte, la regarde avec une stupéfaction à demi terrifiée.

— Comment…

— Putain, je n'en ai pas la moindre idée ! hurle-t-elle.

Les autres clients les dévisagent, mais Santi le remarque à peine : il fixe Thora du regard, l'impossible Thora, dont les yeux trahissent un émerveillement triste comme si elle apercevait un fantôme. Elle lui frotte le bras.

— Merde, c'est si bon de te voir.

Tu m'as regardé mourir. Santi se souvient de son visage baissé sur lui, la dernière chose que son ancien moi ait vue. Il s'exprime avec hésitation :

— Combien de temps tu as… après que je…

— J'ai tenu jusqu'à cinquante-cinq ans. Cancer du sein. De nouveau. (Thora redresse sa chaise et s'affale dessus en lui lançant un regard courroucé.) Tu m'as abandonnée.

— Je n'en avais pas l'intention. (L'expression de Thora ne s'adoucit pas. Santi manque de rire en s'asseyant face à elle.) Thora, tu ne peux quand même pas me reprocher de m'être fait poignarder.

— Ah non ? dit-elle tout bas, comme s'il l'avait mise au défi. (Comment peut-elle en même temps ne pas avoir d'âge et être si adolescente ?) Bref, je suis contente que tu débarques enfin, poursuit-elle en adressant un signe à l'intention de Brigitta. J'ai attendu que quelqu'un vienne me commander du vin.

Santi, toujours à moitié accaparé par la vie qui l'a conduit ici, essaie de se concentrer.

— Tu as quel âge ?

— Quinze ans. (Elle le toise de la tête aux pieds.) Et toi, cinquante ?

— Quarante-cinq. (Il cligne des yeux, confus.) Pourquoi suis-je encore plus âgé ?

— C'est la première question qui te vient ? (Elle s'esclaffe, rejetant la tête en arrière.) Merde, nous devons discuter d'un tas de choses. Où est-ce que tu es allé ?

Brigitta vient prendre leur commande. Santi demande un verre de vin rouge et une Kölsch.

— En Espagne, répond-il. Puis en France. J'étais… (Il ferme les yeux, tentant de concilier la version de lui qui a émergé du sommeil dans le train et la myriade d'autres qui s'éveillent à présent au son de la voix de Thora.) Je… n'étais pas heureux dans ce que je faisais. L'expertise-conseil. Cela me semblait… creux. Je voulais faire quelque chose de tangible. Rendre le monde meilleur. (Il secoue la tête de désarroi.) Je suis venu ici pour travailler dans une association qui vient en aide aux enfants réfugiés. J'étais tellement sûr d'avoir enfin trouvé ce que j'étais destiné à faire.

Cette certitude semble déjà désuète, le rêve disparu d'un homme mort.

— Du Santi tout craché. (Brigitta apporte leur commande et Thora boit une gorgée de vin.) Tu n'aurais pas pu avoir ton illumination un peu plus tôt ? Ça fait des années que je suis ici.

Il secoue la tête.

— Je ne m'en suis souvenu qu'en arrivant ici.

— Pratique. Entre-temps, évidemment, moi je le sais depuis que j'ai dix ans. (Elle fait tourner le vin dans son verre.) Ce qui a donné lieu à d'intéressantes conversations avec mes parents. En gros, ma mère a improvisé un traité entier sur la conception occidentale de l'immortalité de l'âme par rapport aux idées orientales sur la réincarnation.

Santi fronce les sourcils.

— Je croyais que la réincarnation impliquait de ne pas revenir sous la même forme.

Thora le considère.

— C'est notre cas. (Elle baisse la voix, regardant les tables alentour.) Santi, nous étions mariés. Ne le prends pas mal mais, même si nous avions le même âge, la personne que je suis maintenant ne se marierait jamais avec toi. (Elle s'adosse à son siège, l'examinant d'un œil critique.) Et je ne pense pas que tu le voudrais non plus. Pas comme tu es à présent.

Il hausse les épaules.

— Ce sont des détails.

Elle le regarde, incrédule. Avant de s'esclaffer.

— Quoi ? demande-t-il.

— J'ai l'impression d'avoir déjà eu cette discussion avec toi.

— Nous les avons sans doute déjà toutes eues.

— Nous n'avons jamais discuté pour savoir si nous avions déjà eu cette discussion auparavant, fait remarquer Thora.

Santi sourit.

— Je suppose que non.

— En tout cas, une chose ne change jamais. C'est toujours moi qui gagne, déclare Thora avec satisfaction.

Santi appuie les mains sur ses tempes, essayant de rassembler ses pensées.

— Donc tes parents ne se souviennent de rien.

Thora secoue la tête.

— Je pense que c'est le cas de tout le monde. En dehors de toi et moi.

Santi pense à ses constantes. Sa mère. Son père. Aurelia. Jaime. Héloïse : sa femme, sa petite amie, son ex. Il se rappelle l'étrange solitude ressentie à ses côtés la dernière fois, la familiarité taraudante de chaque moment qui était inédit pour elle.

— Pourquoi seulement nous ? demande-t-il à Thora. Qu'est-ce que ça veut dire ?

Thora le regarde comme si elle attendait cette conversation depuis des décennies. Ayant la sensation que le temps distordu effectue une embardée, il comprend que c'est le cas.

— OK, alors voici ma théorie, annonce-t-elle. Nous sommes mourants.

Santi fronce les sourcils.

— Mourants ?

Thora hoche vigoureusement la tête.

— Nous… je ne sais pas, nous avons eu un accident de voiture, ou nous sommes tombés d'un pont ou un truc du genre, et là nous gisons à l'hôpital et nos cerveaux ne font que… passer d'une version à l'autre de nos vies.

Elle mime l'activité du cerveau avec ses doigts.

Santi s'empare délicatement de ses mains et les pose à plat.

— Si tout se passe dans nos têtes, pourquoi cela se produit-il dans nos deux têtes en même temps ?

Thora hausse les épaules.

— Ce n'est peut-être que dans une de nos têtes. Tu es peut-être le fruit de mon imagination. Je suis peut-être le fruit de la tienne. Ça a de l'importance ?

Pour la première fois, Santi décèle une légèreté chez elle, à la limite de l'hystérie, qu'il n'avait pas perçue initialement. Il était tellement concentré sur le fait qu'elle était la même Thora que les différences lui avaient échappé. Quelles ont été les conséquences pour elle, de gérer tout cela seule pendant si longtemps ?

— Oh oui, ça a de l'importance, dit-il. Je ne pense pas que je serais en mesure de t'imaginer. Et je sais que je ne suis pas imaginaire.

Thora lève les yeux au ciel.

— Bien sûr, je me doutais que tu dirais ça. (Il ne semble guère impressionné.) Bon, très bien, génie. Quelle est ta théorie ?

Il ne pensait pas en avoir une avant qu'elle lui pose la question. Mais cela paraît si évident, sorti tout droit de la mémoire remise à neuf de sa mort la plus récente, que cela lui vient d'un coup.

— Peut-être que nous sommes déjà morts.

Thora grimace.

— Et le paradis serait une ville de province allemande ?

— Pas le paradis.

— L'enfer ?

Il secoue la tête. Il ne parvient pas à le formuler en mots : ce qu'il a ressenti durant de si nombreuses vies, cet élan à réaliser un objectif qu'il ne comprend pas encore.

— Nous revenons, dit-il. Pareils mais différents. Chaque fois avec de nouveaux défis, de nouvelles façons de pouvoir être mieux ou pires. (Il cogne sur la table pour souligner son propos.) On nous accorde sans cesse une nouvelle chance.

Thora écarquille les yeux. Pendant un moment, Santi pense qu'elle s'aligne sur sa fréquence. Il se sent soulagé au plus profond de son être, une solitude qu'il n'a jamais comprise s'allège enfin. Ils sont là-dedans ensemble.

— Tu as raison, dit-elle. On reçoit chaque fois une nouvelle chance. Des chances infinies d'emprunter tous les chemins potentiels.

Santi sent comme une embardée dans son estomac, le début d'une chute sans fin.

— Non. Ce n'est pas ce que je dis. (Il se penche en avant.) Je dis qu'il existe une seule bonne voie et que nous devons la trouver.

Thora grimace.

— Bonne d'après qui ? Et pourquoi ?

— C'est ce que nous devons découvrir. (Il hoche la tête, manifestant l'accord de Thora à sa place.) Cela fait peut-être partie du test. Découvrir ce que tout cela signifie.

— Ce que cela signifie ? s'esclaffe Thora. Cela signifie que nous sommes immortels, bordel. Cela signifie que nous ne nous retrouverons plus jamais coincés par un mauvais choix.

Au bout de tant de vies, il oublie encore à quel point son esprit est étranger au sien.

— Je ne pense pas que c'est..., débute-t-il.

Mais elle l'interrompt, le visage illuminé par cette révélation.

— Je ne comprenais pas jusqu'à ce que tu le présentes comme ça. Mais tu te rends compte, c'est ce que j'ai souhaité toute ma vie ? Toutes mes vies. Un moyen de revenir en arrière. De voir ce que ça donnerait si j'avais fait les choses autrement. (Elle secoue la tête, émerveillée.) J'ai toujours eu tellement peur de faire le mauvais choix. À présent, je ne dispose plus d'un choix unique. Je peux vivre toutes les vies que je désire. Explorer chaque version possible de moi.

Il reprend sur un ton circonspect.

— Tu ne peux pas contrôler tout ce qui t'arrive.

— Peut-être pas. Mais je me souviens de tout ce qui a foiré. Je peux apprendre de cela. Redresser la situation. (Elle se penche sur la table, les yeux fiévreux.) J'ai déjà commencé. Même avant de me rappeler. Mes parents… tu te souviens, ma relation avec eux était horrible. Mais je sais maintenant comment les gérer. J'ai appris, à travers toutes ces vies. (Elle rit.) Si je peux apprendre ça, je peux tout apprendre.

Santi ne parvient pas à clairement exprimer l'horreur qu'il ressent ; elle est aussi infinie que leur existence, elle remonte à un commencement dont il ne se souvient pas. Thora lui effleure la main.

— Hé. Qu'est-ce qui ne va pas ? Tu peux faire pareil. Trouver ta vie parfaite, tes vies parfaites, et les concrétiser.

Il secoue machinalement la tête.

— On ne peut pas avoir plus d'une vie parfaite.

Thora pousse un grognement.

— Parle pour toi. J'ai toujours voulu tout faire. Tout être. Pourquoi je devrais me contenter d'une seule version ? Pourquoi je ne peux pas toutes les vivre ?

— Je ne peux pas vivre comme ça. En… en morceaux. (Il se prend la tête dans les mains, comme si ce geste allait permettre de contenir les incarnations qui se déversent sans rien laisser dans leur sillage.) C'est l'ensemble qui doit avoir du sens. Les étoiles, l'horloge… nous devons tout expliquer. (Il lui adresse un regard implorant.) Il doit y avoir une cause. Il doit y avoir une signification, un endroit au cœur de tout ceci.

Thora le regarde avec calme et sérieux. Puis son attention est attirée par quelque chose qu'elle a vu par-dessus l'épaule de Santi. Elle en a le souffle coupé.

— Jules.

Santi suit son regard vers la fille qui traverse la place d'un pas pressé. Il se souvient d'elle en pleurs de l'autre côté d'une fenêtre éclaboussée de pluie ; Thora qui l'enlace photo après photo, comme si elle pouvait s'accrocher à elle à travers chaque vie.

— Chaque fois que nous avons été ensemble, j'ai merdé d'une façon ou d'une autre, décrète-t-elle avant de se lever. Mais maintenant je me souviens. Je ne commettrai plus les mêmes erreurs. Je peux enfin faire en sorte que ça fonctionne.

— Thora…

Elle se lance à la poursuite de Jules, à la poursuite de la première de ses vies parfaites.

Santi la regarde s'en aller, après avoir abandonné son verre de vin vide sur la table ; sa bière à lui, intacte, étincelle sous le soleil bas d'automne. De toutes ses vies, il ne s'est jamais senti aussi seul.

Troisième partie

Le présent évanescent

Thora sommeille dans les bras de Jules ; les fenêtres poussiéreuses de l'appartement d'Ehrenfeld filtrent la lumière d'un après-midi d'été. Dans la pièce d'à côté, le bébé dort, les laissant dans cette précieuse oasis de tranquillité.

Thora s'efforce de calmer son esprit bouillonnant, elle s'ancre dans la sensation présente : vivre cette vie et la savourer en connaissance de cause. Être heureuse et savoir qu'elle est heureuse. Peut-être est-ce uniquement possible parce qu'elle se rappelle toutes les autres voies déjà empruntées : Jules qui lui crie dessus sur le seuil de la porte, Jules ivre qui pleure à une table de la terrasse du *Zentaur*, Jules qui la traite d'égoïste, incapable d'être heureuse là où elle est. Mais maintenant, elle est ici : la tête posée sur la poitrine de Jules, la main de Jules plongée dans ses cheveux. Elle aimerait se figer dans ce moment. Elle a déjà l'éternité : ne peut-elle connaître une éternité pareille à ceci ?

Elle connaît la réponse. Un jour, cette vie prendra fin, et Thora passera à la suivante. Elle pourrait la reproduire, songe-t-elle. Éblouir Jules grâce à des mots affûtés sur des vies entières. Thora est devenue experte en Jules, elle connaît ses humeurs, elle sait cultiver ses joies.

Alors que Jules murmure et remue dans son sommeil, Thora sent poindre un soupçon de doute. Elle n'en est pas à son premier essai. Parfois, elle a beau chercher, elle ne parvient pas à trouver Jules. Parfois Thora n'est pas la bonne version d'elle-même, elle est trop impatiente, trop enragée, trop cynique pour que ça marche. Dans certaines vies, elle parvient à peine à rester debout sous le poids de toutes les choses qu'elle ne peut contrôler. Elle incline la tête pour contempler le visage endormi de son épouse. Même si elle cherchait à tout reproduire à l'identique, rien ne sera jamais exactement pareil à cet instant.

La sonnette retentit, aussi tonitruante qu'une alarme.

— J'y vais.

Thora dépose un baiser sur le front de Jules, se glisse hors de son étreinte pour se diriger à pas feutrés vers l'interphone.

— Qui est là ?

Elle n'aurait jamais posé cette question auparavant. Désormais, étant donné ce nouvel être humain dont elles doivent prendre soin, chacun de leurs actes a des répercussions sur l'avenir d'Oskar.

— Je suis venu voler ton bébé.

La voix de Santi : la preuve ultime de la fin et du commencement qui l'attendent quand cette vie sera terminée.

Thora prend une inspiration, rajuste sa perspective. Ce qui compte, c'est ce qu'il est dans cette vie : son ami, qui vient rendre visite à son enfant pour la première fois.

— Monte, lance-t-elle joyeusement en appuyant sur le bouton pour le laisser entrer.

Il arrive en portant un sac de courses.

— Salut, Loulou. (Elle accepte le sac d'une main et l'étreint de l'autre tandis qu'il se penche pour lui embrasser la joue.) Tu es un ange, dit-elle en parcourant le contenu.

Des plats préparés, de quoi grignoter, une corne d'abondance de nourriture toute prête.

— C'est ma mère qui est un ange. Elle m'a expliqué ce dont vous aviez vraiment besoin pour l'instant. Grâce à elle, vous avez échappé aux ingrédients pour préparer un risotto.

— Bordel, merci Maria. (Elle lui prend la main.) Viens. Sa Majesté reçoit.

Ils s'avancent doucement vers l'ancienne chambre d'amis qu'elle a encore du mal à considérer comme une chambre d'enfant. Jules bâille près du berceau, un de ses doigts est emprisonné dans le poing minuscule d'Oskar.

— Vise ses magnifiques yeux marron, chuchote Jules à Santi en guise d'accueil.

Thora donne un coup de coude à celui-ci.

— Nous savons à qui nous les devons.

Santi hausse les épaules.

— Je vous avais dit que vous auriez dû opter pour un donneur anonyme. Et exiger le meilleur ADN viking qu'ils avaient en stock.

— Tu es parfait, tu le sais, commente Jules avant de l'embrasser sur la joue en se relevant. Quelqu'un veut du thé ?

Ils opinent tous les deux sans quitter le bébé des yeux.

— Il ressemble à Estela, songe Santi.

— Chut.

Thora jette un coup d'œil vers la porte, mais Jules est encore dans la cuisine.

— C'est vrai, insiste-t-il.

Il agit comme à son habitude : il la pousse à admettre que ce n'est pas sa seule vie. C'est un jeu auquel ils jouent, une vieille discussion qu'ils retournent dans tous les sens à travers le prisme de ce qu'ils savent.

Thora se penche sur le lit, laisse Oskar lui prendre le doigt.

— Le nez d'Estela n'a jamais ressemblé à ça, proteste-t-elle doucement.

Santi gagne généralement à leur jeu pour une bonne raison : elle ne peut résister à l'envie de percer le mystère que constitue l'énigme de leurs vies.

Santi rit dans sa barbe.

— Dis plutôt que tu évites de penser à la dernière fois où nous avons vécu cela.

— Il y a eu une autre fois ? dit Jules en revenant avec le thé. Vous ne m'en avez jamais parlé.

Thora lance un regard d'avertissement à Santi. Il sourit en acceptant le mug de Jules.

— Évidemment que nous ne t'en avons pas parlé. L'enfant illégitime que nous avons eu en secret ne regarde que nous.

— Dites-moi au moins quand est son anniversaire, réplique Jules en s'asseyant à côté de Thora. J'aimerais lui envoyer une carte.

Thora s'esclaffe, partagée entre la nervosité et le soulagement. Elle attire sa femme vers elle pour l'embrasser.

Jules vient assener un petit coup solennel sur l'épaule de Santi.

— Hé. Tous ces trucs dans la cuisine. Tu n'aurais pas dû.

Santi balaie sa remarque d'un geste.

— C'est le moins que je puisse faire pour mon neveu préféré.

Jules semble tracassée.

— Tu ne peux pas te permettre tout ça.

— On me paie suffisamment.

— Non, pas du tout ! Tu reçois le salaire minimum, rétorque Jules. D'ailleurs, à ce propos… Mon patron cherche un assistant. Pour une somme dérisoire, mais ce sera déjà plus que ce que tu gagnes pour l'instant. Avec des perspectives d'évolution. Et d'augmentation. (Jules se penche en avant pour qu'il ne puisse plus esquiver son regard.) Une occasion d'utiliser à bon escient ton prodigieux cerveau plutôt que de l'anesthésier sur une ligne de production.

Il rit.

— Merci. Mais… j'ai déjà un travail. C'est juste que ce n'est pas comme ça que je gagne ma vie.

Jules hausse un sourcil.

— Ah bon. Voilà qui est mystérieux.

— Ce n'est pas facile, dit Santi. De trouver la bonne voie.

Il croise le regard de Thora jusqu'à ce qu'elle détourne les yeux.

Après son départ, Jules s'assied à la table de la cuisine ; elle arbore le petit sillon entre ses sourcils que Thora adore. Elle se penche pour l'embrasser.

— Qu'est-ce qu'il y a ?

— Santi, soupire Jules. Il a de nouveau l'air famélique. Et tu as vu ce pull ? Couvert de trous.

Thora cligne des yeux.

— Je n'ai pas remarqué. (Elle voit Santi comme elle s'attend à le voir, un portrait davantage issu de la superposition de ses souvenirs que de cette réalité.) Santi va bien, dit-elle. Il a pris ses propres décisions. S'il voulait de l'aide, il en demanderait.

— Tu es sûre ?

— Il l'a déjà fait, non ? Sinon nous n'aurions pas la garde de son affreuse chatte.

— Elle n'est pas affreuse. (Comme pour détromper Jules, la chatte choisit ce moment pour bondir sur la table, manquant de renverser le thé.) Seigneur, Félicette !

Thora caresse la chatte, plongeant le regard dans ses yeux verts.

— Je regrette que ton propriétaire soit devenu fou. Mais ne t'inquiète pas. Nous allons prendre soin de toi.

Félicette se frotte contre les jointures de ses doigts, lançant un léger miaulement qui a des allures de reproche.

— Je me fais juste du souci pour lui, reprend Jules, le menton appuyé sur sa main. Ce boulot le mine et il consacre tout son temps libre au bénévolat ou à gribouiller dans son carnet. Qu'est-ce qu'il écrit là-dedans ?

Thora regarde sa femme. Dans des moments pareils, elle est consumée par le désir de lui raconter. *Je t'ai attendue des vies entières.* Mais cela impliquerait de lui parler des autres fois où elles étaient ensemble, des versions d'elle-même qui n'allaient pas. Elle veut que Jules ne connaisse que celle-ci.

— Qui sait ? répond-elle. Une théorie sur l'univers.

Elle ne voit pas Santi pendant un mois. Elle a l'habitude qu'il disparaisse plusieurs semaines d'affilée pour réapparaître la tête pleine de questions et avec un carnet couvert de notes et de dessins. Elle ne sait pas trop ce qu'il fabrique sans elle. En général, elle est trop occupée avec Jules et Oskar pour se poser la question. C'est juste que de temps à autre elle ressent une espèce de démangeaison, un petit coup assené par la part d'elle qui a toujours besoin d'explorer. *La prochaine fois*, se dit-elle. Elle n'est pas pressée. Sa vie n'est plus limitée par sa naissance et par sa mort ; elle n'est peut-être plus limitée du tout.

Une nuit, elle est en train de nourrir Oskar quand la sonnette retentit. Elle soulève le combiné.

— Santi, il est 2 heures.

— Je sais. Je peux monter ?

— Qu'est-ce qui se passe ? demande-t-elle en ouvrant la porte. On t'a flanqué dehors ?

— Comment tu es morte ?

Thora cille.

— Pardon ?

— Dans la vie où j'étais ton prof. Je suis mort un an après ton départ, d'un infarctus. Comment tu es morte ?

— Moins fort ! (Thora lui agrippe le bras et l'entraîne dans la cuisine. Santi sort sa tabatière et se met à rouler une cigarette.) J'espère bien que tu n'envisages pas de fumer ici.

Il la regarde.

— Bien sûr que non. Cesse de tergiverser et raconte-moi.

Thora s'installe avec Oskar sur une chaise.

— Je suis morte accidentellement quand j'avais huit ans, dit-elle. Au cours du premier trimestre dans ma nouvelle école. Ça apprendra à mes parents à avoir voulu me changer d'école, j'imagine. Tu te souviens de ce téléphérique qui est tombé dans le fleuve ? (Santi hoche la tête.) J'étais dedans.

Il lève les yeux, elle a capté son attention.

— Tu t'es noyée ?

— Oui. C'est une mort que je n'ai pas trop envie de revivre.

Elle ne peut nier que c'est un soulagement de parler de ça. Elle observe Santi qui achève de préparer sa cigarette, puis extrait son carnet de souvenirs de son manteau en loques.

— Jules demandait ce que tu écrivais tout le temps là-dedans. Il vaudrait mieux qu'elle ne l'aperçoive jamais. (Il ne réagit pas. Il est en train de noter ce qu'elle vient de lui raconter dans une case d'une grille aux contours bien délimités.) Ton écriture a changé, commente Thora en suivant les italiques penchés vers l'avant comme s'ils ne pouvaient retranscrire le message assez vite. Je suppose que ça n'a rien de surprenant. Ta personnalité aussi a changé.

— La graphologie est une pseudo-science, maugrée-t-il.

Thora sourit.

— Donc tu t'accroches encore à l'idée que tu es un seul Santi ? Constant pour l'éternité ?

Il ne réplique pas. Elle tend sa main libre pour demander le carnet. Surpris, il le fait glisser vers elle. Elle le feuillette, parcourant des versions d'eux qui se répètent à l'infini : des coéquipiers dans la police, avec des feux d'artifice qui explosent en halos par-dessus leurs têtes ; des adolescents qui pourchassent leurs ombres tremblantes sur la plage. Il s'améliore. Elle se rappelle ses dessins indécis, hésitants. À présent, ils sont presque magistraux. Elle imagine qu'il n'a pas dû manquer de temps pour s'exercer.

— Je continue à penser que, si je peux toutes les dessiner, je parviendrai à trouver le motif, explique Santi. Savoir laquelle est réelle.

— Laquelle est réelle ? (Elle le dévisage.) Santi, elles sont toutes réelles ou aucune ne l'est. Ne ratisse pas du verre brisé à la recherche de diamants.

Il soutient son regard, les yeux fatigués.

— Je ne comprends pas. Tu te satisfais vraiment de ne pas te poser de questions ?

Thora se mordille la lèvre inférieure. Elle voudrait lui parler des nuits où elle se réveille avec des hallucinations d'étoiles qui filent à travers le plafond de la chambre qu'elle partage avec Jules, sous toutes les constellations dont elle se souvient. Mais Oskar est chaud dans ses bras, et Jules dort à quelques mètres de là, enfin sienne.

— Si je me pose des questions, chuchote-t-elle, je perdrai tout ceci.

Santi secoue la tête.

— Je pense qu'il y a autre chose. Je pense que tu as peur.

Thora grogne.

— Oh vraiment ? De quoi ai-je peur ?

— Que j'aie raison. Qu'il s'agisse d'un test. Que cela exige quelque chose de nous, quelque chose que nous ne voulons peut-être pas donner.

— Je pense que c'est toi qui as peur, réplique Thora. Tu refuses d'affronter l'éventualité que tout cela ne signifie rien. Que ce soit juste une sorte d'erreur cosmique. (Elle baisse la voix, repositionne Oskar dans ses bras.) Tu as voulu passer le test, emprunter la bonne voie, ça fait des vies que tu essaies. Où est-ce que ça t'a mené ?

Ils se fusillent du regard jusqu'à ce que Félicette bondisse entre eux. Santi la dorlote distraitement.

— Tu penses qu'elle se souvient ?

Thora caresse la fourrure noire soyeuse de la chatte.

— Peut-être que Félicette est la clé de tout ceci.

Quand il part, Thora lui presse une clé dans la main.

— Oublie la sonnette la prochaine fois.

Il lui embrasse la joue et disparaît.

Deux mois plus tard, Thora est en train d'envoyer par mail des photos d'Oskar à ses parents quand elle entend une clé dans la porte.

— Tu rentres tôt, crie-t-elle, s'attendant à ce que ce soit Jules.

— Et quand tu étais ma directrice de thèse ?

— Contente aussi de te voir, réagit Thora alors que Santi entre dans le séjour. J'imagine que tu parles de nouveau des circonstances de ma mort ?

Il hoche la tête et s'assied sur le canapé avant d'ouvrir son carnet de souvenirs.

Thora songe à la fragile solitude de cette vie-là.

— Dans mon lit, de vieillesse. Ou du moins je suppose. Bien sûr, un assassin s'est peut-être introduit chez moi pour me tuer dans mon sommeil. (Elle observe Santi qui griffonne dans son carnet.) Et toi ?

— Une attaque, dit-il sans s'arrêter. Je n'avais que trente-cinq ans.

— Tu as vraiment de la veine, hein ? (Elle s'affale à ses côtés.) Qu'est-ce que tu comptes faire de tout ça ?

— Je m'approche de quelque chose. (Il gratte sa barbe naissante et la dévisage, les yeux hagards.) Et si, chaque fois, nous mourons parce que nous sommes censés mourir ?

Il faut un moment à Thora pour comprendre. Puis elle s'étrangle.

— Pardon, on reparle encore du destin et tout ça ? Je pensais que notre situation rendait le concept de destin redondant.

— Je te l'ai dit. Tu dois cesser de penser que chaque vie est indépendante. C'est la vision d'ensemble qui compte. Le tout. (Il écarte les mains en grand, comme si les mots ne suffisaient pas à communiquer son point de vue.) Lorsque nous étions coéquipiers, en train de traquer l'homme au couteau, tu t'es souvenue que j'étais mort en escaladant la tour et tu m'en as empêché afin de me sauver la vie. Mais je suis quand même mort. (Il frappe l'accoudoir du canapé pour souligner ses paroles.) Parce que j'étais censé mourir.

— Je ne… (Thora ferme les yeux, frustrée.) Comment veux-tu réfuter une théorie pareille ?

Il pose un regard absent sur elle, comme si c'était la mauvaise question. Dans la fulgurance de l'instant, Thora le voit tel que Jules le voit : affreusement mince, habillé de vieux vêtements sales, avec des cernes noirs sous les yeux. Elle soupire.

— Santi, regarde-toi. Tu tiens à peine debout. Tu dors moins que moi qui ai un bébé de trois mois. (Elle pose la main sur son bras.) Tu dois prendre soin de toi.

— Comme tu le fais ?

Thora le fixe du regard.

— Qu'est-ce que ça veut dire ?

Santi marque un temps d'arrêt, comme s'il ne souhaitait pas lancer cette discussion.

— Nous avons reçu cette connaissance pour une raison précise, dit-il enfin. Comment l'utilises-tu ? En manipulant Jules afin qu'elle désire être avec toi. Tu te sers de souvenirs qu'elle ne partage pas pour te présenter sous ton meilleur jour.

— Pardon ?

Thora s'écarte.

— Je veux dire…, débute Santi au moment où la clé de Jules se fait entendre dans la serrure.

Ils se figent tous les deux.

— Ressaisis-toi, siffle Thora en se mettant debout. Elle va penser que nous avons une liaison.

— Salut, mon amour, s'exclame Jules en entrant.

Thora l'enlace et l'embrasse. Jules rit.

— Que me vaut cet honneur ?

— C'est juste pour mon épouse préférée, dit Thora en s'efforçant d'adopter un ton badin.

Jules lui adresse un regard complaisant.

— Même en tenant compte de toutes les épouses que tu as déjà eues ?

— Oui, répond Thora sans l'ombre d'une hésitation.

— Parfait. (Jules scrute son visage, les sourcils froncés. Pourquoi faut-il qu'elle soit si perspicace ?) Ton épouse préférée va prendre une douche vite fait. Salut Santi, ajoute-t-elle en faisant un geste par-dessus l'épaule de Thora.

— Salut, répond-il, l'air chagriné.

Thora laisse Jules s'en aller. Quand la porte de la salle de bains se referme, elle se rassied sur le canapé.

— Pardon. Tu étais donc en train de m'expliquer comment j'exploite ma femme ?

Santi se frotte les yeux.

— Laisse tomber.

— Non. Tu l'as dit, tu n'as pas le droit de le retirer. (Thora se pince le front.) Je veux juste m'assurer de bien comprendre. Vivre dans un taudis et… et gribouiller dans un carnet, c'est la bonne voie, mais moi qui élève une famille avec Jules, non ? (Elle le fixe du regard, riant presque de rage.) Tu vis comme un égoïste, Santi. Tu penses être le héros, le noble martyr qui sacrifie son confort afin qu'on le trouve valeureux. Mais tu sais quoi ? Ça fait de toi un ami de merde. Jules et moi, on s'inquiète tout le temps pour toi. Ta pauvre mère…

Le visage de Santi se ferme.

— Au moins moi, je ne me contente pas de maximiser mon bonheur, lâche-t-il.

— Tu n'écoutes même pas. (Thora lève les bras.) Tu sais toujours mieux que tout le monde, n'est-ce pas ? Franchement, tu as une fois été mon père…

— Et toi, tu te comportes toujours comme ma directrice de thèse.

Santi lui lance un regard assassin, mû par une colère qu'il affiche rarement et qui est sculptée dans son calme naturel tel un lacis de cicatrices. Elle se souvient de lui quand il était son frère, la nuit où elle l'a retrouvé dans le garage en train de démolir une vieille machine à laver.

Il expire.

— Et la prochaine fois ? Qu'est-ce que tu feras ? reprend-il.

— Je te l'ai dit. Je veux tout faire. Tout être. Je rejoindrai peut-être un cirque. Je deviendrai peut-être riche et je m'achèterai un hôtel particulier dans Rodenkirchen. Je deviendrai peut-être enfin astronaute. (Elle le dévisage.) Quoi, tu désapprouves aussi ?

Il secoue la tête.

— Cela n'aura aucun sens si nous ne comprenons pas.

Thora s'esclaffe. Santi supporte patiemment ses rires, comme toujours. Elle déteste se souvenir de ça.

— Pourquoi tu as le droit de décider ce qui a un sens et ce qui n'en a pas ?

Santi se lève.

— Ça ne sert à rien de discuter avec toi quand tu es comme ça.

— Comme quoi ? (Thora ressent une colère froide.) Tu ne peux pas faire ça. Débarquer à l'improviste pour me dire que ma vie n'a pas de sens.

Santi arpente la pièce.

— Laisse-moi te dire ce que tu ne peux pas faire, lâche-t-il.

— Baisse le volume, bordel, l'avertit-elle.

Mais il n'écoute plus. Il se tourne vers elle, ses yeux lançant des éclairs.

— Tu ne peux pas tracer une ligne autour de moi. Dire que tu veux ceci de moi, et pas plus. Nous avons dépassé ce stade, Thora. Nous avons représenté trop de choses l'un pour l'autre. (Elle doit l'interrompre, le faire taire, mais il est animé d'une énergie brute, aussi inarrêtable qu'un ouragan.) Tu ne peux pas m'utiliser comme un accessoire dans ta vie parfaite. Me réduire au silence quand ça te convient, écouter quand tu en as marre.

Elle déteste sa façon d'entrer dans sa tête, de clamer tout haut les choses qu'elle s'avoue à peine.

— Je n'en ai pas marre.

— Menteuse, crache-t-il. Tu es comme moi. Tu veux savoir. Tu veux comprendre. Tu veux chercher, et trouver, et… et toucher du doigt ce que tu ne peux pas expliquer. Au lieu de… te défiler et t'enterrer. (Il lui crie en pleine face, mais elle refuse de battre en retraite.) Pourquoi tu fais semblant d'être quelqu'un d'autre ?

Thora le dévisage. Elle ne peut pas le dire. *Parce que c'est ce que Jules attend de moi.* Elle ne sait pas d'où cela vient, cette conviction que chercher ailleurs et être avec Jules sont deux choses incompatibles : qu'elle ne peut avoir l'une qu'en renonçant à l'autre.

— Qu'est-ce qui se passe ?

Thora se retourne, le cœur serré. Elle ignore depuis combien de temps Jules est ici, enveloppée de sa serviette, dégoulinante.

— Bordel. (Thora panique. Elle se dirige vers la porte.) J'ai besoin de prendre l'air.

— Tu vas où ? demande Jules en tendant un bras. Est-ce qu'on peut en parler ?

Thora la repousse, elle enfile ses bottes.

— Je tiens de source sûre qu'il ne sert à rien de me parler quand je suis comme ça.

Jules frissonne, de l'eau perle sur ses épaules. Son air méfiant, ses traits tirés ne sont que trop familiers. C'est l'expression qu'elle adopte quand tout part en vrille.

— Thora, s'il te plaît…

Thora hésite sur le seuil. Elle avait un plan pour cette vie : Jules avant tout. Mais elle ne peut pas rester ici, à chanceler au bord de l'abîme que Santi a ouvert dans leurs vies. Elle se précipite en bas des marches, se noyant dans les échos : une centaine de cages d'escalier qui se superposent les unes aux autres, et elle les dévale toutes en même temps. Elle déboule dans la rue où le phare pointe son doigt accusateur vers le ciel. Tout lui semble à présent factice : la ville qu'elle a tant voulu voir comme réelle se désintègre en fragments devant ses yeux.

— Thora !

Elle regarde par-dessus son épaule et voit Santi qui lui court après. Elle se précipite dans une rue latérale, émerge près de la mosquée en bordure du parc, dont les hautes fenêtres lui renvoient l'image d'une centaine d'incarnations fracturées. Elle continue à courir comme si elle pouvait toutes les abandonner dans son sillage.

Santi la retrouve dans l'église où ils se sont autrefois mariés. Dès qu'elle entend le grincement de la porte, elle sait que c'est lui. Elle ne se retourne pas. Elle garde les yeux rivés sur l'autel devant elle, sur le Christ suspendu et inexpressif. À la périphérie de son champ de vision, elle aperçoit Santi qui s'arrête dans l'allée centrale pour se signer.

— Je pensais que ce serait carrément le dernier endroit où tu me chercherais, dit-elle.

Il se glisse sur le banc à côté d'elle.

— C'est pour ça que je suis d'abord venu ici.

Thora soupire.

— Jules va bien ?

Il secoue la tête.

Thora n'a pas besoin d'en demander plus. Elle se ronge les ongles, ressent le goût du produit amer dont elle les a enduits pour essayer de se débarrasser de cette manie.

— J'ai enfin appris à la connaître. Je sais enfin comment je dois me comporter, ce que je dois faire pour qu'elle reste. Je n'ai pas tout foutu en l'air cette fois. Ce coup-ci, c'est ta faute. (Elle prend une respiration étouffée.) Tu lui as expliqué ?

— Non, dit-il posément.

Thora fixe du regard la lueur vacillante des bougies. Elle plisse les yeux jusqu'à ce que les flammes se brisent en éclats et fusionnent avec la clarté au coin de son œil. Elle se rappelle avoir remonté cette allée dans une robe rouge sang, alors que Santi l'attendait à l'autel. Le fossé entre ce moi-là et celui-ci est assez large pour qu'elle y tombe et disparaisse.

— Quand tu étais ma fille…, entame Santi.

Thora se prépare à recevoir un conseil avisé.

— Oui ?

— Tu te souviens comment nous sommes morts ?

— Évidemment que je m'en souviens. (Thora serre les bras autour d'elle, le banc est dur dans son dos.) Nous étions en voiture. On a dérapé sur une plaque de verglas, et… (Elle frissonne, sentant encore sa souffrance indécente, inimaginable.) Tu es mort le premier. Je suis restée seule dans la voiture pendant une demi-heure. (L'amertume de ce moi resurgit, s'empare d'elle tel un fantôme vengeur.) Tu avais promis de ne jamais me quitter. Mais tu l'as fait.

Il la gratifie d'un regard triste.

— Je suis revenu.

— En tant que jumeau agaçant, se moque-t-elle.

— Frère aîné.

Elle lève les yeux au ciel.

— D'une demi-heure…

Ils se regardent fixement. Sans un mot, elle tend une main pour demander son carnet. Il l'ouvre à la bonne page et le lui donne. Elle parcourt rapidement des yeux la grille, passant d'un point à l'autre.

—Ça colle, déclare-t-elle. Toujours. Quand tu meurs le premier, la fois suivante tu es l'aîné. Quand je meurs la première, je deviens l'aînée. Si nous mourons en même temps, nous revenons en ayant le même âge.

Enthousiasmée par cette découverte exaltante, elle croise le regard de Santi.

—Je le savais, déclare-t-il. Je savais que cela signifiait quelque chose.

La joie de Thora la déserte aussi vite qu'elle est apparue. Elle s'affaisse sur le banc et lui rend le carnet.

—Et alors? On va quand même mourir. Quelle importance si tu es l'aîné la prochaine fois, ou si c'est moi qui le suis? (Elle s'apprête à se ronger les ongles, glisse la main sous sa jambe pour s'en empêcher.) Tant que j'ai le même âge que Jules, je m'en fiche.

—Je pensais que ça avait toujours été le cas.

—Pas exactement. Elle est d'un an plus jeune que moi. (Thora sourit.) Elle prétend toujours que ça doit être une espèce d'erreur administrative, car elle est clairement plus mature.

Santi attend avant de reprendre la parole.

—Ce que je voulais dire plus tôt. Je ne voulais pas… (Il marque une pause.) Je n'ai pas à te dire comment vivre.

Thora grogne.

—C'était à s'y méprendre.

—Mais une chose est vraie dans ce que je pense. Ta relation avec Jules repose sur une connaissance que tu possèdes, et qu'elle n'a pas. Ce n'est pas juste. Et je pense que tu le sais.

Thora détourne le regard. Un vide s'ouvre en elle, une solitude qu'elle ne peut supporter.

—Je veux seulement être avec elle, dit-elle d'un air triste.

— Alors sois avec elle, dit Santi. Mais tu dois être honnête. Avec elle, ainsi qu'avec toi-même.

Il se lève. Thora considère sa main tendue comme si elle avait le choix. Mais elle ne l'a pas, pas vraiment. Elle a vécu sa vie avec Jules dans une boîte en verre. À présent, elle doit la briser pour les en faire sortir, voir si elles peuvent faire quelque chose des éclats.

— Je t'assure que je veux comprendre, précise-t-elle. Tu penses que j'ai cessé de me poser la question, mais ce n'est pas vrai. Seulement… la prochaine fois, viens me chercher quand j'ai moins à perdre.

Santi la considère avec gravité.

— Je le ferai.

Elle lui prend la main et le laisse la remettre sur ses pieds.

— Nous sommes peut-être tous les deux fous, fait-elle remarquer alors qu'ils descendent l'allée centrale sous les vitraux sombres. Enfermés quelque part dans une petite pièce, occupés à rêver d'autres vies.

Ils sortent dans la nuit d'été, traversent la vieille ville pour repartir vers Ehrenfeld. Alors qu'ils marchent dans le parc, Thora lève la tête. L'éclat des étoiles semble artificiel, des lumières sur un plafond trop proche.

— Je me rappelle à quel point j'étais effrayée, dit-elle à Santi. La première fois où je me suis rendu compte qu'elles avaient changé.

Il suit son regard vers le haut.

— Ce qui m'effraie, ce n'est pas qu'elles aient changé, dit-il. Ce qui m'effraie, c'est qu'elles aient cessé de changer.

— Quoi ? (Thora plisse les yeux, essayant de faire correspondre les lumières dispersées à la myriade de cartes du ciel entreposées dans sa mémoire.) Depuis quand ?

— Cela fait des vies qu'elles n'ont pas bougé.

Elle le contemple, se demandant s'il se moque d'elle. Mais elle connaît le Santi de cette vie. Il ne rigolerait pas, pas à ce propos.

— J'imagine que je ne lève plus les yeux, dit-elle.

Le silence de Santi est éloquent.

Thora soupire.

— Explique-moi alors. Qu'est-ce que ça signifie ?

Santi hausse les épaules.

— Tout.

Elle pousse un grognement.

— Ça te ressemble tellement de dire ça. Et, ayant connu beaucoup de versions de toi, je parle d'autorité. (Elle cligne des yeux, et les étoiles disparaissent. Puis elles reviennent, stables et patientes.) Pourquoi tu penses que nous n'avons jamais réussi à aller là-haut ?

Le regard de Santi voyage des étoiles à elle, avec un sourire affectueux.

— Il ne faut jamais dire « jamais », dit-il. Pas pour nous.

Thora frissonne à cette idée : horreur et réconfort, ce n'est pas leur dernière chance. Elle rit, une étrange hilarité s'abat sur elle.

— Quoi ?

— Tu sais de quoi j'ai besoin là maintenant ? (Elle l'examine : ses yeux tourmentés ne lui renvoient jamais vraiment son regard, ils sont toujours fixés sur l'éternité.) D'un ami. Comme tu es censé l'être, dans cette vie. Et pas... ce que tu es censé être dans la vision d'ensemble. Peux-tu simplement... être ça pour moi ? Rien que cette fois-ci ?

Il laisse ses yeux s'attarder un instant sur le ciel. Puis il lui offre son bras.

— Viens, dit-il. Je te ramène chez toi.

À son retour, Jules l'attend.

Thora reste sur le seuil. C'est peut-être maintenant qu'elle fait tout foirer, et que Jules s'en va pour ne jamais revenir. Elle pourrait s'abandonner à cet état de fait, comme si elle fermait les yeux dans sa chute. Ou elle pourrait lutter, s'obstiner contre la pesanteur et s'élever jusqu'aux étoiles.

— Je suis tellement désolée, dit-elle. Je n'aurais pas dû partir. J'aurais dû rester et te parler.

Jules ne dit rien. Thora éprouve le sentiment perturbant que sa femme la perce à jour, qu'elle voit à travers toutes les couches et les versions, jusqu'à son vide intérieur.

— Santi avait raison ? demande Jules. Quand il disait que tu faisais semblant ? Parce que… si tu te sens vraiment prise au piège, si tu veux autre chose, je…

Elle secoue la tête, évacuant les larmes de ses yeux.

Thora touche le menton de Jules, le redresse pour qu'elle la regarde.

— Je ne veux rien d'autre que ceci.

Elle s'exprime avec une conviction inébranlable. Pour cette version d'elle à cet instant, c'est la vérité.

Jules l'attire dans ses bras en soupirant.

— Tu restes avec moi ? demande-t-elle.

Thora l'embrasse avec fougue.

— Pour toujours.

Elles font l'amour, pour la première fois depuis la naissance d'Oskar. Par la suite, étendue dans les bras de Jules, Thora a envie de pleurer, mais non. Elle ne pleure jamais. Vie après vie, il n'y a que cette brûlure au fond de sa gorge, cette sécheresse dans ses yeux, comme si une part cruciale d'elle manquait.

Jules enroule autour d'un doigt les cheveux de Thora, qui sont d'un orange lumineux jusqu'aux racines qu'elle n'a pas eu le temps de teindre.

Thora la regarde : le visage qu'elle connaît depuis tant de vies, les yeux qui ne connaissent que cette version d'elle. Santi a raison : ce n'est pas juste. Comment Jules peut-elle lui pardonner toutes ses erreurs alors que, pour elle, ces vies n'ont jamais existé ?

— J'ai un truc à te dire, lâche Thora.

Jules se tourne de côté sur l'oreiller.

— Quoi donc ?

Thora ferme les yeux.

— Je ne me souviens pas du commencement, dit-elle. Je ne sais pas quand ça a débuté, ni même s'il y a eu un début. Mais voici ce qui s'est passé pour moi.

Elle raconte tout à Jules. C'est un étrange soulagement de partager cela avec quelqu'un d'autre que Santi. Elle peut le raconter à la façon d'une histoire, sans être interrompue, sans qu'il impose sa perspective sur la sienne. Tout ce temps, elle garde les yeux fermés, n'osant pas regarder le visage de Jules.

Lorsqu'elle a terminé, elle attend que Jules s'exprime. Au lieu de ça, elle l'entend remuer dans le lit. Quand elle ouvre les yeux, Jules se tient assise bien droite, le visage tourné de côté.

— Jules. (Le premier accès de panique.) Dis quelque chose.

Jules est immobile. Thora s'assied, lui prend les épaules pour la faire pivoter vers elle. Jules la dévisage. Elle n'est pas fâchée. C'est pire que ça : elle a le visage vide, confus. Doucement, elle écarte les mains de Thora.

— Je ne sais pas quoi dire.

Elle se lève et commence à s'habiller.

Le cœur de Thora se glace. Elle se rappelle une autre nuit, où elle se frayait un chemin à travers la foule du nouvel an. Santi lui a parlé d'Héloïse et lui. *« J'ai essayé de lui expliquer ce que je ressentais, et… Elle m'a dit qu'elle ne savait pas quoi dire. Juste après, elle est partie. »*

— Jules. (Thora suit sa femme hors de leur chambre, vers la chambre d'enfant. Jules attache Oskar dans son porte-bébé.) Tu ne vas pas…, bafouille Thora. Tu ne peux pas…

Jules la regarde, dévastée.

— Je ne peux pas le laisser avec toi. Tu n'es pas toi-même.

Thora ne peut s'en empêcher : elle se met à rire, des hoquets douloureux qui la tenaillent comme des douleurs d'accouchement.

— Alors, qui suis-je ? (Elle emboîte le pas à Jules en direction de la salle de bains, puis dans le couloir jusqu'à la porte de l'appartement.) S'il te plaît. Jules. Dis-moi qui je suis.

Jules secoue la tête avant de refermer la porte derrière elle.

Thora suffoque. Elle se noie de nouveau, l'eau glacée l'entraîne par le fond. Elle jure, s'habille et dévale l'escalier, cherchant à tâtons son téléphone pour appeler Santi.

Il répond sur-le-champ. Elle se demande s'il lui arrive encore de dormir.

— Jules, lâche-t-elle en descendant la dernière volée de marches. Elle s'en va. C'est ta faute. Tu dois venir réparer ça. Tu dois…

— Doucement, Thora. (Elle déteste le ton posé de sa voix.) Où est-ce que tu es ?

— À l'appartement. Tu dois venir, elle…

Thora raccroche lorsqu'elle voit Jules déjà installée dans la voiture, Oskar sur son siège à l'arrière, sa ceinture attachée. Le moteur démarre. Thora s'immobilise, pétrifiée. Puis elle fait un choix. Elle court vers son vélo. C'est absurde : elle ne la rattrapera jamais. Mais l'autre choix, qui consiste à regarder la plus belle vie qu'elle a jamais connue s'envoler au loin comme si elle n'avait jamais existé, n'a rien d'un choix.

Cinq minutes plus tard, gisant dans le caniveau, Thora tremble de douleur et de rage.

— Tu m'as dit de le faire, gémit-elle en respirant bruyamment, à travers ses rires déchirants. Tu m'as dit que, si je voulais être avec Jules, je lui devais la vérité. Puis elle est partie. Tu savais qu'elle partirait, comme Héloïse. Tu savais que je la poursuivrais. Tu savais sans doute qu'un putain de camion me renverserait, bordel. Tu sais tout, non ?

Santi est ici, bien sûr, au-delà de la carcasse tordue de son vélo, au-delà des secouristes qui bourdonnent telles des mouches orange à la périphérie de son champ de vision rétréci.

— Accroche-toi, dit-il.

— Tu avais tort, lâche-t-elle en haletant. Ce n'est pas la bonne voie. Je ne suis pas censée mourir maintenant. Je suis censée vivre, aimer Jules, élever Oskar, boire du thé, perdre mon temps et… oh, mon Dieu, ça fait mal. Où est Jules ?

— Elle arrive, Thora. Avec Oskar. Tiens bon.

— Tenir, répète-t-elle en écho. C'est ce que j'essayais de faire. (Le monde décline, il va et vient comme une bougie qui vacille.) Je ne peux même pas leur dire au revoir. Ce n'est pas injuste, ça ?

Il a la voix qui tremble.

— Tu les verras la prochaine fois.

— Non, je ne les verrai pas. Ce ne sera pas la même Jules, je ne serai pas la même Thora, Oskar n'existera même pas… (Respirer est douloureux, mais elle refuse de lui laisser le dernier mot.) On pourrait croire que j'ai pris l'habitude de mourir. Mais c'est toujours aussi terrifiant.

Il lui prend la main, la presse fort. Il pleure, évidemment. Il pleurera toujours pour elle, et elle ne pleurera jamais pour lui.

— Je veillerai sur eux, dit-il.

Elle rit, même si cela fait encore plus mal qu'elle n'aurait cru.

— Va te faire foutre, dit-elle avec toute la sincérité qu'elle peut rassembler.

Elle comprend à présent, une révélation qui lui vient par vagues de souffrance : les choix qu'elle a faits à cause de lui, les façons dont sa vie s'est pervertie à son contact.

— C'est toi, crache-t-elle. C'est toi, le problème. C'est toi qui te mets en travers de mon chemin.

— Thora, dit-il, dévasté de douleur. Nous en parlerons. Je te retrouverai la prochaine fois.

Les sirènes hurlent comme des oiseaux sauvages. Thora se contracte en un seul point, tend les lèvres pour former les derniers mots qu'elle lui dira :

— Je ne veux plus jamais te revoir.

Jamais = jamais

Santi aperçoit son reflet dans la vitre – le visage couvert d'une capuche, aux aguets – avant de la fracasser. Il se protège la main avec sa manche et la glisse dans l'ouverture en dents de scie pour ouvrir la fenêtre ; il balaie les éclats du rebord afin de pouvoir grimper. Il se laisse tomber et s'accroupit, attendant que l'écho du verre brisé cède la place au silence. Une fois certain d'être seul, il se redresse dans le calme nocturne du bureau des anciens élèves de l'université. Quelque part dans cette pièce poussiéreuse, encombrée de vieux ordinateurs et de meubles de classement, il trouvera Thora.

Il la traque depuis qu'il est arrivé à Cologne il y a six mois. Sans emprunter le train cette fois, mais sur le siège passager du véhicule d'un inconnu, au cours d'un long voyage d'errance en auto-stop à travers l'Europe effectué pour fuir le foutoir qu'il a laissé derrière lui en Espagne. Il n'avait jamais eu l'intention que ce soit son terminus, juste un arrêt de plus sur son parcours. Mais en apercevant la ligne d'horizon de la ville, il a pleuré sans savoir pourquoi.

Le conducteur l'a contemplé avec perplexité et sympathie. « Ça fait un bail que tu voyages, mec ? »

« Je suppose. »

Mais alors que la ville se fondait autour de lui, Santi n'a pu se défaire de la sensation qu'il n'avait jamais vraiment été ailleurs.

L'automobiliste l'a laissé à la gare centrale. Santi s'est dirigé vers le parvis de la cathédrale ; des souvenirs lui arrivaient par bribes, telle une mélodie entendue à travers des écouteurs défectueux. Des souvenirs où il était assis sur ces marches, occupé à dessiner les flèches jumelles dans son carnet. Où il se précipitait hors de la gare dans l'air glacial du matin, avalant le reste de son café tout en se dirigeant vers le quartier général de la police. Il n'y comprenait toujours rien lorsqu'un homme en manteau bleu s'est avancé vers lui et lui a touché le bras.

« Vous êtes là. »

Santi l'a dévisagé : son visage hanté, ses longs cheveux s'emmêlant sous la brise. Il n'a pu s'empêcher de songer que l'homme était transparent et que, s'il le fixait du regard assez intensément, il le traverserait et verrait ce qu'il représentait.

« Vous êtes là », a répété l'homme.

Santi a levé les yeux vers la cathédrale.

« Je suis là », a-t-il dit à son tour.

Les mots se sont insinués dans son esprit, ils se sont consolidés en une image, en lettres majuscules contrastées sur un mur. Les lettres se sont déplacées. Pas « Je ». « Nous. »

Thora, la dernière fois qu'il l'avait vue. Hoquetant de douleur, la main serrée autour de la sienne, s'accrochant à la vie qu'elle refusait de quitter.

L'homme au manteau bleu s'est éloigné.

« Attendez, lui a crié Santi. Où est Thora ? »

L'homme a regardé Santi comme si cette question n'avait aucun sens.

« Ici », a-t-il répondu.

Santi y a réfléchi en parcourant la vieille ville, trébuchant sur des vies et des morts jusqu'à trouver celle qui comptait. La dernière fois, il avait survécu à Thora pendant quarante-cinq ans. Il en avait à présent trente-cinq, elle devait donc avoir quatre-vingts ans. *Mon Dieu, faites qu'elle soit encore en vie.* Il a pressé le pas, les dernières paroles qu'elle lui avait adressées étaient encore gravées dans son esprit. *« Je ne veux plus jamais te revoir. »*

Il ne l'avait pas vraiment prise au sérieux jusqu'à ce qu'il arrive au *Zentaur*, où elle ne se trouvait pas. Il était resté planté à examiner et réexaminer chaque table, à la recherche d'une vieille femme ayant les yeux de Thora.

« Je peux vous aider ? »

Brigitta, aussi familière qu'un fantôme. Soulagé, Santi a tendu la main vers elle. Elle a reculé, les mains levées.

« Désolé », a-t-il dit en serrant les poings. Je cherche quelqu'un. Elle… c'est une cliente régulière. Une dame âgée, grande, avec un accent anglais. Ses cheveux… elle peut les avoir teintés.

Brigitta a secoué la tête.

« Cette description ne me dit rien. »

Lorsque, en quittant le bar, Santi a regardé de l'autre côté de la place, il a ri. Le message de Thora était écrit sur la tour de l'horloge en lettres noires qui ressortaient : « Jamais = jamais ».

Cela aurait dû suffire à le convaincre qu'elle était sérieuse. Mais un message qui lui intimait de garder ses distances était tout de même un message : des mots qu'elle avait choisi d'écrire, sachant qu'il les lirait. Il ne pouvait s'empêcher d'y voir un défi.

Un défi qui l'a conduit dans ce bureau sombre, des papiers volant par terre, poussés par la brise qui s'infiltre par la fenêtre cassée. Un mouvement dans le couloir. Santi s'adosse au mur, le cœur battant. Il se rappelle que, dans d'autres vies, il était calme, assuré, une personne aux contours solides. À présent, il se détricote comme un morceau de crochet de sa mère, des fils lâches qui réagissent au moindre son. Il inspire par petits coups rapides, essayant de retrouver le contrôle : pas le sien, mais celui de quelque chose qu'il n'est plus certain de devoir appeler Dieu.

Au début, il a voulu s'y prendre dans les règles de l'art. Après six mois infructueux passés à hanter l'Odysseum, le cinéma d'art et d'essai, le centre LGBT, le café turc à Ehrenfeld, les salons de tatouage du quartier belge, chaque endroit qui lui évoquait Thora, tous les lieux où elle aurait pu laisser une trace, il s'est rabattu sur l'université en désespoir de cause.

« J'essaie de contacter quelqu'un, a-t-il dit. Elle a pu fréquenter l'université il y a soixante ans. »

Le réceptionniste l'a toisé par-dessus ses lunettes.

« Vous avez un nom ? »

« Thora Lišková. »

Prononcer son nom à voix haute revenait à réciter une prière. En l'épelant, il s'est souvenu de Thora gravant les lettres une par une dans la tour, tant de vies auparavant.

Le réceptionniste a froncé les sourcils.

« Désolé, je ne trouve rien. »

Évidemment. Si elle cherchait à l'éviter, elle avait dû commencer par changer de nom.

« Je peux… est-ce que je peux voir des photos ? Je la reconnaîtrais si je la voyais, je pourrais… »

Le réceptionniste l'a examiné de la tête aux pieds : ses vieux habits, son accent étranger, ses mains tremblantes.

« Pardon, vous êtes un ancien étudiant de l'université ? (Santi a secoué la tête. *Pas cette fois.*) Alors je suis au regret de ne pouvoir vous aider. Nous devons protéger la vie privée de nos anciens élèves. Je suis sûr que vous comprenez. »

Il est donc parti pour revenir de nuit par la fenêtre qu'il avait déjà repérée comme point d'accès potentiel. Les habitudes d'un passé criminel sont dures à perdre. Ce qui explique qu'il se retrouve à présent assis devant l'ordinateur en train de faire apparaître l'écran de connexion. Dans une autre vie, il a travaillé ici : un boulot d'été quand il était étudiant en ingénierie. La concentration, la vivacité de ce moi lui manquent. Pourquoi n'a-t-il pas la volonté de changer, alors qu'il se rappelle avoir été autrement ? Durant les premières semaines qui ont suivi son arrivée, c'était presque un soulagement de se souvenir. Il s'est senti si perdu au cours de cette vie : sorti de prison depuis dix ans, hanté par ses multiples échecs. Savoir qu'il n'avait pas toujours été ainsi constituait un cadeau. À présent, cela ressemble davantage à une malédiction : sa mémoire encombrée de meilleures versions de lui qu'il ne peut endosser.

Il repense aux décisions qui l'ont aiguillé vers ce lieu. Un larcin de jeunesse pour impressionner une fille, de mauvaises fréquentations, des prises de risque de plus en plus considérables jusqu'à celle qui l'a catapulté en prison. Des décisions irréfléchies, exemptes de la conviction enracinée en lui pendant des vies entières, selon laquelle la façon dont Thora et lui géraient leurs vies avait de l'importance. Il ne peut s'empêcher d'y voir une injustice. Comment peut-il chercher la bonne voie si l'existence qu'il a menée avant de retrouver ses souvenirs l'a modelé en une forme qu'il ne peut plus changer ?

Santi. Concentre-toi. Il imagine la voix de Thora, sa main ferme sur son épaule. L'écran de connexion brille, attendant sa contribution. Le mot de passe était « *heimweh* », la nostalgie, ou le mal du pays. C'est toujours le même. Secouant la tête, Santi affiche les dossiers de celles et ceux qui étaient étudiants il y a soixante ans. Il les passe en revue, jetant régulièrement un coup d'œil à la porte vitrée du bureau pour vérifier qu'il n'y a ni lumière ni mouvement. Il la loupe de peu avant de revenir en arrière. La voilà : une photo en basse résolution dans le coin supérieur droit de l'écran.

— Jane Smith, lit-il.

Il ne peut s'empêcher de rire tout haut. Le nom qu'elle prétendait, en rigolant, vouloir utiliser pour se présenter. Le nom qu'il a suggéré, dans la vie où ils se sont mariés. Elle aurait pu choisir n'importe quoi. Il se sent conforté dans l'impression qu'il a eue après avoir lu son message : une part d'elle veut être retrouvée.

Il parcourt son dossier. Il se souvient de l'époque où il pouvait survoler ce genre d'informations sans effort, mais à présent son esprit cahote, gambadant ici ou là. Les cours qu'elle a suivis en licence n'ont rien d'habituel : littérature, économie, théâtre. Une adresse, récemment mise à jour, avec un numéro de téléphone et un commentaire signalant : « Donatrice régulière : garder le contact ! »

Ses mains tremblent alors qu'il sort son carnet de souvenirs. Il note le numéro de téléphone et l'adresse : dans Rodenkirchen, un quartier aisé au sud de la ville, en bordure du fleuve. Santi n'a jamais connu une Thora qui vivait là. Il entend encore sa voix, profonde et sarcastique. « *Je deviendrai peut-être riche et je m'achèterai un hôtel particulier dans Rodenkirchen.* » Un autre indice qu'elle lui a laissé. Il contemple l'adresse au milieu de ses dessins et doit réprimer un éclat de rire devant ce miracle : l'inexplicable qui a pris corps, l'imagination faite chair et os.

Une lumière s'immisce à travers la porte du bureau. Il lâche un juron. Le temps qu'il range son carnet de souvenirs dans sa veste, le gardien de sécurité est déjà en train de déverrouiller la porte. Il est trop tard pour s'enfuir par la fenêtre. Santi prie tout bas pour un miracle. Il fonce droit sur le gardien, espérant le renverser. Mais celui-ci parvient à esquiver. Avant que Santi puisse changer de direction, il entre en collision avec le mur : non, il traverse le mur, passant proprement de l'existence à la non-existence, et l'inverse.

Il se retrouve dehors, les pieds sur l'herbe, la tête sous les arbres et le ciel nocturne. Il lève les yeux et suffoque, émerveillé et terrifié : de nouveau, les mêmes étoiles, brillantes et stables, qui l'éclairent.

Le lendemain matin, il appelle le numéro depuis son appartement humide à Kalk, de l'autre côté du fleuve. Les rideaux gris, le tapis maculé, tout s'estompe dans l'irréalité tandis qu'il écoute la pulsation électronique.

— Allô ?

Une voix acerbe : pas celle de Thora.

Il se racle la gorge.

— Je… je cherche Jane Smith.

— Vous parlez à sa fille, dit la voix. Je regrette, ma mère est gravement malade. Pardon, mais qui la demande ?

Une fille. Il imagine une Estela adulte qu'il n'aura jamais l'occasion de voir. Ce coup, qui l'atteint en plein cœur, lui fait oublier son propre nom.

— Je… Santiago López, dit-il. Pourriez-vous lui dire que j'ai appelé ? Juste… dites Santi. Elle comprendra.

Une pause.

— Très bien, lâche-t-elle d'un ton sec.

Et elle raccroche.

Il ne s'attend pas à ce qu'elle rappelle. Il s'apprête à sortir pour se rendre à l'adresse de Rodenkirchen quand son téléphone sonne, moins d'une minute plus tard.

— Elle ne veut pas vous voir. (La fille de Thora semble troublée.) Elle ajoute qu'elle pensait avoir été claire.

Santi hésite. Comment expliquer qu'il se fiche des souhaits d'une mourante, qu'il verra Thora même s'il doit briser toutes les fenêtres de la ville pour la trouver ? Mais sa fille n'a pas terminé. Avec une causticité qui a la familiarité d'un fantôme, elle poursuit :

— Elle m'a aussi demandé de vous dire qu'elle est à l'hôpital central et que les visites sont autorisées jusqu'à 18 heures.

Elle se tait et Santi rit.

— Quel service ?

— Oncologie, dit-elle avant de raccrocher.

Un cancer. Dieu pourrait se montrer plus imaginatif. Au moins, elle est parvenue à quatre-vingts ans cette fois. Il se souvient d'avoir consulté sa jeune kiné dans le même service, la fêlure que cela a creusée dans son vieux cœur usé.

Il prend un bus pour l'hôpital. Lors de la traversée du fleuve, il s'agite sur son siège, il aurait dû marcher. Il descend un arrêt plus tôt et se met à courir, le vent printanier fait voler sa veste. Arrivé à la réception, il donne son nom, puis patiente sur un siège. Après qu'il a passé une éternité assis sur une chaise en plastique, une femme à l'air soucieux s'approche de lui.

— M. López ?

Il se met debout.

— Oui ?

— Je m'appelle Andromeda. Je suis la fille de Jane. Voulez-vous m'accompagner, s'il vous plaît ?

Andromeda ne ressemble pas du tout à Estela ni à aucune des Thora dont il se souvient. Il la suit, se demandant pour la première fois s'il fait fausse route : est-il sur le point d'imposer sa présence à une mourante qui ressemble par hasard à son amie imaginaire ? *Elle t'a dit de venir*, se remémore-t-il en accédant à un couloir où de nombreux membres de sa famille le dévisagent.

La fille se tourne vers lui. Elle est bouleversée, mais elle le dissimule bien ; à présent, il aperçoit Thora en elle.

— Elle a demandé à vous parler seule à seul. Nous voulons respecter sa volonté, mais il ne lui reste plus beaucoup de temps. Nous vous serions reconnaissants de faire vite.

Il envisage de lui dire que Thora, tout comme lui, a tout le temps devant elle.

— Je ferai de mon mieux, dit-il avant d'entrer et de refermer la porte.

Thora est allongée sur le lit, ses mains noueuses agrippées au couvre-lit. Ses cheveux arborent le bleu crème glacée des femmes âgées, dans une permanente de boucles artificielles. Il ne l'a jamais vue si vieille. Elle doit avoir connu une belle vie cette fois. Une vie sans histoires. Il songe à sa propre enfance tumultueuse qui a débouché sur deux ans de prison et en éprouve de la rancœur. Dans cette vie, il n'atteindra pas l'âge de Thora.

— Tu en as mis du temps.

La voix de la vieille femme est à peine plus qu'un souffle. Mais c'est toujours celle de Thora. Elle est réelle et elle se trouve ici devant lui, juste avant qu'il ne la perde de nouveau.

Il s'assied sur la chaise à son chevet.

— Alors que toi, on dirait que tu n'en as plus beaucoup à ta disposition.

Il se sent soulagé d'encore parvenir à la faire sourire. Il se passe une main dans les cheveux et la façon dont elle observe son geste, d'un air de reconnaissance passablement agacé, lui brise le cœur.

— Je suis désolé, reprend-il. Je serais venu plus tôt. Mais tu t'es bien cachée. Je commençais à me dire que tu avais raison en suggérant que tu étais le fruit de mon imagination.

Elle grogne, guère impressionnée.

— Ah bon. Tu penses que tu pourrais m'imaginer ?

— Tu as raison. (Il croise son regard... les yeux bleus inchangés de Thora qui l'observent depuis les vestiges du visage d'une vieille femme.) Je n'aurais pas cru que tu estimerais qu'Andromeda était un prénom approprié pour une enfant.

Thora serre les dents.

— Je te frapperais si seulement j'avais la force de soulever le bras.

Il rit. Alors qu'elle remue la main sur la couverture, il voit que l'endroit où devrait se trouver son tatouage est vierge. Il a trop honte pour relever sa manche et lui montrer la copie qu'il en a faite de mémoire sur son propre poignet dans le dernier salon de tatouage qu'il a visité dans le quartier belge.

— Tu as vécu combien de temps à Cologne ? demande-t-il.

— Soixante-deux ans.

Santi frémit en songeant à tout ce temps perdu. Pendant trente-cinq de ces années, il était en vie. Pendant quinze de celles-ci, il était un adulte libre de ses mouvements. Il aurait pu venir, la retrouver avant qu'il soit trop tard.

— Je ne m'en suis souvenu qu'en arrivant ici, explique-t-il. Une fois de plus. C'était pareil pour toi ?

Elle acquiesce, les yeux fermés.

Il se penche en avant.

— Qu'est-ce que ce lieu a de particulier ? Pourquoi finit-on toujours ici ? Pourquoi n'a-t-on aucun souvenir avant d'arriver ici ?

— Peut-être que si on partait, on oublierait. (Elle tousse, c'est la toux profonde, terrifiante, des malades en phase terminale.) Tu devrais essayer, dit-elle en reprenant son souffle. Il est trop tard pour moi.

Santi ne veut surtout pas oublier. Et il ne veut pas non plus qu'elle oublie.

— J'ai veillé sur eux, dit-il. Jules et Oskar, après ta mort. Comme je l'avais promis.

Le regard brouillé de Thora ne faiblit pas.

— Je suis censée être reconnaissante ?

— Oui. (Il tremble de rage : durant un instant béni, il n'est pas le Santi dispersé de cette vie, mais celui qui était déterminé la fois précédente.) J'avais une mission. J'essayais de trouver la bonne voie. Mais j'ai abandonné afin d'être là pour eux. À cause de ce qu'ils représentaient pour toi.

— Tu ne peux pas t'empêcher de jouer les martyrs. (Elle triture la couverture, ses mains veinées tremblent.) Sans toi, j'aurais été là pour veiller sur eux moi-même.

Il sent le poids d'une ancienne culpabilité. Elle était heureuse avec Jules ; il n'aurait pas dû intervenir. Mais il était tellement obnubilé par la quête d'une vérité plus grande qu'il ne pouvait pas concevoir que Thora, elle, préférait ne pas s'en soucier. *« Tu vis comme un égoïste, Santi. »* Ses paroles lui reviennent avec sa voix à lui. Une pensée le frappe, aussi éblouissante que la lumière du soleil. Et s'ils n'étaient pas testés, mais punis ? Si sa situation actuelle résultait d'un jugement de son échec antérieur ?

Il ferme les yeux et masse sa nuque douloureuse. Il est si fatigué. Seul le Seigneur sait quand cela se terminera, quand il en aura vu assez, fait assez, été assez.

—À ce propos, reprend Thora, je pense que tu m'as tenue assez longtemps éloignée de ma famille.

Il suit son regard en direction de la vitre, au-delà de laquelle ses êtres chers observent la scène avec une suspicion compréhensible. Un homme ayant la moitié de l'âge de Thora, qu'ils n'ont jamais rencontré et qui se présente à son lit de mort. Il les salue d'un geste de la main. Le visage de marbre, ils lui rendent son regard. Il se lève.

—Je vais te laisser faire tes adieux.

—C'est mieux, oui. Je ne sais pas si je les reverrai. Toi, en revanche, je n'y échapperai pas.

Elle le dit sur le ton de la blague, mais il connaît désormais suffisamment bien Thora pour y déceler aussi une réelle colère. Il veut lui demander pourquoi elle a voulu se cacher, pourquoi elle l'a laissé seul. Mais la rage de Thora se dresse entre eux, tel un mur aussi dur et lisse que du verre.

Il lui prend doucement la main, sa peau parcheminée glisse sur ses os fragiles. Thora, qu'il imagine aussi solide qu'une montagne, et qui se trouve réduite à cet état. Elle se laisse aller contre l'oreiller et ferme les yeux.

—À la prochaine, conclut-elle.

Sur le seuil, il se retourne pour un dernier regard, se sentant aussi fâché qu'abattu. Elle n'ouvre pas les yeux. Il s'en va et presse le pas en passant devant sa famille pour ne pas leur laisser le temps de poser des questions.

Elle meurt la semaine suivante. Andromeda le lui apprend par texto et l'invite à contrecœur aux funérailles. Il n'y va pas.

Le souvenir de son enterrement, Jules pleurant à ses côtés, est encore trop frais. Il se rend plutôt à l'adresse qu'il a trouvée dans son dossier. Depuis l'autre côté de la route, il observe, incrédule, une énorme maison en forme de boîte, flanquée de rosiers grimpants. Elle n'évoque aucune des Thora qu'il a connues : comme si elle savait que l'unique façon de se prémunir de lui était de se distancier entièrement de ce qu'elle était. Ses propres mots sur la tour lui reviennent en mémoire, comme si la jeune Thora aux cheveux bleus les lui murmurait à l'oreille d'un ton moqueur. *« Nous serions les mêmes personnes, peu importe ce qui nous serait arrivé. »* Elle a fait de toute sa vie un argument dans leur discussion sans fin.

Quelqu'un l'observe. Une voisine à sa fenêtre, le téléphone à la main. Santi imagine ce qu'elle doit penser : un jeune homme en sweat à capuche et jean sale, occupé à scruter la maison d'une morte. Il fourre les mains dans ses poches et passe son chemin.

La nuit suivante, il revient et s'introduit par effraction dans la maison. En enjambant la fenêtre de derrière pour pénétrer dans ce qui semble être une bibliothèque, il remercie son enfance criminelle qui lui a enseigné les aptitudes nécessaires. Il referme la fenêtre avec sérénité, car il sent la présence d'un motif, d'un plan. Il s'écarte avant d'allumer sa lampe torche.

La maison est grande. Fait plus troublant, elle est immaculée, tout se trouve à sa place. Il se demande de nouveau ce qui est arrivé à Thora cette fois pour la transformer en une collectionneuse de fers à cheval – au nombre de cinquante, cloués dans un ordre enrégimenté au-dessus de la cuisinière – qui joue apparemment du piano. Il imagine sa Thora impétueuse, impatiente, qui s'assied pour pratiquer ses gammes, et doit réprimer un rire.

Il balaie l'escalier de sa lampe torche, éclairant des photos : une vie disséquée accrochée au mur. Sur la plupart des clichés, Thora est seule. Sur certains, elle se trouve à côté d'un grand homme aux larges épaules que Santi suppose être son mari. C'est bizarre de la voir avec un homme plutôt qu'une femme, puis il se rappelle qu'il a autrefois occupé cette place. Cela paraît si étrange à son moi actuel, si loin de tout ce qu'il pourrait vouloir ou souhaiter d'elle. Cela ressemble davantage à un rêve : le genre dont on s'éveille avec un sourire en coin, en haussant les épaules face aux ruses du subconscient.

Le mari accompagne Thora à travers les années, de plus en plus grisonnant et voûté jusqu'à ce qu'il sorte du cadre. Santi s'attarde sur la dernière photo : Thora qui a dans les soixante-dix ans, toujours grande et robuste, ses cheveux gris acier tombant sur ses épaules. Il a fallu une maladie pour la réduire à ce qu'il a vu à l'hôpital.

Rien jusqu'à maintenant n'indique que sa vie est sortie de l'ordinaire. Il se souvient des paroles qu'elle lui a adressées dans leur dernière vie. *« La prochaine fois, viens me chercher quand j'ai moins à perdre. »* Mais cette fois aussi elle avait beaucoup à perdre : un mari, une fille, une maison plus grande que toutes celles que cette version de Santi a jamais visitées, sans même parler de rêver posséder. Il détourne les yeux de la photo et poursuit son exploration par l'étage.

Des fragments des Thora qu'il a connues gisent disséminés à travers la maison de cette inconnue tels des éclats d'obus après une explosion. Un diplôme d'un cours de physique suivi quand elle était adulte, encadré au-dessus du piano ; sa collection de science-fiction vintage planquée à la façon d'un secret inavouable derrière une plante rampante. Des parts de son moi constant qu'elle ne pouvait réprimer. Il considère chacune de ses découvertes comme une petite victoire. *Tu vois, Thora ? Tu es toujours toi-même. Tu pourrais naître sur une autre planète et rester toi-même. Tu ne peux pas y échapper, pas même dans la plus grande maison de Cologne.* Cette idée jette un éclairage nouveau sur ce qu'il est en train de faire, transforme sa visite en un jeu de cache-cache macabre. Le corps de Thora est enterré mais, en explorant ce qu'elle a laissé derrière elle, il peut peut-être retrouver son fantôme.

Cette pensée le mène à une porte verrouillée au deuxième étage. Il a perdu le compte des pièces qu'il a inspectées : celle-ci est la première qui n'est pas ouverte. Derrière cette porte se trouve ce qu'elle chérit. Il joue avec la serrure, il envisage de se servir de son couteau… mais non. Il sent que cette pièce lui est destinée. Thora a dû laisser la clé là où il penserait à la chercher.

Il recule et éteint la lampe torche. Quand ils vivaient ensemble, dans leur appartement du quartier belge, ils conservaient la clé de réserve à l'extérieur, près de la porte d'entrée, sous un décrottoir en forme de chat.

Santi jette un coup d'œil par le verre translucide texturé de la porte d'entrée à l'affût des phares qui passent avant de l'ouvrir prudemment. Là, sur la marche : le même décrottoir, ou son jumeau quasi identique.

— Salut, Félicette, souffle-t-il, regrettant la chatte qu'il n'a jamais eue dans ce monde.

Il soulève le décrottoir avec précaution et trouve la clé en dessous.

La pièce secrète s'ouvre. Se sentant comme la femme de Barbe Bleue, Santi pousse la porte vers l'intérieur, qui résiste avant de céder. Il progresse à tâtons jusqu'à la fenêtre, longeant des formes imposantes, et baisse le store avant d'allumer sa lampe torche.

Son visage s'éclaire d'un sourire. C'est bien la maison de Thora, aucun doute. L'agencement kitsch des pièces communes cède la place au chaos dont il a gardé le souvenir. Il fait papillonner sa lampe torche sur des jouets d'enfant, dont certains qu'il reconnaît ; des livres n'ayant pas trouvé place sur les étagères qui débordent ; une étonnante collection d'éclats de porcelaine, comme si un jour Thora avait détruit toute sa vaisselle dans un accès de rage. Un crâne est posé sur un mannequin de couturier, un *memento mori* auquel il adresse un signe de tête respectueux. Et au cou du mannequin, soigneusement nouée, une écharpe jaune moutarde familière.

Un bureau dans un âtre condamné attire son regard. Contre celui-ci est appuyé un panneau de liège, couvert de morceaux de papier et de bouts de ficelle. Santi se rappelle la chambre du foyer d'hébergement, la carte de sa folie épinglée au mur. Une carte que Thora n'a jamais vue. Elle l'a néanmoins inconsciemment recopiée ici, au cours de cette vie où elle a le plus cherché à garder ses distances avec lui. Santi songe aux pièces soigneusement rangées de sa maison tentaculaire, à cette autre pièce tapie à l'intérieur, un contenant pour son fantôme à lui. Il ne peut réprimer le sourire qui naît sur ses lèvres. Une part d'elle n'a pu résister à la tentation de résoudre leur mystère, en dépit de ce qu'elle avait à perdre.

La collection déborde des limites du panneau, colonisant le mur. Il suit les fils comme s'il suivait les pensées de Thora qui se terminent en nœuds de mémoire. Contrairement à lui, elle n'est pas une artiste. Au lieu de dessins, il trouve des bribes de texte dans une écriture de nouveau différente, pareils à des champignons qui poussent sur son respectable papier peint de vieille dame. Il voudrait engloutir ses pensées comme de l'eau, mais cette version de lui n'a jamais été un grand lecteur, et les gribouillis les plus récents de Thora en lettres gothiques n'arrangent rien. « Nous sommes qui nous sommes », déchiffre-t-il. « Nous serions totalement différents. » « Jules », souligné. « Cologne », a-t-elle écrit dans un cercle, comme si elle avait eu l'intention de démarrer une carte heuristique, mais rien n'est relié. Puis : « Pourquoi voulons-nous tous les deux la même chose et pourquoi ne l'obtenons-nous jamais ? » Enfin, plaquée au mur comme une pensée après coup : « Je suis coincée dans cet oiseau. » Santi s'empare du stylo de Thora et esquisse à traits rapides une perruche, englobant ces mots dans une bulle.

La piste s'achève aux étagères pleines de livres. Santi parcourt les volumes des yeux, reconnaissant certaines de ses propres recommandations. L'étagère du bas contient un assortiment de livres sur la mémoire, les vies passées, la réincarnation. Il saisit un des volumes les plus *New Age* et l'ouvre à la page de titre. « Foutaises » a écrit Thora, en soulignant trois fois le mot.

Il y a autre chose : il le sent au bout de ses doigts qui picotent. Il retourne vers le mur où une carte du ciel est épinglée, à moitié masquée par des notes griffonnées. Il glisse la main derrière, la remonte et en sort une enveloppe à son nom, libellé en grands caractères affectés. De ses mains tremblantes, il déplie la lettre qui se trouve à l'intérieur.

Elle n'a pas été écrite par la femme à qui il a parlé à l'hôpital. Tout d'abord, le papier est ancien, il a été plié et déplié au point de commencer à se déchirer. Mais, même s'il avait été en parfait état, Santi aurait su en le lisant que c'était l'œuvre d'une personne beaucoup plus jeune.

Cher Santi,

J'ai un jour demandé à mon père s'il était possible de se rappeler quelqu'un qu'on n'a jamais rencontré. Il a bien entendu transformé cette question en traité philosophique sur la nature de la mémoire, sur la façon dont le souvenir est un acte de reconstruction, de plus en plus éloigné de l'expérience qui lui a donné naissance. Mais ce n'était pas l'objet de ma question. Je parlais de toi. Toi, mon frère, mon ami, mon partenaire de tant de façons, toutes tes incarnations éparpillées à travers ma mémoire comme les fragments d'une lumière réfractée par un prisme.

Je pensais que je saurais mieux qui j'étais sans toi. Mais en essayant de t'éviter, d'anéantir chaque part de moi que tu pourrais reconnaître, je n'ai fait que m'éviter moi-même. Il est trop tard pour que je fasse un autre choix. C'est ma vie désormais. Jusqu'à la suivante.

Je voulais vivre toutes les vies, être toutes les versions possibles de moi-même. Mais la perte de Jules et d'Oskar m'a enseigné que tu avais raison : nous ne pouvons pas vivre en morceaux. J'aimerais à présent pouvoir oublier. Une part de moi pense que si je peux traverser une vie sans te rencontrer, alors le cycle prendra fin et je serai libre. Peut-être que nous le serons tous les deux.

Mais une part de moi continue à imaginer. Que peut-être un jour tu viendras vers moi, avec ce sourire dont il est impossible que je me souvienne, pour me dire que tout cela fait partie du plan. Je ne peux pas dire que je serais ravie de te voir. Cela signifierait que tu savais comment me trouver, alors que j'ignorais comment me trouver moi-même. Cela signifierait que je ne peux vraiment pas t'échapper. Mais je

serais soulagée de ne plus me languir de quelqu'un que je n'ai jamais rencontré.
Jour après jour, ce monde me paraît plus superficiel, davantage rempli de trous. Peut-être qu'un jour, je tomberai dans l'un d'eux. Peut-être que je t'y retrouverai.

Þ

Santi souligne du doigt le contour de sa signature et se rend compte qu'il pleure.

Il relit la lettre, imaginant ces mots prononcés par la femme qu'il a aperçue sur les photos. Il a le sentiment qu'il aurait aimé cette version de Thora. Sa vie aisée lui a offert l'espace qu'il lui fallait pour s'épanouir, repoussant au loin la tendance à l'amertume qui croît si facilement en elle. Peut-être qu'elle a eu raison sans s'en apercevoir : elle a sans doute été une meilleure version d'elle-même sans lui.

Plongé dans ses pensées, il ne remarque pas le clignotement bleu qui s'infiltre par les interstices du store jusqu'à ce que la police frappe à la porte.

Il jure. Il n'a pas été assez prudent : la voisine doit l'avoir repéré. Il fourre la lettre de Thora dans sa poche et dévale l'escalier. Il entend la porte voler en éclats, un bruit de pas pesants derrière lui. Pour la deuxième fois, il ferme les yeux et prie pour un miracle. Cette fois, Dieu ne répond pas. Un des policiers l'agrippe et le plaque au sol. Dans l'éclat aveuglant de la lampe torche, Santi détecte l'écho d'une autre lumière, une flamme incroyablement lumineuse, qui s'éteint aussitôt.

Le procès est expéditif : ni Santi ni son avocat ne consacrent beaucoup d'énergie à sa défense. Le jury, largement du coin, n'est pas enclin à se montrer clément vis-à-vis d'un jeune homme à la peau sombre et à l'accent étranger, surpris en pleine effraction dans la maison d'une vieille dame décédée. Le verdict tombe : trois ans de prison. Sa mère pleure et promet de venir habiter à Cologne afin de se rapprocher de lui ; sa sœur Aurelia est en colère. Il essaie de les réconforter, mais pleurer l'inévitable n'a aucun sens pour lui. Dès le moment où il s'est souvenu de Thora, plus aucune autre voie n'était envisageable.

Il lui écrit de la prison. Il sait que la lettre ne peut être adressée qu'à sa tombe, mais il imagine que sa missive perce le voile pour parvenir d'une manière ou d'une autre à l'endroit où ils se rencontreront la prochaine fois.

Chère Thora,

La dernière fois que je t'ai rencontrée pour la première fois, tu étais allongée sur un lit d'hôpital. Je ne t'avais jamais vue aussi âgée. Mais je te connaissais quand même.

Cette vie n'a pas été douce avec moi. Celle où nous étions heureux me manque. Tu sais de laquelle je parle.

(Quelle est la probabilité que nous pensions à des mondes différents ?)

J'ai une chanson en tête. J'ai un tatouage sur le poignet. Je me ronge les ongles et je veux une cigarette ; j'ignore quelle part de moi est encore moi, et quelle part de moi vient de toi. Autrefois, j'étais si sûr de qui j'étais. M'as-tu dérobé quelque chose ? Ou sommes-nous tous les deux à la dérive, aussi perdus l'un que l'autre ?

Tu as peut-être raison de vouloir oublier. C'était peut-être plus facile quand on ne se rappelait pas, quand nous envisagions chaque vie comme une chance unique. Mais si je regarde en arrière, je ne me souviens pas du temps où je ne me rappelais pas. Tout paraît former un seul et même ensemble : un chemin qui nous mène pas à pas là où nous devons être.

Je sais pourquoi tu n'as pas voulu réfléchir au sens de tout cela. Je sais que tu aimes avoir des explications et que tu crains qu'il n'y ait aucune explication à ce qui nous arrive. Je pense que nous sommes l'explication. Je ne sais pas si tu comprends. Je n'ai jamais été très doué avec les mots. J'aimerais pouvoir te dire

Il ne termine pas sa phrase. Il voudrait dire tellement de choses à Thora, les mots ne peuvent toutes les contenir. Il plie la lettre et la conserve sous son matelas, avec l'intention permanente de la finir.

Entre la routine connue de la prison, les visites de sa mère qui l'attristent et les appels d'Aurelia qui lui rappellent qu'il y a une vie hors de ces murs, son esprit se tourne vers le mystère que Thora et lui constituent. La police a confisqué la lettre de Thora : Santi suppose qu'ils l'ont donnée à Andromeda. Il l'imagine au milieu du chaos de la pièce secrète de sa mère, les yeux posés sur la carte de sa folie. Il aimerait pouvoir retourner là-bas, lire les notes de Thora, avoir quelque chose sur quoi travailler. Au lieu de ça, il essaie de résoudre un puzzle alors que la moitié des pièces lui manquent et qu'il a une main attachée dans le dos : le handicap dont cette vie l'a affligé, celui d'un esprit fragile qui ne parvient pas à se concentrer sur les détails. Il essaie néanmoins, recopiant les notes dont il se souvient et les collant au mur, reproduisant l'affichage chaotique de Thora. Au centre, il place un dessin d'une de ses photos qu'il a exécuté de mémoire : Thora dans sa jeunesse, mais une jeunesse d'elle qu'il n'a jamais vue. Elle est à cheval, le visage rond et en bonne santé, les yeux rieurs. Les jours où il a mal au crâne à force d'essayer de deviner qui ils sont, quel est leur but, il plante les yeux dans les siens comme si elle pouvait lui renvoyer son regard.

— J'ai besoin de toi, dit-il doucement. J'ai besoin de toi pour m'aider à comprendre tout ça.

— C'est ta meuf ? demande Jaime en revenant couvert de sueur de la gym dans la cour.

C'est un réconfort d'avoir son vieil ami comme compagnon de cellule, même si, du point de vue de Jaime, ils viennent à peine de se rencontrer.

— Non, dit Santi. C'est la vieille dame que j'ai cambriolée pour atterrir ici.

Jaime se marre.

— Tu es fou, López, dit-il en se balançant sur sa couchette.

« Nous sommes peut-être tous les deux fous. » Thora, la dernière fois, sous les étoiles inchangées. *« Enfermés quelque part dans une petite pièce, occupés à rêver d'autres vies. »*

Santi hausse un sourcil.

— C'est une possibilité.

Il feuillette son carnet de souvenirs, rempli de dessins de lui-même dans chacune de ses vies : des incarnations meilleures, des incarnations plus intelligentes, qui auraient eu une chance de trouver la bonne voie. Il pensait que cela faussait le test, mais il se trompait. Il s'arrête sur une image de son ancienne salle de classe. Thora raide et gênée au deuxième rang. Il entend sa propre voix : *« Si les épreuves de Dieu étaient faciles, elles n'auraient aucun sens. »* Il essaiera d'y parvenir avec les outils qu'on lui a donnés, avec le moi qu'il est cette fois. S'il échoue, peut-être que la prochaine version de lui réussira. À chaque réveil, ils reçoivent une nouvelle chance d'y arriver.

Il ferme le carnet et croise les yeux de Thora. Elle jouit déjà de cette nouvelle chance. Tandis qu'il croupit ici, elle grandit ; le temps écoulé depuis son décès la façonne en celle qu'il connaîtra par la suite. Lorsqu'il parviendra là-bas, elle sera formée et il sera un novice, condamné à tout réapprendre. Un réconfort : il ne risque pas de vivre jusqu'à quatre-vingts ans dans cette vie-ci. Les années perdues se muent en cadeau, en promesse de la retrouver plus tôt.

Il n'est pas obligé d'attendre. Il pourrait la suivre, la rattraper. Il y songe parfois : enrouler un drap autour d'une poutre, laisser la pesanteur faire son œuvre. Mais cette idée ne dépasse pas le stade de la pensée. Même s'il sait qu'il va revenir, aussi sûr que le soleil se lèvera, il croit encore que se suicider pour la suivre constituerait le plus grand des péchés. On le teste et il est impératif qu'il n'échoue pas.

Quand il sort de prison, il va vivre avec sa mère dans un appartement aux confins de la ville. Il prend des petits boulots : peintre en bâtiment, jardinier. Dans son temps libre, il travaille comme bénévole au ramassage des déchets dans les rues de la vieille ville. Travailler au grand air l'apaise, l'enracine dans ce qu'il est résolu à considérer comme la réalité. Il essaie de suivre le puzzle que Thora lui a légué, mais son esprit ricoche comme une mouche sur une fenêtre, rebuté par une vérité trop grande pour qu'il puisse l'embrasser du regard.

Il n'achève pas la lettre qu'il a commencé à lui écrire. Un jour, il saura ce qu'il veut dire. Puis il couchera ses mots sur le papier et, sur son lit de mort, il les lira jusqu'à les connaître par cœur : afin que, dans sa prochaine vie, ils soient la première chose dont il se souvienne.

Rien à perdre

Thora est en cavale.

Elle remonte sa capuche, s'appuie contre la fenêtre du bus, et sa respiration embue la vitre. Elle a été une adolescente de dix-sept ans assez souvent pour savoir qu'en voyageant seule, elle risque d'attirer l'attention. Dehors défile la périphérie de la ville, grise et déserte comme dans un rêve.

Elle descend au terminus de la ligne, dans une zone industrielle à l'apparence schématique et irréelle qui ne lui inspire guère confiance. Elle se dirige vers le nord, gardant le soleil couchant sur sa gauche. La ville ne peut pas continuer indéfiniment. Elle doit avoir une fin, tout comme elle a eu un commencement : la ligne aérienne invisible que son avion a franchie lorsque Thora est arrivée avec ses parents il y a deux mois.

Il ne lui a pas fallu longtemps pour se souvenir. La première fois qu'elle a traversé la vieille ville, elle s'est sentie talonnée par un sentiment d'effroi semblable à une ombre projetée dans la mauvaise direction contre le soleil. Quand les cloches de la cathédrale ont sonné creux à travers ses os, elle s'est arrêtée net : elle se trouvait au pied des ruines de la tour de l'horloge.

« Non, a-t-elle dit doucement. Pas encore. »

Santi voulait comprendre pourquoi ils ne se souvenaient qu'en arrivant ici. Pour Thora, cela ne fait aucun mystère. La ville est tellement recouverte de leurs vies partagées qu'il est impossible de vivre ici sans se souvenir.

Elle a levé les yeux vers les aiguilles de l'horloge toujours bloquées sur minuit. Elle a perçu l'écho de ses propres paroles, celles qu'elle lui avait adressées la dernière fois. *« Peut-être que si on partait, on oublierait. »*

Elle a d'abord essayé le train. Sans même se demander où elle voulait aller. Elle est juste montée dans le premier train qu'elle a vu et a attendu qu'il parte. En regardant par la fenêtre, elle s'est demandé comment ce serait. Est-ce qu'elle oublierait soudainement pour se réveiller dans un ailleurs glorieux sans la moindre idée de la façon dont elle était arrivée là ? Ou serait-ce plus graduel, une sorte de démence curative qui déroberait ses autres vies fragment par fragment jusqu'à ce que même le souvenir de Santi s'évapore ? Tenaillée par une crampe, elle a tenu bon. Se souvenir n'a fait que les rendre malheureux. Mieux valait recommencer de zéro, même si cela impliquait de ne jamais se rencontrer.

Le train s'est mis à ronronner. Elle a levé la tête. Son évasion débutait enfin.

Puis les ronronnements se sont arrêtés, les lumières se sont éteintes. Une voix désincarnée a annoncé une avarie. Les autres passagers ont grogné et sont descendus du train. Thora est restée assise, paralysée, furieuse, riant presque.

Elle a réessayé, à de multiples reprises. Parfois, le train réussissait à traverser le fleuve avant de tomber en panne. L'un d'eux s'est arrêté sur le pont Hohenzollern au bruit d'un fusible qui explosait. Thora n'a pas bougé, le regard rivé sur les cadenas enchaînés à la balustrade, quarante mille relations abandonnées à la rouille. Quand le train est reparti en marche arrière, elle a senti le temps se dérouler, la ramener à son point de départ.

Une fois descendue de ce train, elle a décidé de ne plus se fier qu'à elle-même. Elle ne craquerait pas. Elle allait marcher jusqu'à ce que la route s'arrête, puis elle continuerait à marcher.

Elle franchit à présent une haie et fonce à travers un pré broussailleux. Elle a déjà dépassé les limites de la ville, dans un rêve sans fin de champs et de clôtures. Elle abaisse un fil barbelé pour l'enjamber. Quand elle le relâche, il lui entaille le pouce. Elle suce le sang qui s'en échappe et continue son chemin.

Le nord, toujours le nord. Le soleil couchant projette son ombre de biais sur les champs. L'obscurité tombe, révélant les étoiles, mais Thora ne lève pas les yeux. Quand elle regarde derrière elle, la ville ne semble jamais plus éloignée, quel que soit le nombre de haies qu'elle franchit, le nombre de clôtures qu'elle escalade. Thora imagine la masse imposante de Cologne qui s'arrache à ses fondations et la suit en glissant sur des pieds plats de béton. Elle accélère le pas, elle court presque. À la clôture suivante, en abaissant le fil barbelé, elle aperçoit une tache sombre dessus. Son propre sang.

Elle s'arrête et éclate d'un rire désespéré. Le même champ. Elle a traversé le même champ, encore et toujours.

— Putain, c'est absurde, crie-t-elle. Pourquoi je suis coincée ici ? Qu'est-ce que j'ai fait ?

Personne ne lui répond. Mais, même laissée sans réponse, sa question spontanée agit comme une révélation. Elle subit une punition, conçue expressément pour elle. Qu'est-ce qui pourrait être pire qu'un monde sans ailleurs ?

Elle se couche sur le dos contre le sol froid. Ici à l'extérieur, loin des lumières de la ville, les étoiles ressemblent à de la peinture d'argent vaporisée sur la face intérieure d'un dôme solide. Elle pourrait rester ici, en attendant de mourir de soif ou d'hypothermie. Elle n'a jamais expérimenté ni l'un ni l'autre. Elle soupçonne que ça serait douloureux.

Ou alors elle peut continuer à essayer.

Elle se remet debout et appelle sa mère.

Assise sur le siège passager de la voiture de sa mère, Thora regarde à travers la fenêtre, à travers le monde, l'identifiant comme le simulacre qu'il a toujours été. Elle se souvient des trous qu'elle a vus dans d'autres vies, sans comprendre leur signification : la fenêtre de son enfance qui donnait sur l'impossible, le miroir derrière le comptoir du *Zentaur* qui lui montrait une vue prise du ciel. Peut-être que, quelque part aux confins de la ville, un de ces trous l'attend pour la laisser sortir.

— Thora. Tu m'écoutes ? demande sa mère avec cette inflexion interrogative descendante qu'elle a gardée de l'islandais.

Thora cligne des yeux.

— Oui.

— Alors réponds-moi. Où est-ce que tu allais ?

— Nulle part, réplique Thora, en regardant la ville qui défile. Absolument nulle part.

Sa mère serre le volant si fort que ses doigts deviennent blancs. Thora a appris à dissoudre l'amère pilule de sa colère, tout comme elle a appris à désamorcer le dédain de son père. Mais, en cet instant, elle s'y refuse. Pourquoi ce serait toujours à elle de s'adapter à leur constance ? Pourquoi devrait-elle être la seule condamnée à se souvenir ?

— Qu'est-ce que tu peux parfois te comporter comme une adolescente ! lâche sa mère à voix basse.

Thora la dévisage. Elle a envie de dire à sa mère qu'elle est tout le contraire : elle n'a pas d'âge, elle est immortelle. Mais sa mère ne le sait pas. Elle n'entend que la même fille maussade qu'elle a connue vie après vie. Dans une vague d'empathie involontaire, le moi maternel et épuisé de Thora resurgit, lui rappelant comment Estela était au même âge. C'est à ça que ressemblera sa vie désormais ? Ressentir tous les âges simultanément, en étant incapable d'habiter vraiment l'instant présent sans se noyer dans des réflexions ?

— Désolée, dit-elle. Je ne recommencerai plus.

Mais, bien sûr, elle recommence : prudemment, graduellement, afin de ne pas se faire repérer par ses parents. Elle passe ses week-ends à cartographier les limites de la ville, elle pousse jusqu'à la périphérie, là où la réalité devient floue. Elle trébuche dans des bois sans fin, traverse et retraverse la même route, patauge dans des eaux qui deviennent des bas-fonds et la font échouer là où elle a commencé. Elle s'entête à traquer un trou qui la fera sortir du mensonge. Mais ses geôliers ont trop bien construit sa cage. S'il y a des espaces entre les barreaux, aucun n'est suffisant pour lui permettre de s'échapper.

Elle a dix-neuf ans, elle traverse un champ broussailleux quand elle aperçoit le soleil couchant qui projette son ombre plein est. Le cercle se referme. Elle a testé le moindre centimètre des limites de la ville, sans trouver d'issue.

Quelque chose en elle cède. Elle rejette la tête en arrière et hurle, tirant sur le fil barbelé jusqu'à ce que ses mains saignent.

— Laissez-moi sortir. Allez vous faire foutre, allez vous faire foutre, laissez-moi sortir !

Le vent emporte sa voix. Il n'y a personne pour l'entendre.

Pas encore.

Dans son souvenir, Santi est assis, l'air embarrassé, au chevet de son lit d'hôpital. Il semble avoir dans les trente-cinq ans. Elle fait le calcul en aval jusqu'à ses morts possibles – des jours, des mois, ou des décennies après la sienne – et en amont vers sa propre naissance. Il pourrait déjà être ici. Ou elle pourrait encore devoir attendre trente ans.

Elle emmaillote ses mains ensanglantées dans l'écharpe de son père et prend un bus pour rentrer à l'université. Une fois dans sa chambre à la résidence, elle panse ses blessures, le regard perdu au-delà de son reflet dans le miroir, plongé dans les ténèbres de la prison où elle attend son compagnon de cellule. Quand elle a terminé, elle enfourche son vélo pour se rendre dans la vieille ville. En le posant contre la grille de la cour qui jouxte la tour de l'horloge, elle se demande si le Santi qu'elle a rencontré à l'hôpital vit encore, là où elle peut poser les doigts, juste de l'autre côté. Elle pense à lui tel qu'elle l'a vu la dernière fois : négligé, fatigué, le visage marqué par les séquelles d'une vie rude. Elle ajoute dix-neuf ans, l'imagine à ses côtés en cet instant, levant les yeux vers les aiguilles de l'horloge jointes comme pour une prière.

Elle prend sa bombe de peinture dans son sac à dos. « Rien à perdre », écrit-elle en caractères suffisamment grands pour qu'ils soient visibles de l'autre côté de la place, par-delà les mondes. Quand il lira, il saura ce que cela signifie. Qu'elle est enfin prête à ce qu'ils cherchent ensemble un moyen d'en sortir.

Lorsque suffisamment de temps s'est écoulé pour qu'elle soit certaine qu'il n'est pas encore à Cologne, elle réapprend un minimum d'espagnol pour appeler les hôpitaux de la ville où il a l'habitude de naître. Elle est certaine qu'elle doit devenir l'objet d'une blague régionale, la fille étrangère au mauvais accent qui cherche l'enfant qui n'existe pas. L'Espagne n'est pas l'unique possibilité : dans certaines vies, ses parents emménagent à Cologne avant sa naissance. Chaque semaine, elle consulte les avis de naissance du journal local ; elle les passe au peigne fin telle la survivante d'un ouragan qui hante le tableau des personnes disparues. Au bout de quelques années, elle renonce à espérer le trouver ainsi. C'est devenu un jeu pour elle, et une excentricité pour ses amis qui sont habitués à la voir feuilleter le *Stadt-Anzeiger* et lire à voix haute les prénoms les plus saugrenus tandis qu'ils prennent un café à la grande table de sa cuisine.

Elle est devenue médecin, elle suit une formation de chirurgienne. C'était son projet avant qu'elle se souvienne et une part d'elle-même, pleine de ressentiment, ne voulait pas y renoncer. Aujourd'hui, elle parcourt le journal pendant que Lily pleure le même type qui l'obsède depuis des vies entières, donnant l'impression à Thora d'avoir cinq cents ans.

Lily se penche sur son épaule.

— Dennis, dit-elle. Imagine un peu. Bébé Dennis.

Thora la dévisage.

— À ton avis, d'où sont sortis tous les Dennis adultes ?

— D'une usine, répond Lily.

Mais Thora l'entend à peine, parce qu'il est là, dans une petite annonce en haut de la page : Santiago López Romero.

Elle a les oreilles qui bourdonnent. Il est ici. Il est en vie.

— Thora ? (Lily agite la main devant son visage, puis elle suit le regard de Thora.) Ooh, espagnol. Un nom sexy. (Elle fronce les sourcils.) C'est bizarre de dire ça d'un bébé ?

— Oui, réplique Thora en tournant la page.

Elle réfléchit déjà à la façon de le rencontrer.

Elle commence par l'hôpital, mais Santi et sa mère sont déjà rentrés à la maison. Elle concentre alors ses efforts sur la recherche de leur domicile. Dans les mondes où ils vivent à Cologne, la mère de Santi travaille habituellement dans un magasin du centre-ville. Lors de ses pauses-déjeuner, Thora entame un circuit intermittent des candidats potentiels. Elle cherche depuis deux mois lorsqu'elle entre dans une supérette près de l'église où Santi et elle se sont autrefois mariés ; elle aperçoit la mère de ce dernier derrière le comptoir.

Thora ne la lâche pas du regard, paralysée par une émotion qui ressemble à de la peur. Elle fonce dans le rayon des magazines et fait semblant de les parcourir. Maria Romero : sa belle-mère, la mère de son meilleur ami, l'autre bout d'une conversation téléphonique perçue sous la forme d'électricité statique et de bruit. Thora ne la connaît que partiellement, et à sens unique, mais cela devra suffire. Elle choisit un magazine sur le crochet et l'emporte à la caisse.

— Je débute, commente-t-elle.

Maria répond par un murmure évasif.

Thora cherche sa monnaie.

— Je ne sais pas trop ce que je peux apprendre dans un magazine, mais…

Maria prend l'argent de Thora et sourit.

— Bonne chance, dit-elle en la saluant d'un ton cordial.

Après cette défaite provisoire, Thora s'en va et passe en revue ses souvenirs de Maria : elle accorde difficilement sa confiance, en particulier dans un environnement étranger. Il faudra faire preuve de patience.

Elle achète le magazine chaque semaine. Parfois, elle se contente d'adresser un sourire amical à Maria. Parfois, elle se fend d'une remarque sur un projet qu'elle a hâte d'essayer, ou elle se plaint d'une technique qu'elle n'a pas réussi à maîtriser. Au bout de six semaines, Maria lance :

— Je fais partie d'un groupe qui se réunit chez moi le lundi. Vous devriez venir.

Thora a l'impression d'avoir résolu un puzzle diaboliquement difficile. Elle tempère son sourire en espérant le rendre plus normal.

— Ce serait formidable. Merci.

Maria griffonne une adresse sur un bout de papier déchiré.

— À lundi.

Thora quitte le magasin d'un pas sautillant.

— C'était facile, se félicite-t-elle, jusqu'à ce qu'elle se rende compte qu'il lui reste deux jours pour apprendre le crochet.

Elle passe le week-end à râler et à s'emmêler les pinceaux dans son appartement. Elle détestait le crochet lorsque Santi essayait de le lui enseigner du temps où il était son père muni d'une patience sans bornes, et cette aversion a résisté à l'épreuve des vies. Néanmoins, le lundi, elle dispose des bases nécessaires pour avoir l'air d'une amatrice enthousiaste. Elle approche tête baissée de la troisième tour d'habitation d'une série d'immeubles identiques. À la porte de Maria, elle frappe et recule, un panier contenant son matériel de crochet à la main, tentée de s'enfuir en courant. Santi est bébé. À quoi s'attend-elle ? À ce qu'ils reprennent là où ils en sont restés ?

Maria ouvre la porte.

— Thora, c'est ça ? Bienvenue. (Une petite silhouette s'accroche à sa jambe.) Voici ma fille Aurelia.

— Ravie de faire ta connaissance.

Thora baisse les yeux vers la bambine aux yeux sombres. Aurelia, morte à l'âge de neuf ans dans un accident de voiture.

Aurelia, qui a emménagé à Cologne pour aider Thora à élever Estela après le décès de Santi.

Aurelia lui décoche un regard méfiant avant de s'enfuir.

Maria rit.

— Ne faites pas attention, elle est de mauvaise humeur. Entrez.

Elle guide Thora à travers un couloir jonché de jouets pour enfant jusqu'à une cuisine où quatre femmes papotent déjà autour d'un café.

Thora ne s'attendait pas à rencontrer Santi tout de suite. Mais elle ne s'attendait pas pour autant à passer une heure à effectivement s'essayer au crochet. Tout en bataillant avec son aiguille, elle fait abstraction de Maria et des autres pour tendre l'oreille dans l'attente des pleurs d'un bébé. Elle n'entend rien. Évidemment, Santi est calme, même à trois mois. Elle l'imagine en train de contempler sereinement l'univers depuis son lit à barreaux, et sa colère contre lui enfle jusqu'à ce que Thora se pique le doigt.

Les autres femmes partent une à une. Thora devine que Maria souhaite qu'elle s'en aille.

— Vous voudriez un autre café ? demande-t-elle d'un ton plein de sous-entendus.

Thora en a bu trois. Ses mains tremblent déjà.

— Non, merci. (Elle lève les yeux, se sentant nauséeuse.) Je me demandais, vous… vous avez d'autres enfants ?

Maria la regarde bizarrement.

— Pourquoi vous posez cette question ?

— J'ai cru entendre un bébé. (Elle poursuit avec un sourire peu convaincant.) C'est juste que j'adore les bébés.

Elle se convainc à peine elle-même. Elle s'attend à être foutue dehors. De façon inattendue, Maria se met à rire.

— Désolée. Ça ne semblait pas du tout être votre genre. (Elle se lève.) Oui, j'ai eu un bébé récemment. Venez faire sa connaissance.

Elles entrent dans une chambre plongée dans l'obscurité. Alors qu'elles se dirigent vers le lit près de la fenêtre équipée de rideaux, ce suspense absurde donne des envies de rire à Thora. Maria soulève une forme emmaillotée, incroyablement petite.

— Voici Santi, dit-elle. Vous voudriez le prendre ?

Thora résiste à une envie pressante de s'enfuir en hurlant. Elle tend les bras.

Elle a déjà tenu des bébés : Estela, Oskar, Andromeda. Mais c'est différent. Thora éprouve un moment de pure panique au contact de cette masse chaude, elle prend conscience qu'elle constitue le seul rempart l'empêchant de tomber.

La sonnette de la porte d'entrée retentit. Maria se tourne.

— Pardon, je dois y aller… Est-ce que vous pourriez… ?

— Oh… oui, pas de problème, répond Thora alors que son esprit hurle : *Non, ne partez pas !*

Maria se dépêche, laissant Thora avec le bébé.

Il la regarde de ses grands yeux marron. L'espace d'un instant, c'est Santi tel qu'elle l'a connu, piégé dans cette enveloppe vulnérable à la façon d'une mouche dans de l'ambre. Puis il devient juste un bébé qui roucoule et gigote dans ses bras. Elle resserre son emprise pour éviter qu'il ne s'échappe.

— Allez, allez, dit-elle doucement. Je viens juste de te retrouver. Tu ne vas pas t'éloigner de moi aussi facilement.

Elle se met à fredonner : la chanson dont elle ne sait pas si elle l'a apprise de lui, ou l'inverse. Lorsque Maria revient, Santi a le sourire.

— Vous lui plaisez ! s'exclame Maria. Comme c'est étrange. D'habitude, il ne laisse pas n'importe qui le tenir.

Thora scrute son visage ; il emprisonne son doigt dans sa main minuscule et vigoureuse.

— Je suis honorée.

C'est facile de devenir l'amie de Maria. Thora passe du groupe de crochet au petit café de temps à autre, puis elle se propose pour garder les enfants une fois par semaine. Dans ce monde, le père de Santi est décédé d'un infarctus et Maria est en train de sombrer. Thora se dit qu'elle accomplit une bonne action en tendant la main pour la secourir, même si elle sait qu'elle n'a jamais agi pour des mobiles aussi égoïstes. Elle est quasi sûre que Santi lui pardonnera quand il sera grand. En attendant, il ne peut même pas encore prononcer son propre nom. Elle l'observe ramper sur le sol derrière une balle qu'il peut à peine saisir et elle se sent démunie, comme si c'était à elle qu'il essayait de s'accrocher.

D'autres vies, elle a gardé le souvenir de la sensation qu'on ressent quand on a connu une personne enfant, puis qu'on la retrouve à l'âge adulte : le choc de voir un individu émerger d'un potentiel aussi chaotique. Pour la première fois, elle expérimente cela dans l'autre sens. Elle a connu tant de Santi : son père, éreinté mais faisant de son mieux ; son étudiant philosophe qui prenait tout à cœur ; son coéquipier de police distrait. Maintenant, il n'y a que cette boule de sensation curieuse qu'elle doit régulièrement empêcher de s'autodétruire. À l'intérieur se trouvent les graines de tous les Santi qui pourraient exister. Enfin, pas vraiment tous : la trajectoire de cette vie, ses parents qui sont venus habiter à Cologne, la mort de son père l'ont déjà placé sur une voie qui s'écarte de celle de certains des hommes qu'il aurait pu devenir. Mal à l'aise, elle ajoute sa propre présence à la liste. Quelle influence aura sur lui tout ce temps passé en compagnie de quelqu'un possédant une notion aussi précise de ce qu'il devrait être ? Comment les réactions de Thora pourraient-elles le détourner d'une voie pour le pousser sur une autre ? Même la façon dont elle réagit à un truc aussi banal qu'une étoile pointue qu'il lui presse dans la main. À une dizaine de reprises, elle résout de s'éclipser de sa vie pour réapparaître quand il sera plus grand. Mais Maria en est arrivée à compter sur elle, et même Aurelia se dégèle ; elle vient s'asseoir près d'elle, lui tresse les cheveux tout en lui parlant de ses animaux en peluche et de leurs aventures. Et même si Santi n'est pas encore Santi, même s'il peut à peine prononcer le prénom de Thora, elle n'est pas assez forte pour lâcher de son plein gré la seule saillie qui la sépare d'une chute sans fin.

Il semble d'ailleurs que ce sentiment soit réciproque. Chaque fois qu'elle part pour l'hôpital, il s'agrippe à elle, exprimant sa détresse par des pleurs.

Maria vient au secours de Thora.

— Thora doit aller soigner les gens, *mi hijo*, dit-elle en l'arrachant à la jambe de celle-ci. Je suis désolée.

— Fffora, insiste Santi.

La terreur dans ses yeux n'est pas naturelle. Elle lui rappelle celle qu'il a manifestée quand il était à son chevet d'hôpital, ou quand il tenait son corps brisé dans le caniveau.

— Je vais revenir, lui dit-elle, une promesse amère qu'il ne comprend pas encore. Je reviens toujours.

Elle lui apprend à écrire son prénom à elle. Il a cinq ans maintenant, c'est un gamin remuant, curieux : parvenir à ce qu'il reste assis sans être dissipé constitue un vrai défi. Mais il le fera pour Thora. Elle lui montre le thorn, puis l'incite à le recopier. Il se concentre, sa langue dépassant au coin de sa bouche.

— Tu ne devras pas l'utiliser dans d'autres mots, explique-t-elle. C'est une lettre spéciale, c'est juste pour mon prénom.

— Je sais, s'agace-t-il. Je me rappelle.

Elle se fige. Maria est à l'autre bout de la pièce, occupée à brosser les cheveux d'Aurelia.

— Tu te rappelles ? demande Thora.

— Oui. (Il repasse sur les lignes du thorn comme s'il le gravait.) Tu m'as montré. Quand nous étions en haut de la tour.

Thora jette un coup d'œil à Maria, qui rit.

— Santi, tu aimes vraiment inventer des histoires, commente sa maman.

Il fronce les sourcils.

— Ce n'est pas une histoire, insiste-t-il.

— Tu as raison, dit Thora. (Elle regarde Santi droit dans les yeux.) C'était vrai. C'est arrivé.

Par la suite, il la considère avec une attention renouvelée. Thora se remémore la solitude du souvenir, quand personne à moins d'un monde de distance ne pouvait la comprendre. Quel que soit l'effet qu'elle aura sur Santi, elle lui offre au moins l'occasion de grandir avec la seule personne qui peut lui affirmer qu'il n'est pas fou.

Elle essaie de tirer les leçons des lacunes de l'éducation qu'il lui a donnée autrefois. Là où il était sévère, elle se montre douce ; là où il essayait de lui offrir de l'espace pour trouver ses propres réponses, elle lui dit franchement ce qu'elle pense et le laisse décider s'il est d'accord ou non. Même si les souvenirs de Santi s'étoffent, elle brûle d'envie de le presser, de le gaver de vérités qu'il n'est pas prêt à entendre. Alors qu'il n'a que huit ans, et qu'il parle d'aller un jour en Australie, elle l'interrompt sèchement.

— Non, tu n'iras pas, dit-elle. Nous ne pouvons aller nulle part. C'est comme ça pour toi et moi.

Il la regarde, la lèvre frémissante.

— Pourquoi ?

Elle sait qu'elle devrait le rassurer, lui dire qu'elle blaguait. Mais elle est furieuse et, pendant un instant, toute sa rage est dirigée contre lui. *Grandis*, a-t-elle envie de crier. *Grandis et aide-moi à trouver un moyen de partir.*

— C'est une très bonne question, Santi, dit-elle plutôt. Tu sais ce que je crois ? Je crois que c'est parce que nous sommes punis.

Il se renfrogne.

— Qu'est-ce qu'on a fait ?

— Qui sait ? lance gaiement Thora. Mais ça devait être un truc vachement méchant.

Santi écarquille les yeux d'effroi.

— Je ne suis pas méchant. Tu mens.

Il file dans sa chambre et ne lui parle plus de la journée.

En rentrant, Maria est perplexe.

— Qu'est-ce que tu lui as dit ?

Que ses rêves ne sont que poussière et cendres. Thora hausse les épaules en signe d'impuissance.

— Il est sensible. Tu sais comment il est.

Après cet épisode, il devient plus calme. Thora se sent coupable, mais elle ne regrette pas. Autant qu'il connaisse la réalité de leur situation avant de grandir. Et il grandit. Elle pensait que son impatience rendrait le processus interminable mais, en l'espace de ce qui semble être une année, il a douze ans, puis quinze ans, puis il entre à l'université. Et voilà Santi, familier et tout neuf, rutilant de jeunesse tandis qu'elle se sent ternie par l'âge mûr.

Quand Maria meurt au cours de sa première année de fac, il s'effondre. Il ne se précipite pas vers Aurelia, mais vers Thora. Il débarque sur son seuil en pleine nuit, à 3 heures, ivre et en larmes. Elle le fait entrer et le serre dans ses bras jusqu'à ce qu'il cesse de pleurer.

— Tu la reverras, dit-elle.

Il est à moitié sur le canapé et à moitié sur le sol, le visage appuyé contre son chemisier tandis qu'elle lui masse le dos. Elle devrait être troublée : elle se sent à la fois sa mère, sa sœur, son amante. Mais les mondes ont peu à peu entamé sa capacité à l'être.

— Elle reviendra la prochaine fois, exactement pareille, insiste-t-elle.

— Ça fait quand même mal de la perdre, marmonne-t-il contre son épaule d'une voix tremblante.

Thora ne peut réprimer sa pensée impatiente : maintenant que Maria est partie, maintenant qu'il a grandi, plus rien ne les empêche de chercher une issue.

— Ce ne serait pas une vraie punition si ça ne faisait pas mal, murmure-t-elle.

Santi s'écarte d'elle. Il se renfrogne en frottant le tatouage qu'il s'est fait faire pour son dix-huitième anniversaire : les étoiles qui n'ont plus été dans le ciel ni sur le poignet de Thora depuis des vies entières.

— On peut aller quelque part ? demande-t-il. Il faut qu'on parle.

Thora cille.

— De quoi ?

— De tout. (Il baisse les yeux avec un sourire amer.) Il n'y a plus rien qui nous en empêche désormais.

Thora frémit en entendant l'écho de sa propre pensée.

— Bien sûr.

Elle vit dans Agnesviertel cette fois, une tentative futile pour voir la ville sous un nouveau jour. Les rues demeurent mortellement familières, elles s'entortillent autour d'eux comme un nœud coulant. Santi mène la marche, vers le sud, en direction de la cathédrale et de la vieille ville.

— Je suppose que c'est un progrès de ne plus devoir se parler en langage codé, déclare-t-il.

— Langage codé, rit Thora. Comme la fois où tu m'as hurlé dessus : « Tu n'es plus ma sœur cette fois » ?

— Tu exagères, réplique Santi. J'avais six ans.

Thora sent qu'elle l'a contrarié d'une façon qu'elle ne comprend pas. Ne devrait-elle pas être en mesure de le cerner désormais ? Ne devrait-elle pas être capable de lire en lui, de trouver le problème et de le résoudre ?

Il la défie du regard.

— Donc tu penses toujours que nous sommes punis ?

— Je pense toujours… ? (Thora est déroutée jusqu'à ce que ça lui revienne : il a huit ans, il est en pleurs, elle s'était sentie coupable pendant des jours.) Oh. Je ne pensais pas que tu t'en souviendrais.

Il lui adresse un regard sombre.

— Bien sûr que je m'en souviens. J'avais huit ans et tu m'as dit que j'étais condamné à rester ici parce que j'avais fait un truc méchant. C'est le genre de chose qui marque.

Thora détourne le regard.

— Désolée de t'avoir traumatisé avec la vérité.

Il se tourne vers elle, sous l'emprise d'une colère adolescente, un Santi qu'elle ne reconnaît pas.

— Qu'est-ce qui te dit que c'est la vérité ?

Thora écarte les bras.

— Qu'est-ce que ça pourrait être d'autre ? Prends deux personnes qui veulent aller partout et tout voir, et confine-les dans une seule et même ville pour le restant de leurs vies infinies. C'est le plan parfait, non ?

— Alors pourquoi nous sommes punis ? lui demande-t-il. Qu'est-ce qu'on a fait ?

— Je te l'ai dit, je ne sais pas ! Peut-être que nous avons tué quelqu'un, dit-elle à moitié pour rire.

Santi secoue la tête.

— Nous ne sommes pas des meurtriers.

— Parle pour toi. (Elle sort une cigarette – corrélation ou destin, le fait qu'elle fume toujours dans les mondes où elle exerce une profession médicale ? – et l'allume.) Je me sens plus encline au meurtre chaque jour que je passe ici.

— Si tu penses que c'est une punition, rétorque Santi, tu dois penser qu'il y a quelqu'un qui se charge de son exécution. Ce qui signifie que tu penses que c'est délibéré. Conçu expressément.

Thora grogne.

— Eh bien oui. Découvrir que la réalité est, au sens propre, entourée d'un mur a un peu changé ma façon de voir les choses. (Avant que Santi puisse l'interrompre, elle poursuit.) Et je ne pense pas que Dieu ait quelque chose à voir là-dedans, si c'est ce que tu te demandes. Non, un truc aussi tordu et malveillant, ça doit venir d'un être humain.

— Qui que ce soit, dit-il alors qu'ils passent sous la porte fortifiée d'Eigelstein, s'ils nous punissent, il doit exister une possibilité de rédemption. Ils doivent avoir prévu une issue.

— Je t'ai dit que j'ai essayé de quitter la ville d'une centaine de façons…

— Je ne parle pas d'une issue physique.

Thora sourit. Peut-être qu'il n'est pas si différent du Santi habituel, finalement.

— Oh, je me rappelle, dit-elle. La bonne voie.

Ils pénètrent dans le tunnel qui passe sous les rails du chemin de fer. La voix de Santi résonne bizarrement aux oreilles de Thora.

— Je n'envisage plus les choses ainsi, explique-t-il. Si toutes nos actions comptaient, cela créerait trop de possibilités pour qu'une seule voie soit la bonne.

— Je suis ravie qu'on soit d'accord. (Thora suit son ombre dans l'obscurité.) Qu'est-ce que tu penses alors ?

— Que nous devons accomplir un acte bien précis pour expier.

— Expier ? (Thora le rattrape au moment où ils sortent du tunnel.) Comment pouvons-nous expier si nous ne savons même pas pourquoi nous sommes punis ?

Santi redresse le menton.

— Nous le saurons quand nous le verrons.

— Comment ? Comment nous le saurons ? (Elle le poursuit alors qu'il vire vers la cathédrale.) La dernière fois, par exemple. Si l'on suit ton raisonnement, nous avons dû échouer puisque nous sommes encore ici. Mais qu'est-ce qui aurait pu fonctionner ? J'aurais dû vendre ma maison et déménager dans un bungalow ? Tu aurais dû tout rendre aux gens que tu avais spoliés ? Alors quoi, il y aurait eu une lumière aveuglante et un chœur d'anges, et nous aurions enfin été libres ?

Santi la regarde, indécis et au bord des larmes. Elle oublie à quel point il est vulnérable dans ce monde, combien il a besoin de son approbation. C'est sa faute.

— Je ne sais pas, dit-il. Mais quoi que ce soit, ce ne sera pas facile. Tu ne peux pas expier sans faire de sacrifice.

Sans renoncer à quelque chose que tu refuses absolument de perdre. Et y renoncer librement, de ton plein gré.

Le vent froid souffle sur le parvis de la cathédrale. Thora referme son blouson et continue à marcher. Elle est furieuse contre lui et il lui faut un moment pour en identifier la raison. Elle s'en prend à lui, marchant à reculons dans le vent.

— Donc maintenant tu crois que nous avons le choix ? Où est passée la main de Dieu ? Et le fait que tout arrive parce que ça doit arriver ?

— C'était quand je pensais qu'il n'y avait qu'un univers.

Thora éclate de rire, rejetant la tête en arrière comme une sorcière démente.

Santi fait la grimace.

— Qu'est-ce qu'il y a de drôle ?

— Ce qu'il y a de drôle, c'est qu'on a échangé nos places. (Elle lui adresse un sourire machiavélique.) Vas-y. Demande-moi ce que je pense.

Il fait la moue comme l'adolescent boudeur qu'il est.

— Qu'est-ce que tu penses ?

Le vent fouette les cheveux de Thora dans ses yeux alors qu'ils gravissent les marches menant à la cathédrale.

— Aucun de nos choix n'a de sens, dit-elle. Nos actes ne comptent pas, parce que quoi que nous fassions, le résultat est le même. Nous mourons, nous revenons, nous mourons de nouveau. À jamais.

Le visage de Santi se contorsionne de frustration.

— Pourquoi ?

Elle hausse violemment les épaules.

— Parce que quelqu'un a décidé que c'était ce que nous méritions. Tu veux croire que nous apprendrons quelque chose de ça, que tout finira par signifier quelque chose au bout du compte. Mais non. Ça va juste continuer, encore, et encore…

— Thora ! crie Santi.

Il tend une main. Thora s'en empare sans réfléchir, le laisse la tirer vers l'avant : elle se rappelle ses doigts minuscules agrippés à elle comme s'il n'y avait qu'elle au monde.

Un chant aigu, impossiblement puissant. *Un chœur d'anges*, songe Thora alors que quelque chose se brise derrière elle. Elle se tourne pour voir le dallage jonché d'éclats de pierre noire.

— Bordel, c'est quoi ?

— Un morceau de la cathédrale. (Santi la tire en arrière sur les marches.) Le vent doit l'avoir descellé. C'était… il allait te heurter. (Elle le laisse la mener à l'abri des rails du train.) Tu vas bien ?

Il a l'air bizarre, les traits tirés, comme s'il avait vu un truc qu'il ne pouvait supporter.

— Je vais bien. Et toi ? (Thora scrute son visage.) Laisse-moi deviner… Je n'ai pas envie de savoir ce que tu penses, c'est ça ?

Il lève les yeux sur la cathédrale.

— Tu as failli mourir. Et je t'ai sauvée. Tout comme tu l'as fait pour moi, à la tour de l'horloge. Avant…

Il frissonne. Il porte la main à sa gorge.

— Bordel. (Thora le dévisage.) Qu'est-ce que tu veux dire ? Que désormais je suis destinée à mourir et que le monde fera tout pour me tuer ?

— Peut-être… (Santi hésite à prononcer le mot, détourne le regard.) Peut-être que cela fait partie du plan.

Thora n'a plus de souffle pour rire. Elle regarde derrière lui, vers le sommet de la cathédrale qui lui a envoyé sa mort en chantant.

— Alors quoi, la prochaine fois je devrai attendre encore plus longtemps ? (Sa voix tremble.) Bordel, non. Je ne veux pas revivre tout ça.

Elle repousse son bras et continue à marcher, comme elle avait continué à traverser le champ sans fin.

Santi la rattrape.

— On ne peut rien y changer.

Elle envisage de répliquer : « *En fait, si. Ça s'appelle un meurtre-suicide. Qu'est-ce que tu en penses ?* » Mais elle sait que Santi ne serait jamais d'accord. Certaines choses demeurent sacrées à ses yeux. Même si le fait de savoir qu'elle mourra avant lui est douloureux, elle ne peut lui enlever cela.

— Pourquoi ? dit-elle plutôt. Parce que c'est le destin ? Je m'en fous. Je vais contrecarrer le destin.

Un sourire s'insinue dans l'expression troublée de Santi.

— Si quelqu'un en était capable, je parierais sur toi.

Thora pousse un grognement.

— Si cela venait de quelqu'un d'autre, je prendrais ça comme un compliment.

Ils s'en vont par les rues étroites de la vieille ville pour rejoindre la place de la tour de l'horloge. Thora a le cœur qui bat de nouveau à un rythme régulier, l'esprit presque résolu. Dans l'ombre de la tour, elle suit des doigts le contour de son message. « Rien à perdre ». Elle prend une inspiration et plonge dans l'ouverture aux bords irréguliers présente dans le mur.

— Qu'est-ce que tu fais ?

Elle se tourne vers lui. Santi se tient dans la lumière, comme si elle le voyait à travers un portail menant ailleurs. Elle se demande de quoi elle a l'air à ses yeux : une forme dans les ténèbres, déjà à moitié partie.

— J'emprunte la seule issue possible.

Elle connaît tellement bien son visage. La part d'elle qui a contribué à son éducation émet des cris de protestation. Elle refuse de faire quoi que ce soit qui pourrait le blesser.

— Qu'est-ce que tu veux dire ? demande-t-il.

— Je ne vais pas attendre que l'univers vienne me tuer. (Elle lève les yeux vers les ténèbres qui la dominent.) Si je m'en vais, ce sera selon mes propres conditions.

Elle éprouve une sensation de paix. Comme si elle était dans un avion qui pique du nez et que ses mains venaient se poser sur les commandes.

Elle se met à grimper. Après un moment, elle entend les pas de Santi derrière elle. Elle se tourne et croise ses yeux dans l'obscurité.

— Je ne veux pas que tu sois seule, dit-il.

Elle devrait lui dire de partir. Il est encore un peu soûl : il pourrait glisser et tomber, et elle aurait une autre de ses morts sur la conscience. Elle laisse faire cependant, parce que chaque idée horrible s'accorde à la fréquence de son malheur.

La tour est plus haute que dans son souvenir. Elle fait une pause alors qu'ils sont encore à l'intérieur, sur une arête des marches affaissées où il y a juste assez de place pour qu'ils s'asseyent. Elle reprend son souffle en haletant ; Santi a bien sûr à peine le souffle court. Les heurts dans sa respiration scandent ce qui s'annonce : l'ignoble répétition d'une nouvelle enfance, une nouvelle bouffée de souvenirs, une nouvelle moitié de vie seule dans cette ville déjà vue. Elle gratte le mur de la main jusqu'à s'égratigner. Bien des vies auparavant, en descendant, elle a regardé par un trou et s'est vue, réfléchie à l'infini.

— À quoi tu penses ? demande Santi.

Elle examine son visage ouvert, inquiet. Et merde : si elle ne le lui dit pas maintenant, elle ne le fera jamais.

— Je ne t'ai jamais dit ce que ça faisait. D'attendre. (Elle baisse les yeux vers ses bottes suspendues dans le vide.) Vingt-cinq ans, Santi. C'est plus long que toute ta vie jusqu'à présent. J'ai été seule pendant tout ce temps. À simplement… attendre que tu débarques. Puis tu es arrivé, et… (Sa voix se brise sur un éclat de rire.) Tu étais un bébé. Tu imagines ? Tu es là, mais ce n'est pas toi, tu es cette chose informe qui ne peut même pas parler, et j'aperçois des bribes de toi là-dedans, mais ça ne suffit pas, et tout ce que j'entreprends pour essayer de t'aider à redevenir toi-même pourrait… ça pourrait… (Elle s'arrête, déglutit, exprime enfin la peur qui l'a saisie depuis qu'elle l'a tenu dans ses bras pour la première fois.) J'ai peur d'en avoir trop fait. J'ai peur d'avoir voulu te faire devenir quelqu'un et j'ai peur d'avoir réussi.

Il ne semble pas perturbé outre mesure.

— Quoi que tu aies fait, tu ne peux pas m'avoir transformé en une autre personne. Je reste moi.

— Ce qui est exactement ce que je m'attendais que tu dises.

Thora n'a pas les mots pour lui décrire la terreur qu'elle ressent en cet instant : la seule personne qui ne soit pas transparente à ses yeux est devenue un miroir d'elle-même, une créature qu'elle a façonnée. Elle expire pour tenter d'exorciser la longue tension de cette vie, le sentiment que tout repose sur ses épaules.

— Ce que j'ai dit plus tôt… je le pense, reprend-elle. Je ne veux plus repasser par là. Je ne peux pas être à ce point en avance. Je ne peux pas attendre que tu grandisses.

Loin sous eux, des feuilles mortes bruissent dans le noir, invisibles.

— Tout à l'heure, reprend Santi, d'une voix tremblante. Quand j'ai dit qu'on ne pouvait rien y changer. Je me trompais, n'est-ce pas ?

Thora le regarde : aucun doute, il pose les yeux vers le bas.

Un frisson la parcourt. Elle examine Santi : non pas Santi, mais une chose mystérieuse, un monstre constitué de ses propres projections. *Que t'ai-je fait ?*

— Ne sois pas ridicule. Tu… ta vie commence à peine…

Il secoue la tête.

— Je veux faire ce qui est bien. Je veux… je veux t'aider.

Pendant un instant, Thora voit au plus profond de lui : ses doutes immenses, son empressement à la laisser le précipiter vers une mort qu'il a déjà connue. Un autre Santi qui tombe. Un autre Santi qui se tient au pied de la tour, qui pleure sa propre mort, qui l'accepte comme la volonté de Dieu. Dans cette vie, il est tellement ce qu'elle a fait de lui. Si elle lui disait de redescendre, il le ferait. Mais elle n'est pas assez forte pour agir seule.

— OK, dit-elle d'une voix brisée.

Le vent siffle à travers les interstices de la tour. Un chant qui émane de la voix irréelle de la ville. *Fais-le.* Une pensée digne d'un autre Santi, celui qui compte obsessionnellement les cadenas sur le pont. Thora ne l'entend pas vraiment, mais elle sait une chose : s'ils redescendent, ce moment ne se représentera plus jamais.

Elle sent le martèlement de son pouls dans ses oreilles. Elle est morte tant de fois, mais jamais de cette façon. Dominer ce vide n'a rien de familier, alors que l'on connaît les bruits de craquement et la sensation d'anéantissement au bout du voyage, qu'on sait que ce sera le fruit de sa propre volonté. Tout en elle hurle, son corps est un temple qui abrite une multitude d'alarmes lui intimant de renoncer. Mais elle n'a jamais été du genre à faire ce qu'on lui disait.

Elle se tourne vers Santi, lui embrasse le front. Ils se donnent la main.

—Cherche-moi dès que tu te souviendras, dit-elle. Je te laisserai un message.

Il appuie son front contre le sien. Elle le sent trembler.

—Je t'attendrai.

—Je t'attendrai.

Elle resserre les doigts autour de sa main.

Ensemble, ils sautent. Durant la chute, Thora éprouve un moment répugnant de regret. *Non. Je retire ce que j'ai dit.* Mais il est trop tard. Santi desserre la main, lâche la sienne. Elle l'entend crier avant qu'ils heurtent le sol.

Au moment de l'impact, elle voit autre chose. Une clarté incroyable, qui lui fait mal aux yeux ; puis, dans l'obscurité qui s'abat, l'ombre d'un visage qui la regarde.

Suis la lumière

Thora passe à travers le mur du phare d'Ehrenfeld au pied duquel Santi attend.

Elle a l'apparence qu'il lui a toujours connue, comme une réalité surgie d'un rêve. En l'apercevant, il ressent un coup au cœur. Elle a son âge : évidemment, cette fois, ils doivent être nés à la même seconde.

Elle lui sourit.

— Tu as compris mon message.

Santi hoche la tête. Il n'est pas certain de pouvoir parler. Il a déjà dû prendre sur lui pour se rendre à la tour de l'horloge ; cela revenait à marcher sur une terre profane. Il n'est resté que le temps de lire les mots qu'elle y avait inscrits : « Suis la lumière ». Il les a reçus en pleine face comme une blague cruelle. Que s'est-il efforcé de faire, sinon cela, au cours de toutes ces vies ? Et qu'a fait Thora, sinon chercher sans cesse à l'entraîner dans les ténèbres ?

Elle lui cogne le bras en guise de réprimande amicale.

— Pourquoi tu as mis autant de temps ?

— Je viens d'arriver.

Thora fronce les sourcils. Elle s'est fixée sur une couleur de cheveux ; l'arc-en-ciel dont il avait gardé le souvenir s'est estompé pour laisser la place à un bleu crépusculaire. Il se demande si c'est un uniforme pour Thora, sa façon de faire croire qu'elle est la même personne chaque fois. Quand a-t-elle commencé à penser de la sorte ? Et lui, quand a-t-il commencé à se considérer comme multiple, pareil à une série de portraits à l'aquarelle sur verre ? Ainsi que l'a suggéré Thora la dernière fois, ils ont peu à peu échangé leurs places.

— Je ne comprends pas, dit-elle. Nous sommes morts ensemble. Et nous avons manifestement le même âge. Pourquoi nous arrivons quand même ici à des moments différents ?

« Nous sommes morts ensemble. » Avec quelle aisance elle le dit : comme s'ils avaient eu un accident dans la même voiture, ou avaient succombé à la même maladie évolutive. Il se rappelle avoir pris sa main. Il se rappelle la chute dans le noir, la terreur ressentie, l'air qui se précipite et les regrets tardifs. Mais il ne reconnaît pas la personne qui a vécu ce souvenir. Cet acte est horrible : une ligne de fracture dans ce qu'il est, avec laquelle il ne pense pas pouvoir se réconcilier un jour.

Il se rappelle le moment de l'impact, le visage qui lui a renvoyé son regard à l'instant de sa mort. Cheveux longs, mal rasé, et des yeux qui le voyaient à son point le plus bas et le connaissaient tel qu'il était.

Il était certain – il l'est toujours – que ce qu'on attend d'eux, c'est une expiation : un sacrifice délibéré qui ait du sens. Là, dans les ténèbres de la tour, il croyait que c'était lui-même qu'il devait sacrifier. Il n'en revient pas de la façon dont Thora a complètement déformé ses pensées. Se joindre à elle dans cette autodestruction, c'était la solution de facilité. La vraie voie de la rédemption sera moins aisée : elle sera si pénible que, lorsque

Santi la discernera, son âme se révoltera de toutes ses forces. Mais cette fois, il est résolu à ne pas échouer.

Thora incline la tête.

— Tu vas bien ?

Santi cille.

— Tu viens de traverser le mur, fait-il remarquer.

— Ouais. J'ai été pas mal occupée.

Thora tend une main. Il hésite. Impatiente, elle l'empoigne et l'entraîne à travers la pierre solide.

C'est une sensation étrange – un bourdonnement dans ses oreilles, une brèche d'une fraction de seconde dans son existence – mais pas inconnue. Santi émerge dans l'intérieur sombre du phare, aussi émerveillé que lorsqu'il avait traversé le mur à l'université pour se retrouver sous les étoiles.

— Un miracle, dit-il à voix basse.

— Une erreur. (Thora lui relâche la main.) Nous ne sommes pas censés être en mesure d'entrer ici.

— Pas au rez-de-chaussée, en tout cas.

Santi a gravi le phare lorsqu'il était adolescent, il y a des vies de cela, en passant par une fenêtre cassée dans la salle de la lanterne. L'intérieur est identique à son souvenir : une esquisse grise, un manque de détails presque troublant. À présent, la monotonie est rompue par un matelas au sol et un seau rempli de sachets de chips et de pain.

— Tu vis ici ?

Thora opine avec enthousiasme.

— Je me suis dit qu'un phare enclavé auquel on n'accède que par un portail mystique était ce qui se rapprochait le plus d'un ailleurs.

Le seau laisse une impression bizarre à Santi, qui le vide. Ce n'est pas le fruit de son imagination. Trois petits pains de la même forme étrange, quatre sachets identiques de chips au paprika. La même pomme avec la même meurtrissure sur le côté, qui se répète à l'infini. Il regarde Thora.

— Où est-ce que tu as eu tout ça ?

Elle se fend d'un large sourire.

— Viens, je vais te montrer.

Dans les allées bondées du marché d'Alter Markt, Santi regarde Thora tendre la main et s'emparer d'un petit pain sur un étal.

— Thora, lance-t-il.

— Attends avant d'appeler la police.

Elle garde le doigt tendu vers le coin de l'échoppe. Quand Santi regarde de nouveau, un autre petit pain, identique, est apparu à la place de celui qu'elle a subtilisé.

Il cligne des yeux. Il se souvient d'un mug de café qui s'est retrouvé étonnamment lourd dans sa main.

— Ça fonctionne chaque fois ?

— Des pains et des poissons, commente Thora avec un grand sourire.

Santi secoue la tête, interloqué.

— Comment tu as découvert ça ?

Thora mord dans son butin.

— Ça fait cinq ans que je suis ici, explique-t-elle, la bouche pleine. J'ai eu largement le temps d'apprendre toutes les astuces du lieu. (Elle prend un autre petit pain et le fourre dans sa poche.) Une fois que tu as le tour de main, ils sont assez faciles à repérer. Tu dois juste regarder les choses sous le bon angle. (Elle lui agrippe le bras, le visage rayonnant.) Ce qui me fait penser : il y a un truc qu'il faut que tu voies.

Il se dégage.

— Je ne peux pas rester. Héloïse va se demander où je suis.

— Héloïse ? (Thora le dévisage.) Je pensais que tu en avais fini avec Héloïse. Tu as dit que ça ne te paraissait pas juste d'être avec elle.

Santi se frotte les yeux, encore abasourdi par les vingt-cinq ans qui se sont écoulés – et ne se sont pas écoulés – depuis la dernière fois où Thora et lui se sont vus. Il se rappelle avoir emménagé à Paris, avoir rencontré Héloïse, leur mariage dans l'église Art nouveau à Montmartre sous la luminosité impossible des vitraux. Des images, avec les émotions qui vont de pair, reliées par l'illusion d'un moi qui les a vécues. Si les vies de Thora et lui constituent la mélodie, alors peut-être que les pauses aussi ont une signification, comme les silences en musique. Il hausse les épaules.

— Nous étions déjà mariés à mon arrivée en ville.

Ce n'est pas une réponse, et Thora le sait. Mais si elle devine qu'il ne lui dit pas tout, elle ne semble pas s'en soucier.

— Très bien. Mais avant que tu ailles traîner avec ta fausse épouse, laisse-moi te montrer ce truc.

Elle l'entraîne par la main dans une ruelle qui les ramène à la tour. Santi traîne les pieds, mais Thora se montre implacable. Elle le conduit sur le côté, dans la cour herbeuse où ils se sont autrefois rencontrés lorsqu'ils étaient étudiants de première année.

— Là, dit-elle en désignant le vide.

Santi incline la tête.

— Je suis censé voir quoi ?

— Observe.

Thora soupèse le reste du petit pain et le jette devant elle. Santi le voit disparaître en plein vol. Il s'avance, fasciné.

— C'est comme… une porte invisible, dit Thora. Ça fait dés-exister les choses.

Santi baisse les yeux vers l'herbe. Un souvenir lui revient : une heure durant, il a ratissé le sol de ses mains sales aux ongles rongés, sans comprendre comment un objet avait pu se volatiliser.

— Mon badge du foyer d'hébergement, murmure-t-il.

— Quoi ?

— Rien.

— Bien entendu, j'ai essayé d'y pénétrer, lance Thora d'un ton désinvolte. Mais ça ne marche pas sur moi. Je suppose que ça ne fonctionnera pas pour toi non plus. (Elle esquisse un geste.) Vas-y, essaie.

Santi marque un temps d'arrêt. C'est peut-être encore un piège que Thora lui tend, un deuxième suicide. Mais il est d'avis qu'il faut considérer le monde comme réel. Il n'a rien à craindre ici. Il s'avance à travers la porte invisible.

Rien ne se passe.

— Je le nomme « le portail d'annihilation », explique Thora avec entrain. Ça a un côté thérapeutique. Un jour, j'ai pris tous les livres de la bibliothèque que j'aimais le moins et je me suis assise pour les y jeter un à un.

Elle s'installe jambes croisées sur l'herbe et ramasse des pommes de pin pour les projeter dans la non-existence près des pieds de Santi. Cela le rend malade : ce geste de colère répétitif, qui ne laisse que le néant dans son sillage.

— Thora, qu'est-ce que tu fais ? demande-t-il.

Elle le regarde en cillant.

— Qu'est-ce que tu veux dire ?

— Tu dis que tu es ici depuis cinq ans. C'est ça, ta vie ? Voler de la nourriture impossible et… et jeter des trucs dans le vide ?

Thora le dévisage, incrédule.

— Je croyais que tu adorais les miracles.

Santi se frotte le visage en expirant.

— Je ne pense pas que notre existence se résume à cela.

— Ben voyons. Quelle est l'autre voie ? Trouver un boulot ? dit-elle avec désinvolture. En plus, ce n'est pas comme si je volais quelqu'un. À moins que l'éther ait des droits de propriété.

Santi secoue la tête.

— Ce n'est pas bien. Ça ressemble… à de la triche.

— Peut-être, si c'était un jeu auquel on avait accepté de jouer. Mais je ne me souviens pas de m'être inscrite. (Elle balance sa dernière pomme de pin et se met debout pour le défier.) La dernière fois, je t'ai dit qu'aucun de nos choix n'avait de sens. Mais je me suis rendu compte que ce n'était pas vrai. Il nous reste un choix. Refuser de jouer selon les règles.

Quelque chose monte en Santi, une colère née de vies à suivre les traces de Thora, à ramasser les morceaux qu'elle abandonnait derrière elle.

— Ce n'est pas un jeu, dit-il. Pas pour moi. (Il montre la tour dans son dos, secoué de regrets.) J'ai mis fin à mes jours. J'ai laissé Aurelia vivre sa vie en sachant ce que j'avais fait. Tu imagines à quel point elle a souffert ? (Il appuie les doigts sur ses tempes.) Comment ai-je pu faire ça ? Comment as-tu pu me laisser faire ?

Thora croise les bras.

— C'était ta décision.

— Comment pouvais-je prendre mes propres décisions alors que tu m'avais façonné ?

Il ne sait pas comment lui expliquer : le fait de l'avoir rencontrée à un si jeune âge a fait d'elle le centre de son monde, une personne située à mi-chemin entre une seconde mère et une sainte.

Thora lève les yeux au ciel.

— C'est toi qui as prétendu rester le même, quoi qu'il t'arrive !

— Je me trompais.

Cet aveu la réduit au silence. Dans d'autres circonstances, il en aurait ri. Il a enfin trouvé une manière de clore leurs interminables débats.

Thora s'ébroue.

— Santi, peu importe ce que tu as fait. Car tu ne l'as pas vraiment fait. Rien de ceci n'est réel. (Elle désigne le contour invisible du portail d'annihilation.) Quelle autre preuve te faut-il encore ?

— Je suis réel. (Il fait un pas vers elle.) Tu es réelle.

Elle secoue la tête, elle se fend d'un étrange sourire.

— Les personnes réelles ne meurent pas pour ensuite revenir. Les personnes réelles ne se régénèrent pas en une centaine de versions d'elles-mêmes jusqu'à ne plus être que colère et peur. (Elle s'écarte pour faire les cent pas.) Peut-être que nous avons été réels autrefois, il y a longtemps.

Santi observe ses épaules contractées. Elle s'est retirée dans les failles du monde, le laissant de nouveau seul. Mais il ne peut y arriver seul. Ses actes ne signifient rien sans elle : s'ils sont tous les deux punis, alors ils doivent tous les deux expier.

— Je t'en apporterai la preuve, dit-il. En te montrant quelque chose que tu ne pourras pas qualifier d'irréel et balayer d'un revers de la main.

Thora tourne la tête. Un sourire se dessine sur son visage : elle ne peut jamais résister à un défi.

— Je t'en prie, vas-y.

— J'ai besoin d'un peu de temps. Retrouve-moi au *Zentaur* dans une semaine.

Thora traverse la cour pour le rejoindre. Elle scrute son visage avec curiosité, mais celui-ci ne trahit rien.

— Très bien, finit-elle par dire. (Elle jette un coup d'œil vers le sommet de la tour.) Je ne dois pas demander à quelle heure.

Il acquiesce.

— Disons à midi, pas à minuit.

Thora sourit. Elle dépose un baiser sur sa joue, saute par-dessus la barrière et part en sautillant avant de disparaître derrière la tour.

Quand il rentre chez lui, Héloïse est en train de tailler son bonsaï. Assise près de la fenêtre sous les dernières lueurs de ce jour d'hiver, elle jure à voix basse en français en luttant avec les branches pour les arranger d'une façon plus avenante. Elle ignore qu'il s'agit d'un projet qui l'occupe depuis des vies entières. À l'instar de ses dessins à lui, songe Santi. Mais, privée de la faculté de se souvenir, donc de progresser, Héloïse n'y parvient jamais tout à fait.

Pendant un moment, il se contente de l'observer, cette femme dont il possède une connaissance si asymétrique : chaque version de leur relation est neuve pour elle, tandis que lui n'aperçoit que les échos de ce qui est déjà arrivé. Il comprend que la vérité réside là où toutes leurs histoires s'entrecroisent.

— Tu es en retard, dit-elle sans lever les yeux.

Santi se baisse pour caresser Félicette qui se frotte contre ses chevilles.

— Je suis tombé sur une vieille amie.

D'un geste résigné, Héloïse délaisse l'arbre et vient l'embrasser. Puis elle recule et l'examine de ses yeux marron.

— Hum. Évasif. (Un sourire se promène sur ses lèvres.) C'est ta façon de me dire que tu vas t'en aller avec une Allemande sexy ?

Il pourrait acquiescer. Il pourrait partir tout de suite, sans la moindre explication. Ou il pourrait faire ce qu'il a fait la dernière fois qu'il était avec elle, la même chose que ce que Thora a fait avec Jules : lui dire sa vérité à lui jusqu'à ce que celle-ci la détruise. En l'observant, il n'a pas l'impression que cela la surprendrait. Il identifie la note constante dans leur relation : d'une façon ou une autre, elle s'attend toujours à ce qu'il la quitte.

Peut-être que, pour une fois, il pourrait la surprendre.

— Pas ce coup-ci, dit-il en l'attirant dans ses bras.

Une semaine plus tard, au *Zentaur*, il débat avec Thora. Il fait trop froid pour s'asseoir dehors, mais elle voulait fumer. Santi sent planer l'ombre d'une envie, provenant d'un moi précédent, alors qu'elle tapote sa cigarette pour faire tomber la cendre.

— Je ne comprends pas pourquoi tu ne comprends pas. (Elle se penche sur la table.) Je dis que tu avais raison, à propos de toi et moi. Nous ne sommes pas faits pour vivre dans le monde comme les autres. Nous voudrons toujours, toujours, ce qu'il y a au-delà. Nous voudrons toujours sortir d'ici.

— Je suis d'accord, dit-il. Mais la façon dont tu vis dans les failles, dont tu refuses d'envisager la réalité de notre environnement et d'interagir avec lui, ce n'est pas sortir d'ici. C'est s'enfoncer plus loin.

Thora sirote son vin.

— Comment le fait d'agir comme si c'était réel va nous faire sortir ?

Santi marque une pause. Il songe à lui dire qu'il cherche toujours un moyen d'expier, un sacrifice volontaire qui le mènera à la rédemption. Mais il craint qu'elle le détourne de son objectif, comme elle l'a fait tant de fois auparavant.

— À propos, j'attends toujours ma preuve, ajoute Thora en pianotant sur la table. J'espère que ce n'est pas le vin. Parce que je l'ai toujours trouvé suspect, même avant qu'on commence à se souvenir.

Santi consulte l'heure sur sa montre.

— Ta preuve sera là d'une minute à l'autre.

Il lève les yeux et aperçoit la femme qui traverse la place dans leur direction.

Thora suit son regard.

— Non. (Elle se lève si violemment que son verre se renverse sur la table, envoyant le vin rouge se déverser sur les pavés.) Je ne joue pas à ce jeu-là.

Santi la suit, l'agrippe et l'oblige à se retourner. Jules s'arrête.

— Salut, dit-elle en esquissant un geste embarrassé. Je m'appelle Jules. Tu dois être Thora ?

Thora a un mouvement de recul, elle garde les yeux baissés comme si elle n'osait pas regarder.

— Dis-lui qu'elle n'est pas réelle, chuchote Santi à l'oreille de Thora. Tu ne peux pas, n'est-ce pas ?

Thora inspire comme si elle s'apprêtait à plonger dans de l'eau glacée. Elle regarde Jules un instant avant de fermer les yeux. Quand elle les rouvre, c'est pour fusiller Santi du regard.

— Tu m'as un jour dit que ce n'était pas l'enfer, lance-t-elle. Tu te trompais. Qu'y a-t-il de pire qu'un visage aimé qui ne se souvient pas ?

Jules fronce les sourcils, son regard trahit une légère confusion.

— Pardon. On se connaît ?

Santi a l'impression d'être un monstre. Il ravale ce qu'il veut dire à Thora. *Je suis désolé de te suivre de vie en vie comme un chien affamé. Je suis désolé de te hanter avec le fantôme de ton épouse.* Il doit lui faire comprendre.

— C'est ce que je voulais démontrer, lui dit-il. Ça ne serait pas douloureux si ce n'était pas réel.

Thora se libère de son emprise.

— Je vais te montrer ce que c'est que la douleur.

Avant de partir, elle lui lance un regard assassin.

Jules s'avance vers Santi, observant Thora qui s'en va.

— Elle va bien ? Tu m'avais dit qu'elle voulait rencontrer de nouvelles personnes.

Santi regarde Jules, décontenancée et amicale, toujours prête à accorder le bénéfice du doute à une inconnue. Il songe à la manière dont il l'a attirée ici : il l'a pistée via son boulot, s'est lié d'amitié avec elle à base de faux-semblants, se servant de vieux souvenirs pour la manipuler afin qu'elle accepte de l'aider. Est-ce qu'il vaut mieux que Thora ?

— Désolé, dit-il. Elle est dans un mauvais jour.

Une série de mauvaises vies.

— Pas de problème. Ce sera pour une autre fois. (Jules lui presse l'épaule, comme si une part d'elle se souvenait des années où elle l'avait connu.) Dis-lui qu'elle est mignonne, ajoute-t-elle avec un clin d'œil avant de s'éloigner.

Santi retourne s'asseoir à la table abandonnée, le regard rivé sur les empreintes des bottes de Thora, aux contours délimités par le vin. Leur trajectoire ensanglantée sur les pavés a quelque chose d'à la fois réconfortant et terrifiant : une combinaison qu'il en est arrivé à considérer comme l'essence de Thora. *« Je vais te montrer ce que c'est que la douleur. »* Il la connaît suffisamment pour y entendre une promesse.

Il n'a aucune nouvelle d'elle pendant des semaines. Mais il entend parler d'elle, au travers des conversations qui glissent autour de lui alors qu'il sillonne la ville en quête d'une occasion d'expier. Des récits d'une femme qui se volatilise dans les murs : une voleuse, une arnaqueuse, aussi insaisissable qu'un fantôme. Il redoute de tomber sur elle, tout en le souhaitant, souvent dans un même élan. Il ne peut dire lequel de ces sentiments fait bondir son cœur le matin où, en rentrant à l'appartement avec du café et des viennoiseries pour Héloïse, il trouve une note sur la table de la cuisine.

« Rejoins-moi à la tour », dit celle-ci dans l'écriture à larges boucles de Thora.

Il est surpris de reconnaître son écriture. Outre cela, d'autres parts d'elle gagnent en constance : ses cheveux bleus, la façon dont elle s'habille. Des fulgurances de la réalité qui se réfléchissent dans ce miroir déformé, à l'instar de son expression quand elle a aperçu Jules de l'autre côté de la place. Une phrase de la Bible lui vient à l'esprit : *« Como enigmas en un espejo. »* « Comme des énigmes dans un miroir. » Il veut croire que chaque vie les rapproche, qu'ils sont chaque fois plus près de se voir face à face. Mais il sent désormais qu'elle le fuit, qu'elle lui tourne le dos pour se fondre dans les ténèbres.

L'appartement est tranquille. Trop tranquille. Héloïse devrait être levée à cette heure-ci, occupée à chantonner pour Félicette en lui donnant son petit déjeuner.

— *Cariño ?* appelle-t-il.

Pas de réponse. Il abandonne précipitamment le café et les viennoiseries sur la table et part vers la chambre. Le lit a été fait à la hâte, la garde-robe est ouverte. Les chaussures d'Héloïse ne sont pas à leur place près de la porte d'entrée.

Il s'empare de ses clés et quitte l'appartement avec un frisson de prémonition qui lui traverse les épaules. Alors qu'il approche de la vieille ville, les rues devant lui s'emplissent de l'écho d'un tumulte assourdissant. On dirait que la ville est en guerre. Il craint que ce soit Thora, qu'elle ait fait quelque chose de terrible, quand il se rappelle : c'est le carnaval. Des foules s'agglutinent autour de lui, tapageuses et déjà à moitié ivres. Santi force le passage et atteint la tour. « Suis la lumière », les mots de Thora sont comme un cri, mais elle n'est pas là. Il contourne le mur à sa recherche. Les tambours résonnent, formant une ligne de basse pour les cris stridents de la foule. Dans un réflexe ancien, il plonge la main dans sa veste pour saisir le manche du couteau de son grand-père. Il se sent pris d'un vertige si intense qu'il aperçoit des étoiles. Puis il voit Thora, debout dans la cour herbeuse.

Elle est déguisée pour le carnaval, avec un masque de diable et des cornes. Elle tient quelque chose qu'au bout d'un moment Santi identifie comme une caisse de transport pour chat. À travers les barreaux, il voit Félicette qui miaule piteusement. La chatte déteste les espaces confinés, se dit-il. Puis il remarque l'endroit où Thora se tient.

—Approchez, approchez ! crie Thora en le voyant arriver. Venez assister au plus grand tour de magie du monde !

Près d'elle, l'air à demi intrigué, à demi amusé, se tient Héloïse. Quand Santi l'aperçoit, postée à quelques mètres d'un destin tragique qu'elle ne peut discerner, des vies d'amour font naître un accès de peur glaçante en lui.

Il bondit par-dessus la grille et traverse l'herbe à grands pas en direction d'Héloïse pour lui saisir le bras.

—Qu'est-ce que tu fais ici ? lui demande-t-il.

—Elle a dit qu'elle était ton amie. Thora, c'est ça ? Elle organise un spectacle de magie, mais elle craignait que personne ne vienne. (Elle rit, le gloussement chaleureux d'Héloïse s'infiltre dans ses entrailles.) C'est le carnaval. Tout est possible.

Thora lui adresse une gracieuse révérence.

— Vous avez absolument raison, madame. Préparez-vous à être surprise.

Elle ouvre la boîte et en sort Félicette.

— Arrête. (Santi perçoit le désespoir qui émane de sa propre voix.) Thora, s'il te plaît.

Elle lui adresse un sourire malicieux.

— Ne t'inquiète pas. Les chats atterrissent toujours sur leurs pattes. (Félicette se débat dans ses bras en miaulant. Thora resserre son emprise.) Viens. Nous partons à l'aventure.

Elle entraîne Félicette vers le portail. La chatte crie, crache, gigote pour se libérer, mais Thora ne lâche pas prise et, sur le seuil, elle la laisse s'en aller. Félicette bondit hors de ses bras et se volatilise.

Héloïse sursaute. Elle dévisage Thora, puis elle rit et applaudit en jetant un regard en coin à Santi.

— Des miroirs ? suggère-t-elle à mi-voix.

Santi ne peut que fixer l'herbe déserte du regard, le vide où se trouvait un être aimé. Il ne comprend pas pourquoi il éprouve une telle sensation de profanation : quelque part, c'est pire que si Thora avait noyé Félicette sous ses yeux.

— Pourquoi es-tu bouleversé ? (Thora le dévisage, la tête inclinée en affectant la confusion.) Elle n'était pas réelle. En voici la preuve.

— Thora. (Il s'avance, lui prend le bras.) Je sais que c'est à propos de Jules. Je sais que ça t'a fait mal de la revoir. Mais tu dois comprendre que cela prouve que tu ne devrais pas agir de la sorte.

Héloïse lui touche l'épaule. Il déchiffre son froncement de sourcils : *Pourquoi tu te comportes si bizarrement ?*

— Santi, calme-toi, lui dit-elle. C'est un tour de magie. (Héloïse se tourne vers Thora.) Excellent, d'ailleurs.

Thora souffle un baiser vers Héloïse.

— Je suis ravie que quelqu'un apprécie mon art. (Elle lui tend une main.) Et maintenant, madame, à votre tour ! Êtes-vous prête à braver le portail d'annihilation ?

Héloïse s'esclaffe.

— Je me demandais quand vous alliez me le proposer.

Adressant un regard de conspiratrice à l'adresse de Santi, elle accepte la main de Thora.

Qui l'attire vers l'avant.

— Ne vous inquiétez pas, ajoute-t-elle. Si vous êtes réelle, vous n'avez rien à craindre.

Santi observe Thora qui guide sa femme souriante à travers l'herbe. Il a envie de tendre le bras, de la tirer en arrière, mais ce serait admettre qu'il croit réellement que Thora peut passer à l'acte. Il ne le croit pas. Elle cherche juste à l'effrayer. D'un moment à l'autre, elle va s'arrêter et faire marche arrière.

Héloïse regarde derrière elle avec un sourire chaleureux.

— Santi, et si…

Elle a disparu. Au milieu de sa phrase, comme son père lors de leur accident de voiture il y a tant de vies. Thora sursaute. Elle baisse les yeux sur sa main vide.

— Merde, dit-elle posément.

L'admission que c'était à moitié un jeu pour elle, une expérience dont elle ignorait l'issue, constitue la goutte d'eau pour Santi. Il rugit et fonce sur elle. Alors qu'il l'agrippe par les épaules, il lit dans ses yeux à travers le masque qu'une part d'elle est atterrée par ce qu'elle vient de faire. Mais dans sa voix, il n'entend qu'un triomphe sur la défensive.

— Tu vois ? Voilà la preuve, dit-elle. Elles ne sont pas réelles. Elles ne l'ont jamais été.

Santi tremble de tout son corps, animé d'une colère qui le sidère. Thora se comporte toujours de la même façon : elle s'empare de son espoir, de ses croyances, de son désir de sens, et ensevelit le tout dans le néant. Durant tant de vies, il a essayé de la persuader que leurs actions comptaient, car il croyait que c'était un test qu'ils devaient réussir ensemble. Mais peut-être que le vrai test était de la reconnaître pour ce qu'elle est : son ennemie, la raison pour laquelle il reste coincé ici.

Il comprend enfin. Ses intestins se contractent à l'idée de ce qu'il doit faire. C'est trop facile de se sacrifier. Voilà l'épreuve réelle : renoncer volontairement à Thora, afin de racheter enfin ses péchés et les siens.

— Je suis désolé, lui dit-il en s'emparant du couteau de son grand-père.

Thora aperçoit la lame une bonne seconde avant de comprendre. L'expression qui se peint alors sur son visage le hantera des vies entières.

— Santi, non. Attends…

Il frappe vite et juste, visant son cœur.

Elle lâche un son horrible. Santi retire la lame et le sang de Thora s'écoule, chaud sur sa main. Elle le dévisage, les lèvres entrouvertes, le visage figé par l'incrédulité. Il l'attire contre lui alors qu'elle tremble et que la vie s'échappe d'elle.

— Désolé ? siffle-t-elle. (Il entend le sang dans sa voix.) Tu es désolé ? Va te faire foutre !

— Chut, murmure-t-il en la tenant. Ne parle pas. Ce sera bientôt fini.

— Tu ne penses pas si bien dire, bordel.

Chaque respiration doit avoir l'effet d'une lame qui remue en elle, mais c'est Thora : elle doit avoir le dernier mot.

L'espace d'un moment perçant, il voit en hallucinations sa fille maussade levant les yeux sur les fausses étoiles.

— Tu crois que je ne vais pas t'emmener ?

Elle cherche le couteau à tâtons. Il ne fait rien pour l'en empêcher. C'est peut-être aussi un péché mais, à vrai dire, il ne veut pas lui survivre. Il la serre contre lui et, quand elle frappe, il accueille les ténèbres.

Qui nous sommes

Thora est assise au bord d'un trou dans le ciel, elle boit à grandes lampées une bouteille de vin rouge. Derrière elle, de l'autre côté du miroir, le brouhaha des conversations du *Zentaur* continue l'air de rien alors qu'elle balance les jambes par-dessus un vide de vingt mètres au-dessus de la place pavée. Il suffirait d'un petit bond pour qu'elle se retrouve tout en bas. L'idée de la chute ne lui fait plus peur. Mais ce ne serait pas un moyen de s'échapper. Elle ne ferait que se réveiller et se souvenir, puis suivre Santi, encore et toujours, dans les ténèbres.

Elle ignore s'il se trouve déjà en ville. Pour la première fois, elle ne lui a pas laissé de message. La douleur derrière ses côtes irradie, comme si son cœur se remettait encore du coup de couteau. Thora avale une gorgée de vin et baisse les yeux vers la fontaine qui luit en miniature tel un simulacre peint avec soin. Ce qui lui fait mal, plus encore que la douleur imaginaire dans sa poitrine, c'est le souvenir du visage de Santi après la disparition d'Héloïse, alors qu'elle savait qu'elle avait commis un acte irréparable. Elle serre les paupières dans l'espoir d'effacer ce souvenir, mais il reste là, indélébile.

Thora se considérait comme infinie. À présent, elle sait ce qu'elle est réellement : une spirale qui se contracte vers un point renfermant les pires choses en elle. Elle se voit, assise sur un bout de rien, en train de se soûler seule avec le sempiternel vieux vin chapardé, et elle sent monter en elle une vague de dégoût. D'un geste impulsif, elle incline la bouteille pour déverser le vin telle une pluie absurde sur la place en contrebas. Le liquide rouge sort du goulot en bulles et s'immobilise dans les airs.

Thora cligne des yeux.

— Waouh, lâche-t-elle tout haut à l'intention du vent cinglant et du ciel impossible. Il semblerait que j'aie brisé les lois de la pesanteur.

Les mots résonnent dans sa mémoire, lui rapportant un écho. Santi, penché sur son ordinateur dans le labo d'astronomie, tenant les mêmes propos au sujet de sa simulation.

Thora se redresse brusquement, perdant presque l'équilibre. Le mug de café de Santi qui se remplit. La nourriture miraculeuse qui lui a permis de s'alimenter durant les deux dernières vies. Le trou où elle se tient en cet instant, une porte entre deux endroits qui ne devraient pas être reliés. Tous constituent des bugs dans une simulation plus complexe qu'elle ne l'aurait cru possible. Un autre bug gravite sous elle, mais avec une différence notable : celui-là, c'est elle qui l'a provoqué.

Elle revoit le Santi qui était son étudiant s'adosser sur sa chaise, fredonnant ce même air horripilant. *« J'ai fourni à la simulation une donnée qu'elle n'attendait pas. »* Thora examine la traînée rouge suspendue entre elle et les pavés.

— Je suppose qu'ils ne s'attendaient pas à ce que quelqu'un verse du vin par un trou dans le ciel.

Elle rit, emportée par l'excitation de la découverte, une ardeur qu'elle n'a plus éprouvée depuis des vies. Si elle peut vaincre la pesanteur dans une seule parcelle d'atmosphère, il doit exister un moyen de tout casser. De déchirer la ville de l'intérieur. Elle n'a qu'à fournir à la simulation des données que celle-ci n'est pas prête à gérer jusqu'à déclencher un bug suffisamment catastrophique pour la faire planter.

Folle de joie, elle repasse par le miroir pour revenir au *Zentaur*. Brigitta lui lance un regard furieux.

— Qu'est-ce que vous fabriquez derrière mon comptoir ?

Thora agite le bras à travers le miroir.

— Qu'est-ce qu'une faille dans la réalité fabrique derrière votre comptoir ?

Brigitta cligne des yeux, confuse. Thora se remémore l'expression similaire qui s'était peinte sur le visage de Jules, et ressent un tiraillement semblable à celui d'une ancienne cicatrice.

Elle soupire.

— Je sais. Vous ne savez pas quoi dire.

Elle tapote l'épaule de la serveuse et s'en va, planifiant déjà son prochain mouvement.

Sur le pont Hohenzollern, Thora arrache un autre cadenas et le balance dans le fleuve. Elle attend le « plouf » distant, puis se retourne pour évaluer ses progrès. Derrière elle, les trois quarts de la balustrade sont vides ; le reste luit encore sous ses verrues sentimentales dépareillées. D'ici peu, le pont en sera débarrassé et le fleuve simulé devra se coltiner deux tonnes imprévues de métal.

— Voyons voir comment tu géreras ça, univers, marmonne-t-elle.

Elle s'accroupit de nouveau et s'attaque aux entraves du cadenas suivant avec ses clés à molette. Elle est tellement absorbée par sa tâche qu'elle ne remarque pas tout de suite la personne qui passe près d'elle en fredonnant une mélodie familière.

Elle tourne la tête. L'homme s'éloigne, mais elle reconnaîtrait sa démarche n'importe où. Elle regarde Santi se diriger vers la rive opposée. Elle redoute de lui faire face. Mais elle brûle de savoir où il se rend, de savoir s'il est à la recherche de sa propre issue.

Elle remballe ses clés dans son sac à dos et le suit. Restant à distance raisonnable, elle le piste jusqu'à l'Odysseum, se fondant dans la foule alors qu'il pénètre dans le bâtiment. Il déambule d'un pas tranquille dans le planétarium et la salle des astronautes avant de virer dans le couloir silencieux où se trouve la pièce signalée « En construction ». Thora l'observe tandis qu'il s'assoit sur un banc en face de l'image du télescope Kepler et se met à dessiner. De temps à autre, il lève les yeux comme s'il attendait quelqu'un. *Moi*, songe Thora en se dissimulant. Mais pourquoi ne pas l'attendre au *Zentaur*, là où elle saurait le trouver ?

Santi reste une demi-heure. Quand il se lève, elle le suit et le file alors qu'il traverse le pont en direction du parvis de la cathédrale ; puis dans la vieille ville jusqu'à la tour de l'horloge ; à bord d'un train vers Fühlingen où il s'assied sur la plage du lac artificiel dans lequel ils ont autrefois nagé en tant que frère et sœur. Dans chaque lieu, le même schéma se répète : Santi dessine, s'interrompt, scrute la foule à la recherche d'un visage qu'il ne trouve pas. Quand il quitte la plage, Thora le voit traverser la route principale et franchir une grille en fer forgé rouillée menant à un hôtel particulier à trois étages abandonné.

Elle se sent démangée de curiosité. Elle s'installe pour patienter dans les buissons du jardin envahi de mauvaises herbes.

Enfin, alors que le soleil plonge derrière la maison, Santi en sort. Thora attend qu'il franchisse la grille avant de se faufiler dans l'allée, sous les arches du cloître et par la porte d'entrée ouverte.

Elle ignore à quoi elle s'attendait. Mais, sous la lumière du soir qui pénètre par les fenêtres nues, elle constate qu'elle n'est pas surprise. Santi a transformé la maison en album de souvenirs. Des fresques couvrent les murs de brique croulants : chacun des mondes qu'ils ont connus, la ville, la cathédrale, la tour de l'horloge. Et les étoiles, partout, qui comblent les espaces libres.

Elle suit la piste des peintures qui conduit en haut de l'escalier. Certaines vies apparaissent plus d'une fois : eux dans leur uniforme de police, des feux d'artifice qui explosent autour de leurs têtes ; la vie où ils étaient jumeaux adoptifs, Thora sous l'eau, Santi qui tend un bras pour lui agripper le talon ; deux étudiants au sommet de la tour, le regard dirigé vers les étoiles déconcertantes. Un mur expose leurs parents, ceux de Thora finement observés, ceux de Santi en touches plus impressionnistes, comme s'il lui était plus facile de capter ce qui lui est moins proche. Sur le mur d'en face, leurs autres constantes : Lili, Jaime et Aurelia ; Héloïse et Jules. Thora passe devant eux prise d'une sorte de vertige, sans oser croiser leurs regards. Elle s'arrête sous le portrait d'un homme aux cheveux longs vêtu d'un manteau bleu, qui arbore une expression inquiète.

— On se connaît, dit-elle à voix basse. D'où est-ce qu'on se connaît ?

Elle fouille ses souvenirs. Une main posée sur son épaule et sur celle de Santi alors qu'ils se tiennent sous la tour de l'horloge. Un éclair bleu avec le sable en arrière-plan, quand il s'écroule à côté d'eux sur la plage. D'un coup, le lien se fait.

La plage. La tour de l'horloge. L'Odysseum. Santi a recherché cet homme, dans tous les lieux où ils l'ont vu.

— Thora.

Elle fait volte-face. Santi se tient posté dans l'embrasure de la porte.

Elle se raidit contre le mur.

— Ne t'approche pas.

— Je ne vais pas te faire de mal. (Il lève les mains.) Je t'ai vue sur le pont. Je sais que tu m'as suivi.

Elle le dévisage.

— Pourquoi tu n'as rien dit ?

Sa grimace a l'allure d'un sourire.

— J'étais trop fâché.

— Toi, tu es trop fâché ? (Thora manque de s'étouffer.) Tu m'as poignardée en plein cœur !

— Tu as fait dés-exister ma femme !

Thora imagine les yeux d'Héloïse, sur le mur derrière elle, qui lui vrillent le dos. La femme qui a autrefois été sa mère. La femme qu'elle a guidée par la main vers son annihilation. Thora se sent prise de nausée.

— Je n'aurais pas dû faire ça, dit-elle en détournant le regard. Mais… tu parviens toujours si facilement à me déstabiliser. Comme la dernière fois. Il a suffi que tu me montres Jules pour que je devienne une loque. Alors que toi… tu restes toujours si serein, putain, si maître de toi. Je voulais juste que, pour une fois, tu réagisses. (Elle prend une profonde inspiration.) J'ai fait ça parce que je savais que ça te mettrait en colère. Je n'ai jamais cru que ce serait au point de me tuer.

Il évite ses yeux.

— Je t'ai dit que je pensais qu'on devait faire un truc pour expier. Que nous devions renoncer à quelque chose que nous ne voulions pas perdre. (Il hausse les épaules, démuni.) Au bout du compte… j'ai pensé que c'était toi.

Thora porte la main à sa tête.

— Que je te comprenne bien… Tu m'as poignardée en plein cœur parce que tu pensais que Dieu voulait que tu le fasses ?

Santi a le bon goût de paraître honteux.

— Les épreuves sont censées être difficiles, commente-t-il.

Thora remue les bras avec emphase pour englober tout ce qui les entoure.

— Eh bien, nous sommes toujours là. Manifestement, tu n'as pas réussi le test.

Un silence pesant s'installe entre eux. Thora se retourne vers le portrait de l'homme au manteau bleu.

— Tu le cherches, avance-t-elle. Pourquoi ?

Santi s'approche d'un pas hésitant.

— Toutes les autres personnes qui reviennent… elles sont liées soit à toi, soit à moi. Cet homme est le seul qui nous connaisse tous les deux. Je pense qu'il pourrait nous dire ce qui se passe réellement. (Il la regarde du coin de l'œil, déchiffrant son silence.) Quoi ?

Elle aimerait parfois qu'il ne la connaisse pas aussi bien.

— Rien, répond-elle. C'est une bonne idée. C'est juste que… cela te ressemble tellement. Trouver le responsable et lui demander d'expliquer ce que tout cela signifie.

Elle le voit réprimer un sourire.

— Qu'est-ce que tu faisais sur le pont ? demande-t-il.

Thora lui explique son plan. Il l'écoute, attentif et circonspect comme à son habitude.

— Tu es à la recherche d'un miracle qui détruira le monde, commente-t-il quand elle a terminé.

Thora lève les yeux au ciel.

— J'aurais dû me douter que tu trouverais une façon de me faire détester ma propre idée. (Elle scrute son visage.) Vas-y, alors. Dis-moi ce qui te contrarie là-dedans.

— Tu présupposes que si nous faisons planter la simulation, nous sortirons, dit-il. Et si ce n'était pas le cas ? Si cela ne faisait que… supprimer la seule réalité que nous connaissons ?

Thora se mord la lèvre inférieure. Pourquoi doit-il toujours souligner le point faible de ses plans ?

— C'est une éventualité. Mais pour l'instant, je n'ai pas de meilleure idée.

Un nouveau silence : une éclaircie pour leur permettre de continuer à parler, pour qu'ils trouvent un moyen de résoudre cela ensemble. Mais l'issue de la dernière vie constitue encore une plaie béante entre eux.

— Il faut que j'y aille, dit Thora. Le monde ne va pas se détruire tout seul, n'est-ce pas ?

— Tiens-moi au courant. (Santi s'appuie contre la peinture de l'homme au manteau bleu.) Si je ne le cherche pas, je serai ici.

Thora s'arrête au sommet de l'escalier.

— Pourquoi ? demande-t-elle en esquissant un geste en direction du reste de sa galerie. À quoi ça sert, tout ça ?

— La dernière fois, tu m'as dit que rien de tout ceci n'était réel. (Thora perçoit la souffrance derrière ses mots : Jules sur la place, arborant une expression de totale confusion ; la main d'Héloïse qui se volatilise. Santi se retourne vers ses peintures.) Je ne pense pas que ce soit le cas. Je pense qu'il y a… des fragments de réalité, disséminés dans chaque vie. (Il balaie la poussière au coin d'une de ses œuvres.) Ce sont ces fragments que j'essaie de trouver.

— Tu m'as dit autrefois que c'était la raison pour laquelle tu avais entrepris ton carnet de souvenirs.

L'appartement qu'elle partageait avec Jules, dans la cuisine faiblement éclairée, à 2 heures : elle nourrit Oskar tandis que Santi rédige un codex de leurs morts… Ce souvenir est douloureux. Est-ce la dernière vie qu'elle a réussie ? Ce moi semble si loin, enfoui sous toutes les erreurs qu'elle a commises depuis.

— Et si nous découvrons ce qui est réel ? reprend-elle. En quoi cela nous aidera-t-il à sortir d'ici ?

Santi ferme les yeux.

— La vie où nous nous sommes rencontrés au foyer d'hébergement… Je pensais que si je parvenais à trouver qui j'étais, alors je saurais où j'allais. (Il ouvre les yeux, croisant les siens.) Si nous découvrons ce qui est réel, nous trouverons la sortie.

Thora détourne le regard. Elle n'est pas certaine de vouloir savoir qui elle est réellement. Même si elle n'aime pas son moi actuel, elle puise encore du réconfort dans les vies où elle a fait des choix différents. Et si son moi réel avait fait un choix sur lequel elle ne pouvait revenir, un choix avec lequel elle ne pouvait vivre ? Si elle cesse de bouger, si elle essaie de se confronter à ce qu'ils sont réellement, elle craint de tomber en morceaux.

Elle hoche brièvement la tête.

— Bonne chance, dit-elle. Si je croise ton type, je te le ferai savoir.

Santi la regarde s'en aller comme s'il ne s'attendait pas à ce qu'elle revienne.

Thora est assise sur l'herbe, un vaporisateur d'eau dans sa main gauche et une couverture dans la droite. Une assiette de millet est posée devant elle. Dans son dos se trouve une cage pleine de perruches.

Le volatile suivant atterrit dans une frénésie de vert éclatant. Thora demeure aussi immobile que la mort jusqu'à ce qu'il commence à becqueter le millet. Elle se déplace alors comme un piège ambulant, aspergeant l'oiseau avec son vaporisateur. Tandis que celui-ci se débat pour s'envoler, elle lance la couverture sur lui, l'empaquette, ouvre la cage et le relâche à l'intérieur.

Elle referme la porte de la cage et compte les oiseaux. Cela suffira pour une matinée de travail. Elle rassemble ses ustensiles et traverse le parc à reculons en direction d'Ehrenfeld. Elle soulève la cage à l'intention d'une vieille femme qui la suit sur le sentier.

— Vous n'avez jamais vu quelqu'un marcher à reculons en portant une cage remplie de perruches ? crie-t-elle dans un sabir sans queue ni tête de mauvais tchèque et d'islandais.

La vieille femme secoue la tête et emprunte un autre sentier. Thora rit à gorge déployée dans le soleil illusoire, se sentant vaciller au bord de la folie.

Parvenue au pied du phare, elle dépose la cage. Elle pousse chacun des oiseaux remuants à travers le béton solide avant de le relâcher. Une fois la cage vidée, elle prend son sachet de graines et passe la tête dans le mur. Un tourbillon d'oiseaux fait régner la pagaille à l'intérieur. Thora éparpille quelques bonnes poignées de graines, remplit l'abreuvoir, puis regagne la rue.

Essayer de détruire le monde donne faim. Elle se dirige vers la vieille ville et s'empare d'une *currywurst* miraculeuse dans la camionnette à l'extérieur de la cathédrale, même si elle n'est pas sûre que cela lui sera d'une grande utilité. Durant les dernières vies, la nourriture a semblé creuse dans son estomac. Elle ne compte pas en parler à Santi. Il se contenterait de déclarer que c'est une métaphore pour sa disette spirituelle, ou un truc profond du même genre.

Elle est appuyée contre la paroi de verre de la gare centrale quand elle l'aperçoit sur les marches de la cathédrale, occupé à dessiner dans son carnet. Elle songe à la maison inhabitée qui attend, remplie de leurs souvenirs. Avant de se rendre compte de ce qu'elle fait, elle embarque sur le prochain train à destination de Fühlingen. Elle ignore pourquoi, jusqu'à ce qu'elle franchisse le seuil vide de la maison et que ses pieds la conduisent tout droit vers Jules.

Celle-ci l'observe depuis le mur, aussi pétillante que la vie, les yeux plissés en un franc sourire. Thora pense à toutes les versions de Jules qu'elle a connues ; si Santi a raison, chacune d'elles serait un écho de la vraie. Elle se souvient de la conviction qui s'est cristallisée en elle au fil du temps, selon laquelle elle ne pouvait vivre avec Jules que si elle abandonnait l'idée d'un ailleurs. Est-ce un choix qu'elle a déjà entériné ? Ou un choix qu'elle est encore en train de faire ?

Avant de partir, elle s'arrête sous la peinture de l'homme au manteau bleu. Elle doit sé rappeler quelque chose : un mot tapi sur le bout de sa langue. Elle ferme les yeux pour essayer de mieux l'entendre. Une lueur à la périphérie de sa vision, une soudaine odeur de fumée dans sa gorge. Le sable sous ses doigts, et un éclair bleu.

La plage. L'homme au manteau bleu gisant sur le sable, qui lui dit que quelque chose s'est passé. Elle lui a demandé son nom, et il le lui a dit. *« Peregrine. »*

Elle écrit le nom sur le mur en dessous de la peinture. Santi n'aura qu'à le découvrir lors de son prochain passage. Nul doute qu'il en conclura que cela a une signification.

Le lendemain, elle est installée en haut d'une échelle dans le planétarium de l'Odysseum, en train de patiemment dévisser les ampoules qui font office d'étoiles, lorsque son téléphone vibre pour lui indiquer l'arrivée d'un message.

Un message de Santi. Elle envisage de le supprimer sans le lire. Maudissant sa curiosité, son besoin constant de savoir, elle l'ouvre.

Je l'ai trouvé. Nous sommes à la maison.

Ce n'est pas une invitation. Thora s'en fiche. Elle dévale l'échelle et court.

Quand elle parvient en haut de l'escalier de la maison du souvenir, elle aperçoit Peregrine debout au centre de la pièce. Santi est assis contre le mur, la tête entre les mains.

L'homme au manteau bleu regarde Thora, calme et perdu. Elle se tourne vers Santi.

— Où est-ce que tu l'as déniché ?

— Je l'ai appelé. (Il désigne le gribouillis que Thora a ajouté à sa peinture.) J'ai prononcé son nom à voix haute et il est entré.

On peut faire confiance à Santi pour tenter ce qui s'approche d'une prière : un acte de foi qui ne serait jamais venu à l'esprit de Thora.

— Et… ? l'invite-t-elle.

Santi secoue la tête. Pour la première fois, elle aperçoit le désespoir dans son regard.

— Ça ne sert à rien. Il raconte n'importe quoi.

Elle ne peut le supporter : elle n'a jamais vu Santi aussi démuni. Elle s'avance d'un pas résolu sur Peregrine.

— OK, dit-elle. Dites-moi ce qui se passe.

Peregrine fronce les sourcils.

— Vous êtes là, dit-il.

— Ça, on l'avait compris, merci. (La colère de Thora monte.) Où. Sommes. Nous ?

— Je… (Il s'interrompt, la bouche ouverte.) Je ne sais pas.

— Si, vous le savez.

La rage prend possession d'elle, la contracte en un nœud de fureur. Il est plus facile de céder à sa nature que de lui résister. Il est plus facile de s'en prendre à Peregrine, de le broyer comme elle essaie de détruire le monde. Elle s'éloigne à grands pas pour saisir une poutrelle de bois brisée qui gît sur le sol.

— Vous le savez et vous allez nous le dire.

Santi se lève.

— Qu'est-ce que tu fais ?

— J'obtiens des réponses. (Thora s'avance sur Peregrine.) Il est sur le point de nous expliquer ce qui se passe.

— Thora, l'avertit Santi.

— Il sait quelque chose. (Le ton suppliant de sa propre voix ne lui échappe pas, même si elle ignore ce qu'elle demande exactement.) Il sait quelque chose et il nous le dissimule.

Santi vient se placer à ses côtés.

— Regarde-le, dit-il. Il est désorienté. Il ne peut pas…

— C'est lui qui est désorienté ?

Thora frappe le sol de la poutrelle. Santi sursaute. Peregrine ne bronche pas. Elle le déteste pour cette absence de réaction, tout comme elle le déteste pour ce qu'il est, un fantoche vide qui promet des réponses mais ne donne rien.

Santi se tourne vers Thora ; seule une personne le connaissant aussi bien qu'elle peut percevoir la tension logée entre ses épaules.

— Ça ne te ressemble pas, déclare-t-il.

— Tu en es certain ? (Elle s'esclaffe. Après tout ce temps, dire qu'il la connaît si peu.) Nous nous sommes entre-tués, Santi.

J'ai annihilé ta femme en t'obligeant à regarder. Nous ignorons qui nous sommes vraiment. Et je ne pense pas que nous souhaitons le savoir. (Elle gesticule vers les murs, vers ses splendides visions des vies qu'il a choisi de se rappeler.) Tu dis que tu cherches la vérité à notre sujet. Mais comment peux-tu être sûr que tu ne trouves pas simplement la vérité que nous aimerions ? Tu ne peux pas te contenter de… rassembler tous les petits bouts de toi que tu aimes et déclarer : « C'est moi, tout le reste n'est qu'une aberration. » Nous avons tous les deux commis des actes abominables. Ils font partie de nous, nous devons l'admettre.

— C'est ce que nous faisons, rétorque-t-il. (Elle voit qu'il le pense réellement, elle devine à quel point il est encore choqué de l'avoir tuée.) Mais nous devons être plus que cela.

Ses paroles résonnent en elle. Elle veut le croire, plus que tout, mais elle ne sent que les doigts d'Héloïse qui disparaissent, et sa propre main alors qu'elle plonge le couteau dans la poitrine de Santi.

— Qui s'en soucie ? dit-elle d'une voix éraillée. À partir du moment où je suis devenue une meurtrière, est-ce que le reste compte ?

— Oui, s'enflamme-t-il. Oui, Thora. Il n'y a pas qu'un choix. Il y a une centaine de choix, chaque jour que Dieu fait, et tous comptent. (Il maintient son regard.) C'est toi qui me l'as appris.

Toute velléité de lutte déserte Thora. Elle baisse la tête en lâchant un rire étouffé. Elle relâche la poutrelle.

— Je suis désolée, dit-elle à Peregrine. Vous pouvez partir.

Peregrine regarde Santi comme s'il avait besoin de sa permission. Celui-ci hoche la tête. L'homme au manteau bleu s'éloigne et descend l'escalier. Thora expire et s'assied, partagée entre des sentiments de victoire et de défaite. Santi vient s'asseoir à côté d'elle. Ils regardent ensemble leur unique piste disparaître sous leurs yeux. Elle souffre autant que le jour où, lorsqu'elle avait onze ans, sa perruche s'est envolée.

— Bravo, déclare Santi comme s'il la félicitait d'avoir réussi un examen.

Thora rit sous cape.

— Je croyais que tu avais décidé que nous n'étions pas mis à l'épreuve, dit-elle. Depuis que tu m'as poignardée en plein cœur sans que cela nous fasse sortir d'ici par magie.

Santi lui lance un regard ironique.

— Tu penses que j'agis comme je le fais parce qu'on me teste ? (Il secoue la tête.) J'agis ainsi parce que c'est le seul choix qui me reste.

Thora sourit en entendant cet écho de ses propres réflexions, qui lui reviennent modifiées par l'esprit de Santi. Elle le regarde se tourner vers la fenêtre. Chaque vie l'a rendu plus translucide, au point qu'à travers ses extérieurs changeants elle parvient à distinguer ce qui est constant à l'intérieur. Il y a une centaine de vies de cela, elle avait tort de se moquer de lui quand il prétendait que deux êtres demeuraient à jamais un mystère l'un pour l'autre. Elle connaît Santi aussi bien qu'une personne peut en connaître une autre, sous toutes ses facettes, tous ses côtés, tous ses angles. Mais elle connaît toujours aussi mal le fond de son cœur. Les ombres qu'elle a vu celui-ci projeter constituent un objet impossible, plus grand et plus étrange, un objet que Santi ne peut contenir à lui seul. On ne peut pas dire la même chose d'elle. Monde après monde, elle s'est sentie devenir plus petite, se réduire à une chose évidente, qui grogne et n'aspire qu'à fuir. Peut-être n'était-elle rien d'autre, même au commencement dont elle ne se souvient pas : le reste n'était qu'un déguisement fragile, comme sa robe chasuble orange et ses répliques acerbes qui lui ont été arrachées par l'ouragan qu'ils ont traversé. Ou peut-être que Santi a raison. Peut-être qu'elle a encore le droit de choisir qui elle veut être.

— Son nom, dit-elle en levant les yeux sur la peinture murale de Peregrine. Ça veut dire « vagabond ».

— « Pèlerin », la corrige-t-il doucement.

Il croise son regard. Elle y lit un chagrin plus profond que le sien : il croyait vraiment que Peregrine les mènerait à la vérité.

— Je regrette qu'il ne détienne pas les réponses, dit-elle.

Il se fend d'un demi-sourire.

— Ça ne veut pas dire que les réponses ne sont pas là. Ça veut juste dire que nous devons continuer à chercher.

Thora contemple ses doigts : ses tendons sont les fils qui contrôlent la pauvre marionnette de son corps.

— J'aimerais te ressembler davantage. J'aimerais y voir une signification.

— Je ne la vois pas, rétorque-t-il. Je la cherche. (Sa voix est posée.) Tu penses que c'est facile. Tu penses que ça… me vient naturellement. Mais non. C'est un choix que je fais. Chaque fois, sans exception.

Ils continuent donc à chercher. Thora plonge les doigts dans les prises vivantes du monde, tentant de provoquer une étincelle qui consumera les mensonges et fera apparaître la vérité. Santi relie, par le dessin, des fils de chacune de leurs vies, cherchant une couleur qui brille à travers toutes.

Bizarrement, Thora est plus heureuse qu'elle ne l'a été depuis des vies. Elle a une mission, la perspective d'une issue, et elle n'est pas seule : Santi cherche à ses côtés. Elle n'est toutefois pas surprise de constater que le même objectif se matérialise différemment une fois filtré par leurs esprits respectifs. Lui déchiffre le monde pour y trouver un sens, comme il l'a toujours fait. Elle essaie de le démanteler de l'intérieur. Dans les deux cas, ce travail insolite correspond à leurs natures. Chacun à leur manière, ils ont toujours été des explorateurs.

Après une matinée passée à arracher des cadenas au reste du pont, Thora se rend à Fühlingen sous d'étranges nuages qui s'amoncellent. Elle parvient à la maison avant que la pluie ne se mette à tomber. Elle se prélasse sur le rebord d'une des fenêtres en façade, attendant l'arrivée de Santi. Quelque chose de bizarre se passe à l'extérieur. La pluie tombe, mais pas seulement la pluie : d'autres choses s'affalent lourdement au sol en éclaboussant l'allée envahie de mauvaises herbes. Thora se penche par la fenêtre pour savourer le spectacle.

Quelques minutes plus tard, elle voit Santi traverser le jardin en courant et en remontant le dos de son manteau pour se protéger le crâne. Il parvient sur l'escalier à bout de souffle et se secoue.

— Thora, demande-t-il patiemment, pourquoi est-ce qu'il pleut des poissons ?

— Parce que mon approche fonctionne.

Elle bondit du rebord pour aller voir ce qu'il peignait la dernière fois. Un portrait vague et impressionniste d'un homme qu'elle ne reconnaît pas : barbu, de longs cheveux bruns, dissimulé dans l'ombre.

— Qui est-ce ? demande-t-elle.

Santi s'éloigne du mur et penche la tête.

— Quand nous sommes tombés de la tour. (Thora remarque qu'il ne dit pas « quand nous avons sauté ».) J'ai vu ce visage.

Thora le considère.

— Vraiment ? J'ai aussi vu un visage.

— Le même ?

Cette version de Santi passe si rapidement de l'artiste distrait à l'enquêteur hyper concentré. Thora devine qu'il a eu assez d'entraînement pour être les deux à la fois.

Elle secoue la tête.

— Pas du tout… moi j'ai vu une femme. Qui était aussi beaucoup moins… christique. (Elle esquisse une moue.) Nous avons peut-être chacun vu ce que nous nous attendions à voir.

— Pourquoi tu t'attendais à voir une femme ?

Thora hausse les épaules.

— Parce que pour concevoir tout ceci, il faut être vachement malin ?

Santi se marre, puis ferme les yeux et s'agrippe au mur.

Thora fronce les sourcils.

— Ça ne va pas ?

Il rouvre lentement les yeux.

— Un vertige. J'en ai depuis quelques vies.

Thora le regarde avec circonspection.

— Moi, j'ai tout le temps faim, dit-elle. Peu importe ce que je mange. J'en aurais bien parlé plus tôt, mais je craignais que tu me dises que ça signifiait quelque chose.

Santi abaisse son pinceau et lui adresse un sourire las.

— Sans doute rien qui vaille.

Thora dissimule son inquiétude et passe devant lui pour examiner les murs.

— Tu vas manquer de place. (Presque toutes les briques sont recouvertes.) Tu as trouvé ta réponse ? Tu sais déjà qui nous sommes ?

Il marque une pause, le pinceau suspendu dans les airs.

— Je pense bien, dit-il. Mais à toi de me le dire.

Thora embrasse du regard la galerie de leurs vies. Elle à l'âge de sept ans, emmitouflée dans l'écharpe de son père, qui lève les yeux vers les fausses étoiles de l'Odysseum. Eux deux penchés sur leurs ordinateurs dans le labo d'astronomie, le visage éclairé par la lueur de leurs mondes inventés. Santi, perdu et sans abri, qui explore un labyrinthe de rues à la recherche d'un signe indiquant « Nous sommes là ». Elle le regarde tel qu'il est maintenant : plus jeune qu'alors, mais aussi plus âgé d'une façon qu'elle seule peut identifier.

— Alors ? lui demande-t-il avec un sourire affectueux. Qu'est-ce qui est au cœur de nous, chaque fois ?

— Nous cherchons toujours, dit Thora. Nous voulons toujours être ailleurs. (Elle jette un coup d'œil en direction de Jules, qui lui sourit depuis une autre réalité.) Même quand cela implique d'abandonner ceux qu'on aime.

Santi hoche la tête.

— Je pense que tu as raison.

— Tu es certain ? (La voix de Thora se brise.) C'est peut-être simplement ce que nous souhaitons être.

En guise de réponse, il désigne de son pinceau un coin de la pièce qu'elle n'a pas encore vu. Le mur arbore des tableaux miniatures représentant les tentatives exploratoires de Thora dans cette vie ; la sténo graphique de Santi est si exercée qu'il parvient à l'évoquer en quelques traits. Thora sur le pont, qui balance des cadenas dans une eau encombrée de casques spatiaux et de squelettes. Thora qui tient une volée de perruches par des fils, alors que des thorns et des signes diacritiques lui sortent de la bouche. Thora qui marche sans fin à reculons, comme s'il l'appelait à la maison.

— C'est ce que nous sommes pour l'instant, commente-t-il. Toi à ta manière, moi à la mienne. Nous avons choisi, et nous continuerons à choisir.

Elle déglutit, trop émue pour s'exprimer d'emblée.

— Tu penses que cela veut dire que nous sortirons d'ici ? lui demande-t-elle quand elle en est capable.

Il croise les yeux du visage qu'il a aperçu dans sa chute.

— Cela veut dire que nous n'allons pas cesser d'essayer.

Thora s'ébroue et se dirige vers la fenêtre.

— Je dois y aller.

— Moi aussi, renchérit Santi, pince-sans-rire. Je dois me laver les cheveux à cause de tout ce poisson.

Thora s'immobilise alors qu'elle enjambe le rebord de la fenêtre.

— Si la simulation s'arrête, tu penses que ça ressemblera à quoi ? J'imagine que l'air va comme… se dissoudre.

Santi hausse les épaules.

— Il y aura une lumière vive, je suppose.

Thora lui lance un regard méprisant.

— Mon Dieu. Comme c'est original. Ça me tue. (Elle tend le doigt à l'extérieur de la fenêtre, en feignant la surprise.) Santi, regarde ! Une lumière vive !

— C'est le soleil.

— Pour l'instant. Accorde-moi encore quelques jours, dit-elle avant de sortir.

Elle se réveille, consciente qu'il y a un problème.

Pas un problème comme lorsqu'on se réveille au son d'un bébé qui pleure ou en sentant une odeur de gaz. Mais un problème cosmique, comme si on s'endormait sous les étoiles et qu'on se réveillait enterrée vivante.

Elle hoquette en s'agrippant la gorge. L'air est lourd, puis léger ; pesanteur et pression battent la cadence à la façon d'une horloge déréglée. Elle s'appuie contre le mur et s'extirpe du lit, avant de se plier en deux en grimaçant de douleur. Le temps et l'espace défilent entre ses oreilles. Elle a le nez qui chatouille, mais elle a l'impression que, si elle essayait de le gratter, sa main passerait au travers. Elle se redresse, fait un pas de côté, plonge en avant dans l'espace noir et rugissant. Des sons la traversent, un charabia de mots allemands, russes et anglais. Des visions de perruches volant à travers la pierre, ou du visage de Santi sous d'innombrables facettes qui se fracturent, oscillent devant ses yeux.

Elle ignore comment elle parvient à la fenêtre. Santi se trouve en contrebas, dans ce qui était autrefois la rue mais qui a désormais l'apparence d'une mosaïque de fragments jointoyés par le vide. D'un pas, elle le rejoint dans ce non-lieu. Il est de dos, les contours de sa silhouette vibrent.

— Santi.

Elle le secoue par l'épaule et sent un étrange bourdonnement se propager. Des visions la traversent : des champignons pâles se profilent à l'horizon, le visage de Jules, le squelette de la tour de l'horloge, vitreux et constitué d'os. Un phare en crochet tournoie furieusement dans le ciel.

— J'ai réussi, dit-elle.

L'écho de ses mots se divise, lui revient comme une plainte bourdonnante.

Santi lève les yeux vers le ciel tourbillonnant, des fragments de Cologne se déversent en entonnoir dans le chaos.

— Tu as réussi quelque chose, précise-t-il.

Elle suit son regard vers le haut. Des étoiles jumelles l'aveuglent en tombant. Elle les identifie trop tard comme les phares d'une rame de métro, qui fonce en émettant un bruit de griffes sur du verre. Elle pousse un cri, partagée entre la terreur et le rire, et tire Santi à l'écart. Elle court en lui tenant la main et le guide par bonds légers au-dessus de zones de néant, le long des fragments flottants de ce qui était la route menant en ville. Des pépiements déformés fondent au-dessus d'elle. Elle lève les yeux et aperçoit une volée de minuscules oiseaux verts qui tournoient à reculons par-dessus leurs têtes.

— Où est-ce qu'on va ? hurle Santi.

— On sort d'ici, lui répond Thora en criant par-dessus son épaule. Il y a des trous partout maintenant. Il doit y en avoir un par lequel on peut s'échapper.

— Tu es sûre ? hurle Santi.

— Non, crie-t-elle en refermant la main autour de la sienne.

Quitte à aller nulle part, autant y aller ensemble.

Ils chancellent, tantôt écrasés par une force qui les broie, tantôt flottant au-dessus des éclats de la route. Ils courent jusqu'à ce que les fragments sous leurs pieds se fondent en pavés. Ils sont dans la vieille ville, ou dans ce qui en reste, un amas désordonné de gravats comme à la suite d'une explosion. Thora se voit dans le ciel, un éclair bleu et un bras qui fait signe. Santi et elle sont peints dans les étoiles, là où est leur place depuis toujours. Au pied de la tour de l'horloge, les mots qu'elle y a finalement écrits – « Qui nous sommes » – s'étirent et font une embardée, les encerclent en tourbillonnant. La tour se scinde et s'étend en une hélice qui tourne, une perceuse qui fore le ciel. Un sentiment s'enracine dans le cœur de Thora, s'épanouit en une révélation.

— Les étoiles, désigne Thora. Elles sont notre issue.

— Oui. (Santi rit et la regarde d'un air joyeux.) Nous savons enfin où nous allons.

Il resserre la main autour de la sienne alors que leurs pieds quittent le sol chancelant. Ils s'élèvent vers le point où le ciel s'effiloche, un univers palimpseste qui se défait. Le vent devient si fort qu'ils doivent hurler pour s'entendre.

— Là, lui dit Santi dans l'oreille, d'assez près pour couvrir la tempête. Là, tu vois ?

Thora parvient à peine à ouvrir les yeux. Elle les plisse vers le haut, en direction de l'endroit qu'il lui indique, mais la lumière s'estompe, les étoiles sont aspirées dans la gueule de la ville en contrebas, qui les attire dans son sillage. Des formes se réunissent sur la place, une foule de gens qui scrutent le ciel. Il y a un problème. Ils ne vont pas y arriver.

— On tombe, essaie-t-elle d'articuler.

Mais ses mots sonnent brouillés. Elle a la respiration difficile, elle inspire de nouveau, son corps est un soufflet activé de l'extérieur. Les aiguilles de l'horloge de la tour remontent en sens inverse vers minuit. Le temps revient en arrière, les ramenant vers le sol. Elle s'accroche à Santi, tout en luttant pour repousser le temps vers l'avant, pour atteindre le trou que la tour perce dans le ciel. Ils chutent en spirale au cœur de la foule comme les ailes attachées d'une graine de sycomore. Le temps cahote, revient à zéro, redémarre.

— Docteure Lišková ?

Le Santi qui était son patient, âgé et rongé par les tracas, un chagrin infini dans les yeux.

— Thora, qu'est-ce qui se passe ?

Elle se tourne. Il lève les yeux vers elle, il a huit ans, il est perdu. Le Santi qui avait tant besoin d'elle, qui lui tenait la main quand ils ont sauté de la tour.

Thora tournoie sur elle-même à la recherche du vrai Santi, de son Santi, mais elle l'a perdu dans une foule entièrement constituée de lui-même. Elle se fraie un chemin, criant inutilement son nom, mais ils sont trop nombreux et ils se souviennent tous d'elle, ils peuvent tous prétendre la connaître. Ils s'agrippent à elle, l'attirent vers le bas ; elle finit par ne plus entendre que son propre nom, répété à l'envi par une centaine de voix. Un frémissement, un craquement qui la fissure en fragments, et tout s'arrête.

Dans les étoiles

Santi rêve d'un message écrit sur le ciel.

Il ne parvient pas à le déchiffrer tant celui-ci est proche : la main de Thora dans la sienne, les étoiles qui clignotent autour d'eux comme des bougies dans le noir. Quand ils se mettent à tomber, il garde les yeux rivés vers le haut pour tenter de déchiffrer le motif, de lire la vérité qui lui a échappé. Mais le message refuse d'apparaître clairement. La vision de Santi se trouble, les étoiles se dilatent pour former des globes de lumière qui fusionnent avec les flammes patientant toujours au coin de ses yeux.

Il se réveille sous le soleil, incertain de qui il est. Autrefois, ce sentiment l'aurait fait paniquer. Maintenant, Santi passe en revue les incarnations comme si c'étaient des diapositives, la lumière les superposant toutes pour n'en constituer qu'une seule. Thora est allongée sur le lit à côté de lui, ce qui réduit le champ des possibles. Il est rare qu'ils se retrouvent attirés l'un par l'autre dans la même vie, mais cela arrive encore. Il tend une main et lui caresse la joue. Elle émet un bruit indistinct et s'enfonce sous les draps.

— Il est l'heure de se réveiller, dit-il en embrassant son front plissé.

Elle a la voix étouffée.

— Qu'est-ce que tu veux dire, se réveiller ? Tout ça n'est sans doute qu'un rêve.

Il sourit.

— Oh, alors tu rêves de moi ?

— Qui a dit que c'était mon rêve ? (Elle roule sur elle-même avec un soupir.) De toute façon, ça ne peut pas être un rêve. C'est trop crédible. Si c'était un rêve, tu serais toi-même, mais aussi mon vieux prof de physique, et tu me filerais une interro surprise à laquelle je ne me serais pas préparée tandis qu'une armée de chèvres essaierait de démolir la porte.

— J'ai été ton vieux prof de physique, lui rappelle-t-il.

Elle fait la grimace.

— Si tu crois que ça m'excite, il te faudra encore beaucoup de vies pour apprendre à me connaître.

Elle se glisse hors du lit, enfile un long gilet et s'avance à pas feutrés sur le parquet en direction de la cuisine. Il tend une main vers elle en protestant, mais elle n'est plus là, puis il entend le son de la bouilloire qui se remplit, annonçant le café. Un miaulement se fait entendre avant qu'un fracas ne retentisse depuis la cuisine.

— Seigneur, Félicette !

Il sourit.

— Elle perturbe de nouveau le continuum espace-temps ?

— Pas plus que d'habitude.

Thora s'immobilise dans une flaque de soleil, se rongeant les ongles. En cet instant, elle l'éblouit comme si elle était une fenêtre qui laissait passer une lumière rare et incandescente.

Il voit des pensées parcourir son visage comme des nuages d'orage. Il a envie de l'attirer vers lui, de saisir ce moment dans son carnet de souvenirs. Il se demande parfois si sa quête de sens l'a rendu fou, s'il n'est qu'un vieil homme sénile qui remplit ses poches avec des galets étincelants trouvés dans le caniveau. Il entend la voix d'une autre Thora : *« Ne ratisse pas du verre brisé à la recherche de diamants. »*

— J'ai de nouveau fait ce rêve, déclare-t-il.

L'expression sur le visage de Thora s'altère. Il ne pourra jamais voir certaines parts d'elle ; par sa seule présence, il influence irrévocablement l'attitude de Thora au repos. Elle se tourne pour verser le café.

— Celui où nous sommes dans les étoiles ?

Il acquiesce et lève les yeux vers le plafond.

— Je pensais vraiment qu'on avait trouvé la réponse, déplore-t-il.

Il revient à l'idée à laquelle il s'accroche depuis l'époque où il vivait dans la rue, un talisman devenu lisse à force de le frotter. *La clé est de savoir qui tu es. Seulement alors tu sauras où tu vas.* Est-ce que ça sonne juste parce que c'est vrai, ou parce qu'il veut que ce soit vrai ? Il se frotte les yeux pour essayer de dissiper le flou de son rêve.

— J'ai eu si souvent des certitudes, et ça s'est toujours terminé de la même manière, poursuit-il.

De la même manière, voire pire. Il pose les yeux sur ses mains, se remémorant où l'ont un jour mené ses certitudes. À un couteau planté dans le cœur de Thora.

Elle revient au lit en tenant un mug dans chaque main.

— Cette fois, moi aussi, je me sentais certaine. (L'ombre d'un sourire passe sur son visage.) Tous les deux certains de la même chose. Ça nous est déjà arrivé ?

Santi réfléchit à l'étrange convergence de leurs points de vue : le moment où ils se sont regardés et ont su avec certitude où ils devaient aller. On aurait dit que cela signifiait quelque chose. Mais il a éprouvé cette sensation de trop nombreuses fois pour s'y fier.

Thora appuie le crâne contre le mur.

—Je ne sais pas pourquoi je pensais que ça marcherait. J'avais déjà essayé, mais en empruntant une autre direction. Si nous sommes incapables de nous enfuir en quittant la ville par voie terrestre, pourquoi ai-je cru qu'on y arriverait en atteignant les étoiles ?

Santi perçoit l'amertume de l'échec dans sa voix. Bien qu'il ressente la même chose, il ne veut pas qu'elle s'accable de reproches.

—Nous ne pouvons pas être sûrs que ça n'aurait pas marché, fait-il remarquer. Nous sommes tombés avant de réussir.

Elle grogne.

—Santi, on est incapables de monter dans un train pour Düsseldorf. Comment suggères-tu qu'on essaie de quitter la planète ? En construisant une très grande échelle ? (Son expression change, comme si ses paroles avaient évoqué un souvenir. Elle lui agrippe le bras.) À moins que…

—À moins que ?

Thora le considère, le visage radieux.

—Tu crois que tout ici a un sens. Représente quelque chose.

—Je le croyais, admet-il.

Le fait qu'il recourt au passé le choque. Est-il vraiment en train de renoncer à sa conviction de longue date ? Comment tout ceci pourrait-il être dénué de sens après ce qu'ils ont traversé ?

Thora resserre les doigts sur son bras.

— Ici, en ville. Qu'est-ce qui représente les étoiles ?

Santi songe à ce que les étoiles signifient pour lui. Un ailleurs ; une transcendance ; l'espoir d'une découverte, d'une révélation.

— La cathédrale ? (Thora secoue la tête.) L'université ? Le sommet de la tour de l'horloge ?

Le visage de Thora se contorsionne d'amusement.

— Tu réfléchis trop.

Soudain, il comprend. Pourquoi n'y a-t-il pas songé plus tôt ?

— Le planétarium.

Elle lâche un rire lumineux et joyeux : une Thora qu'il n'a pas vue depuis des vies. En quelques secondes, elle est debout, hors du lit.

— Viens alors, dit-elle en enfilant son jean. Qu'est-ce qu'on attend ?

Il s'habille à la hâte. Alors qu'il la suit vers la porte, il se sent gagné par une onde de faiblesse. Il s'appuie contre le mur.

Thora se renfrogne.

— Qu'est-ce qui se passe ?

— Rien d'inhabituel, s'efforce de répondre Santi.

Il se pince le front jusqu'à ce que ça passe.

Thora se mord la lèvre inférieure.

— Tu devrais peut-être prendre moins de café.

Il sourit. Ils savent que ses vertiges n'ont rien à voir avec ce qu'il boit, tout comme la nourriture ne peut calmer l'appétit de Thora. Elle lui adresse un regard compréhensif et peiné.

— Allons-y, dit-elle en lui prenant le bras.

C'est lundi : l'Odysseum est fermé. Les portes sont barrées d'une chaîne, maintenue par un simple cadenas.

— C'est maintenant que mes talents se révèlent utiles, déclare Santi en dépliant son couteau tandis que Thora s'empare d'un caillou et le balance dans la vitre.

Santi se prépare à entendre une sirène qui ne résonne pas.

— Pas d'alarme, observe-t-il en se baissant pour franchir la porte démolie.

— Qui s'introduirait par effraction dans un musée pour enfants ? demande Thora, écrasant les éclats de verre de ses bottes.

Alors que Santi longe les caisses à la suite de Thora, sa vision se brouille. Il s'arrête pour se frotter les yeux.

Thora fait demi-tour et lui touche l'épaule.

— Encore un vertige ?

Il secoue la tête.

— Un truc nouveau.

— Comme c'est excitant. (L'inquiétude qui se peint sur son visage dément son sarcasme.) Tu as intérêt à ne pas m'abandonner une fois de plus. Je commence à le prendre personnellement.

Après avoir dépassé les regards vitreux des combinaisons spatiales vides, ils accèdent au planétarium. Ils observent ensemble les lumières qui scintillent faiblement. Santi éprouve une désagréable sensation de déception.

— Nous sommes venus ici une centaine de fois, marmonne Thora. Qu'est-ce qui aurait pu nous échapper ?

Ils comprennent en même temps. Sans un mot, ils partent à gauche dans le couloir où l'image du télescope Kepler dépeint l'infinité sur le mur. Devant eux se dresse une porte condamnée avec un écriteau indiquant « *Im Bau*/En construction ».

— Dans combien de mondes ? demande Thora dans un souffle.

— Tous ceux dont je me souviens.

Ils se consultent du regard. Ils s'avancent et empoignent l'écriteau des deux côtés.

— Trois, deux, un, dit Thora.

Santi soulève avec elle et ils joignent leurs forces pour arracher la pancarte.

La salle au-delà est plongée dans la pénombre. Santi entend le souffle accéléré d'un ronronnement profond alors qu'il tâtonne à la recherche d'un interrupteur. Une lueur venant du plafond éclaire une série de panneaux d'exposition. À l'autre bout de la pièce, d'où provient le son, une image tremblote sur le mur. Ils se séparent : Thora se dirige vers le mur, et Santi vers l'exposition. Il se prépare à une révélation, à la vérité, si terrible soit-elle, à tout, sauf à ce qu'il voit.

C'est impossible. Il se précipite vers le panneau suivant, puis vers le suivant, s'agrippant à eux comme un homme au bord de la noyade.

— Ils sont vides, s'étrangle-t-il. Tous.

Thora ne répond pas. Santi contemple l'affreuse vacuité qui concrétise sa pire peur : que le monde ne soit qu'une vaine énigme, que le message crypté qu'il cherche à déchiffrer depuis si longtemps ne soit que du bruit blanc.

Un immense vertige l'assaille. Le sol semble bouger sous ses pieds. Il tombe sur le dos, les yeux rivés vers le plafond. Les lumières tamisées s'éparpillent au hasard à travers les ténèbres telles des constellations fortuites. Non : pas au hasard. Il se redresse sur les coudes et plisse les yeux pour percer le brouillard. Il n'hallucine pas : les lumières dessinent une carte du ciel. À un bout de la pièce, il reconnaît le système solaire. Une trajectoire de lumière bleue part de la Terre et sillonne le plafond. Il la voit traverser des parcelles d'obscurité jusqu'à l'autre bout de la pièce, où elle termine sa course sur une planète en orbite autour d'une petite étoile pâle. Là, une lumière verte clignote faiblement, impatiente comme une alarme silencieuse.

— Santi.

De toutes leurs vies, il n'a jamais entendu la voix de Thora résonner de la sorte.

Il se remet debout tant bien que mal et court la rejoindre devant le mur. Santi lève les yeux vers l'image géante, tentant de comprendre ce qu'il voit. Un homme et une femme vêtus d'amples combinaisons-pantalons bleues, entravés par des tubes et des câbles, les yeux clos. Il croit observer une image fixe jusqu'à ce qu'il aperçoive une lumière verte qui se déplace de manière presque imperceptible sur un petit écran noir. Au cours de la minute et demie durant laquelle Thora et lui gardent le silence, la lumière suit une légère pente ascendante avant de redescendre. Un moniteur de fréquence cardiaque qui tourne au ralenti. Dans un éclair de perspicacité, Santi identifie l'origine du ronronnement : une respiration, décélérée au centième.

L'homme a les cheveux longs, sa barbe n'est pas taillée. Les pointes des cheveux de la femme sont teintes en bleu. Les yeux de Santi balaient l'image et viennent se poser sur le tatouage d'une constellation sur le poignet de la femme.

— Je ne comprends pas, murmure Thora.

Santi accroche son regard.

— Thora, dit-il. C'est nous. C'est là que nous sommes réellement.

Thora le fixe du regard avec désespoir.

— Où ?

Santi recule pour considérer la dernière pièce exposée. Une vitrine sous le mur vidéo. Thora et lui s'avancent de concert. Il se penche pour apercevoir la maquette d'un vaisseau spatial, dont on a retiré le dessus afin de révéler l'intérieur. Des réservoirs de carburant, de l'oxygène, de l'eau, des provisions. Et deux minuscules silhouettes dans des compartiments séparés, un simulacre des personnes à l'écran.

Il prend conscience d'un son : le tic-tac d'une horloge irrégulière. Cela l'hypnotise, puis il se rend compte que c'est Thora qui tapote une plaque d'argent devant la vitrine. « Peregrine », indique celle-ci. En dessous se trouve une réplique miniature de la carte du ciel au plafond. Santi suit la trajectoire entre la Terre et une exoplanète en orbite autour de Proxima Centauri.

Thora demeure muette pendant un long moment. Elle lève finalement les yeux vers lui.

— Tu veux dire que nous avons passé toutes ces vies à nous démener, à lutter, à désirer les étoiles, alors que, putain, nous y sommes déjà ?

Cette réaction correspond tellement à Thora qu'il s'esclaffe à gorge déployée. Le rire de Santi brise un mur en elle. Elle l'imite, rejetant la tête en arrière.

— Santi, c'est absurde. Comment pourrions-nous… nous ne pouvons pas être… (Elle hésite, la Thora qui discute sans cesse tombe enfin à court de mots.) Ça n'a pas de sens.

— Si, au contraire. (Santi tapote la plaque.) Tu te souviens de son nom ?

Thora souligne les lettres.

— Peregrine, dit-elle doucement. (Elle se redresse et lance une injonction.) Peregrine !

Il entre comme s'il attendait dehors. Tandis que l'homme au manteau bleu s'avance en clopinant vers eux, Santi croise son regard. Des yeux tristes, anxieux, pareils à ceux de quelqu'un qui porte un lourd fardeau.

— C'est vous ? demande Santi en désignant la maquette du vaisseau dans la vitrine.

— Oui.

Peregrine regarde Thora, avec une expression allant de la stupeur à la tendresse, puis au chagrin.

— C'est une interface, comprend Thora. Entre nous et le vaisseau.

Santi était certain que l'homme avait une signification, qu'il représentait une chose plus grande. C'est vrai, mais pas au sens où il l'imaginait. Peregrine est une construction mentale, qui vise à transmuter une réalité complexe et déconcertante en une forme avec laquelle ils peuvent communiquer.

Thora a la voix qui tremble.

— Quelle est notre mission ? Pourquoi allons-nous vers Proxima ?

— Vous… (Les yeux de Peregrine se ferment, son visage se contracte.) Les premiers, dit-il enfin. Pour voir, chercher, savoir.

Le cœur de Santi explose de joie, ses veines s'emplissent de lumière. Tout ce temps, il avait raison de croire qu'il y avait un sens.

— L'exploration, dit-il. La première mission embarquée vers une planète située hors du système solaire.

— Oui.

Santi croise le regard de Thora.

— Ce que personne n'a jamais vu, parvient-il à articuler au milieu de son extase. Nous serons les premiers à le voir.

Thora secoue la tête, dans un mouvement violent et répétitif.

— Je ne peux pas le croire. Je veux trop y croire… je…

Il la prend dans ses bras.

— Crois-y.

Il sent le moment où elle capitule, où elle intègre cette connaissance et admet qu'il s'agit de sa réalité. Elle se met à suffoquer, sa cage thoracique se gonfle contre la sienne comme si elle inspirait son premier souffle.

— Putain, on l'a fait, rugit-elle dans son oreille.

— Tout ce temps, nous l'avions déjà fait. (Il lui prend une main, la ramène vers l'écran pour qu'elle les regarde tous les deux. Il lâche un rire rauque.) C'est nous. Regarde-nous. Nous voilà.

Il la sent frémir.

— Tu assures vraiment en Jésus.

— Et tes cheveux sont réellement bleus, dit-il. Enfin, en partie.

— Je ne me teindrais jamais uniquement les pointes, lâche Thora avec dédain. J'avais les cheveux courts, et ils ont poussé.

Au même instant, ils se rendent compte de ce que cela signifie. Santi se tourne vers Peregrine.

— Nous sommes là-dedans depuis combien de temps ?

— Pour vous… (Peregrine bégaie, recommence.) 15,3 ans.

— Quinze… (Thora écarquille les yeux.) Nous sommes dans cette boîte depuis quinze ans ?

Santi visualise le métal qui l'enferme, son corps inerte et impuissant. Il serre les poings.

— Encore combien de temps avant que nous arrivions ?

Peregrine cille ; en une seconde, son expression ébranlée devient calme.

— Moins 4,9 ans.

Santi regarde Thora.

— Désolé. Vous avez dit… « moins » ?

Le visage de Thora pâlit dans la lumière spectrale.

— Il veut dire que nous sommes déjà arrivés, comprend-elle.

— Quoi ?

— Il nous l'a dit. Tu ne te rappelles pas ? Il nous l'a dit et redit. « Vous êtes là. » Dès la première fois près de la tour de l'horloge, il y a des mondes de cela. (Thora prend un air absent.) Les étoiles changeaient, puis elles ont cessé de changer. Nous voyagions, puis nous sommes arrivés.

— Il y a près de cinq ans. (Santi sent un début de panique l'assaillir, un vertige le prendre.) Alors pourquoi nous ne nous sommes pas réveillés ?

Thora adopte un ton impérieux.

— Peregrine. Réveillez-nous.

Le visage de Peregrine devient confus.

— L'équipage… ne peut pas se réveiller. En phase de transit.

— Nous ne sommes pas en putain de phase de transit. Nous sommes là. (Thora s'approche si près de Peregrine qu'une vraie personne aurait le réflexe de reculer.) Réveillez-nous.

Santi songe à la maison du souvenir, à la main de Thora qui tient fermement une poutrelle déchiquetée. Il lui touche l'épaule.

— Nous devons peut-être simplement lui demander de la bonne façon.

— Nous ne devrions pas le lui demander. C'est lui qui est censé lancer la procédure. (Thora fait volte-face et esquisse de grands gestes en direction des panneaux vierges à l'autre bout de la salle.) Cette salle… elle devrait être remplie d'informations sur notre mission. Mais elle n'est pas prête parce que Peregrine pense que nous voyageons encore. C'est pourquoi elle est en construction. (Thora s'esclaffe, d'un rire amer et entendu, comme si elle appréciait une bonne blague faite à ses dépens.) Écoute comment il parle. Tu penses qu'ils auraient conçu une interface qui marcherait comme ça ? Il est cassé, bordel. Peregrine, est-ce que vous fonctionnez normalement ?

Peregrine regarde Santi, perdu.

— Quelque chose s'est passé.

— « Quelque chose s'est passé. » (Thora se rapproche de nouveau.) C'est ce que vous m'avez dit sur la plage quand vous vous êtes effondré. Je pensais que vous faisiez une attaque. Mais… vous n'êtes pas une personne. Comment pourriez-vous faire une attaque ?

— Pas une attaque, intervient Santi. Une erreur fatale. (Il se souvient de la plage, de la façon dont le sol avait tremblé comme si la ville se désagrégeait. Il regarde Thora.) Il y a eu une collision. Je l'ai senti. Tu l'as senti. Peregrine… les systèmes informatiques ont dû être endommagés. (La terreur monte en lui, une claustrophobie sans rapport avec les murs de cette pièce à moitié plongée dans les ténèbres.) Il sait que nous sommes là, mais il ne peut pas sortir de la phase de transit. Il ne peut pas nous réveiller.

Thora plonge les yeux dans ceux de Peregrine.

— Alors quoi, vous allez vous contenter de nous laisser mourir de faim ? (Elle désigne l'écran vidéo, d'une main tremblante.) Regarde-nous. Je trouvais que les combinaisons étaient trop larges. Mais nous sommes squelettiques, putain.

Santi suit son regard. Sa barbe hirsute le dissimule, mais il s'en rend compte à présent dans le visage de Thora : la proéminence anormale de ses pommettes, la pâleur de sa peau. Cette image contraste étrangement avec la version d'elle qui se tient devant l'écran, vibrante et vivante.

— Les provisions, dit-il à Peregrine. L'oxygène, la nourriture, l'eau. Il devait y avoir plus qu'il ne fallait pour le voyage, sinon nous serions déjà morts. Combien nous reste-t-il ? Suffisamment pour rentrer ?

Cinq ans se sont écoulés, donc il y en a encore au moins pour cinq ans de plus. Nous serons bloqués le temps de trouver un moyen de reconstituer les réserves, mais peut-être que nous pourrons y arriver…

Peregrine secoue la tête.

— Le carburant et les provisions pour le retour… envoyés à l'avance. Sur la planète. L'équipage… les récupère… à l'arrivée.

Santi expire.

— Très bien. Mais il y avait une marge de sécurité.

Peregrine hoche la tête.

Thora pousse un grognement.

— Une marge de sécurité que nous avons ponctionnée pendant 4,9 ans.

Santi l'ignore.

— Combien nous reste-t-il ? insiste-t-il.

Le visage de Peregrine frémit.

— Un mois.

— En temps réel ?

— Oui.

Santi se tourne vers la ligne verte rampante du moniteur cardiaque.

— Ça fait combien de temps ici ?

— Huit ans.

Le silence s'installe dans la pièce sombre. Santi pense aux jours, aux mois dans cette ville qui les séparent de l'annihilation. Cela semble une éternité, mais c'est aussi plus bref qu'un battement de cœur.

Thora secoue la tête et abandonne Santi pour se diriger à grands pas vers la porte.

— Où est-ce que tu vas ? lui demande-t-il.

Elle ne se retourne pas.

— Toi je ne sais pas, mais moi, j'ai besoin de boire un coup, bordel.

Ils repartent de l'autre côté du fleuve ; la ligne des toits dessine une bavure sombre contre le ciel matinal. Le plus étrange est à quel point cela semble encore réel. Santi a beau savoir, sur un plan intellectuel, qu'il marche dans une illusion, il continue à croire à la brise sur son visage, au roulis gris des flots, au son de la cité qui s'éveille alors qu'ils atteignent la rive et virent à gauche en direction de la vieille ville.

Quand ils arrivent au *Zentaur*, l'établissement est encore fermé. Thora renverse une des chaises qui se trouvent les pieds en l'air à l'extérieur et s'assied. À l'intérieur, Santi voit Brigitta qui prépare l'ouverture. Il lui fait un signe de la main. Elle tapote sa montre et secoue la tête.

— L'horloge, déclare Thora. C'était un compte à rebours.

Santi suit son regard vers la tour, dont les aiguilles sont bloquées sur minuit depuis tant de mondes. Quatre ans et onze mois de temps compressé. Quatre ans et onze mois de réserves envolées. Il tente de faire appel au professionnel entraîné qu'il ne se rappelle plus être.

— Nous devons évaluer la situation et concevoir un plan.

Thora hoquette de rire.

— Très bien. Alors voici la situation. Nous sommes exactement où nous avons toujours voulu être, mais nous ne pouvons rien voir ni toucher. Et si nous ne trouvons pas une issue, nous allons mourir de faim dans une boîte en métal sans jamais nous réveiller. (Elle lance un regard furieux à travers la vitre du *Zentaur*.) Où est mon vin ?

— Brigitta prépare l'ouverture.

— Brigitta n'est pas réelle, bordel.

Thora se met debout et tambourine sur la porte. Après un bref échange tendu que Santi ne peut entendre, Thora revient à leur table avec du vin et une bière. Elle lève son verre.

— À la concrétisation de nos rêves, lance-t-elle d'un ton amer.

Santi trinque de bon cœur.

Thora repose son verre en faisant la grimace.

— Ce n'est plus pareil maintenant que je sais que mon vrai moi reçoit tous ses fluides par intraveineuse.

Santi boit une gorgée de sa bière.

— Le goût me paraît toujours réel.

— Mais il ne l'est pas. Rien de tout ceci n'est réel. Ce que nous venons de voir en constitue la preuve ultime. (Thora secoue la tête.) Je comprends pourquoi on nous a endormis pour le voyage. Et pourquoi on a inventé un monde factice pour nous divertir. Mais pourquoi ne pas nous laisser nous souvenir de l'endroit où nous sommes réellement ?

Santi frissonne en songeant aux parois de métal qui enserrent son vrai corps.

— C'est peut-être important que nous acceptions la réalité de ce lieu-ci. Je suppose que c'est pour cette raison qu'ils ont placé des copies de nos êtres chers. Héloïse. Jaime. Lily.

— Jules. (Thora joue avec son verre, une étrange tendresse se peint sur son visage.) Je veux la voir. Je veux dire, telle qu'elle est vraiment.

— Tu la verras peut-être, dit-il. Quand nous serons rentrés.

Elle le dévisage comme si elle avait peur d'espérer.

— Dix ans pour l'aller, dix ans pour le retour, plus le temps que nous passerons sur la planète ? Sans parler d'un retard imprévu de cinq ans ? Personne n'attendrait aussi longtemps.

— Tu n'en sais rien.

L'air morne, Thora avale une gorgée de vin.

— Pas étonnant qu'elle n'ait cessé de rompre avec moi. Moi aussi, je romprais avec moi. Tu imagines ? « Salut bébé, j'ai signé pour une mission de plus de vingt ans aux confins de l'univers, ne m'en veux pas, on se voit à mon retour ! »

Santi sourit tristement, songeant à Héloïse, au regard qu'il a aperçu tant de fois dans ses yeux : anxieux, impatient, attendant le moment où il partirait.

— Peut-être que nous les connaissons, mais uniquement sous un angle, lui rappelle-t-il. Tu penses que Jules voudrait que tu restes, donc c'est comme ça que tu l'imagines. Mais, si ça se trouve, la vraie Jules ne voudrait pas ce que tu crois qu'elle souhaite. (Il tapote la main de Thora.) Réfléchis. Tout ici était voulu. Ils doivent avoir donné leur accord pour qu'on se serve de leur apparence, de leur personnalité. Ça veut dire que Jules voulait envoyer une part d'elle avec toi.

Thora lui répond par un sourire peiné. Santi tente d'imaginer la scène : rentrer sur Terre, sortir sous les yeux de la foule qui attend.

— Sur la vidéo, dit-il. On avait l'air d'avoir quel âge ?

— Je ne sais pas. Fin de la trentaine ? Difficile à dire quand on est à moitié mort de faim. (Thora se ronge un ongle.) C'est tellement bizarre de songer qu'on a un âge précis. À ce stade, j'ai l'impression d'avoir tous les âges que j'ai eus. (En le regardant, elle change d'expression.) Tu penses à tes parents.

Il hoche la tête.

— Ça ira, dit-elle. Le mode de vie sain des Méditerranéens, toute cette huile d'olive. Les miens, d'un autre côté… (Elle avale une rasade de vin pour illustrer son propos.) J'imagine qu'ils se seront fait conserver dans du formol, grommelle-t-elle.

Santi a beau savoir que c'est sa façon de gérer les choses, il est incapable de sourire. Il imagine la version de lui-même qui a laissé sa mère et son père, en sachant qu'il ne les reverrait sans doute jamais. La vraie version. Il aimerait pouvoir dire que cela semble impossible. Une douleur soudaine vient pulser entre ses yeux. Il appuie sur ses tempes et inspire jusqu'à ce qu'elle passe.

— Merde, lâche Thora. C'est pire que ce qu'on croit.

Santi essaie de se concentrer sur ce qu'elle dit.

— Qu'est-ce que tu veux dire ?

— La relativité. (Elle déplace son verre de vin sur le côté.) Proxima Centauri se trouve à 4,2 années-lumière de la Terre. Si cela ne nous a pris que dix ans pour y arriver, nous devons avoir voyagé à une fraction considérable de la vitesse de la lumière.

Santi acquiesce.

— Donc un temps plus long se sera écoulé chez nous.

— Combien ? (Thora déplie sa serviette et tend une main pour demander le stylo de Santi.) Temps de voyage subjectif : 10,4 ans, marmonne-t-elle. Donc 20,8 ans aller-retour. En supposant une accélération constante…

Elle griffonne la formule.

Santi se penche, fasciné.

— Tu parviens à calculer mentalement des sinus hyperboliques ?

— Par approximation. (Thora fronce les sourcils.) Le temps écoulé sur Terre devrait être… d'environ vingt-trois ans. Comparé à vingt et un pour nous.

Elle rit.

Santi lui adresse un regard interdit.

— En quoi c'est drôle ?

— Jules verra enfin son vœu exaucé. À notre retour, elle aura un an de plus que moi. (Elle se tait, avant de rectifier.) Si nous rentrons.

— Nous rentrerons.

Thora croise son regard. Au bout d'un long moment, elle vide son verre.

— OK. Évaluation de la situation terminée. Je suis prête à concevoir un plan.

Santi se masse les tempes.

— Voilà comment je vois les choses. Nous disposons d'une interface avec le vaisseau. Je suggère que nous nous en servions.

— Peregrine ? (Thora grogne.) Il est à peu près aussi utile qu'un grille-pain cassé. Je lui ai déjà demandé de nous réveiller. Deux fois.

— Tu ne le lui as demandé que d'une seule façon.

Thora lève les yeux au ciel.

— Donc on devrait ajouter « S'il vous plaît » ?

— Ce n'est pas ce que je veux dire. (Santi se penche sur la table. Quelque chose cloche : Thora s'éloigne de plus en plus.) L'anomalie a affecté son langage, OK ? Peut-être que si nous demandons de la bonne manière, nous pourrons contourner son blocage mental.

— Tu suggères que nous essayions d'argumenter pour sortir d'ici ?

— Dieu sait que nous ne manquons pas d'entraînement. (Il ne distingue pas bien Thora, mais il devine qu'elle le regarde bizarrement.) Laisse-moi deviner, dit-il d'un air las. Tu suggères une autre approche.

La voix de Thora émerge du flou.

— Je veux retourner à l'Odysseum. Visionner la vidéo, passer en revue chaque centimètre de ce vaisseau. Il doit y avoir quelque chose qu'on peut… Santi ?

Il veut se frotter les yeux, mais sa main refuse d'obéir. Il essaie de se lever, mais ses pieds ne supportent pas son poids. Il s'effondre.

— Santi.

Dans les ténèbres, la voix de Thora se fait pressante. Les pavés s'enfoncent dans le dos de Santi.

— Thora.

Tu as encore détruit le monde ?

Elle appelle à l'aide et il flotte, libéré des pavés, libéré des contraintes autour de son vrai corps, en route vers les étoiles.

Il se réveille dans un lit d'hôpital. Thora est assise sur une chaise près de la fenêtre, se rongeant les ongles.

— Un cancer. De nouveau, déclare-t-elle quand il ouvre les yeux. Une tumeur au cerveau cette fois. Inopérable. Ils te donnent moins d'un mois.

Un mois dans la simulation, une question d'heures en temps réel. Santi est sujet à des hallucinations de son corps, à moitié mort de faim et léger comme une plume, et frissonne en songeant à cette claustrophobie qui constitue sa réalité. Il se frotte les yeux.

— Merci d'avoir pris des pincettes pour me l'annoncer.

— T'inquiète. (Thora agite un flacon de pilules.) Rappelle-toi, je suis experte pour déjouer le destin. Je te suivrai. Nous essaierons encore, la prochaine fois.

Soudain gagné par une horreur naissante, Santi se rassied en luttant contre le brouillard qui encombre son esprit.

— Non.

Thora croise les bras.

— Si tu espères sérieusement me convaincre de ne pas me suicider…

— Ce n'est pas la question. (De ses mains moites, il agrippe les draps fins de son lit d'hôpital.) Nous n'avons plus que huit ans. Si nous mourons… oui, nous reviendrons, mais rien ne garantit que nous reviendrons ensemble. Parfois nous sommes arrivés en ville à dix ou vingt ans d'intervalle.

L'expression du visage de Thora trahit sa compréhension progressive.

— J'imagine que c'est conçu ainsi, dit-elle. Afin de nous offrir à l'un et à l'autre des pauses régulières dans la simulation. Mais si le compteur démarre dès qu'un de nous deux revient…

— Le temps que nous soyons tous les deux présents, nous pourrions déjà être morts.

La terreur cloue Santi sur place, une terreur pire que la peur qu'il a ressentie en voyant les panneaux vierges dans le musée. Il pourrait mourir entre deux vies, ce qui n'aurait aucun sens. Tous leurs efforts, tout ce qu'ils ont appris l'un de l'autre, tout cela pour qu'ils terminent comme deux cadavres dans une boîte, coupés d'un ailleurs qu'ils ne verront jamais.

— Bordel. (Thora se lève et se met à arpenter la chambre.) Bordel ! Je n'y crois pas. C'est quoi ce truc, ils cherchent à entretenir le suspense ?

Elle cogne le mur.

— Thora.

Il aimerait qu'elle arrête, qu'elle maîtrise sa colère pour qu'il puisse exprimer la sienne.

Elle ne comprend pas.

— Quoi encore ? C'est là que tu vas me dire qu'il y a une raison. (Sa voix dégouline d'amertume.) Vas-y. Dis-moi ce que tout cela signifie.

Il lui hurle dessus :

— Je n'en sais rien !

Thora le dévisage, elle ne le reconnaît pas. Il attend qu'elle réplique, qu'elle exige la discussion qu'il lui refuse. Une autre Thora aurait pu le faire, il y a longtemps de cela. Mais celle-ci baisse les paupières et hoche la tête. En partant, elle ferme doucement la porte derrière elle.

Santi regarde fixement le plafond de l'hôpital, des carreaux gris striés de lignes de fracture vides de sens. Il a consacré tant d'efforts, au cours de ses longues vies, à essayer de comprendre. Ce qu'il a vu dans la salle d'exposition tapie dans le noir avait l'apparence de la justification ultime : leur existence a un sens, un but, et c'est celui dont il a rêvé depuis aussi longtemps qu'il se souvienne. Que tout cela soit anéanti par une chose aussi absurde, aussi arbitraire qu'une mort aléatoirement programmée, lui donne l'impression qu'on arrache les racines de son monde.

Thora n'est pas ici pour le voir. Il n'a pas à être fort pour elle. Il pleure de rage jusqu'à sombrer dans un sommeil épuisé et furieux.

À son réveil, on a tiré un rideau autour de son lit. Il se sent dans les vapes, groggy, à moitié absent. Des symptômes de son cancer imaginaire ou du fait qu'il meurt réellement de faim ? Peu importe. Une seule question est présente à son esprit et une seule personne peut y répondre.

— Peregrine, dit-il.

On ouvre la porte. L'homme au manteau bleu se glisse par le rideau et vient se poster au pied du lit. Santi se souvient de la sensation qu'il a éprouvée la première fois qu'il a essayé : lancer un nom en l'air et voir la réponse débarquer. Là, dans la maison du souvenir, il avait considéré Peregrine comme un canal vers Dieu, un porte-parole de l'univers. Mais ce n'était qu'une autre révélation creuse, une boîte à secret sans rien à l'intérieur. Santi l'examine, ses cheveux ternes, son visage perplexe. Il a des taches de rousseur. Qui a eu l'idée de donner des taches de rousseur à une construction mentale anthropomorphique ?

— Peregrine, dit Santi. Pourquoi devons-nous mourir ?

Peregrine fronce les sourcils.

— Je… je ne…

Sa voix s'éteint.

Santi prend une inspiration. Quel que soit le temps que cela prendra, il doit comprendre.

— C'est une simulation, reprend-il. Celui ou celle qui l'a conçue aurait pu choisir de comprimer le temps d'une autre manière. Faire en sorte qu'on vive une seule et longue vie. Pourquoi ?

Peregrine penche la tête.

— Phase de transit.

Nous ne sommes pas en phase de transit. Une réponse digne de Thora qui vient à l'esprit de Santi aussi naturellement que si c'était la sienne. Il ferme les yeux, en quête du calme qui lui venait si aisément, mais autant essayer de saisir une flamme.

— Quel est le lien entre nos morts répétées et la phase de transit ? lâche-t-il sèchement.

Le visage de Peregrine oscille entre angoisse et sérénité.

— Partie… partie du plan.

— Waouh, dit Santi en se grattant le menton. Thora a raison. C'est agaçant. (Peregrine le considère avec une curiosité manifeste.) Pourquoi ? demande Santi d'une voix chargée de tout ce qu'ils ont traversé. Même si vous devez nous tuer, pourquoi ne pas nous tuer simultanément ? Pourquoi revenons-nous pareils mais différents, sans cesse ? De quel plan cela fait-il partie ?

Peregrine ouvre la bouche, puis la referme. Il réessaie.

— Pas assez. Deux personnes. Besoin… de toutes. De vous, de lui. C'était… (Il se renfrogne.) Désolé. Quelque chose…

— S'est passé. On sait. (Thora ouvre le rideau. Depuis combien de temps est-elle là à écouter ? Elle regarde Santi et ce qu'il lit sur son visage lui brise le cœur.) Ils te laissent sortir. On rentre à la maison.

Elle le ramène à leur appartement dans le quartier belge. Alors qu'elle l'installe sur le canapé, Santi regarde derrière elle les gouttes de pluie qui parsèment le carré gris de la fenêtre. Sa colère a reflué, laissant place à un désespoir apaisé.

— Comment tu fais ? lui demande-t-il.

Elle le considère avec une pitié qu'il ne peut supporter.

— Comment je fais quoi ?

— Pour continuer. À vivre. (Sa voix se bloque dans sa gorge.) En ignorant s'il y a un sens.

Thora s'assied à côté de lui.

— Par dépit ? (Elle sourit quand il la regarde.) Je suppose… que je construis mon propre sens. À partir de ma vie, du monde, des gens que j'aime. (Elle repousse les cheveux du front de Santi.) Ça ne te suffit sans doute pas, hein ? Tu veux du Sens avec un « s » majuscule. Un message de la main de Dieu dans les étoiles, qui t'indique la voie à suivre.

Il sent des larmes lui monter aux yeux. Il est incapable de la regarder.

— Tu ne crois pas que ça existe.

Il se demande combien de pensées inexprimées traversent l'esprit de Thora.

— Je ne sais pas, finit-elle par répondre. Mais si cela existe, ça ne me dérange pas de ne pas savoir ce que ça dit. (Elle le regarde avec sérieux.) C'est peut-être la seule façon de survivre à cela. Accepter de ne pas savoir.

Elle se lève et cherche ses clés dans sa poche.

— Où est-ce que tu vas ?

— Je vais chercher un moyen de nous réveiller.

Santi tente de se soulever.

— Je t'accompagne.

— Santi, tu ne tiens pas debout plus de cinq minutes sans t'évanouir. Désolée, mais tu n'es pas le compagnon le plus utile pour l'instant. (Elle s'arrête sur le seuil.) Je reviens.

Un souvenir, à moitié imaginé : Thora dans la vie où elle a contribué à son éducation, quand elle se dépêtre des mains d'enfant avec lesquelles il l'agrippe. *« Je reviens toujours »*, lui a-t-elle dit alors. Cette fois, elle n'en promet pas autant.

Il est allongé sur le canapé, Félicette ronronne sous une de ses mains alors qu'il dérive petit à petit. Thora va et vient, mais Santi a l'impression qu'elle est plus souvent présente qu'absente : elle reste assise près de lui, l'aide à aller aux toilettes, l'alimente avec de la nourriture miraculeusement récupérée dans le néant. Il la voit rapporter à la maison un butin de petits pains identiques, de pommes, de conserves de soupe ; elle l'émerveille, c'est une experte en survie qui s'adapte au plus étrange des environnements. Elle a toujours été plus forte que lui. Même quand elle était une enfant de sept ans et qu'il était son professeur, pétri de malentendus et de doutes, peut-être surtout alors.

Il se fâche soudain contre elle.

— Pourquoi tu gaspilles ton temps à t'occuper de moi ? proteste-t-il.

Thora le regarde par-dessus son épaule tout en ouvrant une conserve de soupe.

— Parce que si les rôles étaient inversés, tu ne me laisserais pas mourir seule.

C'est vrai, mais Santi s'en fiche.

— Ce n'est pas juste. (Il essaie de se rasseoir.) Ça ne devrait pas se passer comme ça.

— Ce n'est pas moi qui dirai le contraire, répond Thora d'une voix posée.

Il se recouche, fulminant en silence. Quand elle lui apporte la soupe, il la renifle d'un air suspicieux.

— C'est quelle sorte ?

— La sorte miraculeuse. Pourquoi, ça sent bizarre ? (Thora reprend le bol.) Tu ne devrais peut-être pas la manger alors.

Il lève les yeux au ciel.

— Pourquoi ? Au cas où ça me filerait une maladie incurable ?

Elle lui lance un regard noir.

— Arrête d'essayer d'être moi. Ça n'a rien de mignon.

— Je n'essaie pas. (Il boit une petite gorgée.) À ce stade, nous avons tous les deux intégré de nombreuses facettes de l'autre.

Thora se renfrogne. Puis elle rit.

— Quoi ? demande-t-il.

Elle sourit tristement.

— J'allais dire que c'étaient des conneries. Mais regarde-moi. Je te nourris patiemment de soupe tandis que tu pestes contre l'injustice de l'univers. (Elle détourne le regard et tend le poing pour que Félicette vienne s'y frotter.) J'ai passé tellement de temps à me définir par opposition à toi. Au début, c'était inconscient, mais ensuite… je suppose que j'avais peur. De tout ce que j'ai pris chez toi.

Santi la regarde et se souvient d'une lettre qu'il a autrefois écrite. *« J'ignore quelle part de moi est encore moi, et quelle part de moi vient de toi. »* C'est presque un réconfort. Quand il s'en ira, une part de lui restera, aussi longtemps que Thora sera en vie.

— Ne me suis pas, lance-t-il par impulsion.

— Quoi ?

— Reste. (Il lui prend la main.) Utilise le temps dont tu disposes. Ne le risque pas sur un coup de dés dans le seul espoir que je revienne.

— Tu y puiserais assez de sens ? Si tu te sacrifiais afin que je puisse m'échapper ? (Elle secoue la tête.) Tu aurais vraiment dû être un martyr. Tu aurais adoré te faire dévorer par les lions… (Elle lui reprend le bol de soupe.) Merci pour la proposition, que je décline si tu n'y vois pas d'inconvénient. En général, ça ne se passe pas super bien quand on ne se parle plus.

Il a un mouvement de recul.

— Je ne comprends pas ce que tu veux dire.

— Je parle de la fois où j'ai décidé de jeter ta chatte et ta femme dans le néant et où tu as décidé de me poignarder. (Elle sourit.) Et puis… si je réussissais à sortir d'ici, mais sans pouvoir te réveiller ensuite ? (Elle se renfrogne.) Tous les deux, ou aucun de nous deux. D'accord ?

Il n'est pas d'accord, mais il est trop fatigué pour discuter. Il s'enfonce de nouveau dans le canapé, et ferme les yeux.

Quand il se réveille, Thora est là.

— Tu te sens comment ? demande-t-elle.

— Je ne sais pas, répond-il honnêtement. Pourquoi suis-je en vie ? Pourquoi es-tu là ?

Elle lui frappe légèrement le bras.

— Ce n'était pas une question philosophique. Je peux obtenir une réponse sérieuse ?

Santi sent que son emprise sur ce monde se desserre. La Thora qu'il a devant lui ressemble de plus en plus à un mirage.

— La réponse sérieuse, c'est que c'est sérieux. (Il déglutit.) Je ne crois pas qu'il me reste beaucoup de temps.

Elle hoche la tête.

— OK, dit-elle, la voix enrouée.

Il comprend. Ils se sont perdus l'un l'autre si souvent, mais cette fois-ci, c'est différent : aucun d'eux ne sait avec certitude s'ils vont revenir.

Santi décide que cela importe peu, qu'il sache ou pas. Il choisit d'espérer. Un espoir fragile, timide, comparé à la foi profonde de son ancien moi si sûr de lui, mais qui n'en est que plus précieux pour cette raison.

— Dans la vraie vie, dit-il. Tu penses que nous sommes amis ?

— Non. Sans doute qu'on se déteste. (Elle pose un regard affectueux sur lui.) Dès que je me réveillerai, je me rappellerai à quel point. Et je t'éjecterai par le sas.

Il s'esclaffe.

— Ça risque de t'étonner, mais je ne suis pas d'accord.

— Bon, soupire-t-elle, ce ne serait pas la première fois.

— J'ai hâte de poursuivre cette discussion dans notre prochaine vie.

Il veut garder les yeux ouverts, conserver aussi longtemps que possible sa vision d'elle, mais il est si fatigué, si prêt à en finir. Il laisse ses paupières se fermer. Dans l'obscurité, des points de lumière planent au loin, hors d'atteinte. Il y a un motif là : un motif qu'il ne comprendra peut-être jamais, du moins pas tant qu'il sera en vie. Mais il choisit de croire que ce motif existe, qu'il puisse le voir ou pas.

— Ah, soupire-t-il alors qu'une sorte de paix l'enveloppe. Thora, j'aimerais que tu puisses voir ça.

— Qu'est-ce que c'est ? Qu'est-ce que tu vois ? demande-t-elle tout bas, d'une voix de plus en plus étouffée.

Malgré la souffrance, un sourire s'étire sur son visage.

— Les étoiles.

Un seul choix

Thora est en vie.

Dans un lieu étrange, accéléré, situé entre quelque part et nulle part. Elle observe de loin sa vie se dérouler, comme un public qui connaîtrait les astuces du magicien : elle voit la porte dérobée dans le caisson immergé et l'assistante qui s'évade à la nage. Le déménagement précoce, des Pays-Bas au Royaume-Uni, qui aurait dû la fracturer. Le commentaire fortuit de son père qui était censé se loger dans son esprit pour toujours. Elle flotte à travers le tout, telle une navigatrice habile sur une mer qu'elle connaît par cœur. À trente-cinq ans, elle prend la vague jusqu'à la crête et saute pour atterrir sur ses pieds à l'extérieur de la gare centrale, la cathédrale la dominant dans le ciel d'été sans nuages. La voilà de retour à Cologne, une fois de plus, comme si elle n'en était jamais partie.

Elle prend une inspiration hésitante. Elle n'est pas morte. Il est peut-être encore temps de trouver une issue. Elle court, abandonnant la valise qu'elle a apportée. Les gens qui la fixent du regard s'estompent en arrière-plan alors qu'elle passe à toute allure devant la cathédrale, avec un seul objectif en tête. Aller au *Zentaur*. Attendre Santi.

Elle n'imagine pas avoir été devancée jusqu'au moment où elle aperçoit la fresque murale sur le bâtiment de l'autre côté de la rue : une fille aux cheveux bleus assise au sommet de la tour de l'horloge, dont le profil se découpe dans les étoiles.

Elle lève les yeux dessus avec un sentiment mêlé de joie et de crainte. Santi est déjà là. Combien de temps a-t-il passé en ville sans elle ?

Elle se précipite et longe une baraque à frites, dont l'odeur vient tirailler le vide en elle. Elle ne pensait pas que sa faim pouvait empirer. Elle se contraint à progresser dans les rues étroites de la vieille ville. Des couleurs enflamment le mur blanc d'un des anciens bars à bière. Une autre fresque : un phare, des perruches qui s'envolent par la vitre brisée de la salle de la lanterne.

Les fresques ne cessent d'apparaître : au coin de rue suivant, puis au-dessus d'un porche voûté qui surplombe une ruelle, et sous lequel elle passe. Fresque après fresque, exécutées dans le style inimitable de Santi. La vieille ville sens dessus dessous, la tour de l'horloge qui fore le ciel. Un renard et un loup, qui chassent ensemble sous les étoiles. À chaque fresque, Thora additionne mentalement les semaines qu'il lui a fallu pour exécuter tout cela, soustrayant de précieuses heures à ce qui reste de leurs vies. Lorsqu'elle rejoint l'ombre de la tour, son malaise se cristallise en désespoir.

Santi l'attend à l'extérieur du *Zentaur*, il est occupé à dessiner dans son carnet de souvenirs. Thora s'immobilise, surprise par l'intensité de sa réaction. Pour la première fois depuis qu'elle se souvient de lui, elle n'était pas certaine de le revoir.

Il redresse la tête. En l'apercevant, il semble d'abord chagriné, puis son visage exprime un plaisir sincère et immense. Il se lève en trébuchant alors qu'elle se précipite vers lui.

— Je n'ai jamais cessé d'espérer, grommelle-t-il en la prenant dans ses bras.

Il a la voix enrouée. Thora se rend compte qu'il pleure. Elle s'écarte de lui.

— Tu es ici depuis combien de temps ?

Il ferme les yeux.

— Sept ans.

— Bordel. (Elle se laisse tomber sur une chaise face à lui, atterrée de constater que ses craintes étaient fondées. Évidemment, ils n'ont presque plus de temps avant même de s'atteler à la tâche.) Il nous reste un an pour trouver une issue.

Santi ne semble pas inquiet. À travers ses larmes, il sourit comme si Dieu venait de lui remettre les clés du paradis.

— Comment tu te sens ? demande-t-il.

Thora s'efforce d'oblitérer ses souvenirs pour le voir tel qu'il est : cheveux courts, rasé de près, comme s'il essayait de ressembler le moins possible à son vrai moi. Elle note au passage que cette version d'elle ne le trouve pas du tout attirant.

— J'ai si faim que je tiens à peine debout, dit-elle. Et toi ?

Il fait la grimace.

— Je me sens étourdi. Lent. Comme si je réfléchissais dans le brouillard. (Il se passe les mains dans les cheveux.) Pas l'idéal pour gagner un concours d'énigmes avec un dieu fou.

— Tu veux dire Peregrine ? (Il hoche la tête. Thora s'adosse à son siège, un sourire en coin.) Tu as bien sûr mis ton plan insensé à exécution.

Santi soupire.

— J'ai tout essayé. Lui montrer l'horloge. Lui montrer les étoiles. Lui dire d'une centaine de façons différentes que nous sommes là. Mais rien ne marche.

— Il sait déjà que nous sommes là, fait remarquer Thora.

— Mais il ne peut pas relier cette connaissance à la part de lui qui est convaincue que nous sommes toujours en phase de transit. (Santi hausse les épaules.) Il se contente de… croire. C'est difficile de discuter dans ce cas.

— À qui le dis-tu, renchérit Thora, pince-sans-rire.

Ses mains la démangent. Elle veut fumer, mais la dernière fois elle a décidé d'y renoncer pour toujours. Elle déteste l'idée d'être prise dans une spirale qui dégringole vers la pire version d'elle-même.

— Tu as pu tirer quelque chose d'utile de lui ? demande-t-elle.

— Il exerce un contrôle total sur le vaisseau et son fonctionnement, déclare Santi. Donc, même si nous ne parvenons pas à faire en sorte qu'il nous réveille, on pourrait lui demander d'agir.

— Agir sur quoi ? lance Thora d'un ton amer, en subtilisant une gorgée de sa bière. Se réparer lui-même ?

Santi secoue la tête.

— Il ne peut même pas se diagnostiquer. Il sait qu'il y a un problème, mais il ne parvient pas à l'identifier avec précision, sans parler de le réparer.

— Donc on est tous dans le même bateau. (Thora laisse retomber sa tête sur ses bras.) Mon Dieu, Santi. Je voulais tellement qu'on s'en sorte. Et pas seulement pour voir ce que nous sommes venus voir. Je voulais aussi rentrer à la maison ensuite. Je voulais que nous retournions sur Terre, que nous devenions des putains de héros, que nous participions à des émissions télé débiles et que nous inspirions les gosses, qu'ils aient envie de devenir astronautes. Toutes ces conneries absolument merveilleuses. Et je voulais voir les gens que j'aime. Les vraies versions d'eux, pas leurs échos.

Il la dévisage avec curiosité.

— Pourquoi tu parles au passé ?

— C'est juste… (Elle secoue la tête.) Nous devons nous montrer réalistes quant à nos chances de succès. On manque de temps. Dans la vraie vie, c'est une question de jours.

— Mais ici, nous avons un an. (Aussi incroyable que cela puisse paraître, Santi sourit.) Maintenant que tu es avec moi, nous trouverons un moyen. Je sais que nous y arriverons.

— Je vois, dit-elle avec un rire amer. Je ne peux pas croire qu'après tout ce que nous avons vécu, tu persistes à envisager un miracle.

Il la gratifie de son expression la plus sereine, celle qu'elle déteste.

— Nous en voyons tous les jours.

— Oh oui. Je ne doute pas qu'une tasse de café qui se remplit par magie finira par se révéler être la clé de tout. (Elle se lève.) Viens alors. Allons voir comment pousse ta barbe.

— Comment ça marche ? demande-t-elle alors qu'ils se fraient un passage dans le hall bondé de l'Odysseum. Tu dois chaque fois entrer par effraction ou la salle reste ouverte ?

Santi hausse les épaules.

— Je n'ai plus essayé depuis la dernière fois, quand nous sommes venus à deux. Je t'attendais, ajoute-t-il, en réaction à son regard incrédule.

— Quand aurais-tu fini par accepter que je ne viendrais pas ?

Il la considère comme si cette question n'était pas pertinente.

— Tu es là, non ?

— Ce n'est pas une réponse ! (Ils se trouvent devant l'écriteau « En construction » qui leur barre le passage. Des visiteurs intrigués s'arrêtent pour les observer tandis qu'ils réunissent leurs forces afin de l'arracher au mur.) Je ne peux pas croire…

—Hé!

Thora jette un coup d'œil par-dessus son épaule. Un homme vêtu du polo de l'Odysseum les contemple, bras croisés.

—Qu'est-ce que vous faites?

Elle soupire.

—Nous sommes en orbite autour d'une exoplanète à 4,2 années-lumière de la Terre. Nous avons vécu un nombre incalculable de vies, nous sommes fatigués et nous avons faim. Nous n'avons pas le temps pour ça.

L'homme les fixe du regard, perdu.

—Je ne sais pas quoi dire.

—Vous ne savez jamais quoi dire, vous autres. (Thora reporte son attention sur Santi.) Trois, deux, un…

Personne ne les suit à l'intérieur. À croire que le couloir obscur de la mission est invisible à tous les autres. Thora se dirige droit vers le mur vidéo, impatiente d'obtenir un aperçu de la réalité. Sont-ils tous les deux plus minces que dans son souvenir ou est-ce le fruit de son imagination? Lors de sa dernière visite, Santi était deux fois mourant: sur la vidéo devant elle, puis dans leur appartement où il a sombré dans un oubli programmé. Elle reprochait à cette mort illusoire de l'empêcher de trouver un moyen d'échapper à une mort réelle. Elle pensait que ce qu'il lui fallait, c'était un nouveau moi, une nouvelle perspective. Mais elle est là maintenant, toujours la même Thora, sans la moindre idée neuve.

—Ce n'est pas facile. (Santi observe la scène avec une stupeur mêlée de terreur, tel un croyant apercevant des saints en chair et en os.) De voir ce que nous sommes devenus.

—Mais c'est la réalité.

Thora examine la ligne verte rampante de leurs cœurs, écoute le bourdonnement lent et profond de leurs respirations. Elle sait qu'elle devrait s'estimer heureuse que le temps dans la simulation s'écoule une centaine de fois moins vite que sur le vaisseau, étirant et amplifiant leurs derniers jours. Mais cela a aussi un côté alambiqué, une mort de faim graduelle qui s'étire presque à l'infini.

L'image change pour montrer une salle métallique faiblement éclairée. La seule source de lumière provient de deux panneaux vitrés ; à travers chacun d'eux, on aperçoit un visage.

— Il y a une autre caméra ? demande Santi.

Thora ne comprend toujours pas pourquoi il a passé toutes ces années à se cacher dans la simulation au lieu de se confronter à leurs vraies incarnations.

— Située à l'extérieur de nos compartiments, précise-t-elle.

Il s'approche.

— C'est quoi ça ?

— Quoi ?

— Cette tache sombre sur le mur. (Il pointe le doigt.) On dirait une marque de roussi.

Thora lève une main comme si elle pouvait toucher le métal froid.

— Je pense qu'il y a eu un incendie. Après la collision.

Santi prend une brusque inspiration.

— On a de la chance d'être en vie.

— Je suppose que ce bon vieux Peregrine l'a éteint avant que ça puisse provoquer trop de dégâts.

À travers le verre, Thora rive le regard sur leurs visages plongés dans l'ombre.

— C'est sympa de nous avoir donné des fenêtres pour qu'on puisse voir à l'extérieur, fait remarquer Santi.

— Même si on ne voit pas grand-chose en dehors de nos propres reflets. (Thora laisse ses yeux errer sur la vidéo qui bascule de nouveau sur un plan rapproché de leurs corps mourrants.) C'est sans espoir, dit-elle. On ne peut que regarder.

— Alors arrête de regarder. (Santi pose une main dans son dos.) Viens. Partons d'ici.

Thora s'attend à ce qu'il lui montre une fresque particulièrement poignante ou, dans le pire des cas, une église. Elle ne s'attend pas à se retrouver dans son appartement du quartier belge – un appartement qui, avec son canapé bleu foncé et sa couverture au crochet, pourrait héberger quasiment n'importe lequel des Santi qu'elle a connus – pour le regarder lui préparer une tasse de thé. Pendant que la bouilloire chauffe, Thora fixe du regard la carte murale du ciel ; elle aimerait que celle-ci se dissolve afin de lui révéler la paroi de son compartiment et les vraies étoiles au-delà.

Félicette miaule et se frotte contre sa cheville. Thora se penche pour la caresser distraitement et, de sa main libre, parcourt le désordre, qui ne ressemble pas à Santi, sur la table. Un exemplaire des *Derniers Jours de Socrate*, annoté de l'écriture soignée de Santi. Des esquisses pour des fresques, dans son style rêveur habituel. D'autres papiers, moins familiers : des diagrammes, des schémas, des organigrammes logiques. Des béquilles visuelles pour ses tentatives de discussion avec Peregrine.

Elle lève les yeux vers lui lorsqu'il pose le thé devant elle.

— Sympa comme endroit, commente-t-elle. On pourrait croire que tu vis ici.

Santi s'assied.

— Je suis ici depuis sept ans, lui rappelle-t-il. Tu pensais que j'allais dormir dans le caniveau juste pour prouver quelque chose ?

— Je ne pensais pas que tu trouverais le temps de dormir. Je pensais que tu consacrerais chaque seconde à tenter de trouver une issue. (Elle lui lance un regard accusateur.) Tous ces beaux discours sur le fait que tu m'as attendue, parce que tu étais tellement sûr qu'on trouverait un moyen une fois que je serais là. Ce n'est qu'une autre façon de dire que tu as baissé les bras.

— Je n'ai pas baissé les bras, proteste-t-il.

Thora désigne Félicette.

— Tu as un chat. C'est le symbole universel qui signifie : « Je ne vais nulle part. »

— Je persévère. (Santi prend en main une liasse de dessins et d'idées.) Je n'ai pas cessé d'essayer pendant tout ce temps. Simplement, je ne pense pas qu'on trouvera une solution en nous regardant agoniser dans le blanc des yeux. (Thora détourne le regard. Il lui tapote doucement la main.) Tu te souviens des fois où nous étions scientifiques ? La réponse ne venait pas toujours quand nous la cherchions. Elle venait dans les intervalles, quand nous étions occupés à autre chose.

— Nous ne sommes pas ici pour autre chose. (Thora gesticule pour englober l'appartement, Félicette, la couverture au crochet de sa mère, si familière qu'elle-même pourrait la refaire de zéro.) Nous avons laissé tout cela derrière nous, Santi. Tout ce que nous connaissions. Toutes celles et ceux qui nous aimaient. Parce que nous voulions être des explorateurs, toucher l'inconnu, plus que tout le reste. C'est peut-être égoïste, mais c'est ce que nous sommes. C'est ce que nous avons fait. Nous ne pouvons pas y échapper.

— Tu as raison, dit-il. Mais on peut voir ça sous un autre angle.

Il fouille dans les papiers et trouve le dessin qu'il cherchait. Il le tend à Thora. Le dessin les montre tous les deux dos à dos, attachés, les yeux bandés, pieds et poings liés. Mais à l'endroit où une lumière vive projette leurs ombres, ils gambadent, libres de leurs mouvements.

Il croise son regard.

— Nous avons sacrifié la fleur de notre âge à dormir dans une boîte en métal. Nous avons volontairement fait ce sacrifice, au profit du voyage. Mais de nombreuses personnes n'ont pas ménagé leur peine pour s'assurer que nous vivions autre chose. (Il prend Félicette et l'installe sur ses genoux pour lui caresser le menton.) Je pense qu'ils ont pris cette décision pour une bonne raison. Ce monde est peut-être une illusion, mais il nous a donné un espace pour grandir, pour apprendre. Pour penser au-delà des limites dans lesquelles nous sommes confinés.

Thora croise les bras.

— Où est-ce que tu veux en venir ?

— Ceci… cette vie, ce monde, c'est un cadeau. Je pense que nous devrions commencer à le considérer de la sorte.

— Et moi, je pense qu'alors on risquerait fort de le considérer comme la réalité. Nous ne pouvons pas oublier une seule seconde où nous nous trouvons réellement. (Elle s'empare d'une pile de ses esquisses et les brandit devant lui.) Pourquoi tu continues à faire ces trucs ? Ces dessins de nos vies imaginaires ? Nous savons qui nous sommes, désormais. Comment cela peut-il nous aider à trouver une issue ?

Elle se sent gagnée par la colère, mais elle n'essaie pas de la réprimer. Cela fait partie du rôle qu'elle doit tenir : elle est celle qui met Santi au défi, qui le secoue pour le sortir de son autosatisfaction. Elle envoie valser par terre une liasse de dessins.

— Réveille-toi, Santi. Ou nous allons tous les deux mourir dans notre sommeil.

Il repose doucement Félicette et s'agenouille pour classer ses dessins.

— Je ne dors pas, dit-il. Je suis pleinement éveillé. C'est toi qui fermes les yeux sur tout ce qui nous a amenés jusqu'ici.

Thora le regarde fixement.

— Stop.

Il l'observe, contrarié.

— Quoi ?

Elle s'empare du dessin qu'il tient en main. Décontenancé, il la laisse faire. Elle pose les yeux sur le gribouillis hachuré d'un visage connu : cheveux longs, barbu, couronné d'ombres.

— Tu as peint ça dans la maison du souvenir.

Il acquiesce en se relevant avec circonspection.

— Le visage que j'ai vu en tombant de la tour, commente-t-il.

Elle pose les yeux sur lui.

— C'est toi.

— Quoi ?

— J'ignore pourquoi je ne l'ai pas reconnu plus tôt. (Elle le tient en l'air.) Sans doute parce que, lorsque j'ai vu ta peinture, je n'avais pas encore vu la vidéo. Je ne savais pas à quoi tu ressemblais dans la vraie vie.

Santi sourit.

— *Como enigmas en un espejo*, murmure-t-il. (Son regard se fait pressant.) Thora. Quand tu es tombée. Tu as dit que tu avais vu une femme.

Le visage est gravé dans la mémoire de Thora. Cheveux longs, plongé dans l'ombre, encadré d'une lumière incandescente. Elle était tellement en quête d'un ennemi qu'elle ne s'est pas reconnue.

— Nos reflets, déclare-t-elle. Dans les panneaux vitrés de nos compartiments. (Elle croise le regard de Santi.) Nous avons dû nous réveiller.

Ils se dirigent vers la porte. Aucun d'eux ne desserre les lèvres tant qu'ils n'ont pas rejoint l'ombre de la tour. Thora voit Santi enjamber le trou menant à l'intérieur.

— Attends, lâche-t-elle.

Il se tourne, encadré par les ténèbres.

— Qu'est-ce qu'il y a ?

Thora lui fait face, d'anciennes taches de sang se trouvent sous ses pieds. Trop de choses leur sont arrivées en ce lieu. Elle se mord la lèvre inférieure.

— Nous pensons tous les deux que c'est la bonne chose à faire.

Santi penche la tête en riant presque.

— Ce n'est pas bien si pour une fois nous sommes d'accord ?

Les yeux de Thora voyagent vers le sommet de la tour ; on n'aperçoit pas l'horloge sous cet angle.

— Ça pourrait être notre dernière chance. Si nous le faisons, je ne veux pas seulement que nous soyons d'accord. Je veux aussi que nous soyons d'accord sur la raison pour laquelle nous le faisons.

Santi écarte les bras comme si c'était une évidence.

— Nous savons que cela a déjà fonctionné.

— L'espace d'une seconde, dit Thora. Puis la simulation a redémarré. Qu'est-ce qui te fait croire que ce sera différent cette fois ?

— À l'époque, nous ignorions ce que nous voyions. Cette fois, nous saurons que c'est la réalité. Nous nous reconnaîtrons et nous tiendrons bon.

— Comment peux-tu en être sûr ?

Il hausse les épaules.

— Je ne le peux pas. Mais je veux espérer. (Le cœur de Thora chavire. Santi fait un pas hors de la tour.) Je ne comprends pas.

Si tu n'es pas certaine, pourquoi tu crois que nous devrions le faire ?

Elle s'adosse contre les pierres, se sentant tel un animal pris au piège.

— Parce que nous n'allons pas trouver d'autre solution. C'est tout ce que nous avons à notre disposition.

Santi vient se poster devant elle.

— C'est une mauvaise raison.

— La tienne aussi, rétorque-t-elle. Nous ne pouvons pas nous satisfaire de retenter la même chose dans l'espoir erroné que les choses tourneront différemment.

— Nous ne pouvons pas non plus agir par désespoir.

Thora est submergée d'effroi. Une solution simple a disparu, et rien ne la remplace. Elle s'assied contre la tour et cueille l'herbe qui pousse entre les pavés.

— Tout va bien pour toi, dit-elle d'un ton acerbe. Tu crois sans doute que tu iras ailleurs après être mort de faim dans une boîte de conserve.

— En effet, admet Santi en s'asseyant à côté d'elle. Mais je ne veux pas mourir sans voir ce que nous sommes venus voir ici. (Thora suit son regard par-delà la place, en direction de l'enseigne du *Zentaur*.) La dernière fois, reprend-il. Quand j'étais mourant. C'était dur pour moi d'accepter que nous n'y arriverions peut-être pas. Mais à la fin, j'ai choisi de croire que nous y arriverions. J'ai choisi l'espoir.

— Mais l'espoir n'est pas toujours une bonne chose, conteste Thora. L'espoir peut te paralyser. T'amener à attendre le salut au lieu de le chercher par toi-même. (Elle le regarde d'un air suppliant.) Peut-être que nous n'y arriverons pas, Santi. Nous devons l'accepter.

Il secoue la tête, obstiné comme toujours.

— Si nous sommes sûrs et certains de ne pas y arriver, nous ne serons pas capables d'apercevoir une issue. Quand bien même elle se trouverait juste devant nos yeux.

Thora sent le vide dans son ventre qui se propage au reste de son corps.

— Tu as raison, reconnaît-elle.

— Toi aussi.

Même au bout de tout ce temps, il parvient encore à l'étonner. Elle rit, se cognant la tête contre les pierres.

— Comment pouvons-nous avoir raison tous les deux ?

— À cause de ce que nous sommes. (Il lui donne un coup sur l'épaule.) Réfléchis. Pour arriver jusqu'ici, pour être ceux qui se sont embarqués sur cette mission, nous devions avoir les deux. L'espoir et le désespoir. Nous devions les garder à l'esprit en même temps.

— Connaître la différence entre un risque acceptable et un acte désespéré, complète Thora sans savoir si elle invente ou si elle se souvient. Accepter de tout perdre, mais être prêts à se battre pour le conserver.

Santi hoche la tête.

— Tenir bon d'une main et lâcher de l'autre.

Elle le regarde du coin de l'œil.

— Et tu prétends pouvoir faire les deux en même temps ?

— Pas encore. (Il se remet debout.) Mais je peux essayer d'apprendre.

Thora pousse un profond soupir et accepte la main qu'il lui tend pour se relever.

— Peut-être que nous le pouvons tous les deux.

Équilibrer espoir et désespoir. Cela paraît simple jusqu'à ce qu'on essaie. Une semaine plus tard, assise devant le portail d'annihilation, Thora jette dans le vide, une par une, des étoiles fluorescentes dérobées à la boutique de l'Odysseum. Elle éprouve une étrange et amère satisfaction à observer une représentation artificielle de son rêve se dissoudre à répétition dans le néant. Elle s'apprête à balancer la dernière étoile de sa pile lorsqu'elle entend une voix familière.

— Tu vas bien ?

Thora a le cœur qui chavire. Évidemment. L'adorable Jules, incapable de tomber sur une inconnue à l'air contrarié sans chercher à lui apporter son aide.

Elle regarde par-dessus son épaule, soupesant ses options de réponse. *Oui, je vais bien. Non, je suis piégée dans un mensonge tandis que mon corps tourbillonne autour d'une planète lointaine et succombera à la faim d'ici quelques jours.*

— Salut, lance-t-elle.

— Salut. (Jules fronce les sourcils en franchissant la grille.) C'était un oui ou un non ?

Thora se tourne et recule pour se placer entre Jules et le portail.

— C'est compliqué.

Jules s'assied, jambes croisées devant elle.

— Et si tu m'expliquais ?

Thora s'esclaffe.

— Pour que tu me croies folle ?

— J'aime bien ce qui est fou.

— Alors tu vas m'adorer.

— Et si c'était déjà le cas ? (Jules sourit et ses fossettes brisent le cœur de Thora.) On commence par un café, puis on voit où ça nous mène ?

Thora soupèse sa proposition. Peut-être que ça n'a aucune importance que Jules ne soit pas vraiment là. Peut-être qu'il y a assez d'elle dans ce simulacre pour que Thora l'aime et que Jules l'aime en retour. Elle sait maintenant quelle version d'elle Jules préfère. Elle sait comment la rendre heureuse, comment la faire rester. Elle pourrait passer la dernière année de sa vie dans un rêve splendide, en étant aimée jusqu'à l'oubli.

Elle le désire tellement que c'en est douloureux. Mais ce n'est pas Jules, pas vraiment. C'est sa propre idée de Jules : un portrait partiel, univoque, qui ne pourrait jamais se mesurer à la réalité. La vraie Jules l'aimait assez pour savoir ce qu'elle voulait plus que tout, pour envoyer cet écho d'elle dans le voyage. Santi avait raison : c'est un cadeau généreux. Mais cela ne suffit pas, pas pour la version d'elle que Thora veut être.

Elle secoue la tête.

— Non, désolée.

Jules semble blessée.

— J'imagine que je me suis fait une fausse idée.

— Pas du tout. Tu ne te trompais pas.

Jules rit de frustration, la façon dont elle réagit toujours aux humeurs bizarres de Thora.

— Alors pourquoi refuser de prendre un café avec moi ?

Parce que tu es l'écho d'une vraie personne que j'ai laissée derrière moi. Les échos ne suffisent pas à garder quelqu'un en vie.

— C'est juste que… je ne peux pas, dit-elle. Pas tout de suite.

— OK, dit Jules. Ça veut dire peut-être plus tard ?

« Plus tard. » Il n'y aura peut-être pas de « plus tard » pour Thora. Cela dit, peut-être que si. En cet instant, Jules lui sourit, les deux possibilités existent en même temps. L'espoir de la revoir ; le risque de la perdre à jamais.

— Et si… (La pensée fait rire Thora avant qu'elle ne l'exprime.) Et si je te recontactais à mon retour sur Terre ?

Jules sourit en se relevant.
— Très bien, *space girl*. J'attendrai.

Ils continuent d'essayer. Thora traîne Santi avec elle vers l'Odysseum pour regarder la vidéo granuleuse de leurs vraies incarnations, pour examiner de près la diffusion, en quête du moindre détail qui aurait pu leur échapper. En échange, elle s'assied à côté de lui pour l'écouter discuter avec Peregrine jusqu'à ce que les mots perdent toute signification. À cent reprises, l'un d'eux vient avec un plan ; à cent reprises, l'autre le rembarre. Un jour, ils trouveront la voie entre espoir et désespoir ; ils seront alors les personnes les plus aptes à l'emprunter.

En attendant, Thora vit une demi-vie dans la ville, elle y habite mais elle n'en fait pas partie. Elle pensait avoir été témoin de toutes les ruses du temps : les étés élastiques de l'enfance, la vision en accéléré d'une jolie fille, la façon dont les années, avec le recul, semblent avoir défilé comme des secondes. Mais elle n'a jamais rien expérimenté de semblable. Elle est à présent douloureusement consciente du temps qui s'écoule, des jours qui sont des minutes pour leurs incarnations endormies. Lors des après-midi où elle marche sur le sentier près du fleuve en revenant de l'Odysseum, elle observe son ombre qui s'allonge, et imagine un battement de cœur qui dure une centaine de secondes. Parfois, elle a l'impression de l'entendre.

Santi continue à peindre ses fresques murales, qui finissent par se déployer sur toute la ville, de Deutz à Ehrenfeld. La nuit, Thora s'aventure à les enjoliver de mots : des bribes de conversation, l'argument et le contre-argument dans ce qu'elle identifie désormais comme une seule et longue discussion.

Elle se retrouve finalement sous la tour de l'horloge, face à son mur délabré. Peint par-dessus les couches de graffitis, il y a une fresque représentant Peregrine tel qu'ils le connaissent, tenant délicatement le vaisseau qui porte son nom dans sa paume. Thora ajoute une bulle qui sort de la fenêtre : « Au secours. Nous sommes coincés dans cet oiseau. »

Santi rit quand il le voit.

— Parfait. (Il retouche la peinture, qui n'est jamais vraiment terminée, dont il n'est jamais vraiment satisfait. Thora le regarde travailler, les sourcils froncés par la concentration, jusqu'à ce qu'il arrête.) Quoi ? demande-t-il.

— Rien, dit-elle. C'est juste que… tant qu'à me retrouver provisoirement coincée avec quelqu'un dans une simulation défectueuse, je suis contente que ce soit avec toi.

Il l'attire près de lui et dépose un baiser sur sa joue.

— Moi aussi.

S'inspirant de son exemple, Thora essaie de prêter attention à la beauté du lieu. C'est plus facile à présent qu'elle peut le voir comme quelque chose qui a été créé, qui a été bâti avec amour. La lumière qui se reflète sur les ondulations de l'eau ; le léger bruit de fond des conversations récurrentes au *Zentaur* ; les allers-retours qu'exécutent les perruches d'arbre en arbre. Même les erreurs possèdent un caractère délicat, comme des imperfections familières sur un visage aimé. Car elle se rend compte qu'elle aime vraiment tout ça, d'un amour douloureux, fatigué, comme l'amour que l'on ressent pour un ami qui vous a laissé tomber, mais qui fait tellement partie de vous que vous ne pouvez vous imaginer vivre sans lui. Pourtant, elle passe son temps à essayer d'en sortir, à imaginer une issue sur la base des infimes révélations que Santi et elle se partagent jour après jour.

— J'ai trouvé ce que c'était, ce bruit, dit-elle en sirotant son thé à la table de la cuisine. Celui qu'on a entendu dans la vidéo l'autre jour.

Santi hausse un sourcil.

— Celui que tu as décrit comme un « chant de baleine bousillé » ?

Elle acquiesce avec enthousiasme.

— Je l'ai enregistré sur mon téléphone et je l'ai passé en accéléré. (Elle le lui joue et observe son visage tandis qu'il écoute.) Tu chantais dans ton sommeil.

La chanson qu'elle lui chantait quand il était bébé ; la mélodie qu'il fredonnait dans le labo d'astronomie.

Il fronce les sourcils.

— Cette chanson vient de toi ou de moi ?

— Je ne me rappelle pas.

Elle termine son thé et se lève pour partir.

— Oh. Ta question pour Peregrine, dit Santi. J'ai finalement obtenu une réponse.

Thora le dévisage, le cœur serré.

— Ah bon ?

Il détourne les yeux en marmonnant :

— C'est toi qui commandes.

— Je le savais !

Thora frappe la table de la main pour souligner sa victoire.

Santi secoue la tête.

— Il m'a fallu trois heures pour lui faire cracher le morceau. « Qui commande, moi ou Thora ? » ne donnait rien. Il me fixait du regard comme si j'étais dingue. En revanche, « López ou Lišková », ça a marché.

Thora sourit.

— Tu m'as dit que j'étais le capitaine. Quand tu étais mon prof. (Santi lui renvoie un regard déconcerté.) Tu ne te rappelles pas ? Nous étions à l'Odysseum, en train de jouer sur la simulation de navigation. Nous devions décider si on prenait le chemin long pour contourner le champ de débris ou si on passait au travers…

Elle porte une main à sa bouche.

— C'est Peregrine qui nous a incités à jouer, complète Santi. Parce que ce n'était pas un jeu. (Il la dévisage fixement.) Il devait prendre une décision et il avait besoin de notre coopération sans pouvoir nous réveiller.

— Donc c'est nous qui avons provoqué la collision, conclut-elle.

Santi hoche la tête.

— Bordel. (Thora cogne la table.) Une seule putain de décision. Un stupide choix malheureux. (Elle lâche un rire amer.) Toutes les occasions que nous avons eues de revivre nos vies, de faire les choses différemment. Mais pour le seul truc qui comptait réellement, on ne peut pas revenir en arrière.

Santi croise son regard.

— Je suppose que c'est à ça qu'on voit qu'on se trouve dans la réalité.

Thora lève la main.

— Très bien, Monsieur Il-n'y-a-pas-de-mauvais-choix-il-n'y-a-que-ce-qui-arrive. (Elle se relaisse tomber sur sa chaise.) Tu crois qu'on aurait pu faire un autre choix ?

Elle croit savoir ce qu'il va dire : *« Non, jamais. Nous sommes qui nous sommes. »*

Cependant, il hausse les épaules.

— Peut-être dans un autre univers. (Il lui adresse un sourire triste.) Mais nous sommes dans celui-ci. Nous devons vivre avec, et effectuer le meilleur choix possible la prochaine fois.

Les dernières feuilles tombent des arbres. La ville se pare d'une beauté hivernale, les pavés luisent de givre. Le souffle de Thora sort en nuages dans la cage d'escalier tandis qu'elle monte à pas lents vers l'appartement de Santi. Celui-ci prend un certain temps pour venir ouvrir la porte.

— Désolé. (Il se frotte les yeux.) Je n'arrête pas de m'assoupir.

— Regarde-nous, dit-elle en pouffant et en s'installant dans le canapé. J'étais en meilleure forme quand j'avais quatre-vingts ans et que je mourais du cancer.

— Thora. Qu'est-ce qu'on va faire ?

Thora sent son estomac s'agiter, un dernier refus. Mais c'est futile, comme de hurler « Non ! » face à un ouragan qui pulvérise votre maison.

— Allons à l'Odysseum tant que nous en sommes encore capables, dit-elle. Tentons encore le coup. Si on n'y arrive pas… au moins on verra comment ça se termine.

Il acquiesce, le regard habité par une paix horrible. Elle le connaît. La seule chose qu'il n'a jamais redoutée, c'est d'affronter la mort.

À la porte, il s'arrête, comme s'il avait oublié quelque chose. Puis il rit.

— Qu'est-ce que je fabrique ? Ce n'est pas comme si nous pouvions emporter quoi que ce soit.

Félicette se frotte contre ses jambes, puis est prise d'un spasme et crache sur quelque chose qui n'est pas là.

— Hors de question que nous prenions ta chatte débile, déclare Thora qui devine ce qu'il a en tête.

Elle le regarde gratter les oreilles de Félicette et lui demander d'être sage.

À l'Odysseum, ils s'asseyent face à la vidéo et regardent les visages de leurs incarnations en train de rêver. Thora tremble de faim.

— On est de quel côté à présent ? demande-t-elle à Santi. Du côté de l'espoir ou du désespoir ?

— Des deux, dit-il.

— Des deux, approuve-t-elle.

Elle laisse retomber sa tête sur l'épaule de Santi.

Ils regardent et attendent : la fin, une réponse, une révélation. Le temps s'étire et se compresse comme les battements d'un cœur lent. Thora se demande s'ils dorment. Elle sait uniquement qu'elle prend conscience d'un truc nouveau : un bruit qui émane de la vidéo, incroyablement bas, un cliquetis pareil à celui d'un train qui se dirigerait vers eux.

Elle lève la tête.

— Qu'est-ce que c'est ?

Santi se redresse.

— Fais… fais ton truc, dit-il en cherchant ses mots. Ce que tu as fait avec ma chanson. Joue ça en accéléré.

Thora triture son téléphone, les commandes sont baroques et peu maniables pour ses doigts gourds. Au troisième essai, elle y parvient. Elle appuie sur « Play » et entend un léger carillon lancinant.

— Ça doit être une alarme, qui nous avertit de notre décès imminent. Comme c'est attentionné.

— J'ai déjà entendu ça. (Santi se tourne vers elle, une étincelle brille au travers de son épuisement.) À la plage. Tu te rappelles ?

Thora ferme les yeux, explorant sa myriade de vies. Autrefois, elle était une adolescente accroupie sur le sable qui tremblait.

Après la collision, après que Peregrine s'était effondré à côté d'elle, elle avait entendu le son, issu de partout et de nulle part.

— Je sentais une odeur de fumée, dit-elle. Mais il n'y avait pas de feu.

— Il y en avait un, intervient Santi. Mais pas dans la simulation. Sur le vaisseau.

Thora comprend. Des flammes trop lumineuses pour ce monde, qui brûlent depuis lors au coin de son œil à d'étranges moments. L'odeur de fumée. L'alarme. Des fragments de réalité qui s'immiscent dans la simulation.

Elle ouvre les yeux. Le visage de Santi reflète le sien : l'excitation, la peur et la trace d'un étrange regret.

— Nous commencions à nous réveiller.

— Putain, lâche Thora. Peregrine !

— Oui ?

Ils sursautent tous les deux. Il se tient dans leur dos, jailli de nulle part.

— Seigneur. (Thora se lève en s'appuyant sur Santi.) Peregrine, c'est important. Vous vous souvenez de la collision ? Il y a eu un incendie sur le vaisseau. Quoi que vous ayez fait pour l'arrêter... vous pourriez revenir en arrière ?

Peregrine la dévisage comme si elle s'exprimait dans une langue étrangère.

Santi se met debout.

— Laisse-moi lui parler. J'ai sept ans d'entraînement, tu te rappelles ?

Thora se ronge les ongles pendant que Santi entraîne Peregrine sur le côté. Elle le regarde parler, écouter, l'amadouer pour extirper des bribes de vérité d'une machine cassée. Peregrine bégaie, cligne des yeux, parle. Thora voit l'expression de Santi changer.

— Quoi ? demande-t-elle quand il revient. Qu'est-ce qu'il a dit ?

Il secoue la tête, d'un mouvement rapide et concis.

— On ne peut pas le faire, décrète-t-il.

— Pourquoi ? (Il évite ses yeux.) Santi, je lui poserai moi-même la question, quand bien même cela prendrait tout le temps qu'il nous reste pour obtenir une réponse. Quoi, ça détruirait le vaisseau ?

— Pas le vaisseau. (Il inspire en tremblant.) Ton compartiment. L'incendie… il a commencé à faire fondre les câbles électriques qui contrôlent la valve d'écoulement. Elle est restée bloquée à moitié ouverte. De l'air s'échappait.

Chaque inspiration prise par Thora lui donne l'impression de s'enfuir par un trou en elle. Elle est de retour à l'Odysseum, les yeux levés sur une combinaison spatiale vide, en train de contempler le reflet déformé de sa version de sept ans dans la visière. Elle entend la voix rassurante de M. López. *« Si c'est un petit trou, la combinaison décompresserait peu à peu. Tu serais juste à court d'oxygène et tu t'endormirais. »* Et sur la plage, une fois que le son du carillon et l'odeur de fumée avaient disparu, elle s'était sentie étourdie, comme si elle avait retenu sa respiration.

— OK, dit-elle. Mais Peregrine l'a apparemment déjà réparée.

Santi la regarde d'un air anxieux.

— Parce qu'il a éteint l'incendie. S'il le laisse brûler assez longtemps pour que cela nous réveille…

— La valve resterait ouverte plus longtemps. Je risquerais de suffoquer avant de me réveiller. (Thora entend l'écho de sa propre voix, comme si elle écoutait cette conversation de très loin.) Quelles sont mes chances ?

— Six pour cent, dit Santi. Donc nous ne…

Elle lui coupe la parole.

— Et toi ? Quelle est ta chance de survie ? (Il se mord la lèvre inférieure et détourne les yeux.) Allez, insiste Thora. Si elle était faible, tu me le dirais.

Il lui adresse un sourire grimaçant.

— Quatre-vingt-douze pour cent.

Leurs vies réduites à deux nombres. Thora baisse la tête, songeant aux chiffres qui constituent tout ce monde : les arbres, les perruches, les fresques murales de Santi. Un calcul, un pari. Une équation à solution unique.

— Tu pourrais t'arranger pour qu'il le fasse ? (Elle devine ce qu'il s'apprête à dire et lève une main pour le contrer.) Je ne te demande pas, là maintenant, si tu veux bien le faire. Je demande si c'est possible.

— Il le ferait si je le lui demandais. Mais nous… nous devrions tous les deux…

— Nous devons être d'accord tous les deux, finit Thora, se sentant à la fois légère et lourde. Bien entendu.

L'espace d'un instant, elle se sent en colère, tellement en colère qu'elle pourrait mettre le feu au monde. Puis elle rit, ce qui la surprend autant que Santi. Il la considère d'un air affligé.

— Quoi, tu ne vois pas à quel point c'est drôle ? (Elle se remet à rire, renversant la tête vers le plafond étoilé.) C'est vraiment à croire qu'il existe un plan.

— Nous n'allons pas faire ça, décrète Santi.

Thora le regarde en cillant.

— Désolée. Qui est-ce qui commande encore ?

— Ça ne veut rien dire. Tu ne peux pas m'ordonner de te laisser mourir.

Thora croise les bras.

— Je t'écoute alors. Quelle est ta proposition ?

Santi ouvre la bouche.

—Nous restons. Nous… prenons le temps, nous trouvons un moyen sûr de nous en sortir tous les deux.

Thora s'esclaffe.

—Quel temps ? La dernière fois que j'ai vérifié, il nous restait moins de six mois. Et nous avions déjà conclu que nous étions juste bons à rester assis à nous regarder mourir.

—Nous avions tort. Nous devons juste redoubler d'efforts. Nous pourrions faire beaucoup en six mois. (Il s'avance sur elle, courroucé.) C'est toi qui l'as dit la dernière fois. Tous les deux, ou aucun de nous deux.

—J'avais tort. Tu sais que j'avais tort. Si un de nous peut s'en sortir, nous tentons le coup. La question ne se pose même pas.

Santi secoue la tête.

—C'est en travaillant ensemble que nous sommes arrivés aussi loin.

Elle se moque de lui.

—Arrivés où ? Arrivés où, Santi ? (Pour toute réponse, elle balaie l'air d'un grand geste du bras.) Ici. Toujours ici.

Il s'éloigne. Elle l'observe : il a le dos tourné, les contours de sa silhouette sont soulignés par le mur vidéo.

—Sois honnête, dit-elle. Si les rôles étaient inversés, tu n'hésiterais pas une seule seconde. Tu signerais à deux mains pour donner ta vie avant même qu'on ne te pose la question.

Il fait volte-face.

—Et tu serais heureuse de me laisser faire ?

—Bien sûr que non. Mais ça ne changerait rien. Tu insisterais quand même. Et c'est aussi ce que je vais faire.

Il serre la mâchoire.

—Je ne vais pas rester là sans réagir.

Thora le regarde fixement.

— Espoir et désespoir, Santi. Rappelle-toi, qui devons-nous devenir pour sortir d'ici ? (Elle hausse les épaules.) Nous y voilà. C'est le risque qui vaut la peine d'être couru. Voilà tout ce que nous devions être disposés à sacrifier.

Santi s'assied, la tête entre les mains.

— Ce n'est pas censé se passer ainsi.

Thora le rejoint par terre.

— Tu es juste contrarié parce qu'on te refuse l'occasion d'être un martyr. Désolé, mon vieux, ce coup-ci, c'est moi que les lions pourront grignoter.

Ce qu'elle ressent la stupéfie : de la joie, presque une euphorie, qui coule en elle comme si elle en était intégralement constituée. D'ici peu de temps, cet élan sera passé et elle devra affronter ce qu'elle a accepté. Mais pour l'instant, elle enfourche cette conviction et la chevauche comme un chariot dans le ciel. Pendant si longtemps, faire le bon choix l'a obsédée. Maintenant, alors que sa vie est en jeu, elle n'a pas l'impression de choisir. Il existe une voie, et elle l'emprunte le cœur léger. Ce paradoxe l'émerveille : cette contrainte, le caractère inéluctable de la situation a la saveur de la liberté qu'elle a réclamée à cor et à cri durant toute sa longue existence.

Santi se passe une main dans les cheveux.

— Dieu sait comment me tester. Et toujours d'une façon surprenante, on peut compter sur lui. (Un faible rire lui échappe.) Je devrais m'y attendre depuis le temps.

Thora le regarde avec affection.

— Évidemment, tu vois encore Dieu derrière tout ça. Pourquoi est-ce que ça m'étonne ? Tu voyais Dieu dans une tasse de café. (Il est secoué d'un éclat de rire. Thora vient s'asseoir en face de lui, prend ses mains dans les siennes.) Tu le ferais pour moi, non ?

Il croise son regard.

— Sans hésiter. Je n'imagine pas de meilleure raison de sacrifier ma vie.

— Alors pourquoi tu ne veux pas que je le fasse pour toi ?

Il remue les lèvres, qui semblent se débattre pour dire quelque chose.

— Ce n'est pas juste, lâche-t-il enfin. Ce n'est pas juste de comparer la réaction que j'aurais face à la même situation, et le comportement que toi, tu devrais adopter. Mes croyances… je…

Thora sourit.

— Ah, je pige. Tu veux dire parce que je suis une païenne impie ? Tu penses que c'est plus dur pour moi de prendre ce risque parce que ma vie et ma mort n'ont de toute façon aucun sens ?

— Je ne voulais pas…

— Je te l'ai dit. Je construis mon propre sens. En effet, je ne crois pas que j'irai quelque part après ceci. Je ne crois pas que Dieu nous observe, et je ne crois pas qu'il existe un plan cosmique que ma mort est censée accomplir. (Elle lève les yeux vers son propre visage endormi.) Et honnêtement, ça me fout en rogne. Ça me fout en rogne de ne peut-être jamais rencontrer Jules… la vraie Jules. Ça me fout en rogne de me dire qu'il existe un monde tout neuf là-dehors, juste… là tout près (elle tend le bras comme si la planète flottait de l'autre côté des ténèbres) et que je n'aurai peut-être jamais l'occasion de le voir. (Elle croise les yeux de Santi, chaleureux, lumineux, et remplis d'effroi pour elle.) Mais si cela implique que tu vivras et que tu le verras pour nous deux… je peux me contenter de ce sens-là.

— Non. (Il secoue la tête.) Non, je ne le ferai pas. Je ne te lâcherai pas.

Le cœur de Thora bat comme une mouche emprisonnée sous un verre. Elle caresse les traits du visage de Santi, efface les larmes qui commencent déjà à couler.

— Tu sais pourquoi je souris ? demande-t-elle.

Il s'étrangle en secouant la tête.

— Parce que j'ai un argument massue qui va te réduire au silence. (Elle plonge ses yeux dans les siens.) Qui sommes-nous, Santi ?

Il comprend. Il tourne la tête, essaie de retirer ses mains, mais elle ne lâche pas prise.

— Tu sais qui nous sommes. Nous sommes des explorateurs. Tous les deux, depuis toujours et à jamais. (Elle lui presse les mains, appuie son front contre le sien.) Nous avons tout abandonné pour ça. Nos êtres chers, nos avenirs, nos vies entières. Tout cela pour la possibilité d'un nouveau monde. Et tu prétends que l'un de nous arrêterait les frais ici ? En disant : « Non, c'est trop, ça n'en vaut pas la peine » ?

Il la dévisage, à travers l'espace qui les englobe, eux et eux seuls. Des versions d'eux s'envolent en spirale à partir de ce moment et Thora comprend enfin : elles existent toutes, chacune d'elles, peu importe ce qui se passe ensuite.

— Non, répond Santi d'une voix brisée.

Elle secoue la tête contre la sienne.

— C'est notre but depuis toujours. Toucher l'inconnu ou mourir en essayant. (Elle sourit.) Même si je ne le vois jamais, je suis heureuse d'être arrivée aussi loin.

Ils repassent lentement le pont éclairé de nuit, et traversent la vieille ville dans le calme du petit matin.

— Nous ne devons pas le faire tout de suite, dit Santi. Nous avons encore quelques mois. Nous pourrions les vivre d'abord.

— Tu penses vraiment que je pourrais vivre comme ça ? Avec ma mort suspendue au-dessus de la tête ? (Thora le regarde.) Je sais ce que tu ferais à ma place. Une tournée d'adieu de tes repaires favoris. Un moment à cœur ouvert avec Héloïse et tes parents. Une série de fresques qui résumeraient le sens de ton existence. (Elle détourne le regard pour ne plus voir son sourire triste.) Mais je ne suis pas comme toi. Je regarde une dernière fois la ville, puis on le fait.

« Une dernière fois. » Thora repousse ce qui lui fait vraiment peur : si elle dispose d'un délai de réflexion, d'un moment pour temporiser et considérer sa décision droit dans les yeux, elle risque de changer d'avis.

Ils escaladent la tour d'un pas mesuré. Thora songe qu'ils font preuve de prudence. En réalité, elle sait qu'ils diffèrent l'instant où ils devront se faire leurs adieux.

Au sommet, ils s'asseyent côte à côte pour profiter de la vue sur la ville : la cathédrale, le fleuve, le pont Hohenzollern couvert de splendides et ridicules gestes d'amour. Thora ferme les yeux sur une vision aussi limpide qu'un cadeau : Santi s'avance à la surface d'un nouveau monde, la poussière qui se soulève accueille ses pas.

— Enterre-moi là, décide-t-elle. Si je ne m'en sors pas.

— Où ?

Elle ouvre les yeux sur le visage adoré et bouleversé de Santi.

— Dans le nouveau monde.

Il prend une longue inspiration avant de parler.

— Si c'est ce que tu veux.

Elle se renfrogne devant ce qu'il semble insinuer.

— Quoi, toi, tu voudrais qu'on traîne ton cadavre sur Terre ? J'imagine que la formation dont nous ne nous souvenons pas comportait des instructions pour nous apprendre à voyager légers.

Il secoue la tête et lève les yeux avec un faible sourire.

— Non. Non, je voudrais que ma dépouille repose au milieu des étoiles.

Elle pousse un grognement.

— Tu veux dire dériver à jamais dans l'espace comme un glaçon humain ? Si ça fait ton bonheur…

Derrière son sourire, il se remet à pleurer. Thora sent qu'elle se déforme comme une boîte de conserve dans le vide. Si elle n'agit pas tout de suite, elle n'en aura plus la force.

— Peregrine ! hurle-t-elle, d'une voix retentissante.

Rien ne se produit. Elle interroge Santi du regard.

— Est-ce qu'il est seulement capable de monter jusqu'ici ? se demande-t-il.

— À vrai dire, je m'attendais presque à ce qu'il descende en flottant d'un nuage.

Un bruit de frottement dans la tour. Peregrine apparaît dans l'ouverture en s'époussetant le manteau.

— Oui ?

Thora s'éclaircit la voix.

— Nous avons pris notre décision.

Peregrine contemple Santi d'un air hésitant.

— Tous les deux ?

Santi frémit. Thora éprouve un moment de terreur mêlée de soulagement : il va refuser, l'épargner et les condamner tous les deux.

— Oui, dit-il.

Voilà, c'est fini, la décision est irrévocable.

Thora convulse en éprouvant son premier réel accès de peur. Elle s'accroche au bord de la tour jusqu'à ce que ça passe.

— Peregrine, dit-elle. Je me demandais si vous pourriez faire quelque chose pour moi.

— Oui ?

— Je veux qu'il y ait une copie de moi dans la ville. Façonnée à partir de tout ce que j'ai été ici. Assise à la terrasse du *Zentaur*, jurant sur les nouvelles recrues, épuisant la réserve de vin rouge de Brigitta. (Elle commet l'erreur de croiser le regard de Santi. Elle déglutit.) Est-ce que… vous pouvez faire ça ?

Peregrine hoche la tête.

Thora se tourne vers Santi, lui prend les mains. Elle a le cœur semblable à une étoile qui explose ; elle veut en finir, et elle veut que ça ne se termine jamais.

— Souviens-toi de moi, dit-elle.

Puis elle ajoute dans un rire étouffé :

— Dans ma totalité.

Santi secoue la tête.

— Tu ne pourrais pas entrer tout entière dans mon esprit ni dans aucune simulation. Seul l'univers peut te contenir.

— J'ai eu de la chance, vraiment. La plupart des gens n'ont qu'une vie. J'en ai eu davantage que je ne peux compter. (Elle lui presse les mains.) À propos, ils nous ont bien eus. Tu vois comment ?

— Non, avoue-t-il, le cœur déchiré. Dis-moi.

Elle appuie le crâne contre le sien et regarde le fleuve au loin.

— Faire le bon choix m'obsédait tellement. Puis, quand j'ai découvert ce qui nous arrivait, j'ai cru que cela prouvait qu'aucun de nos choix ici n'avait la moindre importance. Mais je me trompais. Chacun des choix que nous avons faits nous a appris quelque chose sur nous-mêmes, sur l'autre. (Elle se retourne vers lui, souligne ses propos en agitant les mains.)

Peregrine a essayé de nous le dire, mais je ne comprenais pas. Maintenant je comprends. C'était le but. Que je connaisse chaque version de toi. Et que tu connaisses chaque version de moi. Puisqu'il n'y a que nous deux ici, nous devions être tout l'un pour l'autre. Or personne ne peut réussir cela. Pas en une seule vie. (Sa voix tremble.) Mais nous en avons vécu tellement, et je te connais, aussi bien que je me connais moi-même. Et je sais que chaque version de nous dirait oui à ce voyage. Quel qu'en soit le prix.

Il ne la quitte pas du regard, sans plus retenir ses larmes.

— Qu'est-ce qui se passe ? dit-elle, faussement vexée. Je te fais une concession. Pourquoi tu pleures ?

Un rire se mêle à ses sanglots. Thora lui embrasse le front alors qu'une ombre s'étend sur elle. Peregrine se tient entre elle et les étoiles.

— Prêts ? demande-t-il.

Thora prend une profonde inspiration. Comment pourrait-elle être prête à mourir ? Elle a besoin d'une récapitulation, que sa vie défile en un éclair devant ses yeux, mais quelle vie ? Celle qu'elle désire est celle qu'elle n'a pas : la vraie vie dont elle ne se souviendra jamais, éclatée en échos au travers de cette ville imaginaire. *« Très bien,* space girl, déclare Jules dans son esprit. *J'attendrai. »*

— Encore une chose. (Elle regarde Santi alors qu'un calme étrange descend sur elle.) Je veux que tu transmettes un message à Jules. J'ignore si nous sommes ensemble, ou si nous l'avons été, ou si c'est juste un truc que j'ai souhaité. Je suppose que je ne me réveillerai jamais pour le savoir. Mais je veux que tu lui dises que, si elle est à moitié aussi géniale que ses échos, alors j'ai eu beaucoup de chance de la connaître.

Santi hoche la tête.

— Je le lui dirai.

Il ferme les yeux pour se contrôler. Thora se contente de le regarder : ses longs cils, son nez prononcé, la façon dont ses lèvres remuent alors qu'il retient ses larmes. Comme une maison d'enfance, qu'on a vue de si près et si souvent qu'on ne remarque plus à quoi elle ressemble, jusqu'à ce qu'on parte et qu'elle nous manque affreusement. Avant que Thora puisse détourner le regard, il ouvre les yeux.

— Tu peux changer d'avis, la supplie-t-il presque.

Elle sourit.

— Toi, tu le ferais ? (Il secoue la tête.) Bon, alors...

Un groupe de perruches s'élève au-dessus de la fontaine. Thora les regarde survoler le fleuve en direction des confins de la ville et imagine qu'elle pourra saisir le moment où elles disparaîtront. Elle se rappelle s'être tenue au sommet de cette tour tant de vies auparavant, en train d'allumer une flamme vacillante. *« On ne sait jamais quand on devra mettre le feu à quelque chose. »*

— Je suis prête.

Santi se tourne vers Peregrine, lui murmure quelque chose à l'oreille. Il la prend ensuite dans ses bras.

Elle sent d'abord la chaleur parcourir ses membres glacés. Puis elle voit les flammes, lumineuses et invisibles au coin de son œil, l'unique lumière à cette hauteur en dehors des étoiles. Son souffle devient court. Santi suffoque dans son oreille, et elle s'agrippe à lui, elle ne veut pas mourir. *Non,* songe-t-elle, aux prises avec le désespoir, *non je ne peux pas faire ça, je dois vivre.* Mais si elle le dit à voix haute, Santi la sauvera. Elle se concentre sur lui, l'imagine s'éveiller dans leur rêve partagé. Elle desserre les doigts et se laisse aller de son plein gré, dans la joie.

Le carillon résonne en temps réel, aussi clair et net que la fumée qui s'accumule. Elle ne sent plus Santi. Sa vision est remplie d'hallucinations : des perruches qui traversent la paroi d'un vaisseau spatial ; le nom de Santi et le sien inscrits dans les étoiles ; des ponts qui s'effondrent, terrassés par le poids de l'amour humain. Elle aperçoit la vue depuis le sommet de la tour, la place qui s'étend en contrebas sous une lumière du jour impossible. Elle plisse les yeux et croit le voir assis à une table de la terrasse du *Zentaur* : Santi tel qu'elle l'a connu, la tête penchée, qui dessine dans son carnet de souvenirs.

Un rire suffoqué parcourt son corps dévasté, consumant son ultime provision d'air. C'est peut-être à cela que ressemblera l'au-delà pour elle. Une discussion sans fin avec Santiago López Romero. En cet instant, elle peut concevoir de pires façons de passer l'éternité.

Les visions se dissipent, dévorées par une lumière blanche qui se répand dans un ronronnement. Thora tente de prendre une dernière inspiration, mais elle n'est rien et nulle part, elle se noie dans un éclat rayonnant. *Une lumière intense*, songe-t-elle au moment où celle-ci la dévore. *Comme c'est original.*

***

La lumière fait mal aux yeux de Thora.

La cacophonie ambiante se réduit à l'alarme continue et au ronronnement différé des extracteurs de Peregrine. Thora se libère des intraveineuses et des compresses chauffantes ; elle est maladroite, comme si elle avait gagné une dimension supplémentaire. Elle est là. Elle est vivante. Elle cherche en hoquetant le bouton qui ouvre son compartiment. Elle se fraie un chemin dans un délire en apesanteur ; son corps se souvient de la formation qu'elle a reçue tandis que son esprit reste en arrière dans la simulation, s'accrochant à Santi au sommet de la tour de l'horloge. Elle progresse à tâtons le long du mur calciné en direction du compartiment de Santi, croyant pour la première fois à un miracle. *Tous les deux. Nous nous en sommes sortis tous les deux.*

Puis elle aperçoit son corps à travers la vitre.

Elle demeure interdite. Elle est vivante, elle a réussi, mais à présent elle suffoque en le voyant flotter, figé et inerte. Elle ne comprend pas.

— Peregrine, hurle-t-elle.

Mais il n'y a personne ici : rien que le silence du vaisseau dont elle est la seule occupante en vie. Rien que les marques du feu sur la paroi. Rien que le panneau endommagé à côté du compartiment de Santi, les câbles fondus qui ont ouvert une minuscule fenêtre fatale sur les étoiles.

Thora cogne la paroi en hurlant.

Une heure plus tard, elle s'est installée dans le siège du pilote de l'atterrisseur, elle observe la planète qui tourne sous elle. Une immensité de bleu et de gris, mouchetée de nuages extraterrestres : un nouveau monde.

Le vaisseau grince ; cet ajustement infime heurte les sens de Thora aussi violemment qu'un tremblement de terre. C'est trop intense, comme tout l'est depuis son réveil : une réalité cinglante, douloureuse, qui, rétrospectivement, donne à la ville l'allure d'un rêve ombragé. *Comme des énigmes dans un miroir*, songe-t-elle en se demandant d'où lui vient cette pensée.

Elle tourne lentement la tête pour passer en revue les mémentos collés à la paroi. La photo de Jules qui sourit ; la réalité dont elle se souvient est plus incandescente que toutes les versions qu'elle a projetées : ses propres peurs et insécurités ont obstrué la lentille. Elle continue son tour d'horizon : au-delà des drapeaux de leurs multiples allégeances – Espagne, Islande, République tchèque, les étoiles dorées sur fond bleu de l'UE –, un dessin d'enfant de l'immensité qu'elle aperçoit par le hublot. Puis elle pose enfin les yeux sur le siège vide à côté d'elle.

Peu importe l'explication. Mais elle a quand même cherché, comme une folle, comme si comprendre lui permettrait de recommencer, d'obtenir une nouvelle occasion d'y arriver. Lorsqu'elle a trouvé l'avarie provoquée par la collision, et la réparation sommaire exécutée par Peregrine qui a eu pour conséquence de permuter leurs compartiments à Santi et à elle, un autre trou s'est ouvert en elle, la déchirant de l'intérieur.

Il a cru que tu étais moi et que j'étais toi. Pendant un moment de folie, affligeant, c'était vrai. Elle n'avait pas perdu Santi : elle s'était perdue elle-même. Elle savait, tout en appuyant le front contre le métal froid de la paroi, que cela n'aurait rien changé : il aurait insisté, comme elle-même l'avait fait, et elle aurait cédé, à cause de ce qu'ils étaient.

Elle l'a laissé aller, conformément à son souhait. Elle l'a lâché parmi les étoiles. À présent, attachée sur le siège de l'atterrisseur, elle songe à lui qui dérive à jamais, les yeux ouverts, enfin face à son Dieu. Elle se demande comment elle peut se sentir en même temps si pleine de lui et si vide : un paradoxe, une ruse de physique qu'elle ne comprendra jamais. C'est aussi déroutant que de se dire qu'elle savait tout de lui, alors qu'elle avait encore une infinité de choses à découvrir. Elle pense à tous les gens qui attendent Santi, aux personnes à qui elle devra des explications si elle rentre en vie. Héloïse, sa petite amie par intermittence, qui aurait fini un jour par l'épouser comme ils le savaient tous. Jaime, qui était venu lui rendre visite quand Santi et elle suivaient leur formation de base à Cologne, pour passer une soirée mémorable à écumer les bars de la vieille ville. Ses parents, venus le voir partir, son père rayonnant de fierté et sa mère anéantie par un chagrin prématuré, comme si elle savait déjà ce qui allait se passer. Sa sœur Aurelia, et Estela, sa nièce, leur fille d'emprunt. Félicette, qui ne comprendra jamais pourquoi il n'est pas rentré. Pour une raison ou pour une autre, c'est cette évocation qui fait craquer Thora. Les sanglots prennent le dessus, et tout son corps finit par se muer en un canal qui déverse son chagrin à torrents. Elle pleure enfin pour lui, et il ne le voit pas.

Elle doit se maîtriser. Elle retient son souffle jusqu'à ce que les sanglots cessent.

— Ressaisis-toi, lance-t-elle à voix haute.

Comme si elle repliait l'univers dans une boîte, elle met son chagrin de côté. Elle a une mission à accomplir, seule.

Elle prépare la séquence d'atterrissage. Elle lutte le plus longtemps possible pour ne pas penser à Santi. Elle pense plutôt à sa trajectoire, aux milliers de variables qui la séparent de la survie, à ce qui pourrait l'attendre à la surface du nouveau monde. Mais elle ne parvient pas à tenir Santi à l'écart. Il se glisse à travers les fissures en elle : son sourire, sa tête penchée quand il dessine soigneusement dans son carnet de souvenirs, l'air qu'il adopte parfois comme si Dieu s'était baissé pour l'embrasser entre les yeux. L'air qu'elle aime. C'est trop tard. Ses mains continuent à actionner les contrôles, mais ses pensées se réduisent au fait qu'elle l'aime ; au fait qu'il ne le saura jamais parce que, si lui était ouvert et aussi fluide que le courant, elle était repliée derrière ses digues, trop froide et trop sur ses gardes pour lui dire ce qu'il représentait à ses yeux. Désormais, elle ne le verra plus. Elle se plie en deux, assaillie de spasmes de chagrin.

— Comment est-ce arrivé ? suffoque-t-elle.

Elle sait que c'est à lui qu'elle pose la question, elle sait qu'elle continuera à la lui poser jusqu'au jour où elle le suivra. Mais elle connaît déjà la réponse. C'est elle qui a provoqué cela, en plaidant trop bien la cause de sa propre annihilation, et elle ne peut revenir en arrière. Pire que tout, même si elle le pouvait, elle n'imagine aucune de ses versions effectuer un autre choix.

« *Il n'y a pas de mauvais choix*, dit Santi. *Ce qui arrive arrive, c'est tout.* »

Elle se redresse en haletant. Comme un cadeau, comme une malédiction, elle se souvient de lui, un souvenir qui l'inonde de partout : quand, dans le parc, en compagnie de Lily et elle, il jetait des miettes aux perruches en riant ; quand il jouait au tennis de table avec Joost, l'ingénieur qui a donné son visage à Peregrine ; quand il peignait sa fresque sur le mur de la tour de l'horloge, les sourcils froncés de concentration ; quand, dans la piscine durant l'entraînement à la marche spatiale, il levait le pouce sous l'eau à son intention. Ses incarnations virtuelles et réelle entrent en collision pour déboucher sur quelque chose qui n'arrive pas à la cheville de la vérité de Santi, et représente néanmoins plus que Thora ne peut contenir. Elle inspire en tremblant, se concentre sur une seule image : Santi assis à une table à l'extérieur du *Zentaur*, qui lève son verre vers elle.

« Je savais ce que je représentais pour toi. » Elle ignore s'il emploierait ces termes-là précisément. Il savait toujours la surprendre. Mais elle n'a aucun doute sur ce que serait le fond de sa pensée : *« Vas-y maintenant. Va voir pour nous deux. »*

— Promis, dit-elle en lançant le compte à rebours.

Remerciements

J'adresse un immense merci et toute ma reconnaissance aux personnes suivantes :

À Bryony Woods, mon agente brillante et déterminée, sans qui ce livre ne serait presque encore que deux personnages en quête d'une histoire ;

À Natasha Bardon et Julia Elliott, dont le génie éditorial et la profonde compréhension des personnages ont donné naissance à une version beaucoup plus forte de ce livre ;

À Jack Renninson, Vicky Leech Mateos, Jaime Witcomb, Abbie Salter, Katy Blott, ainsi qu'à toutes les personnes chez HarperVoyager, à Eliza Rosenberry, Angela Craft, ainsi qu'à toutes les personnes chez William Morrow, dont la créativité, l'attention aux détails et l'enthousiasme pour ce livre m'ont aidée à traverser les moments de plus en plus incertains de son édition et de sa production ;

À Anna Burkey et Barbara Melville pour m'avoir offert mes premières opportunités professionnelles d'écrivaine. À David D. Levine, David J. Schwartz et aux participants des ateliers d'écriture WisCon en 2016 et 2017 pour m'avoir fait part de critiques utiles à un moment crucial. Plus généralement, pour leur retour très apprécié sur mes écrits, à Christos Christodoulopoulos, Laura Gavin, Kit Holland, Peter Kendell, Hazel Lee, Carla Sayer et Lynette Talbot. J'adresse un remerciement spécial à Hannah Little et Ariana Olsen qui ont lu à peu près tous les manuscrits achevés que j'ai pu écrire et ont diffusé leurs lueurs d'encouragement et de joie depuis 2010. *Nice Times forever* ;

À mes amis, qui ont sans doute été plus excités pour moi que je ne l'étais moi-même (avec une mention particulière à Emily

Smale pour l'incroyable gâteau en forme de couverture de livre). À ma famille en Écosse, aux États-Unis et en Grèce pour leur amour, leur enthousiasme et leur soutien ;

Enfin, avec tout mon amour, à Christos, mon déterministe préféré, qui trouvera l'écho de certaines de nos discussions dans ces pages. Je me sens comblée d'exister dans l'univers où nous nous sommes rencontrés. Et à Alistair Orpheas, qui n'est présent que depuis quelques mois à l'instant où j'écris ces lignes, mais qui constitue déjà une surprise et un plaisir que je n'aurais jamais pu imaginer.

Achevé d'imprimer en janvier 2022
par Aubin Imprimeur à Ligugé
N° d'impression 2110.0076
Dépôt légal, février 2022
Imprimé en France
38122328-1